戲曲論集

抒情 與 敘事 的對話

A Collection of Essays on Xi Qu : Dialogues Between Lyric and Narrative

陳芳英 著

戲曲論集：抒情與敘事的對話

A Collection of Essays on Xi Qu :
Dialogues Between Lyric and Narrative

目　錄

序言

　　筆者多年前撰寫〈市井文化與抒情傳統的新結合——古典戲劇〉（收入本書附錄二）一文時，文中拈出戲曲抒情與敘事結合的特質之論述，為當年學界鮮少論及者。其後筆者於教學同時，持續撰述之論文，亦每每以此為基點，聚焦於戲曲中抒情美典、敘事美典、表演美典的彼此交融、呈現，以及抒情與敘事間的擺盪與對話。討論範疇包括：一、戲曲理論；二、劇本：元雜劇（關漢卿、馬致遠）、明傳奇（湯顯祖、吳炳）、清傳奇（孔尚任）、京戲（田漢、王安祈）；三、演出：崑曲（傳統、創新、實驗）、京戲（傳統與創新、梅蘭芳、魏海敏）、崑曲小劇場（1/2Q）等。一方面探索戲曲美典本質，及其與文化藝術之間的關聯，一方面思考戲曲創發新典範時，檢擇趨避的原則。

　　諸篇論文或發表於學術期刊、或發表於研討會而後收錄於各論文集中，散見雜出，而今巧遇國立臺北藝術大學「教學卓越計畫 Arts 藝術出版大系」的機緣，遂將舊作結集成書，或可呈現筆者歷年之思考及論述脈絡。

　　全書共收正文十篇，附錄三篇。書中目次，為求眉目清晰，蓋依每篇文章討論主題的時代先後為序，而不是以寫作年代編排。而之所以別列「附錄」的原因，在此稍作說明。

　　筆者先於紀念徐炎之老師百歲冥誕「崑曲藝術研討會」，發

表〈〈題曲〉四帖〉一文，意有未盡，後又完成〈從《療妒羹》看〈題曲〉──試論折子戲與抒情美典的關係〉，方可謂稍暢所欲言者。因後文之作，實發想於前文，又相隔日久，且〈〈題曲〉四帖〉收錄於《紀念徐炎之先生百歲冥誕文集》，披閱者不多，是以為能從頭說起，俾首尾完足，後文中對〈題曲〉一齣之背景資料及概述，皆引用、承襲〈〈題曲〉四帖〉；不過兩篇文章關心的問題不同，發展出來的論述也不一樣。既是各自獨立的論述，又有某些重疊之處，此次成書，考慮之後，將〈從《療妒羹》看〈題曲〉──試論折子戲與抒情美典的關係〉列為正文，〈〈題曲〉四帖〉以附錄形式緊隨其後，敝帚自珍，也紀念自己每個時期寫作時的全力以赴。

　　1978年秋天，長年任教於美國普林斯頓大學等名校的高友工先生，首度回國，在臺灣大學客座講學一年，那年我初上博士班，在課堂上聽先生講述「中國詩學」，論析抒情美典，「聞言如聽驚雷乍」。之後持續受教於高先生的講授、論文，又經常在劇場與高先生同場看戲論劇，以及此後的諸多來往、受益；但那一年媒體所稱的「高友工旋風」，對我個人來說，在學習讀書的起步之際，能遇見高先生，開啟無限寬廣的心智之窗，其影響、震動之大，是我此生讀書治學的重要關鍵。1980年，劉岱先生與聯合報文化基金會，決定編撰《中國文化新論》（含《序論篇》共十三冊），囑筆者撰寫戲曲專文。叢書設定的寫作原則是「深入淺出，流暢可讀」：「這部叢書是為社會上一般讀者所編寫，因此，我們不採用傳統學術論文的寫作方式，儘量避免不必要的引文和考證，用淺顯流暢的文字，為讀者提供豐富的文化史知識

和新穎的觀點與解釋。」[1]，並「堅決維持」這部叢書的學術性。筆者當時一介學生參與如此大事，當然誠惶誠恐，草成〈市井文化與抒情傳統的新結合──古典戲劇〉一文，除了要達到劉先生說的「高中程度就可以看得懂」的建議，完整介紹戲曲的各種流變、樣貌，也第一次嘗試探索得自高先生「抒情美典」啟發的、戲曲抒情與敘事的新結合，固然也算開風氣之先，卻也是少不更事的狂妄。此文因最初寫作的「目的」所限，述多於論，文字也較為淺白，少作自是青澀，也不免簡陋，雖不算嚴格意義的「論文」，但文中提出的觀點，終究是自己從事這個論題研究的原點，於是將此文列為附錄二。

〈絕世聰明絕世癡──《笑傲江湖》中的藝術與人物〉一文，是1998年11月，「金庸小說國際學術討論會」發表的論文，筆者素來喜愛金庸小說，尤其是《笑傲江湖》，主辦單位邀我參與此會共襄盛舉，遂完成此文在會上宣讀。也許文內談及書中飲酒諸端，金庸先生大樂，一直要找我把盞暢飲，可惜我當時茹素多年，未克奉陪，只能抱歉掃興了。寫作此文時，心情愉悅放鬆，信筆逐意，好像連自己也瀟灑自在起來；此番重睹舊作，墨跡文痕恰似「謝公最小偏憐女」，雖非戲曲論述，情懷亦有相通處，是以「偷渡」收於附錄三。

諸篇內容，簡要摘錄如下：

〈團圓與收編之間──以關漢卿劇作為例〉：關漢卿在元雜劇作家中，一向被視為代表時代爭議性的聲音，其劇中人物也往

---

1 劉岱，《中國文化新論序論篇──不廢江河萬古流》。台北：聯經出版事業公司，1982年，頁69-70。

往被形塑為挑戰、反抗權威和體制及黑暗勢力的異議份子。這些論述，雖有一定的說服力，但在許多學者歌頌讚歎的勝利與團圓背後，是否真的了無遺憾？或竟是潛藏著更危險的暗流？本文試圖探索在文本論述之外，還有哪些文本情節無法掌握，閃爍、蔓延的東西，它們與文本之間的輮轕、斷裂，和「罅隙」，又透露了什麼訊息？從「爭取愛情」的系列劇作中，我們看到女性形象對「愛情論述」的消解；在「公案劇」裡，我們也看到關漢卿挑釁權力系統的同時，其劇中人物，實依附一更高的權力系統，形成顛覆與包容的循環。劇中營建了無數掃除障礙、尋求公義的智計，而這些智計每每築基於「以暴制暴」的欺哄，並且是消極和自我嘲弄的。其間呈現的被權力型構收編的渴望，遂以匝天蓋地的荒蕪、絕望，深沈的震動了讀者。

〈且尋九霄鳴鳳聲——馬致遠劇作解讀〉：明寧獻王朱權《太和正音譜》稱馬致遠作品如「神鳳飛鳴於九霄」，可謂推崇畢至。本文嘗試自環境及交互指涉兩個方向，重新解讀其劇作。一、劇作和時代環境（context）的關係。本文無意就時代背景引證舉例、綰合環境與作品，只針對馬致遠現存劇作呈現的元代士人內心掙扎歷程，作一簡略但總體的觀照。包括：《漢宮秋》——國遭大難的悲慨。《青衫淚》——愛情團圓的幻夢。《薦福碑》——功名順遂的幻夢。《陳摶高臥》——隱逸修真的樂趣。度脫劇——斬絕塵緣，證入仙班。二、文本交互指涉（intertextual）的問題。隱逸情調是元朝時代精神相當重要的一面，至《太和正音譜》分雜劇十二科，猶以神仙道化居首。馬致遠是元代神仙道化劇的巨擘，散曲亦多歎世、園林等隱逸遁世內

容。他之所以蜚聲元代曲壇，領袖群英，被《太和正音譜》列為元曲作家一百八十七人之冠冕，恐怕與此不無關係。這一部分就以《黃粱夢》為主軸，集中討論他的度脫劇。包括：縱的承繼：從《枕中記》到《黃粱夢》、《邯鄲記》；橫的交流：《黃粱夢》、《岳陽樓》、《任風子》。

〈試論傳奇敘事架構中的岐出與離題〉：中國戲曲發展到以崑、弋為主要演出形式的「傳奇」時代，結合敘事、抒情、表演三種藝術傳統的戲曲美典終於完成。傳奇因篇幅長，又素有「無奇不傳」的特色，是以情節鋪陳、排場結構的技巧成為戲曲的要項，評論家的角度從王驥德《曲律》到李漁《閒情偶寄》，也都由音律詞章擴大到對結構的注意。而自清末民初東西文化緊密交流後，討論戲曲者更經常援引西方戲劇來相互比較，且引用的往往是以情節、語言為重的戲劇類型，討論衝突、張力等等。然而，檢視傳奇文本，則不論作為崑曲先驅之作的《浣紗記》、以「情」為劇作主題的《牡丹亭》、民間平安社戲代表的《目連救母勸善戲文》，甚或李漁提出「立主腦、減頭緒」等強烈主張之後的《長生殿》、《桃花扇》，作品中仍不斷出現逸出敘事架構主線，岐出、甚至離題的的情節。這些看似混淆或破壞劇情主軸、作者「情不能已」的寫作，並不只是作者無法掌握主腦與頭緒，而是這些狀似岐出與離題的部分，具現了傳統戲曲的某些本質，並成就了作者寫作的「初心」。本文就上述劇作及其他傳奇為例，重新審視被論者認為是作者「失手」的曖昧、游疑的「雜質」，從創作與演出兩個視角切入，分析並探尋隱藏其內的傳統戲曲特質。

〈《邯鄲記》的喜劇情調〉：《邯鄲記》是湯顯祖根據唐代沈既濟《枕中記》傳奇，改編而成的劇本。沈記嚴肅的探討生命中一切富貴與羞辱的虛幻，湯顯祖面對同樣的主題，卻顯然刻意運用了種種滑稽手法，使全劇充滿了喜劇情調。「喜劇情調」（comic relief）的運用，在我國戲曲中屢見不鮮，而具有強烈自覺喜劇意識的劇作家，則如鳳毛麟角，湯氏是其中最傑出的一位。本文無意將《邯鄲記》與任何類型的西方戲劇稍作比附，當然，透過多種層面的思索，可以豐富每一本劇曲的內涵，可是將源自不同文化背景的戲劇形式，強加比並，恐怕未必合適。本文所要強調的是，湯顯祖在探索、沈思恁般嚴肅，超乎生死的問題時，竟能以刻意的滑稽、冷雋的嘲弄，來觀照似夢般迷離的生命，毋寧是令人感動的智慧燭照。

〈從《療妒羹》看〈題曲〉── 試論折子戲與抒情美典的關係〉：一如山水詩的發展進程，由甲地出發到達乙地，固然是旅遊的目的，但遊程本身也是另一個關注的焦點；徜徉於山水之間的時候，旅程會被不斷的駐足觀賞所延滯，而對每一個停留處的顧盼省察，遂自成自足圓融的境界。「折子戲」正是長篇鉅製的「全本戲」暫停腳步的定格凝止，本文以吳炳《療妒羹》及劇中折子戲〈題曲〉為論述重點，探討折子戲如何在全本戲中，經由「抒情自我」在「抒情時刻」的回顧，以回歸抒情美典的姿態，成為戲曲舞臺的「一時之花」。全文重點包括：針對《療妒羹》，從其全劇寓意、故事來源（小青故事、與湯顯祖《牡丹亭》的對話、療妒）、關目結撰、角色安排、曲牌設計等方向切入，分析其在以敘事、表演為主，外向（extroversive）

的戲曲美典方面的成就。同時以〈題曲〉為例，並輔以目前搬演於劇場的其他折子戲為佐證，思考折子戲游離於全本戲之外的意義。在情節內容上，折子戲可以溢出全本的主線，獨立存在，如《療妒羹》主要敷演的情節是娶妾與療妒；〈題曲〉則是讀罷《牡丹亭》後，思索若能自尋佳偶，即使是夢中或死後，都「不惜薄命」。在表演上，折子戲通常暫停敘事，跳出時間的遷流，轉為空間的藝術，藉詞采、音樂、歌舞、武術等唱做念打的表演程式，抒發劇中人物此時此刻當下的情、志。更由於借表演以抒情，折子戲往往不負載推動情節的責任，也因此很難收納進集合某些單齣形成的整編本中；如果不是全本演出，往往必須單獨搬演，方得保持原貌。

〈〈題曲〉四帖〉：〈題曲〉為晚明吳炳《療妒羹》第九齣，全齣以《小青焚餘》其六：「冷雨敲窗不可聽，挑燈閒看《牡丹亭》，人間亦有癡於我，不獨傷心是小青。」一詩點染而成。本文由——一、小青故事在不同文本中承襲、修改的面貌。二、〈題曲〉作為有關「閱讀」的折子戲，以細膩的歌舞言志詠懷，充分體現崑曲以抒情美典為主的精英文化特質。三、弔蘇小小墓，也是小青諸劇的重要關目，如果〈題曲〉引發的是快感或美感，〈澆墓〉則已達到悟感的層次。四、〈題曲〉是男性作家所寫，在舞臺上自傷身世的女子，但觀眾和演員的性別，又造成演出時角色與性別之間的游移變幻。——等四方面，重新探索〈題曲〉。

〈遙望——從孔尚任《桃花扇》書寫策略的幾點思考談起〉：孔尚任《桃花扇》以戲曲省思明代亡國之慟，明白揭示

「借離合之情，寫興亡之感」，梁任公稱其為「一部哭聲淚痕之書」，論者多矣。本文再探此劇，針對書寫策略著眼，提出幾點思考。一、孔尚任面對「寫作」一事，自覺意識極為強烈，他創作《桃花扇》，一方面是想借戲曲反思故國興亡，另一方面則清楚的意識到「寫作過程」本身。本文將從（一）劇本體例；（二）作者如何化身為老贊禮將自身置入戲中；及（三）小引、小識等「劇本說明」三個方向切入，嘗試追尋無所不在的作者身影。二、《桃花扇》既以南明史事為寫作內容，作為歷史劇，在傳統戲曲抒情與敘事的座標中不免傾向敘事的象限，也的確完成了中國文學戲劇作品中較少見的、近似史詩的宏大視域。當作者堆疊架構繁複的歷史事件時，是如何在抒情與敘事間取得平衡，以及他的選擇與得失之間的關係又是如何？三、雖然清廷入關後，曾祭奠崇禎皇帝，以安百姓之心，但崇禎畢竟是前朝故帝，是極為敏感的論題。為什麼孔尚任在文網甚密、文字獄迭興的清初，卻不避忌諱，在劇中一而再、再而三的提到崇禎皇帝，甚至在四十齣〈入道〉，安排盛大的中元水陸法會，修齋追薦。如果從儀典的角度切入，也許可以進一步思考，劇中祭祀崇禎的場景，甚至整部《桃花扇》，對作者孔尚任和當時觀眾所產生的救贖意義。

〈十年磨一劍──從田漢《白蛇傳》談起〉：1943年田漢在桂林完成白蛇故事的京戲改編劇本《金鉢記》，其後歷經演出／禁演，及一再改寫，至1952年以定本《白蛇傳》參加中共第一屆全國戲曲會演，前後整整十年。對一向下筆極快，總是幾天就完成一個劇本的田漢來說，委實是頗不尋常的事。1955年田漢劇

作集出版，《白蛇傳》序言中，遂不免慨歎「十年磨一劍」。同一題材，經不同時代、不同作者的不斷改寫，往往展現繽彩紛呈的面貌，若欲深入探討這些樣貌間相似或歧異的原因，文本與文本間的交互指涉（intertextual），和文本與文化網絡、時代環境（context）之間的關係，都是不容忽視的因素，田本《白蛇傳》也正是這些因素交纏、輾轉的產物。田漢是近代中國以「救亡」和「啟蒙」為己任的知識精英典型，一生志業盡在於此，創作劇本時，也無時或忘。田本《白蛇傳》對人物、劇情，都做了相當程度的修改。就藝術形式與意識形態的結合而言，《白蛇傳》是相當成功的作品，然而細究劇中要旨，與田漢個人的文藝理念，和當時國家文藝理論、官方政策，竟是千絲萬縷交織，難以釐清。

〈游移在葬花與戎征之間〉：角色與性別的關係，一直是研究中國戲曲演出的重要論題。以梅蘭芳先生為例，他在男扮女裝「乾旦」傳統的繼承、突破、成就上，固然是眾所關切的焦點。然而，借香草美人來表達心志，既是我國文學和戲曲的特質，是則梅先生這位男性表演藝術家，以女性姿態在舞臺上出現，如何藉著對女性角色的詮釋，來作為男身的表達？其間游移變幻，值得再三尋思探索。本文選擇《黛玉葬花》和《穆桂英掛帥》兩齣戲為座標點，來探討游移其間有關文本、演出，及劇中主要人物——即女性角色等問題。《黛玉葬花》是梅先生新編戲曲的早期作品，首演於民國5年（1916），梅先生二十二歲，本劇演出的重點，是歌與舞的表演，氣氛是溫柔、抒情、情意纏綿的。《穆桂英掛帥》則是梅先生在1949年之後唯一，當然也是他最後一個

新編劇目。這齣戲由地方戲曲移植過來，全戲是結構完整、情節周全、敘事性比較強的戲。出身山寨，一身好武藝，到了晚年還高唱「我不掛帥誰掛帥，我不領兵誰領兵」的女英雄穆桂英，和沁芳橋畔葬花的黛玉，自然大不相同；而戰鼓咚咚，氣氛熱烈的音樂，與引用崑曲《牡丹亭》唱段的〈葬花〉，也各異其趣。因此，劇本時代／劇本所表現的抒情或敘事傳統／人物／演出的唱、做……等等也形成了強烈的對比。

　　〈牡丹亭上三生路——從小說〈遊園驚夢〉到「青春版《牡丹亭》」〉：白先勇八歲左右在上海美琪戲院看了梅蘭芳與俞振飛的〈遊園驚夢〉，開始了他與崑曲，特別是《牡丹亭》的六十載情緣。其後，他的小說〈遊園驚夢〉中，主角錢夫人藍田玉藉由《牡丹亭‧驚夢》的唱詞，穿越時空，連結內心與實境，是當代華文小說中極精彩且已成為經典的寫作示範。小說被改成盧燕擔綱的舞臺劇時，華美豔麗的曲辭，還原成纏綿幽婉的崑曲演出。白先勇更在1984、1992、2004三度參與崑曲《牡丹亭》的演出製作，他自稱2004的「青春版《牡丹亭》」，讓他「終於圓夢」。這齣戲除了在兩岸三地及國外公演超過一百場外，更掀起一波深具意義的文化現象。本論文探討白先勇小說〈遊園驚夢〉如何挪用《牡丹亭》曲文，與意識流的手法結合，讓今昔時空交錯、事件平行，對比呈現。舞臺劇《遊園驚夢》又如何結合獨白與崑曲唱腔、身段，形成多重情境的對話。至於他所製作的三次崑曲《牡丹亭》演出，1984年徐露版，是除了少數長年醉心於崑曲的「小眾」外，大部分臺灣觀眾第一次在舞臺上看到的崑曲，發現世間竟有這樣風情綽約的戲曲，無不眩惑震動，而其中也潛

藏演員在京、崑之間的擺盪。1992年華文漪版則是臺灣戲曲舞臺上，第一次出現的崑曲專業演員演出的崑曲，同時也是第一次完整的《牡丹亭》演出，讓觀眾有機會聽到、看到崑曲之美，不僅重現崑曲風華，也實驗了傳統與現代的相容、結合。至於「青春版《牡丹亭》」，更是舉用年輕演員、培養年輕觀眾，製作出合乎崑曲美學的典範示範。本文除觀察每次演出的文化現象，也思考三次製作之間的淵源、流轉，以及「青春版《牡丹亭》」對崑曲劇壇的意義與後續對話狀況。

〈絳唇珠袖之外——從幾部新編戲曲思考新典範的可能〉：
保存、承繼傳統和創新，是任何文化藝術必須面對且實踐的事，戲曲也不例外。戲曲長遠的歷史，完成了包括劇本、表演、舞美等各種元素融合的嚴整劇場體系，而這一如水晶般完美凝結的龐大體系，也經由代代嚴謹的訓練、傳承，於每一次演出中，在劇場重生。如何保持傳統，瓜瓞綿延，成為不只是過眼繁華的一時之花，而是歲歲年年舒瓣吐蕊的常開之花，當然是當代戲曲必須努力的課題。同時，為了成就永不凋敝的常花，則源頭活水、跨界跳 tone 的取材、創新、磨合，也是戲曲在時光之流的遷移中，必須時刻在懷的。二十世紀初東西方戲劇開始劇烈碰撞，戲曲的表演形式一再成為重新思考的論題，加上此後時代、生活方式、思想和觀念都有近乎翻天覆地的變動，戲曲的內容也引發各種討論和爭議。從表面上看來，歷史是連續的，其實其間有前所未有的斷裂和罅隙，戲曲的內容和演出形式也似乎終於到了原有典範（paradigm）無法容納的門檻了。但新典範的形成是否有其可能？本文選擇五部與女性自覺有關的劇作：《三個人兒兩盞

燈》、《金鎖記》、《王有道休妻》、《青塚前的對話》、《小船幻想詩》，從劇本、表演、導演、舞美等切入思考。當代文化的產製與接收場域，已不再局限於某一特定的時空環境之內；而保持文化不斷前進的涵化（acculturation）能力，又必須透過模仿、實踐與試驗來習得和完成。面對當代各種戲劇或藝術形式，不斷創發、萌生、成長，並從世界各個角落洶洶然席捲而來的時候，當代戲曲不可避免的，必須承繼自身系譜的諸般元素，挪用其他戲劇或藝術形式相異或衝突的特質，經由融合、斷裂，及逾越（transgression），重新將各種符號在時間與空間中排序，產生出新的典範。

〈市井文化與抒情傳統的新結合──古典戲劇〉：我國的古典戲曲容或應該稱之為「詩劇」，因為，它是那樣明確的屬於詩的系統。詩可分為抒情詩和敘事詩兩大類。一般來說，敘事詩用於展現情節，鋪敘過去；抒情詩則直指當下，必須在想像中創造一種人生經驗，具有自我與現在的交會點，也就是藉情境來作自我的延續，以物喻我，完成自我的轉位。我國詩歌，尤其是文人的作品，百分之九十屬於抒情傳統，以「抒情寫志」為主要目的。而敘事詩則多半出現於民間──或者說非知識階層中，如樂府〈陌上桑〉、〈孔雀東南飛〉等就是典型的例子。此外又有流傳市井的說唱文學：變文、寶卷、大鼓書、彈詞、南音、木魚書等。古典戲曲最初是從說唱、民間歌舞、伎藝等民間形式的基礎上，逐漸發展形成的，到了宋元南戲、元雜劇，更直接繼承了唐詩、宋詞、元散曲的詩歌傳統，完成了戲曲的完整形式。它不僅是一種以歌舞表演為中心的藝術形式，更重要的是這種形

式必須是以故事情節為血脈，為了舞臺形象的塑造而存在的。同時，戲劇本來就是「表演的」，而非「敘述的」，但戲曲演員在舞臺上，自報所扮人物之姓名、經歷，並說出所作所為，完全採取獨白的形式，觀眾和劇作家對人物的掌握，極為自在方便，因此，姚一葦先生將之比為布雷希特（Bertolt Brecht）敘事詩劇場（Epic Theater）。戲劇中的事件（亦即故事），和演出的基本型態，既建立在敘事詩的基礎上，遂具有戲曲的客觀性；但因為戲曲裡所刻畫的形形色色的人物，都吐露著自己的主觀情感，所以又有戲曲的主觀性，於是戲曲成為主觀兼客觀的詩，而且是由整體的抒情詩所造成的敘事詩。換句話說，它所呈現的形式是敘事詩，精神卻是抒情詩。

〈**絕世聰明絕世癡——《笑傲江湖》中的藝術與人物**〉：情之所鍾，正在我輩，所以哀樂過人，不同流俗。在動盪混亂的社會中，人人欲求此心的安頓，有的人執著於現世的名位權勢，汲汲於稱霸天下，號令群雄；有的人勘透禮法的空虛頑固，渴慕精神的自由解放，寄情於光明鮮潔的藝術。然而江湖險惡，欲進者，種種機謀狡詐之事當前；欲退者，又往往無所逃於天地之間；貪嗔癡愛、恩怨情仇，轇轕萬方而不可解，終至怪誕驚狂，以身相殉。孤山梅莊江南四友，沈溺於琴棋書畫酒，一旦至寶當前，身家性命一概不要，甘犯魔教教主東方不敗禁令，與令狐冲比劍。而衡山劉正風、魔教曲洋，琴簫相和，傾蓋相交，卻不見容於正邪兩道，於是攜手赴死，以真血性噴薄出凜然生氣，從容而美麗。風清揚以其強韌的個性，自我放逐數十年，終不忍獨孤九劍湮沒無傳，將劍法盡授令狐冲，之後再度飄然遠引。余滄

海、左冷禪、岳不群，紛紛亂亂的爭奪武功秘笈及盟主之位，真小人與偽君子纏鬥不休，人性的畏瑣卑污在光明正大的口號中，遂行陰謀。任我行和東方不敗則為了日月神教的教主之爭，各自練就陰狠奇詭的武功，並因而身毀人亡。在彼此爭鬥的過程中，權力機制藉象徵符號和儀式行為施展到極致。藝術的真義若是精神的大自在、大解放，則風清揚「無招勝有招」的劍法傳授，確如庖丁解牛，技中見道。只是，令狐冲領略了藝事的自由解放，在生命中是否也能自由自在的笑傲江湖呢？一切有為法，如夢幻泡影，如露亦如電，應作如是觀。

　　書末書目，則僅列各篇文章實際引用者，至於讀書寫作時所曾閱讀、參考之數量龐大的書目，就不列出了。

　　本書得以順利刊行，全仗好朋友們慨然襄助：啟豐先生幫忙處理一應相關事宜、珮真小姐幫忙編輯校樣，以及老友陳彬女史細心校對，謹在此對三位致上最深的謝意。此外，也要感謝所有啟發過我的前輩學者、師長、朋友、學生，因為有大家，我才能擁有如此美麗幸福的讀書、寫作的生命歷程。

陳芳英2009年花朝序於優曇缽華室

團圓與收編之間
——以關漢卿劇作為例

一

關漢卿不僅是元劇作家中的巨擘，更是我國戲曲史上幾個最閃亮的名字之一，有關他的研究，可謂卷帙浩繁。近幾十年來，對關漢卿戲曲的討論，除了部分涉及作品的藝術特質之外，大量的論文，傾向強調其劇作思想主題、劇作人物對權威、體制、黑暗勢力的挑戰、反抗，儼然將關漢卿及其劇作塑造為「正義」的典範。這些論述，自有一定的說服力，但在許多學者歌頌讚歎的勝利與團圓的背後，是否真的了無遺憾？或竟是潛藏著更危險的暗流？

包拯在《魯齋郎》[1]中以偷天換日之手，偽造文書，欺哄皇帝，斬殺權豪勢要魯齋郎。在《蝴蝶夢》中借移花接木之法，盆弔死偷馬賊趙頑驢，替代原應為葛彪償命的王三。每當我們展讀劇本至此，總不免錯愕的發現，關漢卿正明目張膽的「以不義（法）制裁不義（法）」，公然挑釁社會的規約和律法。然而，

1　本論文引用關漢卿劇作，主要根據《關漢卿戲曲集》。台北：宏業書局，1973年；〔明〕臧晉叔，《元曲選》。台北：正文書局，1970年。

就在這充滿挑釁與顛覆意味的危險邊緣，關漢卿筆鋒陡然一轉，前劇出現了天子順水推舟的宣告：「苦害良民，合該斬首」；後劇更荒唐的飛來「聖明君」的封誥賞賜。作者筆下的激進策略，至此全然崩解，被原先質疑的權力型構招安收編（co-opted），一切都合法化了，似乎讀者與觀眾便可安心掩卷，或施施然離開劇場。

《救風塵》、《望江亭》、《調風月》、《拜月亭》，甚至《金線池》、《玉鏡臺》這一組「爭取愛情」的作品，其終能掃除障礙的主因，並不真的是以愛情動搖了籠罩全劇的權力型構，而是提出另一個更強而有力的權力系統來「以暴易暴」。至於「愛情論述」與本文敘述之間，則顯而易見交錯著不斷經由「權力交涉」（power negotiation），完成「顛覆」（subversion）與「包容」（containment）的循環。即使被視為反抗烈焰上告於天的《竇娥冤》，其終極吶喊，又何嘗不是尋求一更高的「制高點」？

當然，就像為關漢卿貼上「正義」、「抗爭」標籤的未盡合宜，因《陳母教子》、《裴度還帶》對社會制度的認同，遂目之為「御用」與「庸俗」[2]，也殊可不必。筆者所關心的，是劇作本身所呈現的這許多「罅隙」，似乎在文本敘事完成之後，有什麼暴亂的、令人不安的、文本情節無法掌握的東西，正在文本底層閃爍、集結，並且蔓延。這些被排擠到邊緣的「亞文本」（subtext）與文本之間的斷裂、轇轕、罅隙，正是本論文所試圖思

2　畢明星，〈選擇與自由：關漢卿文化品格的哲學闡釋〉，《關漢卿研究新論》。石家莊：花山文藝出版社，1989年，頁198。

索、探討的主題。

二

　　「亞文本」在受佛洛依德以降的精神分析學家所影響的文學批評中，被認為是文本的潛意識。就像伊格頓（Terry Eagleton）指出的：

> 通過注意敘述中那些好像是迴避與矛盾，以及感情強烈的地方——沒有說出來的話、重複過多的話、語言的重疊與轉義——文學批評可以著手探索二次修正的層次，並揭示作品既隱又顯，像無意識願望那樣的「亞文本」的某些內容。[3]

如果我們將愛情劇中的女性形象，作為關漢卿劇作愛情劇的亞文本，則我們不但可以探索這些亞文本如何使得劇中所意圖形構的「愛情論述」，達到自我消解；並可進一步窺知關漢卿如何在無意間挪用這些女性角色，去建構一套父系價值系統；或者說意圖挪用她們去挑釁、顛覆，甚至癱瘓整個父權系統的過程中，其實卻是無意間重蹈了父系秩序的支配性輪迴。

　　首先，我們看到女性在劇作家筆下，如謝天香、杜蕊娘、劉倩英，全然成為整套父系語義系統中的他者（other），被空白化、或驅逐到邊陲，等待被書寫為加強、鞏固這套建構的工具。

3　Terry Eagleton, *Literary Theory: An Introduction.* Minnesota: University of Minnesota Press, 1983, p.182。並見伊格頓（Terry Eagleton）著，鍾嘉文譯，〈精神分析學〉，《當代文學理論》。台北：南方出版社，1988年，頁224。

　　《錢大尹智寵謝天香》中，謝天香可以說完全被作為「物」來描寫，即使她「走筆成章，吟詩課賦」，順口改韻填詞，她的出現，只為成就錢大尹／柳永間的「肝膽」情誼，作者不曾對她付出絲毫對「人」的尊重與關懷。錢大尹因柳永之託照顧謝氏，在可採取的千百種方法中，偏偏選擇了不明不白的納謝氏入府，而後故意不理不睬，三年冷遇。謝天香「匪妓」從良，雖深怨錢大尹拆散鴛鴦，倒也真心實意的想委託終身。然而，雖將此心託明月，誰知明月照溝渠，在錢大尹跡近侮辱摧折的冷漠中，謝氏不免情思纏綿，心事重重；誰知三年後，柳永得中歸來，她又在未經任何心理調適的情形下，被送回柳永身邊。錢／柳男性中心的友誼「佳話」中，謝天香只是一個被扭曲、空白化的符號而已。劇終時殺牛造酒的喜宴，其實是轟然碎裂了愛情喜劇的神話。《杜蕊娘智賞金線池》的上廳行首杜蕊娘，「自我意識」是比較強烈的。她以為自己在愛情上應該享有與韓輔臣相同的權力，可以要求對方和自己一樣愛惜、看重這份感情。當卜兒間阻，韓輔臣負氣而去，「輕負花月約」之後，再回頭要求蕊娘隨順，蕊娘即使心念每在韓輔臣身上，不經意出言也往往道及，卻不肯輕易答應。只是，杜蕊娘所意圖堅持的在愛情上與韓輔臣對等的這份傲氣，仍在韓輔臣、石好問計謀的棍、枷威脅下，被消音了。

　　同樣的，《溫太真玉鏡臺》裡，溫嶠以欺矇的手段，娶得表妹劉倩英後，為贏得倩英之心，一路做小伏低，情真意摯。但劇本並不是採取延續這一份自始至終的款款深情，以打動倩英，而是安排了王府尹的「水墨宴」，導引出團圓的結局。水墨宴上，

「有詩的學士金鍾飲酒，夫人插金鳳釵，搽官定粉。無詩的學士瓦盆裡飲水，夫人頭戴草花，墨烏面皮。」。劉倩英對愛情過程中「真誠」的堅持，再度在非愛情的問題前瓦解、崩釋。《詐妮子調風月》中侍婢燕燕，雖與小千戶海誓山盟，由於地位並不相稱，時時擔著心，發現小千戶懷著羅帕時，疑雲頓生，不惜撒潑要賴，強調一己愛情的「尊貴」，要求小千戶再三賭誓。豈料小千戶仍將與她所服侍的小姐結親，且由她傳覆親事，在社會成規的宰制下，燕燕只能作為「他者」被驅離出去。不過，就像德希達（Jacques Derrida）等學者指出的，文本中相互對立的事物，為了保持自己的地位，有時是互相轉化和毀滅，有時則將帶給自己極大麻煩的細枝末節驅逐到文本的邊緣地帶。這些在語義中蔓延擴散、閃爍不定的東西，總是在文本中逃避所有的邏輯和體系——德希達稱之為「傳播」（dessemination）。在他看來，所有的語言都展示了這種超出「確切含義」的「多餘物」，總是威脅著要超過和逃避那種試圖將它囊括的意義。女性形象和愛情論述雖是閃爍不定的「多餘物」，卻時時意圖翻轉以強勢出現的社會體制此一主題論述。從後代改編的《燕燕》一劇對情節的改寫，讓燕燕自盡身亡，其顛覆性的破壞力便可不言而喻。

　　面對《望江亭中秋切鱠旦》，也許多半的讀者或觀眾會將注意力集中在楊衙內、白士中之間權力的懸殊差異，贊歎譚記兒智賺勢劍金牌的慧黠，忽略了白士中和姑姑在道觀賺婚時，也是以「官休私休」的方式強迫的，情慾的曖昧在此被作為閱讀的嬉戲。其後，楊衙內的掠奪過程，其實不過是白士中逼婚過程的暴力重演，譚記兒卻反過來作弄、顛覆、摧毀了楊衙內的權力語

言。姑且不論最後李秉忠以「機器降神」的形式出現，本劇的團圓結局，只是本論文第一節裡所指出的官僚系統中權力論述的另一種方式的強調，單就譚記兒來看，她的智賺勢劍金牌，表面上是「女性／非理性／美色」對「男性／語言／權力」的嘲諷和擺布，其實譚記兒是被後面更龐大的男性秩序播弄，成為男性秩序中「權力交涉」的犧牲祭品。《閨怨佳人拜月亭》這本以情節取勝，傳唱千古，並經一再改寫、搬演的作品，是以錯認與巧合，呈現了戰亂年代涕淚啼笑交雜的諸般無奈。同時，本劇也「示範」了元代愛情劇裡愛情觀所立足的倫理系統，是典型的支配論述（父親、禮教、功名婚姻）和反支配性論述（年輕情侶、愛情、私約幽會）的對話。在某些「非常」的時空，人忽然脫離了亦步亦趨的強大社會宰制，單純的素面相見，戰亂流離成就了蔣世隆、王瑞蘭這一對亂世鴛鴦。而一旦父女相逢，支配論述遂不容異議的剷除「異己」的聲音，強行拆散未經倫理系統認可的非法結合，王父帶回瑞蘭，之後又以不容動搖的姿態，要將瑞蘭重新納入「安全」的系統中，逼她嫁給新科狀元。瑞蘭在閨中思憶、亭畔拜月、面對聘禮，或玳筵前手捧許親酒時，都陷身在極度的焦慮之中。女性在文本的男性語言系統下，

> 發現「自我」陷於「我」與「非我」之間的曖昧及矛盾中，在「無法說出自我」的「我」，及「以他人之方式說出自我」的「非我」之間，對「自我」及其文化產生內在的暴力與失位感。[4]

4　廖炳惠，〈新歷史主義與後殖民論述〉，《中外文學》第20卷第12期。

與久別的丈夫在另一次婚姻的筵席前，以男女主角的身分重逢，
毋寧是極度尷尬的。雖然瑞蘭在自承「狠毒爺強匹配我成姻眷」
的哀怨傾訴中，也指責了世隆「可是誰央及你箇蔣狀元，一投官
也接了絲鞭」，可是在彼此的背叛中，在父權系統下的女性角色
的確「我便身上都是口，待交我怎分辨」。

　　巧合的安排，讓本劇有了歡慶的結尾，充滿危機的場面，也
因突然逆轉，變為喜劇性的情節，成全了王瑞蘭拜月之際祈求的
願望：

願天下心廝愛的夫婦永無分離，教俺兩口兒早得團圓。

而團圓，當然要築基於前文所言元代愛情劇裡愛情觀所立足的倫
理系統：愛情 → 阻礙（父權）→ 功名（父權系統的更高位置）
→ 遂行愛情（遂行父權，或由父權收編），並經由此一支配性論
述中的權力交涉（negotiation）與權力撥弄（appropriation）方得
以完成。

　　「俠妓」趙盼兒，則隨著《趙盼兒風月救風塵》一劇使得
每一位讀者、觀眾心生喜悅。劇中趙盼兒以不同於一般元劇正旦
角色的風姿，以爽利佻儓、調笑諧謔的身段，游走於宋引章、
安秀實、周舍和鄭州太守李公弼之間，她的光采軒朗如朝霞舉，
其語言之下閃竄的活力，及行止的潑辣自在，也令我們遙想巴赫
汀（M. M. Bakhtin）「詭異」（grotesque）和嘉年華（carnival）
的閱讀策略。然究其終極，她為安秀實、宋引章掃除愛情障礙的
「仗義」行徑，卻全然倚仗不義的欺哄，和訴諸更高權力型構的

威權。她憑藉周舍對她的一念貪愛，以及對宋引章的倦怠，先是以美色誘惑，繼之以自備的羊、酒、紅羅，虛構了婚姻的許諾，騙得周舍給宋引章的休書，這一連串的計謀，再度顯現元人囿於現實的無奈，在劇中營構了消極的、自我解嘲的無數智計，不論是愛情劇、度脫劇、公案劇，幾乎無所不在的非法抗辯姿態。尤有進者，趙盼兒的奔走努力，固是繽彩紛呈，卻仍須官府的決斷，才得壓服周舍；而官府的決斷，和趙盼兒的智計一樣，也是不義的。宋引章和安秀實原無夫婦名份，宋引章嫁給周舍，也出於她自主的選擇，無關乎鴇兒愛財，斷詞卻為：

> 老虔婆受賄貪錢，趙盼兒細說根源，呆周舍不安本業，安秀才夫婦團圓。

在表面的大快人心、皆大歡喜的團圓情狀中，不能不讓人對權力系統的絕對至上，有惶悚、怖慄之情吧！愛情團圓原是元劇作家的幻夢，此一幻夢每須以功名順遂的幻夢為其支點[5]，而如今我們所看到的是，元代作家，包括象徵時代爭議性聲音的關漢卿，都不可避免、無法逃脫的渴求晉身一更高更大的權力系統，並為其收編。

　　被這些蔓延、閃爍、不納入掌握，作為「亞文本」、「罅隙」的關劇女性群眾所嘲弄質疑的愛情劇文本，或是這些文本意圖透過顛覆／包容，將女性群像作為一枚符號編排入父系語言的

5　學者論及此點者頗多，如鄭振鐸，《中國研究新編》。台北：粹文堂，1975年；顏天佑，《元雜劇所反映之元代社會》。台北：華正書局，1984年。

權力交涉後面,是隱藏著元代知識份子何等的一份委屈貧窮、荒涼不堪的權力渴望呢?愛情劇中的「愛情論述」,在這些騷動紛亂、不服膺支配論述支配的女性符號的自我消解下,愛情所存無多,赤裸裸暴露在我們面前的,是同樣潛伏在公案劇、度脫劇底層的荒蕪與絕望。

馬庫色(Herbert Marcuse)創造出「壓抑性縱容」(repressive desublimination)和「壓抑性容忍」(repressive tolerance)等術語來描述叛逆的文化形式如何經由被現行體制接納,或商業化,而被解除武裝,終致喪失其破壞力。「新歷史主義」更進而提出:「一個社會對其人民的控制不僅在於消極的給予人民一些限制,更重要的是預測人民對這些限制可能的反叛方式,而加以收編。」[6]。公案劇與政治的對話關係,原就昭然若揭,從關作公案劇,尤可看到顛覆╱包容的權力交涉。

《包待制智斬魯齋郎》描述「嫌官小不作,嫌馬瘦不騎」的權豪勢要典型魯齋郎,他一時興起,輕易毀損銀匠李四、孔目張珪兩人原本尚稱美好安足的家庭,導致夫妻子女乖隔千里,安善良民的苦楚是無法言說的。包拯的出現,終可「表出百姓艱辛」,但面對律法庇護、皇帝撐腰的魯齋郎,他也無法可施。只能將「魯齋郎」改為「魚齊即」矇哄皇帝判了斬字,再改寫公文,所謂「智」,實為下下策的欺罔。在指責不義不法的同時,是以不義不法為武器;抨擊魯齋郎的權力系統,是借助更不容動搖的皇權,且終必使皇帝認同誤判的「斬」字,將原本「反叛的

6　Gerald Graff 著,賴守正譯,〈收編(co-optation)〉,《中外文學》第20卷第12期。台北:台灣大學中外文學出版社,1992年5月,頁210。

方式，加以收編」。《包待制三勘蝴蝶夢》一方面以蝴蝶憐救其子的夢境，渲染了「預知先兆」的神秘色彩，更藉之宣稱惻隱之心，人皆有之，「你不救，等我救」的合法性，夢中的憐救小蝴蝶，等同於判案時，護救王三，是則以另一原應死罪的趙頑驢為救贖的犧牲，也就理所當然了。何況王母為救前房之子，寧願割捨親生，在賢母形象的映照下，包拯的從權智計，遂可被不加訾議的接受。葛彪原是打死人不須償命的權豪勢要，王家兄弟為報殺父之仇而打死他，身分地位的不平等，使整個事件不只是單純的「殺人償命」規例可解決，「打死平人怎干休」！包拯狡獪的運用了他掌握的權勢，暗暗嘲謔了當下的威權體制，原可就此打住，成為抗辯的符碼。關漢卿卻急急補上「聖人之命」：

> 大兒去隨朝勾當，第二的冠帶榮身，石和做中牟縣令，
> 母親做賢德夫人。國家重義夫節婦，更愛那孝子順孫，
> 聖明主加官賜賞，一齊的望闕謝恩。

我們看到了權力的再製、分配及延伸，天子是聖明無窒礙的，皇權是不容置疑的，在望闕謝恩之際，劇中人、劇作家和觀眾都成了「孝子順孫」。

《感天動地竇娥冤》可能是被討論最多的劇本了。從各個角度、各種面向的反覆探索，已經使得有關《竇娥冤》的研究自成一種「論述」（discourse），而「補償」，是其中主要的論辯焦點之一，本文無意延續這些論證，不過是建議一個想法。在《竇》劇中，不論天意的補償、人間的復仇，或公義真理的再度被證明，就劇本而言，都同樣指向必須回歸安定、不容置疑的秩

序系統。因此，血濺白練、六月飛雪，甚至不惜禍及蒼生的三年
亢旱，這些上天垂示的慘怛見證，固然可以撫慰百姓對冤屈的質
疑，宣洩對公義的渴望，但並不能使游移、懷疑、無告無依的心
靈真正得到安定。終究，天地的異變是不可恃、不可企求，也並
不具有實質的嘉善懲惡的意義。不妥協的抗爭，只為了翻轉失去
秩序的混亂，使之重歸於平靜，恰如崔林（Lionel Trilling）所指
出的：「反社會之社會化，反文化之文化化，顛覆之合法化。」
（Socialization of the anti-social, or the acculturation of the anti-
culture, or the legitimation of the subversive.）[7]。唯有尋求一個比太
守桃杌更高的權力系統制高點，如劇中百姓一般孤苦無告的黎民
眾生，方能在走出劇場時，相信他們終可處於一個有秩序的、有
所憑依的社會中。

三

　　如果奔向更高層的權力系統，以尋求安定和安心，是我國
知識份子不可抗拒的魅惑和宿命，則《單鞭奪槊》、《裴度還
帶》、《五侯宴》、《陳母教子》這一系列劇作的完成，也就毋
須大加撻伐了。當我們預設了關漢卿作為異議者的身分，遂無由
容忍他依循經典教誨，「立國邦為相宰」的傳統讀書人心願。我
個人的看法，以《裴度還帶》為例，裴度發跡變泰的過程，的確
顯現作者寫作時，被傳統的文化框架所選擇，關漢卿「蒸不爛、
煮不熟、捶不扁、炒不爆，響噹噹一粒銅豌豆」的形象似乎面貌

7　Lionel Trilling, *Beyond Culture: Essays on Literature and Learning.* New
　York: Viking Press. 1968, p.26。

模糊，但他又何嘗不是恰如其份的描述了中國讀書人素所相信的晶瑩品格和濟世心志，所謂：

> 立忠信男兒志四方，居王佐丹宸定八方。撫萬姓，定邊疆，或是做都堂為相，那其間衣錦可兀的卻還鄉。（《裴度還帶》第三折【賞花時】）

更重要的是，我們是否在《裴度還帶》，或特別是《陳母教子》的文本論述之外，也看到閃爍、不安的聲音，看到關漢卿敢於直面人生、正視淋漓鮮血的個性，再度以消遣調謔的玩世態度，在文本深處竄動？否則，一門四狀元的《陳母教子》，怎會充滿滑稽、荒唐之感！

每讀元人「度脫劇」，輒為其狠厲悲涼、喧囂笑鬧的恣意自在所震動，而度脫過程的暴力，及以更高的權力型構來完成原應心懷慈悲的度脫，令人很難不在滿心荒蕪之後，有淚如傾。同樣的，愛情劇、公案劇中，又何能逃脫權力交涉與權力撥弄呢？也許多半的元雜劇都在這樣的文化論域中衍生，而一空倚傍、自鑄偉辭的關漢卿也未能自外於其上。不同的是，關漢卿的劇作在正文論述的單音獨鳴（monoglossia）之外，有更多的雜音，也唯其眾聲喧嘩（heteroglossia），才讓我們看到劇作隨處閃現的扞格、罅隙。本文無意討論「團圓」在我國戲曲中常駐屹立的成因、意義，或優劣是非。只是意圖指出，團圓往往是未盡圓滿的，一定要將反對、激進或異議強行消音或收編，只能勉強成就某一獨斷的體系。而團圓背後，其實仍存有許多雜質，這些邊緣的、壓低的話語，即使微弱，終將嘈嘈切切，將正文論述背身掩面的、難

堪、騷動、左支右絀的另一種表情，耳語傳出，且持續不已。

原發表於《關漢卿國際學術討論會論文集》。臺北：行政院文化
建設委員會，1994年。

且尋九霄鳴鳳聲
——馬致遠劇作解讀[1]

一、家門

　　明寧獻王朱權《太和正音譜》稱馬致遠作品如「神鳳飛鳴於九霄」，可謂推崇畢至。歷代論曲者，對馬致遠的生平、散曲、戲劇，亦反覆探析，論述盈乎緗帙。前人著作具在，徵引容易，所曾論及者，自毋庸贅言。本文嘗試自環境及交互指涉兩個方向，重新解讀其劇作。

　　有關劇作和時代環境（context）的關係，這個問題曾有許多人談及，著眼點各有不同。本文不擬就時代背景引證舉例、綰合環境與作品，只針對馬致遠現存劇作呈現的元代士人內心掙扎歷程，作一簡略但總體的觀照。包括：《漢宮秋》——國遭大難的悲慨，《青衫淚》——愛情團圓的幻夢，《薦福碑》——功名順遂的幻夢，《陳摶高臥》——隱逸修真的樂趣，度脫劇——斬絕塵緣，證入仙班。

　　至於文本（text）的交互指涉（intertextual），則以隱逸度脫為例切入。隱逸情調是元朝時代精神相當重要的一面，至《太

1　本文為「關王馬白研討會」（1990年2月石家莊）講稿，是以體例、筆調均與一般論文稍有不同。

和正音譜》分雜劇十二科，猶以神仙道化居首。馬致遠是元代神仙道化劇的巨擘，散曲亦多嘆世、園林等隱逸遁世內容。他之所以蜚聲元代曲壇，領袖群英，被《太和正音譜》列為元曲作家一百八十七人之冠冕，恐與此不無關係。這一部分就以《黃粱夢》為主軸，集中討論他的度脫劇。包括：

縱的承繼：從《枕中記》到《黃粱夢》、《邯鄲記》
橫的交流：《黃粱夢》、《岳陽樓》、《任風子》

二

（一）劇作和時代環境（context）

馬致遠所著雜劇，現存七種[2]，計為：

《破幽夢孤雁漢宮秋》

《江州司馬青衫淚》

《半夜雷轟薦福碑》

《太華山陳摶高臥》

《開壇闡教黃粱夢》[3]

《呂洞賓三醉岳陽樓》

《馬丹陽三度任風子》[4]

2　〔明〕息機子編《雜劇選》中有《孟浩然踏雪尋梅》一種，是否為馬致遠所作，論據不足，暫不列入。此外，《晉劉阮誤入桃源》為殘曲（見《太和正音譜》、《北詞廣正譜》），亦暫不列入。

3　《黃粱夢》為馬致遠、李時中、花李郎、紅字李二合撰。本文以作品為討論對象，文中或單舉馬致遠之名，實涵此四人。

4　劇本排列次序，蓋依文本探討元代士人內心掙扎之歷程，而非創作年代先後。作品繫年可參閱劉蔭柏，〈馬致遠生平作品推考〉，《廈門大學學報》1982年第1期。廈門：廈門大學，1982年。

　　這七部作品，將文士雜劇所具備的詠懷詩本質，發揮得淋漓盡致，具體、且完整的呈現了元代文人內心掙扎的歷程。他們在異族入主，傳統社會面臨非常之變、顛倒錯亂的時代裡，飽嘗了生活困頓與尊嚴貶損的煎熬之後，提出了控訴、哭告，和自求安頓的幻夢。

　　《漢宮秋》一劇，被明臧晉叔列為《元曲選》百種之冠，實為一有譏有託、沈慟哀婉之作。就像所有取材於歷史的作品一樣，寫作的目的，絕不在重現一個眾所週知的故事，而是在原有的故事格局之外賦予的意義和情感。本劇充滿麥秀黍離的悲慨，漢元帝醒覺自己雖貴為天子，不能保其所愛，自我無能的哀痛和愛情挫敗的悲傷相互糾結，使他在嚴厲斥責群臣的同時，也一再嘲諷自己。而無論嘲諷也好，慘怛憤懣也好，都是元朝漢人，特別是讀書人痛切的體認。整個劇本的主調，是自我受到限制、無法伸張的呻吟，盛稱夷勢，期孤忠於女子，正是強大壓力下的無力與無奈。

　　撇開國破山河在的歷史悲情不談，元代文人在個人世界追求婚與仕的路途中，也由於時移世換，遭到了挫敗。因此，功名順遂和愛情團圓這兩個幻夢，遂如千江之月，隨處湧現。士子苦盡甘來的愛情勝利，和由備受嘲弄奚落的窮途潦倒轉為功成名就，這類否極泰來、雨過天青的模式，正是元人雜劇的主要意識形態表現，它同時意味著發洩痛苦和尋求慰藉的心理意義。《青衫淚》和《薦福碑》恰好是這兩個幻夢的投影。

　　《青衫淚》是馬致遠現存劇本中，唯一的旦本。白居易《琵琶行》自傷謫放的抒情詩作，在馬致遠筆下幻化為曲折離奇的文

人凱歌。和同一類型的其他劇作相似，鎗兒與浮梁茶客基於利的
結合，與裴興奴、白居易發乎情的相投，形成了衝突。而劇中堅
貞自誓、託身文人的妓女，為結局的團圓場面，提供了最有力的
保證。就像鄭振鐸先生再三言及的「這只是一個夢」，元代文人
被摒棄於現實的要津之外，已一無可恃，只有透過佳人對書生的
傾慕來肯定自己，以抗衡現實中的巨商權要，排遣與補償自己落
拓的苦悶與不平。《薦福碑》裡的張鎬，在仕途壅蔽、所用非人
的政治困境中，更是集諸般不幸於一身，投託不遇、流落四方，
在命運的撥弄下，甚至因「天不容小生」而準備「觸槐身死」。
他的困頓偃蹇，一方面可以讓觀眾一掬同情之淚，更重要的是，
他始困終亨的境遇，必然帶給置身現實折磨的文人一種感同身受
的期待與希望。

　　愛情團圓或功名順遂的幻夢，雖然可以暫時寬慰士子的心
靈，現實的困頓苦楚，則又不免驚醒好夢，在這一夢一醒之間，
士子們體認到現實的不公不義，是無從改變的，在憤激之餘，
對自己的所學產生懷疑：「空學得五典皆通，九經成誦，成何
用？」讀書人至此還能堅持些什麼呢？他們無可選擇的退出了爭
逐的舞臺，走上隱逸的路子。只不過，其間還是存在著許多矛盾
和遲疑。

　　《陳摶高臥》為馬致遠表現隱逸情調的劇作。其第三折敘述
學仙的好處，固亦瀟灑自在，不過每提及一段學仙樂趣之後，總
不忘與現實再作比對，佛家云「才說無便是有」，則現實之難以
遽忘，恐怕也是不爭的事實了。編造一個逍遙的神仙自在世界，
來作為心靈託庇之所，並擷取民間故事中，皇帝百般相求陳摶考

慮為天下蒼生入朝為官的情節，刻意描繪，來滿足難以壓抑的功名之心，或許是文人的一廂情願吧。

　　現世功名和出世觀念二者的無法斬絕劃分，不僅是馬致遠的疑慮，亦是整個時代多數士人的苦悶。對仕路已阻的元代士人來說，他們迫切地需要一把切斷名繮利索的慧劍，又深知要割捨人我是非、酒色財氣，不是一般人做得到的，隱逸又加上神仙的色彩，一切的安排乃掌握在有超凡力量的仙人手上，由於「宿緣先世」，終得度脫成仙。《黃粱夢》、《岳陽樓》、《任風子》，寫出了解脫塵寰、逍遙物外的冥想。

（二）文本的交互指涉（intertextual）

　　「交互指涉」這個觀念是由俄國學者巴赫汀（M. M. Bakhtin）首先提出[5]，後來經過克莉絲蒂娃（Julia Kristeva）正式介紹給當代文學批評界[6]，成為當今文學理論中相當重要的論據[7]。簡單的說，所有文本都是一種鑲嵌品，有意或無意，間接或直接，以瓦解、創生的方式，閱讀、引用其他文本，組成自己。

　　就文本而言，其實是許多文本的對話（dialogue）。文本中的文字、內容分別是作者本人的、文本中人物的、當代或更早的文化網路特有的。就作者來說，文本中所呈現的，有些是他自己

5　M. M. Bakhtin, *The Dialogic Imagination*, ed., Michael Holquist, trans. Caryl Emerson & Michael Holquist. Austin: University of Texas Press, 1981, pp.45-329.

6　見Julia Kristeva, *Semiotike: Recherches pour Une Semanalyse*. Paris: Seuil, 1969.

7　在我國詩話中，也有交互指涉的觀念——如江西詩派奪胎換骨之說——，但並未有系統的論辯，是以此處仍以 Bakhtin 的說法為據。

的語言，有些是自覺或不自覺的受到他取材所本，或當代同類文本的限制。這之間，當然包括他人語言、觀念，和作者的契合、牴觸，或被作者質疑、諷刺，甚至謔仿（parody），而形成眾音交匯的「眾聲喧嘩」（heteroglossia）[8]的現象。就觀眾、讀者而言，在欣賞過程中，也往往回溯、反饋以前接觸其他文本的經驗，更是交互指涉的活動，因此，面對文本，讀者可以成為主體的學說，也才有其可能。

　　馬致遠等四位作家合寫《黃粱夢》時，當然會受到他們根據的粉本《枕中記》、《純陽帝君神化妙通記・黃粱夢覺第二化》的約限，受到元代度脫劇慣例的影響，更有他們四個人對此題材的不同詮釋。而後代的我們在閱讀時，不但回溯到《枕中記》，也把《搜神記》中的〈楊林入夢〉或〈櫻桃青衣〉都納入思慮，還不可避免的將明代的《邯鄲記》也牽合在一起。不論如何，每一位閱讀者，都只能代表「一」種讀法，以下談及的，也只是筆者的「一」種讀法。

　　筆者所關切的是：

　　1.從《枕中記》→《黃粱夢》→《邯鄲記》的系列發展中，《黃》劇呈現了什麼樣獨特的面貌？

　　2.《黃》劇與《岳陽樓》、《任風子》相較，又透露了什麼訊息？

8　「眾聲喧嘩」（heteroglossia）的觀念出自巴赫汀（Bakhtin），以對照於「單音獨鳴」（monoglossia）。參見註5 *The Dialogic Imagination*, p.428.

　　一個不曾懷疑過生命意義的人，自可義無反顧的向前奔馳。然當他歷經生活中的種種掙扎、追尋、擁有和失落之後，忽而佇足沈思，他或許會發現世間諸事居然只是幻影。《枕中記》、《黃粱夢》、《邯鄲記》這一系列的作品，藉著故事中人物的經驗，對人世提出相當嚴重的懷疑和批判。可是，我們又如何能對正在享用生命的人，宣稱生命的虛無呢？作家們遂試圖以夢境的虛妄，來證明人生的虛妄。因為夢中的世界，不論是如何的合情入理、有聲有色，夢醒之後，終只剩一片迷離惝恍，零落斑駁。

　　唐代沈既濟《枕中記》傳奇中，呂翁和盧生於邯鄲道上旅邸偶然相值，談及「人生之適」，所謂一生當：

> 建功樹名，出將入相，列鼎而食，選聲而聽，使族益昌而家益肥。

　　於是呂翁授枕，盧生入夢。盧生夢中所經歷的是理所當然、嚴謹、有條理的、一本正經的榮悴窮達，就像歷史上許許多多的人所走過的路，沒有一絲頑笑，沒有一點怪幻。待他醒來，身在旅邸，黃粱未熟。在這真真假假的情境中，他不免遲疑了。「豈其夢寐也？」這句話和莊周夢蝶相似，使我們在人生的真假之間產生撲朔迷離的幻覺，而且把盧生那種戀戀夢中繁華，不忍、也不願相信這只是一場空夢的將信將疑的心情，作了極為生動含蓄的表達。呂翁這時說了一句重逾千斤、當頭直落的話：「人生之適，亦如是也」。盧生終於領悟到平時念念不忘、欲得之而後快的功名富貴，不過像一場睡夢般空洞虛幻，於是「稽首再拜而去」。

　　《黃粱夢》則是演述東華帝君命鍾離權度脫呂岩，也就是呂洞賓。由「外」扮呂洞賓，「正末」分別扮演鍾離權、高太尉、院公、樵夫、邦老，角色的安排當然是為配合四位作者合寫一個劇本的緣故，若由主唱的正末扮演被度脫的呂洞賓，四人分寫，難免會出現性格不統一的情況，於是選擇由主唱者扮演不同的度脫者，劇中著重的是度脫點化的過程。呂岩在夢中的境遇並非一帆風順，而是酒色財氣的斷絕。他招為高太尉的贅婿，官居兵馬大元帥，奉旨出征吳元濟之時，因吃了三杯送行酒，吐了兩口血，「當日斷了酒」。在戰場上因貪三斗珍珠、一提黃金，賣了一陣，私逃還家，被迭配沙門海島，「因此斷了財」。出征期間，妻子與人私通，被他返家時親身拏住，休了妻子，「斷了色」。發配途中遇見強人，摔殺兩個孩兒，砍倒自己，「將氣也忍了」。夢中不得意的遭遇，使他在夢中就已心灰意懶，醒來遂即隨漢鍾離「同歸大道，位列仙班，賜號純陽子」。

　　至於明代湯顯祖寫《邯鄲記》時，想必早已認知到生命是一場詭戲[9]，片斷的生命本身自是具足圓融，而面對無限時空則是永恆的缺憾。他不像《黃粱夢》直接去否定生活中所追求的一切，而讓盧生在飽經榮享和屈辱之後，在得意至極的一剎那醒來。醒前毫無缺憾，福壽全歸的心境，和醒後兩手皆空，嗒然若喪的悵惘，這種強烈的對比，才能讓盧生領悟人情眷戀的不足取。夢既無憑，夢中的世界正不妨以滑稽的態度相對待。《邯鄲記》中以

9　關於《邯鄲記》的討論，參見陳芳英，〈邯鄲記的喜劇情調〉，《中外文學》13卷第1期。台北：台灣大學中外文學出版社，1984年，頁48-69。

荒唐、嘲弄之筆寫盧生的及第、建功、受辱、平反、極欲，乃至成為蓬萊山門外的掃花僮子，正是歷遍大千世界的滄桑與辛酸後的智慧燭照。

當我們提出「交互指涉」的時候，不只是要指出文本與其他先驅文本的承繼關係，我們更關心彼此間的矛盾關係，特別是「雙重（ambivalent）矛盾」。這種兼具學習和瓦解、模仿和修正甚至嘲弄等正反矛盾關係，是建立在距離──風格模仿（stlizing）、對立──謔仿，和活潑的修正──蘊含的內在爭論（hidden interior polemic）之上的。則這三個文本內在的歧異維何？

所有文本都受到時代文化的約制，我們可以再次從《黃粱夢》中看到元代文人面臨的困境。《黃粱夢》的呂洞賓，和《枕中記》、《邯鄲記》的盧生，夢中世界最大的不同，在於盧生夢中的世界完全是暢所欲求的，並以現實的生活經驗為基礎，嘗遍了富貴榮寵，也遭讒被貶，而不論得意或失意，都與夢外的人生毫無二致。正因為夢中所歷與現實那麼相像，醒來才能深刻感悟「苦樂悲歡，剎那而盡」的悲慨。呂洞賓的夢，則充滿了挫折。姑不論他斷絕酒色財氣的過程，是否具有足夠的說服力。喝三杯酒，吐兩口血，以及妻子有外遇，上陣收受賄賂，路遇強人，這到底不是一般人都會碰到的。我們不免很犬儒的問一句，若他深得飲酒之趣、夫妻和樂、上陣立功、遇到的都是好人，那他是否還能斬斷塵緣，位登仙班呢？這就要回到作品與社會文化機制往來互動的問題。

正如樂蘅軍先生曾經提到過的[10]，《枕中記》是一部非常重

10　樂蘅軍，〈唐傳奇的意志世界〉，《臺靜農先生八十壽慶論文集》。

要的作品，而它之所以重要，正在於它質疑了人們奉為圭臬的價值觀。人類長久以來，都把全部精力投注在現世價值的建立上，這幾乎成了唯一被認可的生存模式，已然因循日久，亟須一種徹底懷疑的精神來重新反省。唐代人物在華麗的錦幛中生活，擁擠的慾望一定會使他們深深感悟人生中種種追求的痛苦，而頓生超脫之心；至少會敦促他們認真檢視自己的人生真相究竟如何？懷疑和否定，可以讓我們在沒有既定價值，也沒有已成的形象中自我找尋，讓我們從過河卒子的命運中解脫出來。人在可進可退之下，他才能算是自由的。有進無退的人生看似積極，其實只是對一種釘死了模式的服從，是假性的樂觀進取。《枕中記》表面上是消極的否定了現實人生的確定價值，指證人生的本質不過是空洞虛妄的幻影，但這種面對世俗的價值觀，卻毫不顧惜的批判態度，其根柢精神，其實是人類積極的生命表現。如果文學可以表述人生根本的懷疑，也算盡了一點代表人類良知的本份。

　　《黃粱夢》的呈現是截然不同的。它和其他的度脫劇都對現世的一切採取完全否定的態度，將塵世的事物一一加以醜化，使人心生恐懼，遂欲奔向神仙世界，不食煙火、四季常春，和了卻生老病死苦的境域。事實上，元代讀書人是一群被富貴榮寵棄絕的人，他們面對著國家、社會、個人的大挫折。本來人生天地間，就必須行路天地，路途再坎坷也得走，可是在「無可擔當」的情況下，只有斷裂和焦灼。劇中的呂洞賓也好，包括馬致遠在內的元代劇作家也好，都不是在「可進可退」中作選擇，而是在充滿絕望、無路可退（進？）的情形下，幡然醒悟，放棄那些其

台北：聯經出版事業公司，1984年，頁843-894。

實早已放棄他們的塵世價值。《陳摶高臥》第三折寫隱居的逍遙自得，《黃粱夢》第一折寫避世之樂，如此強調隱遁入道的樂趣，如此鄙夷現實世界的一切，正足可反映現實的可憎可恨，了無慰安，使人失望而不可忍受，急欲逃遁物外，使空虛的精神在超現實宗教世界中，得到一絲寄託與慰藉，成仙成佛恰是這個避風港。從這個角度看，《黃粱夢》體現了時代無可奈何的悲愴，帶給我們的是難以永日的沈沈苦慟。

相對於從文學史的交互指涉中去推衍《黃粱夢》的特質，和馬致遠其他度脫劇並觀，橫向共時的交互指涉又是什麼狀況呢？

禪宗的公案意味著「不信賴語言一般的傳達方式，而提供一種超邏輯、重直覺的點逗經驗方式」[11]，將思維逼到極處，擺脫邏輯的約限，在惶惶無所依傍的邊緣，靈慧乍閃，突然悟及語言文字以外的意義。「度脫劇」也選擇了類似的方式。凡夫俗子不知慕道，任憑救度者苦口婆心、誨之再三，仍是執迷不悟。只有將被救度者推陷到身心俱處折磨危難的角落，才能躍離貪嗔癡愛、人我是非的牽絆，直達悟境。因而，「見境方悟，臨危纔醒」遂為度脫劇的重要特色。

然而，就為了給被度者一個足堪領悟的「境頭」，這些教人修道的度脫劇中，竟充滿了相當血腥暴力甚或色情的殺妻斬子、風花雪月的情節。其間的矛盾，就像名為諷諫，卻大肆鋪敘享樂之極的漢賦。劇作家是自覺的認為不用重藥，不能治頑固之疾，所以不惜枉殺無辜，考驗人心最深闇的底層呢？或是不自覺的步

11　葉維廉，〈出位之思：媒體及超媒體的美學〉，《比較詩學》。台北：東大圖書公司，1983年，頁210。

武度脫劇「三度」的窠臼，依例描寫種種「罔顧倫常」[12]的救度行徑呢？度脫劇中暴虐情欲的潛流，和劇本背負的道德使命，產生了意圖與作品、作品與實踐，還有作品內蘊的意符與意旨等不同層次的緊張關係。但也唯其如此，我們反而更可透視出糾結反覆的人生視景。

根據《錄鬼簿》、《錄鬼簿續編》、《太和正音譜》等書著錄，元朝前期、中期和由元入明的作家共有神仙道化劇三十四種，其中確定和全真教有關的有二十六種[13]。馬致遠的神仙道化劇《陳摶高臥》、《黃粱夢》、《岳陽樓》、《任風子》和已佚的《王祖師三度馬丹陽》，均與全真教有密切關係。

《黃粱夢》敘鍾離權奉其師東華帝君之命，度脫呂洞賓。此三人列名全真五祖（另兩位為王重陽、劉海蟾）之中，為全真教的核心人物。劇本除取材《枕中記》外，也擷取了《歷代真仙體道通鑒》卷四十五〈呂洞賓傳〉和《純陽帝君神化妙通記·黃粱夢覺第二化》[14]的故事。《岳陽樓》敘呂洞賓度脫柳樹精。劇中出現的八仙，也是全真教崇拜之神[15]。劇本取材《通紀》〈度老

12　曾永義先生指出「三度便成為度脫劇的慣例和窠臼」，並認為殺妻摔子的度脫過程是「荒唐之極」、「罔顧倫常」。請見曾永義，〈馬致遠雜劇的四種類型〉，《詩歌與戲曲》。台北：聯經出版事業公司，1988年，頁260-261。

13　詳見侯光復，〈談元代神仙道化劇與全真教聯繫的問題〉，《中華戲曲》第1輯。太原：山西人民出版社，1986年，頁109。

14　文中所引全真教經典，均出張宇初等編，《正統道藏》，台北：新文豐出版公司，1988年。

15　八仙除鍾、呂為全真教核心人物外，曹國舅、何仙姑、徐神翁、李鐵拐均與呂洞賓有關。詳見《純陽帝君妙通記》十七化、十九化、三十六化、七十七化。山西芮城永樂鎮元代全真教宮觀純陽萬壽宮純

松精第十二化〉、〈再度郭仙第十三化〉、〈武昌貨墨第六十八化〉、〈石肆求茶第十一化〉。《馬丹陽》敘王重陽度脫馬丹陽。王重陽為全真教創教之祖，馬丹陽則為「七真」之一[16]。《任風子》敘馬丹陽度脫任屠。劇本取材《金蓮正宗記・馬丹陽傳》馬丹陽度脫屠戶劉清故事。《陳摶高臥》寫宋初高士陳摶隱居樂道。《通紀》第九化曾云「點化陳希夷先生」，《呂真人自記》提及陳摶為鍾、呂的指迷師。王重陽《金關玉鎖訣》亦將陳與鍾、呂相提並論。由上述可知，馬致遠神仙道化劇五種的人物與故事，均以全真教傳說為其基礎。

　　侯光復[17]將全真教的人生觀概括為一、躲是非、忘榮辱；二、忍辱含垢；三、禁絕酒色財氣四戒。馬致遠作神仙道化劇五種的度脫過程，自然受全真教義影響。除了陳摶高唱：

> 臥一榻清風，看一輪明月，蓋一片白雲，枕一塊頑石，直睡的陵遷谷變，石爛松枯，斗轉星移。（《陳摶高臥》第三折【三煞】）

遠離寵辱是非，尋求了無羈絆的自由自在。呂洞賓夢中對酒色財氣的棄絕，醒後對「兀的黃粱未熟榮華盡」的慨歎。郭馬兒妻子被殺，反而坐罪臨刑。甚至任屠一無反抗的將財、猿、馬、道袍、生命獻給強人，矢口否認夫妻父子之間的血緣關係，休妻摔子，這些全是達到全真教修持必須通過的試煉。求道的狠厲悲

　　陽殿後門楣，元至正十八年以前所繪「八仙過海圖」，畫中八仙鍾、呂、曹、徐、李、韓湘子、藍采和、張果老，與《岳陽樓》完全相合。

16　宋濂等編，〈丘處機傳〉，《元史》卷202。台北：藝文印書館，1972年。

17　見註13。

涼，固可以找到合理的解說[18]，但其暴力、血腥、甚至色情的描述，乖違倫常，顛覆道德秩序的場景，已直指巴赫汀提出的嘉年華（Carnival）文學傳統[19]。巴赫汀認為這種在宗教的儀典中，瓦解、嘲弄日常政教秩序的文學傳統，是對主流意識形態的搗亂。世界經由徹底的翻轉之後，人們所熟悉的權威完全被破壞，取而代之的是各種光怪陸離的想像、喧鬧歡笑，以及笑鬧背後暴虐殘酷的傾向。

　　重審元曲（包括雜劇和散曲）的重要成就之一，是美感經驗的擴大，從「美」的美感經驗，延展到「醜」的美感經驗，運用俳優體等卑俗文體的誇張重複，向詩詞以集中、均衡、簡約為特質的高雅文體提出對話，由規矩走向疏放，一如書法的以醜拙代圓熟，繪畫的以寫意代工筆。元雜劇在跨出這一大步後，肆意顛倒他們身外的社會系統，指斥著世間的不公不義時，卻經營出嘻笑喧鬧的場面。因此鄭騫先生提出的元曲四弊「頹廢、鄙陋、荒唐、纖佻」[20]，在帶有貶義的「弊」之外，其實有其更深一層的

18　見么書儀，〈元代雜劇中的神仙道化戲〉，《文學遺產》1980年第3期。北京：中國社會科學院文學研究所，1980年，頁64-88；呂薇芬，〈馬致遠的神仙道化劇和它產生的歷史根源〉，《文學評論叢刊》第7輯。北京：中國社會科學院中國文學研究所，1980年。

19　關於此點，筆者將另撰專文討論。「嘉年華」（Carnival）原指中古復活節齋戒期前的狂歡。俄國學者巴赫汀引申其義，指陳一喧笑狂歡的節慶活動及心態，以價值顛倒，秩序散失，想像力發揚為其高潮。見 M. M. Bakhtin, *Rabelais and His World.* Cambridge: MIT Press, 1968. 以嘉年華文學理論討論戲劇的主要作品，有Michael D. Bristol, *Carnival and Theater,* Routledge, Chapman & Hall Inc. 1989.

20　鄭騫，〈從元曲四弊說到張養浩的雲莊樂府〉，《景午叢編》。台北：台灣中華書局，1972年，頁173-182。

意義。而度脫劇中並存著嚴肅主題和喧擾笑鬧的氣氛，也就有了基本的理念基礎。

最後，我們將焦點拉回劇本本身。

「度脫」事件必築基於「宿緣」的先決條件。度脫行動的肇因，並非出於慕道者的主動求仙。在《黃粱夢》是東華帝君赴仙齋歸來，「見下方一道青氣，上徹九霄」，命鍾離權前往點化呂岩，並由驪山老母從旁襄助。在《岳陽樓》是呂洞賓在蟠桃會上飲宴，「忽見下方一道青氣，上徹雲霄」，遂至岳陽樓。《任風子》則為馬丹陽見「青氣沖天」，發心點化任屠。原來，成仙是一種命定，不容抗拒。神仙一旦識破宿緣，就主動成為救度者，一而再，再而三的「強迫」愚眉肉眼的凡人棄家從道。此一特定的選民，既有神仙之分，也終能通過考驗，位列仙班。只是這種非自主的被度過程，未免令人錯愕。

劇中的救度者，雖是指引迷路的明燈（如《黃粱夢》第三折樵夫），但往往以風魔先生或風僧狂道的滑稽形象出現，其身分游移在胡鬧者與救贖者之間，以各種荒唐、促狹的行徑置被度者於哭笑不得的狀況中，表演是極富趣味的。如《岳陽樓》呂洞賓與酒保、郭馬兒的對話，買酒、喫茶、賣墨、哭笑等。在嬉鬧的同時，則有非理性的殘虐和殺戮。度人成仙者，視人命如草芥，可謂深具「意義」的顛覆性。《黃粱夢》邦老捽死呂洞賓一雙孩兒，砍倒洞賓；《岳陽樓》洞賓先要郭馬兒殺死郭妻臘梅，郭不肯，洞賓索性自己動手；《任風子》任屠捽殺兒子；生命的形式真是一場無理性的嘲弄。

被度者既是被選擇的，則必執迷不悟，不肯向道，即使郭馬

兒尚為柳樹精時，也捨不得己身的土木形骸：

　　我根科茂盛，枝葉繁多，去不得。

呂洞賓在《黃粱夢》中莫可奈何的歷經酒色財氣、人我是非的試煉。郭馬兒在《岳陽樓》裡則拒絕呂洞賓的指引，洞賓勸化時，他或者裝睡不聽，或者避不見面，甚至揮拳而打，仗劍而殺，同樣的，任屠也曾執劍欲殺馬丹陽。凡人對指點迷津、破除愚頑的先知，竟不惜以命相搏。而相對於救度者滑稽喧鬧的表演，被度者有許多撥刀趕棒的身段科介，如《任風子》的比武、殺馬、跳牆、打水、摔子、斬頭、與六賊爭鬥等等，在舞臺上應是繽紛熱鬧、目不暇給。前已言及，度脫劇的主要特色是「見境方悟，臨危纔醒」，其悟道之機，則不外生死關頭，呂洞賓被邦老砍死，郭馬兒被官人所殺，任屠則因十年前摔殺的孩兒前來索命，將頭砍下。也許人在直接與死亡的陰冷殘酷撞擊時，才能激發最深沈的省思。

　　度脫劇洋溢的喧鬧歡樂氣氛，不只在救度者與被度者的場上演出，更在劇終證入仙班時的歌舞場面達到高潮。《黃粱夢》東華帝君引群仙迎鍾、呂，《岳陽樓》鍾離權引眾仙迎接呂洞賓、柳樹精、梅樹精，《任風子》眾仙執樂器相迎。度脫劇的慣例，在度脫圓滿後，諸仙同場出現，接引被度者往西方，並以曲、白歷數諸仙名籍，場上一片歡欣鼓舞，眾仙鼓板高歌，充滿自由奔放、意氣飛揚的氣氛：

　　這一個是漢鍾離，現掌著仙錄。這一個是鐵拐李髮亂

梳。這一個是藍采和，板撒雲陽木。這一個是張果老，
趙州橋倒騎驢。這一個是徐神翁，身背著葫蘆。這一個
是韓湘子，韓愈的親侄。這一個是曹國舅，宋朝的眷
屬。則我是呂純陽，愛打的簡子愚鼓。

諸仙所執雲板、象簡、笊篱、樂器等砌末，既是法器，也是音
樂、舞蹈的道具。鐵拐李的跛行、張果老的倒騎驢等，均是舞蹈
的動作。就在歌舞喧鬧中，我們這三齣度脫劇，也有了喜樂明亮
的結尾。

原發表於《藝術評論》第2期。臺北：國立藝術學院，1990年。

試論傳奇敘事架構中的岐出與離題

一

中國戲曲發展到以崑弋為主要演出形式的「傳奇」[1]時代，結合敘事、抒情、表演三種藝術傳統的戲曲美典終於完成。傳奇因篇幅長，又素有「無奇不傳」的特色，是以情節鋪陳、排場結構的技巧成為戲曲的要項，明代戲劇評論者的角度，也都由音律詞章擴大到對結構的注意。較早提出完整論述的王驥德，在《曲律》中，即以宮室建築為喻，演述戲曲須重結構：

> 作曲，猶造宮室者然。工師之作室也，必先訂規式，自前門而廳、而堂、而樓，或三進、或五進、或七進，又自兩廂而及軒寮，以致廩庚、庖湢、藩垣、苑榭之類，前後、左右，高低、遠近，尺寸無不了然胸中，而後可施斤斲。作曲者，亦必先分段數，以何意起，何意接，何意做中段敷衍，何意做後段收煞，整整在目，而後可

1　「傳奇」的本質及內涵，近代學者研究成果甚多，大致同意為繼承南戲而後質變，劇本結構規範化、音樂體式格律化的長篇戲曲，詳細論述可參見郭英德，《明清傳奇戲曲文體研究》。台北：文津出版社，1991年；譚帆、陸煒，《中國古典戲劇理論史》。北京：中國社會科學出版社，1993年；林鶴宜，《規律與變異：明清戲曲學辨疑》。台北：里仁書局，2003年。

　　施結撰。[2]

並提出「勿太蔓，蔓則局懈」[3]。集晚明劇論大成的李漁，更在其
《閒情偶寄・詞曲部》拈出「結構第一」，進一步申說：

> 至於「結構」二字，則在引商刻羽之先，拈韻抽毫之
> 始，……工師之建宅亦然，基址初平，間架未立，先籌
> 何處建廳，何方開戶，棟需何木，梁用何材，必俟成局
> 了然，始可運斤揮斧。倘造成一架，而後再籌一架，則
> 便於前者不便於後，勢必改而就之，未成先毀，猶之築
> 舍道旁，兼數宅之匠、資，不足供一廳一堂之用矣，故
> 作傳奇者，不宜卒急拈毫。袖手於前，始能疾書於後。[4]

尤其提出「立主腦」、「密針線」、「減頭緒」諸端[5]，強調敘事
結構應在「一人一事」[6]的原則下，力求集中單一，成為後世相關
論述的重要依據。其間如呂天成、祁彪佳、凌濛初或稍後的金聖
嘆等重要劇論家，無不視敘事結構為論傳奇優劣的判準之一。晚
明的劇作家，也每每在交互往來的題詞、評點，或自行創作時，
表達了對結構、關目安排、搭架的關心。

　　當然，作者意圖與實踐之間，難免有罅隙落差。傳奇承南

2　王驥德，《曲律》卷2〈論章法第十六〉，《中國古典戲曲論著集成》
　　冊4。北京：中國戲劇出版社，1982年，頁123。
3　同註2，卷3〈論劇戲第三十〉，頁137。
4　李漁，《閒情偶寄》卷1〈詞曲部〉「結構第一」，《中國古典戲曲論
　　著集成》冊7。北京：中國戲劇出版社，1982年，頁10。
5　同註4，頁7-21。
6　同註4，頁14。

戲而來的同時，已不免概括承受了南戲頭緒紛繁的形貌，大批文人參與創作後，篇幅更是越寫越長，傳奇結構冗長鬆散、枝蔓蕪雜，演出時，時間又會拖得過長，演員和觀眾都喫不消，優人為便於演出，往往不得不動手刪削，但何處可刪何處該留，又是一番美學爭辯。就劇本而言，傳奇勃興之際，王驥德就已指出枝蔓局懈，「優人多刪削」[7]；就實際演出言，李漁指出：

> 且人無論富、貴、貧、賤，日間盡有當行之事，閱之未免妨工；抵暮登場，則主客心安，無妨失事之慮。……然戲之好者必長，又不宜草草完事，……非達旦不能告闋。然求其可以達旦之人，十中不得一二，非迫於來朝之有事，即限於此際之欲眠，往往半部即行，使佳話截然而止。[8]

所以「與其長而不終，無寧短而有尾」[9]，「縮長為短」遂成為迫切且必要的行動了。有些是劇團演出時，依實際狀況，任意刪減，有些則是其他文人，任憑己意對他人作品進行改編，如前所說，這當然會導致（在世的）原作者的不悅，甚至引發爭端。而為避免作者、作品本意被曲解或無法完整表達，對應的作法，李漁建議，或者在傳奇劇本中標明可省的折次：「故作傳奇付優人，必先示以可長可短之法。取其情節可省之數折，另做暗號記之，遇情閒無事之人，則增入全演，否則拔而去之，此法是人

7　同註3。

8　同註4，卷2〈演習部〉「變調第二」，頁77。

9　同註8。

皆知，在梨園亦樂為此。」[10]，或者另編較短的簡本。清初洪昇《長生殿》五十齣，行世之初即受藝人喜愛、搬演，但因繁長難演全本，當時劇團常加節改，引起洪昇不滿，認為「關目都廢」，洪昇的朋友吳舒鳧替全本更訂為二十八折，遂成為洪昇首肯的「演出本」，就是有名的例子[11]。而除了將已寫就的長篇，縮減為適合搬演的簡本之外，入清之後，作者更著意寫作篇幅較短的傳奇，從明末每本二十齣至四十齣的常例，轉為一卷八齣至十二齣，或二卷十六齣，以期「起伏頓挫，步武井然」[12]，至嘉慶中葉，八至十二齣的體制，遂成慣例[13]，也動搖了傳奇的體制。

　　清末民初，以「救亡」與「啟蒙」為出發點，知識份子有意識的提高了戲劇的地位，而在東西文化緊密交流後，討論戲曲者更經常援引西方戲劇來相互比較，且引用的往往是以情節、語言為重的戲劇類型，討論衝突、張力等等。當代學者回歸戲曲本身切入，對傳奇結構的規律與變異的論述，也多所發明[14]。

10　同註8。

11　洪昇，《長生殿・例言》。台北：西南書局，1975年，頁2。

12　梁廷枬，《曲話》卷3，《中國古典戲曲論著集成》冊8。北京：中國戲劇出版社，1982年，頁266。

13　有關清代傳奇體制轉變，請參閱郭英德，《明清文人傳奇研究》。台北：文津出版社，1991年，頁20-21；郭英德，《明清傳奇戲曲文體研究》。北京：商務印書館，2004年，頁102-108。

14　請參見註1諸書，及李曉，《比較研究：古劇結構原理》。北京：中國戲劇出版社，1989年；沈堯，〈戲曲結構的美學特徵〉，《戲曲美學論文集》。台北：丹青圖書公司，1986年，頁1-23；李惠綿，〈結構論〉，《戲曲批評概念史考論》第6章。台北：里仁書局，2002年，頁289-341。

　　筆者無意質疑：縝密的敘事結構，是傳奇劇本發展過程中朝向「理想」劇本的方向；也無意主張：混亂鬆散的結構，是可以被容忍、甚或可「嚮往」的。也許只是這些年看了些結構謹飭，前有埋伏、後有照應，卻沒有「戲」的戲曲，感覺「餘味惡」之後的省察。正好有這個機會，就提出來就教於各位。引起我的興味，想進一步思考的是，在前文提到的「起伏頓挫，步武井然」的規制之外，有沒有更多（或更多元）的可能？

　　檢視傳奇文本，則不論作為崑曲先驅之作的《浣紗記》、以「情」為劇作主題的「臨川四夢」、民間平安社戲代表崑弋相間的《目連救母勸善戲文》，甚或李漁提出「立主腦、減頭緒」等強烈主張之後的《長生殿》、《桃花扇》，作品中仍不斷出現逸出敘事架構主線，岐出、甚至離題的的情節。筆者認為，這些看似混淆或破壞劇情主軸、作者「情不能已」的寫作，並不只是作者無法掌握主腦與頭緒，而是這些狀似岐出與離題的部分，具現了傳統戲曲的某些本質，並成就了作者寫作的「初心」。以下擬就上述劇作及其他傳奇為例，重新審視被論者認為是作者「失手」的閃爍、曖昧的「雜質」，分析並探尋隱藏其內的傳統戲曲特質。

二

　　高友工先生在〈中國之戲曲美典〉[15]一文中，提出中國戲曲的四種脈絡為：「禮儀傳統」、「百戲傳統」、「講唱傳統」與

15　高友工，〈中國之戲曲美典〉，《中國美典與文學研究論集》。台
　　北：台灣大學出版中心，2004年，頁333-352。

「戲弄傳統」。其中講唱傳統講述的內容故事和講唱方式，都和戲曲與敘事傳統的結合[16]有密切關係。單就故事取材一端來說，戲曲中敷衍的故事，包括取自文言小說、白話小說，及更多講唱藝術流傳的題材內容，既然關係如此密切，本節擬先回顧中國小說在演化過程中，遇到的和傳奇敘事結構轉變的類似問題，也就是小說敘事結構的轉變，作為下文論述的參考座標，希望可以「自其外者而觀之」，更清楚的掌握本文的論題。中國小說敘事模式轉變的契機，肇因於和西洋小說接觸碰撞時引起的震盪，異文化的交流原多誤解，更何況最初選譯的小說是哪些類型、哪些作品？譯介的完整度和刪削等等問題，都直接影響接觸之後的異變和創新，在回顧中國小說敘事模式的轉變之後，有必要再簡要指出西洋小說不同時期的結構特質，以期他山之石可以攻錯。

　　中國文學的「史傳」傳統與「詩騷」傳統呈現在小說上，「前者表現為補正史之闕的寫作目的、實錄的春秋筆法，以及紀傳體的敘事技巧；後者則落實在突出想像與虛構、敘事中夾雜言志與抒情，以及結構上大量引詩詞入小說。」[17]，不論文言小說、白話小說（包括講唱文學中的話本小說），都包含了這兩樣特質，明清以來蔚為盛況的章回小說，當然也不例外。

16　有關戲曲作為抒情傳統與敘事傳統結合的論述，請參見陳芳英，〈市井文化與抒情傳統的新結合──古典戲劇〉，《中國文化新論文學篇二──意象的流變》。台北：聯經出版事業公司，1982年，頁529-586；陳芳英，〈游移在葬花與戎征之間〉，《當代》103期，1994年11月，頁57-58。

17　陳平原，《中國散文小說史》。台北：二魚文化事業公司，2005年，頁14。

　　中國小說敘事模式的重大轉變，是在十九、二十世紀之交，晚清是一個階段，五四又是一個階段。晚清時，一方面是以梁啟超為首的知識份子，試圖將小說由中國文學結構的邊緣向中心移動；一方面則是大量的域外小說的譯介，如林紓、魏易；及受前述兩種因素影響的創作，如晚清的李伯元、吳趼人、劉鶚、曾樸，五四則以魯迅、郁達夫、葉聖陶等為代表，正式開始小說作為文學主要品項的世代。有關中國小說敘事模式的轉變，陳平原《中國小說敘事模式的轉變》一書中有相當全面的討論，他認為敘事模式的轉變，「應該包括敘事時間、敘事角度、敘事結構三個層次」[18]。大體上說，中國小說「在敘事時間上基本採用連貫敘述，在敘事角度上基本採用全知視角，在敘事結構上基本以情節為結構中心。」[19]。在接觸域外小說的對話過程中，作者首先被「布局突兀」的敘事時間所迷惑，模仿學習之後，已然自在的採用了連貫敘述、倒裝敘述、交錯敘述等多種敘述時間。在敘述角度方面，也成熟的運用了全知敘述、限制敘述（第一、二、三人稱）等多種敘事角度。結構部分，則過程稍顯曲折。一開始先由如以金聖嘆為例的「字有字法，句有句法，章有章法，部有部法」的批評原則，繼而轉向引用史蒂文森（Robert Louis Stevenson）意見的「情節、性格、背景」，但仍明顯的強化「情節」一端，如林紓談小說，提出的就是「開場、伏脈、接楯、結穴」[20]。早期譯介域外小說，受限於譯者本身的外語能力，除了

18　陳平原，《中國小說敘事模式的轉變》。台北：久大文化公司，1990年，頁4。

19　同註18。

20　同註18，第4章〈中國小說敘事結構的轉變〉，頁105-143。

翻譯，同時有相當程度的誤讀、刪削、改寫，因為情節的敘述比場景描繪、情感抒發更容易掌握，因此譯本往往保留情節故事，刪去場景的描寫和人物的心理分析。當時被當成指標人物被大量翻譯的作家包括伏爾泰（Voltaire）、托爾斯泰（Leo Tolstoy）、雨果（Victor Hugo）、狄更斯（Charles Dickens），另外則如大仲馬（Alexandre Dumas）、柯南道爾（Arthur Conan Doyle）、哈葛德（Henry Rider Haggard），除《福爾摩斯探案》這類作品較少刪削外，其餘各書「非情節」的描繪與分析，不論是否全書關鍵，往往被整章刪去[21]。讀者閱讀域外小說，既然譯作只留故事梗概，著眼點也就自然集中在情節與佈局上，政治小說、科學小說，雖然有救亡啟蒙的理想加持，但最受歡迎的還是偵探小說、言情小說和社會小說。直到五四時期，知識份子外語能力普遍提高，對翻譯一事也嚴肅看待，不再任意增刪，不論閱讀原作或譯本，才慢慢可以較接近原貌。這一時期的小說作者和論者，都在情節之外，同時強調性格與背景等「非情節」因素，重視的點從「情節」轉為「細節」，並於「細節」中品味出從前僅屬於詩文的「情味」，重新將詩騷傳統引入小說中，進而產生游移於小說／散文邊界的如魯迅〈社戲〉、郁達夫〈離散之前〉、廢名〈菱蕩〉等作品。

　　中國小說敘事結構轉變過程之所以曲折，除了跟譯本刪削有關，更重要的是最早或大量引進的是哪類的作品。以狄更斯、托爾斯泰為標誌或以拉伯雷（François Rabelais）、賽萬提斯（Miguel de Cervantes）為先導，結果當然大相逕庭。

21　有關當時譯書數量、刪減狀況，請參閱註18散見各章之資料。

　　米蘭・昆德拉（Milan Kundera）在《被背叛的遺囑》[22]一書中，討論西方（主要是歐洲）的小說和音樂時，運用足球術語，將歷史時間分成「兩個半時」[23]：「上半時」和「下半時」。當然，「兩個半時之間的間止，在音樂史中，和小說史中，不是同期的」[24]，之所以以此做比喻，是他認為，基於美學的理由，不論音樂或小說，上半時和下半時的藝術是完全不同的，若以小說為例，「它包含兩種不同的可能性（兩種不同的作為小說的方式），它們不能同時、並行地被採用，而是相繼地，一個接一個。」[25]。他將拉伯雷和賽萬提斯的作品視為歐洲小說的開始，而將第一個「間止」放在十八與十九世紀之間。總的說來，他認為上半時的作品是自由的，充滿想像力，隨時可以離題，以拉伯雷《巨人傳》和賽萬提斯《堂・吉訶德傳》為代表。下半時，則是如今多半人所熟悉的所謂「小說」，不論是寫實主義、自然主義、浪漫主義、古典主義，總之，結構嚴謹，注意情節貫串呼應、伏筆、懸疑、張力、負有社會責任等等，代表作家包括司各特（Walter Scott）、巴爾札克（Honore de Balzac）、狄更斯、托爾斯泰，甚至陀斯陀也夫斯基（Fyodor Dostoyevsky）。

　　在嚴謹的結構、步步埋伏設計到了極致的時候，開始有些作者想要突破規矩，呼一口氣。請容我岔題引一個例子，張愛玲曾

22　米蘭・昆德拉（Milan Kundera）著，孟湄譯，《被背叛的遺囑》。香港：牛津大學出版社，1992年。

23　同註22，頁56。米蘭・昆德拉由此一譬喻出發，論述散見全書，除引文外，本文綜述其觀點時，不一一標出引述觀點頁碼。

24　同註22，頁57。

25　同註24。

在一篇談音樂的文章中說到交響樂：「……把大喇叭小喇叭鋼琴凡啞林一一安排布置，四下裡埋伏起來，此起彼應，這樣有計畫的陰謀我害怕。」[26]。米蘭・昆德拉接著提出了「第三時」[27]，這時期的作品可以是頹廢的、所謂現代主義的、頑笑的，可以說是一種創新，卻也是復古，回到上半時的復古。作品更有想像力，是自由的，甚至，再度是離題的。主要的作家如卡夫卡（Franz Kafka）、湯瑪斯・曼（Thomas Mann）、米蘭・昆德拉自己、伊塔羅・卡爾維諾（Italo Calvino），以及安伯托・艾可（Umberto Eco）。我引用米蘭・昆德拉的說法，只是要強調在二十一世紀的我們，現在所讀的小說有更多的面向和岐義性，作者們運用了各式各樣的可能來寫作，想要當一名典型讀者，當然要敞開胸懷去閱讀。

　　清末民初，引進西方小說和小說概念時，著重的仍然是米蘭・昆德拉所說的下半時的美學標準，不但注重情節，結構的嚴謹與否也成為小說的判準。歷經晚清到民國五四，小說才突破長久以來「情節」在敘事結構中的神聖地位，也預示了更多的可能。

　　如果，敘事份量極重的藝術品類「小說」，其情節與結構，都不再是最主要的判準，那麼在敘事之外，還涵括抒情美典與演出美典的戲曲，在敘事架構中可以有哪些面貌？

26　張愛玲，〈談音樂〉，《流言》。台北：皇冠出版社，1979年，頁197。

27　同註22，頁75。

三

　　傳奇劇本中逸出敘事架構主線，岐出、甚至離題的的情節，不免會混淆或破壞劇情主軸，導致結構鬆散，但是，情節或結構的嚴謹集中，是不是戲曲敘事架構唯一或最重要的選項呢？這些狀似岐出與離題的部分，除了因為作者無法掌握主腦與頭緒，有沒有可能其中其實具現了傳統戲曲的某些本質，是作者「情不能已」的寫作呢？本文擬從創作與演出兩個視角切入，試圖重新審視往往被認為是作者「失手」的閃爍、蔓延的「雜質」，分析並探尋隱藏其內的傳統戲曲特質。

　　傳奇卷帙浩繁，所謂詞山曲海，本文自不可能一一遍論，只選取幾個具代表意義的劇目為例，取樣有限自有不週不全之處。不過本文並無意提出甚麼原則或傾向，只是對這個論題有興趣，針對這幾個劇本提出研讀所得，探尋閱讀劇本時的更多可能方向。本文主要討論的劇本，包括第一部有意識以崑曲音樂體式格律寫作的明梁辰魚《浣紗記》、明代以「情」為寫作主題的代表作品湯顯祖《牡丹亭》、明末和民間平安社戲關係密切的鄭之珍《目連救母勸善戲文》，及傳奇結構論述已臻完備後，清初的洪昇《長生殿》、與孔尚任《桃花扇》。

（一）

　　《浣紗記》[28]以「吳越興亡」和「范蠡西施的愛情」兩條

28　本文引用《浣紗記》，以台灣開明書店毛晉《六十種曲》版本為據，請參閱梁辰魚，《浣紗記》，《六十種曲》冊1。台北：台灣開明書店，1970年。

線，交錯進行，但由於作者梁辰魚對伍員的崇敬、憐惜、偏愛，在劇中插入大量與伍員有關的戲幅，全戲四十五齣，伍員上場的共十三齣（4、5、8、10、12、18、20、26、28、32、33、41、43），戲份相當重。有些與主情節進行有關，一方面以伍員的忠心為國和伯嚭的只圖私利對照，一方面又具現夫差不能聽用賢臣伍員的意見、國內忠奸不和，和越國的君臣齊心相對比，是合理且必要的。第三十三齣〈死忠〉更讓扮演伍員的外獨唱北曲【一枝花】一套，音樂和曲辭都加倍費心，悲涼慷慨，一代忠良在此自刎身亡。梁辰魚還不放棄，第四十一齣〈顯聖〉、第四十三齣〈擒嚭〉，再度讓他以鬼魂身分上場，對伍員這位人物，可以說描寫得淋漓盡致了。但除了與主情節有關的，梁辰魚還安排了岐出於情節主線之外的三齣戲：第十二齣〈談義〉、第二十齣〈論俠〉、第二十六齣〈寄子〉，從更多面向來形塑伍員。而且為了增加這幾齣戲，不可避免的，也必須單為這幾齣戲增加「功能性」的人物。〈談義〉是伍員與隱居山間的「結義哥哥」公孫聖討論吳國令人憂懼的現況，由末扮的公孫聖唱北曲【點絳唇】一套，敘說伍員一生事蹟。伍員自己的生平竟然要由公孫聖對著他這名當事人（本尊）唱一遍，是略嫌詭異的，當然這其實是梁辰魚想對觀眾說一遍，而勉強如此安排。既然安排了公孫聖這個人物，便又替他加上第二十九齣〈聖別〉，王孫駱奉吳王之命，來召公孫聖進宮占夢，公孫聖自知必死，與小旦扮的妻子訣別。〈論俠〉也是類似的狀況，由伍員和小末扮的太子討論國家遭難時，為人子、為人臣應如何面對，彼此勉勵。其後安排第三十二齣〈諫父〉，寫公孫聖占夢，勸諫吳王不宜伐齊，被吳王下令

「鐵鎚擊殺」，太子也趕來諫請不宜伐齊，夫差不理。為了讓伍員談俠論義，遂增出這些關目，太子在戲中出場、諫父，接著參戰被擒殉身，都還算是在吳越興亡主線中；特別加入公孫聖，代表隱逸人士，讓他諫君而亡，又讓伍員魂、太子魂、公孫聖魂在〈擒嚭〉一齣重會，各帶陰兵圍攻伯嚭，頗有君、朝、野同讎敵愾的意味。若說〈談義〉、〈論俠〉是敘事結構的岐出，但還勉強可與主線有千絲萬縷的關係，〈寄子〉則真是純為伍員所寫，與情節主線最不相涉。如果要將《浣紗記》縮長為短，改為簡本，不論是以吳越興亡為主軸，或以范蠡、西施情愛為主軸，以伍員為主的這幾齣戲大概都只能被捨棄吧。但如果考慮到非情節的因素，則另有一番風景。

　　即使明代大量的文人投入傳奇的寫作，戲劇仍只是文學體裁之一，既然是一種敘事形式的載體，因此必須重視這種形式的特質，也必須費心經營敘事架構，但寫作的目的則仍在抒情寫志。正如郭英德指出的，「在文人作家的傳奇戲曲作品中，戲劇敘事的本體性質既不是戲劇故事也不是敘述行為，而是作家創作的主體情感、主體精神。」[29]，遂提出「借事抒情，事為情用，以情為體，以事為用」[30]。傳奇以生旦為主角，佳人才子的經歷、相識相知、坎坷崎嶇、歷險團圓，是所有傳奇的的主線，《浣紗記》中范蠡和西施的故事既是落在吳越興亡的歷史事件中輾轉流動，那麼談吳越興亡，怎能不著意於百年辛苦身、一生忠義貫丹

29　郭英德，《明清傳奇戲曲文體研究》，北京：商務印書館，2004年，頁39。

30　同註29。

心的伍員呢。藉此劇作向伍員致敬，是梁辰魚不得不如此的心意，而這幾齣關於伍員的戲也的確寫得豪邁凜然，嶔崎磊落，至於是否逸出敘事架構的主線，作者似乎並不在意。再從演出的角度看，在音樂上，前面十一齣都是南曲，而且主要是生、旦主唱，第十二齣〈談義〉由外與末當場，換換耳音，聽聽本嗓演唱的北曲，當然有音樂上的調劑效果，令人耳目一新。至於〈寄子〉，更是動人神魄的好戲，筆者前曾為文論及[31]。本齣寫伍員眼看吳國社稷將遭大難，決定以身殉之，因不忍年幼兒子也跟著殉難，趁出使齊國之便，將兒子託付好友鮑牧。伍員一生奔波勞苦，伍家歷代為楚國支柱，一旦受讒遭難，全家三百餘口盡遭屠戮，子胥投奔至吳，參與吳國兩代繼位紛爭，終於借吳兵報仇，安頓下來；卻又因夫差信任伯嚭，國事隳頹，只好在清秋路黃葉飛之際，白首拋兒，不論情感、辭采、聲腔、動作，無不設計精到，演出時往往讓觀眾震動之餘，情難以堪，低迴不已。自《浣紗記》寫成，至今傳演不輟，雖然是《浣紗記》中與主線最無關的一齣，卻是全劇最常被演出的折子戲。遙想三十年前，筆者初次彩纏崑劇，即扮演此戲伍員，雖是題外話，行筆至此忽覺黯然[32]。由於此戲聲腔悲涼，孔尚任寫《桃花扇》〈哭主〉一齣即依譜填詞，寫【勝如花】二支，遂如梁任公所云「酸淚盈盈，承睫而欲下」[33]。我們慣說中國傳統戲曲是「演員劇場」，或「演

31　陳芳英，〈從《療妒羹》看〈題曲〉——試論折子戲與抒情美典的關係〉。國立中央大學「世界崑曲與臺灣腳色——崑曲國際學術研討會」，2005年。

32　此句實為岐出離題之語，聊供一粲。

33　梁啟超，〈桃花扇叢話〉，《中國歷代劇論選註》。長沙：湖南文藝

員中心」，意思當然不只是演員在場上演出，而是演出和劇本都以演員的表演為主要考慮，而且可暫停戲劇動作，躍出敘事結構的時間之流，進入演出的空間藝術。當劇作家成為劇作或演出的強勢者之時（不論明代或當代），不致過度強調敘事結構的嚴謹，以及如何保持演員在劇本和演出中的主體性，不讓輕重傾斜，而能回歸戲曲或中國文學傳統中的「抒情美典」[34]，是值得審慎思考的事。

（二）

《牡丹亭》[35]的主線是杜麗娘、柳夢梅的愛情故事，副線是李全造反，杜寶奉命平亂；前者是大家最熟悉的部分，生、旦當場，劇本和演出都極明傳奇之最，以麗辭佳曲敷演超越生死的深情與愛欲，後者則以外末淨丑擔綱，有熱鬧甚至喧擾，以及武打的場面，使全劇不致因過度集中生旦情色而偏於冷、靜，全劇結構、排場都可見湯顯祖的精心結撰。不過，劇中還是出現了岐出與離題的部分。

先談〈勸農〉[36]。在以「情」為主軸的《牡丹亭》一劇中，〈勸農〉一齣，其實是非常突兀的，和主、次情節線都不相關，卻花了相當大的篇幅來描寫，演出時更是場面浩大費時，湯顯祖卻非寫不可，所為何來？從劇本上看，〈勸農〉為全戲第八齣，

出版社，1987年，頁397。

34　相關討論，請參見註31。

35　本文引用《牡丹亭》，以台北華正書局徐朔方、楊笑梅注本為據。見湯顯祖，《牡丹亭》。台北：華正書局，1970年。

36　同註35，頁31-38。

開戲以來都屬出場人物較少的安靜場面，至〈勸農〉而眾腳皆
上，是為「群戲大場」[37]，明顯有調劑冷熱的作用。──前一齣
〈閨塾〉雖有諧趣演出，借春香代麗娘反映閨中少女朦朧的反抗
心情，表演應該嬌俏可愛而有節制，張清徽先生將之列為「文
靜諧場」[38]，近年劇場每每在這一齣將由末扮演的陳最良改以丑
扮，加料調弄，無所不用其極的嬉鬧及侮辱塾師，在劇本情境中
是不可能的，只能算是今日劇場惡趣。──因杜寶下鄉勸農，杜
麗娘才能交代春香向陳最良告假遊園，在情節承接上不能說不重
要，但也可在言語中稍稍帶過，略作交代即可，卻要如此大張旗
鼓的寫，當然和擔任過五年遂昌縣令，官聲極佳的湯顯祖本人經
驗相關。黃仁宇《萬曆十五年》曾仔細描述每年皇帝「親耕」的
儀式[39]，其過程和〈勸農〉的表演，若合符節，正反映明代帝王
與官員是以類似的形式、儀節，宣揚他們對農業的重視。湯顯祖
是勤政愛民的官員，〈勸農〉一齣，即使不是他對自己政事經驗
的實錄，也是他心目中理想的和樂洽熙景況吧。近人論杜寶，往
往把他當作封建禮教的代表標靶，幾乎是作為反面人物來撻伐
的。但湯顯祖下筆之時，真的是這樣設定這個人物的嗎？也許在
湯顯祖心中，杜寶是個疼愛女兒的父親，特別聘請塾師來教女兒
讀書；當太守時慈和愛民、行春勸農；國家有難便奉召平亂，出
為安撫使；立下大功後更超遷相位，同平章軍國大事；這般出
將入相，原是傳統知識份子夢寐所求。徐朔方認為〈勸農〉美

37　張敬，《明清傳奇導論》。台北：華正書局，1986年，頁123。

38　同註37。

39　黃仁宇，《萬曆十五年》。台北：食貨出版社，1985年，頁6-7。

化了杜寶，惋惜「作者還不是很自覺地把杜寶作為反面人物來描寫」[40]，殊不知湯顯祖寫杜寶，或多或少投射了自己的影子與期許，恐怕未必想把他當反面人物來寫呢。從演出方面看，本齣出場行當包括外、淨、貼、生、末、眾、丑、旦、老旦，出場人物除杜寶、皂隸、門子，尚有父老、公人、田夫、牧童、採桑女、採茶女，共唱曲牌十一支，配合歌舞，呈現歡樂氣氛，則是以演員為中心，充分表演歌舞科諢。

　　其次再談劇中最「特異」的第十七齣〈道覡〉，此齣已不只是岐出，而是離題。杜麗娘傷春感夢成疾，病亟之際，找石道姑前來禳解。石道姑本不姓石，因生為石女，以致如此稱呼，這和年輕少女杜麗娘夢中與人歡合，已是明顯對比；整齣借用《千字文》，正用歪用，又不斷做生理和性的比喻及幻想，初次接觸《牡丹亭》的讀者，恐怕都不免大吃一驚，無法卒讀吧。一般論及《牡丹亭》，每每提到明人講情，不知是忽略還是故意避忌，其實明人講情往往是情、欲並論，以泰州學派為例，其情欲發展的三個類型：王艮、王襞的「道體流行義」；顏鈞、羅汝芳的「赤子之心」；何心隱、李贄的「情勢而肆」；層層轉化，終於導致明末的蕩越[41]。湯顯祖為羅汝芳高弟，《牡丹亭》入清之後更被刻意批出「色情難壞」[42]的主旨[43]，加上明人文學經常大量

40　同註35，〈前言〉，頁12。

41　請參見鄭宗義，〈性情與情性：論明末泰州學派的情欲觀〉，《情欲明清——達情篇》。台北：麥田出版公司，2004年，頁23-80。

42　同註35，第39齣〈如杭〉，頁186。

43　請參見華瑋，〈《才子牡丹亭》之情色論述及其文化意涵〉，《禮教與情欲：前近代中國文化中的後／現代性》。台北：中央研究院近代

書寫身體[44]，湯顯祖藉由身體有缺陷的石道姑，以對眾人通曉的幼學讀本《千字文》的諧謔挪用，大篇幅描寫生理的欲望，是當時男性作家作品中呈現的壓抑與放縱的矛盾，若和杜麗娘夢中、鬼魂、復生三階段中的情欲自主、自尋佳偶相比，反而還沒那麼激進吧。至於其寫作方式，則不免讓人聯想到巴赫汀（M. M. Bakhtin）所提出的嘉年華（Carnival）文學傳統。巴赫汀在對陀斯陀也夫斯基作品的詩學問題，和對拉伯雷作品的研究中[45]，尤其大篇幅的討論了狂歡化、狂歡化語言等論題，指出嘉年華的特徵是笑聲、縱欲過度（特別是身體與身體機能的過度）、低級趣味，及敗德、墮落，對一切神聖事物的褻瀆和歪曲，充滿了不敬和猥褻；語言則是連篇累牘使用公眾場所的俗語、下流話，及對原始文本的謔仿。〈道覡〉一齣的謔仿《千字文》，並指向肉體及性欲，可以從此一論述來切入討論。嘉年華文學傳統尤和儀式有關，也可用來檢視下文提到的「目連戲」，但在目連戲中和〈道覡〉中不同的是目連戲更貼合巴赫汀論述中廣場、儀式的本質，而〈道覡〉則是文人在書齋的遊戲筆墨。我不敢確定《牡丹亭》全本在明代的演出狀況如何，作為深受閨閣婦女喜愛的劇目，以「情」為主線，選取單齣折子成為一個晚上的表演，是較

史研究所，1999年，頁213-249。

44　請參見黃克武，〈不褻不笑：明清諧謔世界中的身體與情欲〉，《情欲明清——遂欲篇》。台北：麥田出版公司，2004年，頁23-64。

45　請參見巴赫汀（M. M. Bakhtin）著，白春仁、顧亞鈴等譯，《詩學與訪談》。石家莊：河北教育出版社，1998年；巴赫汀（M. M. Bakhtin）著，李兆琳、夏忠憲等譯，《拉伯雷研究》。石家莊：河北教育出版社，1998年。

可理解的。演出全本，加上與李全夫婦作戰的武戲，並演出〈道
覡〉，若是座中有相當多的女性觀眾，恐怕在當時會相當尷尬，
且難以想像吧。1998年上海崑劇團重排全本《牡丹亭》時，〈道
覡〉一齣對演員（由劉異龍飾演石道姑）和觀眾，都是相當大的
挑戰。不管閱聽者是否喜歡，〈道覡〉這齣離題的單齣，對劇本
和劇場都是充滿挑釁意味的狂歡演出。最後，稍稍提一下〈冥
判〉。杜麗娘慕色而亡，被小鬼拘到十地閻羅王殿，判官找來南
安府後花園花神訊問，並從斷腸簿上查知麗娘和柳夢梅有姻緣之
分，判官將麗娘放出枉死城，准其精魂隨風遊戲、尋找夢梅，交
代花神不可壞了麗娘肉身，才有此後的情節發展，此齣當然是必
要的，但倒也不妨以過場交代。湯顯祖卻盡情揮灑，寫出「神怪
北口大場」[46]，由淨（大花臉）扮花神，打破全戲幾無淨行當場
的情況，除了安排判官唱北曲一套，曲文更是增字增句，酣暢淋
漓，【後庭花滾】數花名，淨末問答，曲白相間，尤生姿媚，表
演上更是熱鬧非凡、變化多端，一方面是調劑冷熱、使演員勞逸
均等，同時亦可收視聽之娛。

（三）

　　「目連戲」的研究已經成為專門的範疇，從田野調查、宗
教、儀式、民俗、演出、劇本，各方面的論述都非常多，本文關
心的是與傳奇敘事結構有關的部分，因此不擬涉及民間各地的演
出本，只處理明末鄭之珍的《目連救母勸善戲文》[47]（為行文方

46　同註37，頁124。
47　本文引用《目連救母勸善戲文》，以林侑蒔主編，台北天一出版社影

便，以下簡稱《目連戲文》）。《目連戲文》分上中下三卷，上卷前半寫傅相一家敬謹事佛，齋僧齋道，其後傅相過世，後半以妻劉氏毀僧開葷和子羅卜（中卷最後一齣〈見佛團圓〉更名為目連）出外經商兩條線交錯出現；中卷以母墮地獄和羅卜西行為主題；下卷以羅卜未婚妻曹氏守節全真和目連十殿尋母為主題。雖說是鄭之珍寫定的版本，但目連故事從變文起就已流傳廣遠，在講唱、小說、戲曲各種形式的流布更是無遠弗屆[48]，明代目連戲演出尤盛，鄭之珍的家鄉新安一帶正是當時搬演目連戲最紅火的地區[49]，所以鄭之珍的劇本，應該只是對當時的各種演出文本，做一番整理的功夫而已，其中不全然是文人筆墨，反而保存了相當份量的民間演出狀況。目連戲具有「平安神戲」的意義，以救母超渡為主題，整個演出過程則與儀式密切相關，往往配合七月十五日盂蘭盆節演出，有時則在歲暮，或村鎮有瘟疫之時搬演，有古代驅儺遺風，另外則是作為喪葬法事戲搬演。演出時，演出村鎮的百姓，有共同參與的義務，除了分攤演出經費、數日不許開葷，還參與演出（若是法事戲，喪家孝眷也每每參與演出）[50]，借演戲而行追薦超渡之實，一定程度泯除了舞臺和

印，未註出版年之《全明傳奇》版為據，見鄭之珍，《目連救母勸善戲文》，台北：天一出版社，未註出版年。

48　請參閱陳芳英，《目連救母故事之演進及其有關文學之研究》。台北：台灣大學出版委員會，1983年。本文對目連戲的討論，主要由此書出發，除了引文、襲用本書資料、論點，不再一一標出出處頁碼。

49　同註48，頁130。

50　見註48，及王天麟，〈桃園縣楊梅鎮顯瑞壇拔度齋儀中的目連戲「打血盆」〉，《民俗曲藝》84期。台北：施合鄭民俗文化基金會，1994年，頁51-70；郝譽翔，〈集體性的共同行為〉，《民間目連戲中庶民

觀眾的界線，有些段落會在高臺上搬演，有些則穿行於日常的村里巷弄中。這種將劇場與日常自在任意的穿插交錯的情形，「演員」如此，場地如此，演出的內容亦然。筆者多年前與目連戲相關的論述中[51]，已指出《目連戲文》除在目連故事本身前有所承外，還吸收許多當時流行的小說戲曲題材（如《西遊記》），另外，大量的插進與目連本身無關的場次，更是目連戲文的特徵之一[52]。綜而論之，《目連戲文》岐出與離題的部分有三類：1. 看似在敘事結構主線之內，但實則從其他作品中闌用，內容也與情節進行關係不大。2. 與情節關目無涉的「新增插科」。3. 在敘事中隨時岐出、插入的段落和表演。

這三種類型，都與演出密切相關。魯迅和周作人都曾描述過其家鄉紹興的目連戲演出，周作人曾經如此敘述：

> 吾鄉有一種民眾戲劇，名《目連戲》，或稱曰《目連救母》。每到夏天，城坊村鎮釀資演戲，以敬鬼神，禳災厲，並以自娛。所演之戲有徽班、亂彈、高調等本地班，有大戲《目連戲》。末後一種為純民眾的，所演只有一齣戲，即《目連救母》。……七、八小時，所做的便是這一件事（指目連救母之事）。除了首尾以外，其中十分七八，卻是演一場場的滑稽事情，算是目連一路的所見。看眾最感興味者，恐怕也是這一部分。[53]

文化之探討》第2章第2節。台北：文史哲出版社，1998年，頁32-41。
51　參見註48。
52　同註48，頁135-144。
53　周作人，〈談《目連戲》〉，《目連資料編目概略》。台北：施合鄭

正是以目連救母為骨架，貫穿頭尾，卻不斷插入各種當時流行的故事內容和滑稽小戲。以第1類來說，就單以《目連戲文》引用最多的《西遊記》為例。舉凡《目連戲文》與《西遊記》交錯出現編寫的情節，均在中卷十友西天求道，及羅卜挑經挑母西行的過程中，計有：第四折〈觀音渡阨〉、第二十五折〈遣將擒猿〉、第二十六折〈白猿開路〉、第二十八折〈過黑松林〉、第三十一折〈過寒冰池〉、第三十二折〈過火燄山〉、第三十三折〈過爛沙河〉、第三十四折〈擒沙和尚〉。兩個系統的故事所出現的共同人物，計有：觀音菩薩、張天師、馬趙溫關四元帥、白猿、鐵扇公主、雲橋道人、豬百介、沙和尚、龍精、赤蛇精。表演上除〈過黑松林〉又名「觀音戲目連」，觀音幻化成丈夫出遠門獨守空閨的婦人，對目連極盡調戲之能事，為貼旦與生的戲之外，其餘都是突出身段動作或武打的場面，不論調情或武打，顯然都是為吸引觀眾而加入的。第2類如上卷第九折〈觀音生日〉，藉著二月十九日觀音生日，群仙拜壽之前，善才、龍女請求菩薩「少施變化之方，以為弟子矜式」，於是觀音變出飛禽——鶴、走獸——虎、武將、文人——道士、長身、矮體、魚籃、千手，戲文中對每一次變化的動作，都詳細描述說明，演出時相信可以引起觀眾極大的興趣，但和本劇之間，還真一點關係也沒有呢。除了製造場上的華麗熱鬧，還有「教化」作用的場次，大概因是平安神戲，總要說點與道德教化相關的話語，如第九折和第十折之間的「新增插科」〈化強從善〉，就是以白馬馱金的傳說為基幹發展而成，白馬只是「前生騙了傅家百兩銀子，

民俗文化基金會，1993年。頁202-204。

所以此生做馬還債」，為盜賊馱金，也是「前生騙了你草鞋一雙，今送二十里路」，因果報應分明，歷歷不爽。類似的還有第二十一折〈雷公電母〉、第二十二折〈社令插旗〉，由社令（土地公）檢察一方善惡，善者插青旗，惡者插紅旗，雷公電母隨即將插紅旗者殛斃，上場人物有拐子、孝婦、惡婦……。第二十七折〈招財買貨〉則由寒山、拾得上場，在兩人的輪番唱念中，宣揚「重義輕財，天向陰中百倍還」，這些可以算是當時宗教與道德合作的恐嚇加勸導吧。至於插入當時流行的滑稽小戲，則有第十四折〈尼姑下山〉、第十五折〈和尚下山〉，僧尼共犯的故事是當時風行的題材，不同聲腔皆有此戲的演出紀錄[54]，崑腔至今仍然持續搬演。而第二十八折和第二十九折間的〈插科〉，描述一名老頭因行走不動，假扮女子，哄矇和尚背他，也取自民間的玩笑戲，後來皮黃就有近似的「瞎子逛燈」。至於中卷第十八折〈才女試節〉，寫善財（才）、龍女在羅卜母親剛剛過世後，前往試探他在衰絰中能否守身盡節，在情境上是有些荒謬的，但這種旦角主動、調戲小生的戲，和前面提及的〈過黑松林〉非常類似，言語的誘惑、肢體的拉扯，這麼密集的安排這類劇情，與明末及民間對情欲的想像，有密切關係。第3類的情況，則可謂全劇比比皆是。如上卷第四折〈劉氏齋尼〉，插入二旦扮演的尼姑，敲木魚連唱【佛賺】十二支，勸人修行，說唱色彩極為鮮明。第二十三折〈劉氏開葷〉插科做把戲提傀儡、唱十不親蓮花落，也都是日常生活中易見的小玩藝兒，搬演時可倍增親切。中卷第五折〈匠人爭席〉，則在齋房完工後，插入丑（石匠）、淨

54　同註48，頁138-139。

（木匠）、小（泥水匠）爭坐慶功宴首席，相互嬉鬧的科白為主的大段戲幅。下卷第十一折〈三殿尋母〉，劉氏在閻王殿前，插入大段七言滾唱，唱出取材《父母恩重難報經》的婦女三大苦，以白話質樸真摯的語詞，敘述母親照顧兒女的慈愛辛酸，唱時怎能不深深打動觀眾的心呢？是否岐出劇情結構主線之外，想必沒有人會在意吧。

　　正如周作人所言，民眾觀賞目連戲，最感興味的是插入的部分，可以是武打戲、科白戲、各種調笑調情的滑稽小戲、俗曲演唱等等，氣氛是歡樂的。如前所述，目連戲的演出和儀式祭典相關，涂爾幹（Emile Durkheim）認為「興奮乃宗教觀念之源」[55]，祭典的場合是「非日常」時期的暫時解放，在嚴肅的宗教行為中，本就同時涵括狂歡與享樂，目連戲同時並存著道德教化和滑稽小戲的淫穢敗德，並不衝突，《目連戲文》的岐出離題，也正保留了庶民文化中狂歡縱欲的面向。

（四）

　　傳奇結構理論在晚明已大致成形，入清最具代表性的兩部劇作《長生殿》、《桃花扇》，關目進展銜接流暢，埋伏照應，環環相扣，卻仍安排某些暫停戲劇動作、躍出情節主線的折子，因筆者已曾為文論及[56]，本文不再細論，只做簡要的整理。

55　涂爾幹（Emile Durkheim）著，芮傳明、趙學元譯，《宗教生活的基本形式》。台北：桂冠圖書公司，1992年，頁251。

56　同註31，及陳芳英，〈遙望──從孔尚任《桃花扇》書寫策略的幾點思考談起〉，《2004兩岸戲曲編劇學術研討會論文集》。台北：台灣大學戲劇學系，2004年，頁107-147。

　　《長生殿》敘事架構極為整飭，嚴格說來，只有暫停戲劇動作，轉而抒情的折子，並沒有真正岐出的旁支。唯一逸出情節主線的只有〈彈詞〉。本齣：

> 回顧唐玄宗、楊貴妃的愛情與家國之變，既是作者洪昇對《長生殿》一劇前半部的回顧，也是洪昇藉李龜年之口對唐代天寶史實的評點，更是洪昇借古慨今，以感嘆天寶之變的興亡夢幻、滿眼淒涼，寄託其對明朝覆亡的故國幽思。〈彈詞〉為《長生殿》三十八齣，在全劇五十齣的架構中，〈彈詞〉之後還有十二齣，鋪寫李、楊愛情的補恨重圓，證成第一齣〈傳概〉宣誓的「今古情場，問誰個真心到底？但果有精誠不散，終成連理。」，以「情」為敘事線的情節仍在延續，然而本齣則暫停敘事，對這段情愛及天寶遺事的幽怨愁煩、悲傷感嘆，以繁弦別調完成李龜年與洪昇的抒情詠懷。[57]

如果說《目連戲文》的岐出或離題，是以演出為考量，〈彈詞〉則具有文人創作時內化反省的特質，以高度集中、提煉、美化的程式，呈現劇中人（甚至作者）當下的情、志。

　　《桃花扇》關目排場的設計極為精彩，不論劇情、人物、演出（包括曲文、賓白、音樂、科諢、動作），一段緊接一段，一齣追著一齣，可以說是編織縝密完美，牽一髮而動全身，精彩華麗的織品。本文要提到的是與崇禎皇帝有關的寫作。《桃花扇》提及崇禎皇帝的，主要有四齣，包括第十三齣〈哭主〉、閏

57　同註31，頁21。

二十齣〈閒話〉、第三十二齣〈拜壇〉、第四十齣〈入道〉，這裡要談的是〈入道〉。本齣是全劇大結穴，關目自屬必要，但值得注意的是寫作的方式。內容是描述乙酉年七月十五日，張薇率出家弟子蔡益所、藍瑛、眾道士，與老贊禮率村民男女，依黃籙科儀，鋪設壇場，齋供追薦，可以說在舞臺上重現一次正式的追薦儀式。追薦過程在劇中原可以虛寫、側寫帶過，孔尚任不但一寫再寫，而且是實寫、細寫，將追薦儀式直接搬上舞臺，名為劇場，實為儀典，劇場與儀式在此成了奇異的結合。如果有關崇禎的四齣戲，特別是〈入道〉，在清初全本《桃花扇》的演出中，真的未經刪減，全貌演出，那麼對作者孔尚任或看戲的觀眾，以及閱讀劇本的讀者，其意義絕不只是戲，而是具有救贖的意義，甚至連《桃花扇》都成為具有某種秘密意涵的象徵了。〈入道〉的祭祀過程，和正式祭奠儀式幾乎完全一樣，主祭者事先沐浴更衣，陪祭者鋪設三壇，供香花茶果，立旛掛榜，先行灑掃之儀，再行朝請大禮，祭奠對象包括崇禎及殉難文臣武將二十四名，一一唱名，奏樂獻酒，奠酒化財。而後主祭者更衣登壇，做施食功德，設焰口，結高壇，拜壇，登壇，念祝文，撒米，澆漿，焚紙。為因應人民對死後世界的信仰，及善惡有報的思想，〈閒話〉中，甲申殉難君臣已超昇天界；〈入道〉中張薇又焚香打坐，閉目靜觀，見史可法被封為太清宮紫虛真人，左良玉為飛天使者，黃德功為游天使者，馬士英被雷擊死台州山中，阮大鋮跌死仙霞嶺上。希望已死的英雄成神，尊榮逍遙，是老百姓的願望，在劇場中經歷一場「似真」的追薦儀式，想像（或相信）善惡之報昭然，不論作者、演者、觀者，遺民的心情，多少可以得

到撫慰。而直接將現實中也許無法盛大舉行的儀式移入戲中，即使造成情節內容的游移，卻恐怕是孔尚任刻意為之，且內心深處不得不寫的關目。

四

　　閱讀章回小說的時候，總覺得晃晃悠悠行去，真是一路好風景。哪裡有個景點，就岔入岐徑，隨意走走，再回本路；哪裡忽聽水聲潺潺，又尋溪溯源，稍離主線；品味著每一次停佇，而後抵達終點。隨著小說中的主角在情節線中推進，遇見甚麼人、發生甚麼事、說了哪些理、抒了哪些情，和誰擦肩錯過不再回顧……，宛如經過神秘深邃的森林，緩步流連，肆意暢懷。欣賞傳統戲曲時，也大致相同。不論閱讀劇本或觀看演出，情節線走著走著，暫停戲劇動作，加入抒發作者和劇中人情志的歌舞、炫人眼目的武技雜耍、惹人發笑的調弄滑稽，頗有「日日是好日，處處生蓮花」的況味，所謂「戲曲」這項藝術，就如此這般在時間長流中悠悠流傳。到了明傳奇形制確定，篇幅變長，敘事變得重要起來；如果故事或人物頭緒紛繁，不知伊於胡底，當然也很傷神，結構也變得重要起來；於是戲劇理論也從曲學體系發展為敘事理論體系，再進而為劇學體系[58]。歷經明清兩代的諸多劇種，戲曲仍保持敘事、抒情兼重的情況，甚至可以說是以敘事為主、抒情為輔的戲劇結構。清末民初，西方的戲劇對中國戲劇界或知識青年造成很大的撞擊，話劇或舞臺劇的發展可以說是另一

58　詳見譚帆、陸煒，《中國古典戲劇理論史》。北京：中國社會科學出版社，1993年。

種形式的「文化殖民」，全盤移入，連歷史悠久的戲曲也在不斷被抨擊的情況下失去信心，受到影響，甚至扭曲了發展的徑路。如果當時歌劇也以同樣強勢的姿態傳進中國，歌劇強調音樂與演唱的特質，也許可以為戲曲的內涵和特質背書，轉化的過程就不致如此跌跌撞撞、進退失據了。而大陸五○年代的戲曲改革及其後一連串的戲曲現代化，更突出結構的完整和節奏的加快，演員的唱做念打只成了服務劇情和人物的工具，雖說仍然在臺上有精彩的表演，但以演員為中心、以表演為中心，去思考全劇的安排，漸漸成為遙不可及的遠古記憶了，戲中連稍微費時的抒情唱段或身段表演，都漸漸被摒棄，更別說東一塊西一塊，另開視窗的岐出與離題了。情節集中，結構縝密，當然是很好的事，但，那可不可以只是「一」種方式，而不是「PC」（political correct，政治正確）的唯一。我一向對單一原則心懷疑懼，總覺得其中有甚麼不對勁似的，對思想如此，藝術如此，戲曲也如此。所以想回頭看看在傳奇敘事結構成為重要的論述的同時，劇作家是如何既重視結構，又自由的出入規範內外，塑造出甚麼樣的劇本及演出風情。

　　如前所說，戲曲和小說有密切的關係，小說在直面西方的時候，在敘事結構上曾經經過哪些困擾、努力，又如何達到今日眾聲喧嘩繽彩紛呈的狀況？對近、現代華文小說造成重大影響的西方小說，在敘事的範疇中其實又是甚麼面貌？由於我長年對小說的熱愛及擔任課程講授，想自其中看看，有沒有可供省思的參考座標？至於我沒有選擇從西方戲劇入手尋找引發思索的例證，自然有一定的理由。首先，我是想從小說所曾面對的狀況，

平行來看戲曲的狀況。其次，西方戲劇和中國戲曲，本質是相當不同的，當然，西方當代戲劇已經形成不重結構或故意離題的劇場論述，但要在本文的篇幅中先交代當代劇場的轉變，是不可能的事，那樣的話，真的會變成突出的異物一般，離題太遠了，所以暫不引用[59]。本文第一節先綜述敘事結構理論在明代傳奇創作及理論中的狀況；第二節討論了以華文小說敘事結構所經過的實驗和方向；第三節則檢視幾個可以代表不同面貌的傳奇劇本，觀察其中岐出和離題的戲齣呈現了甚麼現象。切入思索的角度，則包括創作和演出。創作方面，就作者而言是創作意圖，就劇本而言往往是為了調劑冷熱；演出方面，則關心「演員中心」的實踐。當然，場上演出的是作者寫成的劇本，劇本、作者、演出，彼此轇轕交錯，自是無法判然分開，討論時難免相互滲透。筆者認為，以抒情美典為主的折子戲，原本就不負有推動情節的任務[60]，而岐出或離題的單齣，更是獨立於敘事結構之外，不論創作或演出，都在敘事架構中截斷時間，定格演出；或者回歸詩詞的內省傳統，或者呈現外投的表演藝術，使抒情、敘事和表演三者的結合，不只是單一或簡單的形式，而是有更豐富、更多面，甚至相互齟齬、對立、蘊含的內在爭論，這也才是戲曲美典的本質內涵。

59　筆者常在課堂與學生，在課餘與研究當代戲劇的同事朋友討論相關問題，或許改日得空，另以此為題，整理出脈絡，完成論文，其後才能就此引用討論中國戲曲與其相關或類似的現象。

60　同註31。

原發表於2007年5月26日「紀念俞大綱先生百歲誕辰戲曲學術討論會」，收錄於《俞大綱學術討論會論文集》。臺北：國立臺北藝術大學，[出版中]。

《邯鄲記》的喜劇情調

楔子

　　《邯鄲記》是湯顯祖根據唐代沈既濟《枕中記》傳奇，改編而成的劇本。沈記嚴肅的探討生命中一切富貴與羞辱的虛幻，湯顯祖面對同樣的主題，卻顯然刻意運用了種種滑稽手法[1]，使全劇充滿了喜劇情調。「喜劇情調」（comic relief）的運用，在我國戲曲中屢見不鮮，而具有強烈自覺喜劇意識的劇作家，則如鳳毛麟角，湯氏是其中最傑出的一位。本文無意將《邯鄲記》與任何類型的戲劇稍作比附，當然，透過多種層面的思索，可以豐富每一本劇曲的內涵，可是將源自不同文化背景的戲劇形式，強加比並，恐怕未必合適。本文所要強調的是，湯顯祖在探索、沈思恁般嚴肅，超乎生死的問題時，竟能以刻意的滑稽、冷雋的嘲弄，來觀照似夢般迷離的生命，毋寧是令人感動的智慧燭照。

　　湯顯祖是明代嘉靖末至萬曆年間最重要的劇作家，他認為戲劇產生的原因，本為了發抒心中之情：

1　本文所用「滑稽」一詞，取義於姚一葦先生，〈論滑稽〉，《美的範疇論》。台北：台灣開明書店，1978年。滑稽（comic）略分：一、形象──指一種被誇張或被扭曲的形象足以使吾人產生滑稽感者。二、言詞──殘陋、淫褻、機智、幽默、弔詭、諷刺。三、動作──卑抑、乖訛。

> 人生而有情，思歡怒仇，感於幽微，流乎嘯歌，形諸動
> 搖，或一往而盡，或積日而不能自休。（〈宜黃縣戲神
> 清源師廟記〉）[2]

而「世事一場大夢，人生幾度秋涼」，況人世之事，非人世所
可盡，因此藉戲劇搬演，「恍然如見千秋之人，發夢中之事」
（〈清源師廟記〉）[3]。戲劇既是選擇性人生動作的模擬，而夢
與生前、死後，同為人生永恆的謎題，藉若夢的現實以抒心中之
情，又何嘗不相等於在幽渺難知的夢境中抒情，是以湯顯祖在
〈牡丹亭記題詞〉宣稱：

> 情不知所起，一往而深，生者可以死，死可以生。

> 夢中之情，何必非真，天下豈少夢中之人耶。[4]

這兩段話相當清楚的說明了湯顯祖的劇作，何以每本都安排以
「夢」寓「情」的緣由。玉茗堂四夢──《紫釵記》、《還魂
記》、《南柯記》、《邯鄲記》，以俠、情、幻、覺為基調，或
鋪敘淒豔絕倫、驚心動魄的愛情，或直指富貴榮顯不過是妖異詭
戲的徹悟。湯顯祖知道對有限時空的堅持，面對無限時空常有許
多錯誤，他試圖突破熟悉的概念形式，在夢中去完成、調整另一
個時空。而以夢後所說之夢為題材，為媒介，我們所能了解的畢

2　湯顯祖，〈宜黃縣戲神清源師廟記〉，《湯顯祖集》第2冊。台北：洪
　　氏出版社，1975年，頁1127。

3　同註2。

4　湯顯祖，〈牡丹亭記題詞〉，《湯顯祖集》第2冊。台北：洪氏出版
　　社，1975年，頁1093。

竟不是夢世界，乃是現實人生，因此「一切白日黑夜的夢就不再是人類非理性而迷亂的一種現象，而是足以構成一個可瞭解的世界」[5]，湯顯祖所關心的正是具體現實的有情世間。

在《還魂記》中，他要肯定情之至，連生死都可以超越。在《南柯》、《邯鄲》兩記，更進一步揭櫫：

> 夢了為覺，情了為佛。（〈南柯夢記題詞〉）[6]

「這一類型的故事否定了人生種種欲望，或至少是藉著故事中人物的經驗，對人世提出相當嚴重的懷疑和批判」[7]，以夢境的虛妄，證明了人生的虛妄，「無論是枕中的盧生、南柯的淳于，甚至品述故事的作者，都是一個正享用著他生命的人，然而卻要去宣稱人生的虛無，這就是一個無從究詰的最大荒謬。因為這中間有一個永不能協調的矛盾：人存在的實際和人生虛無論的理念，這二者之間不相容的矛盾。這個矛盾的情況，人生中不但無從逃避，而且像浮雲掩月一樣，時時會掠過人們的心頭」[8]，湯顯祖必然也常從此種矛盾中，泛生悲憫，加上政治的失意和佛老思想的影響，更使他正視這個問題。

> 世人妄以眷屬富貴影像執為吾想，不知虛空中一大穴

5　陳秀芳，〈元雜劇夢裡的非現實腳色〉，《中華文化復興月刊》第10卷第1期。台北：中華文化復興委員會，1977年。

6　湯顯祖，〈南柯夢記題詞〉，《湯顯祖集》第2冊。台北：洪氏出版社，1975年，頁1096。

7　樂蘅軍，〈從荒謬到超越〉，《古典小說散論》。台北：純文學出版社，1976年，頁240。

8　同註7。

> 也。……一往之情，則為所攝，人處六道中，嚬笑不可
> 失也。（〈南柯夢記題詞〉）[9]

> 獨歎枕中生於世法影中，沈酣啽囈，以至於死，一哭而
> 醒，夢死可醒，真死何及。……岸谷滄桑，亦豈常醒
> 之物耶。第概云如夢，則醒復何存？（〈邯鄲夢記題
> 詞〉）[10]

雖說情之所鍾，在我輩善用情耳，至其究竟，終不得不言「夢了
為覺，情了為佛」。

　　《邯鄲記》是湯顯祖最後一部劇曲[11]，完成時湯氏五十二
歲，已罷職還鄉，不復出仕，他心愛的長子在前一年以二十三歲
的英年夭亡，他悲慟難遣，一年中作詩四十首哭之，語語淒絕。
此時兀對生命的回顧與前瞻，難免滄桑與辛酸，曾經歷遍的榮辱
炎涼，固然是具足的生命情態，而立足於時間無限的洪荒，卻有
著茫漠與恐懼，有著缺憾，充滿人與時間對決的無力感，《邯鄲
記》遂在「人生如夢」的主題下，否定一切塵世價值，淨化了人
生的追求。因為夢中的世界，無論是如何的合情入理，有聲有
色，夢醒之後，終只剩一片迷離惝恍、斑駁零落的怔忡。

　　猶有進者，這所謂具足的生命情態，竟可以超乎「嚴肅」

9　同註6。

10　湯顯祖，〈邯鄲夢記題詞〉，《湯顯祖集》第2冊。台北：洪氏出版
　　社，1975年，頁1095。

11　湯氏劇曲五種的寫作年代，據徐朔方〈湯顯祖年表〉的斷定，依序為
　　《紫簫記》（1577-1579）、《紫釵記》（1586-1587）、《還魂記》
　　（1598）、《南柯記》（1600）、《邯鄲記》（1601）。見湯顯祖，
　　《牡丹亭》。台北：華正書局，1979年，頁271-272。

的兒戲心態觀之，湯顯祖以蒼涼的笑意讓《邯鄲記》隨處洋溢著喜劇情調，他藉著喜劇人物「人情翻覆似波瀾」的出爾反爾、基於一時方便的取巧，和夢魘式的幻怪遭遇，推動了全劇的關目。加上諷刺、誇張的語調，俳優體的文字遊戲，使全劇一面顯得荒唐、滑稽，一面又充滿了恐懼、哀傷。本文即就關目情節、人物、曲文賓白三者，探索《邯鄲記》中喜劇意識之流露，以試圖觸及涵藏其中的獨特人生觀照。

一、關目情節

如果我們同意「一齣喜劇開場的時候，帶著一張憂愁的面孔和抱怨的表情，後來，結尾時，則皆大歡顏」[12]這種說法，那麼《邯鄲記》的基本架構，可謂與之相當接近。盧生初見呂洞賓的時候，因久困風塵，牢騷滿腹，刻刻在意的是：

> 大丈夫當建功樹名，出將入相，列鼎而食，選聲而聽，使宗族茂盛而家用肥饒，然後可以言得意也。（第四齣〈入夢〉）[13]

「天生麗質難自棄」，是人類共有的執著，為女子者或許是杜麗娘般對青春的珍愛，為士人者則是才華的自負，「學成文武藝，售與帝王家」，即使是市井小民，也有「一腔熱血，賣與識貨

12　麥金特（Moelwyn Merchant）著，高天恩譯，《論喜劇》，《西洋文學術語叢刊》下冊。台北：黎明文化事業公司，1973年，頁414-415。

13　本文引用《邯鄲記》，皆出湯顯祖，《邯鄲記》，《湯顯祖集》第4冊，台北：洪氏出版社，1975年。引文只標出齣數、齣目，不另一一標舉頁碼。

的」的企盼。雖然我們可以說，女無悅己者仍要「容」，士無知己者仍要為「士」，或甚至說像王維〈辛夷塢〉所云「澗戶寂無人，紛紛開且落」，在自開自落中，就是一個完全。可是，要一個人對他所未曾經歷的生命，雲淡風輕的捨棄，那幾乎是不可理解的。熱中、急切的盧生終必在夢中經歷了高官顯爵、財貨豐饒、妻妾子女滿堂的滿足，也受盡了磨難摧折，方能於夢醒後識透人類境況不可能永恆不變，決心求仙。在他掙脫了姻親、關津、功臣、冤親、階勳、恩親等關口，與八仙證盟（第三十齣〈合仙〉），所表現的不僅是徹悟的平靜歡欣，更是得道後此身洞明、靈臺瑩淨那種不可抑遏的狂喜之情。

相當嘲諷的是，這樣的度脫過程，原來是建立在「仙花也要閒人掃」（第一齣〈標引〉）的實際需求上：

> ……蓬萊山門，門外蟠桃一株，三百年其花纔放，時有浩劫剛風，等閒吹落花片，塞礙天門。先是貧道[14]度了一位何仙姑，來此逐日掃花。近奉東華帝旨，何姑證入仙班，因此張果老仙尊又著貧道駕雲騰霧，於赤縣神州再覓一人，來供掃花之役。（第三齣〈度世〉）

成仙又待如何，黃粱一夢的醒覺，竟只為成就一位掃花僮子！湯顯祖在戲方上場時，就作了如斯有意的嘲弄，讓觀眾在錯愕之際，真有些措手不及。

呂洞賓三上岳陽樓，說破酒色財氣、對面君臣、一胞兒女、帖肉夫妻的不可靠，「則那一口氣不遂了心，來從何處來？去從

14　案即呂洞賓。

何處去？」，箇中道理又豈是以洞庭湖水摻酒的店小二和一般飲客所能知曉的。因此「朗吟飛過洞庭湖」，直奔邯鄲，見盧生「精奇古怪」，有半仙之分，唯「沈障久深，心神難定」，於是授枕度化。

　　盧生的夢是以婚禮開始，死亡結束，他一入夢即來到崔氏園林，甫一覿面，便論婚嫁，而非沈記中的「數月，娶清河崔氏女」。盧、崔二人在梅香和老媽媽帶有相當淫褻意味的雙關語調笑中，潦草的舉行婚禮，這和「但願相思莫相負」或「直教生死相許」的情愛對照，固然充滿歡笑、甜足的情緒，卻也是粗俗、輕狂的，亦即亞里斯多德所認為的「滑稽係建立在卑抑之基礎上，指一種貶低了的形象、語言或行為」[15]。湯顯祖為寫情能手，在其他劇曲中，對情愛的鋪寫或為輕憐蜜意，或為穠豔深婉，在《邯鄲記》則略不措意，僅有十八齣〈閨喜〉清河崔氏「悔教夫婿覓封侯」的別後思念，二十三齣〈織恨〉崔氏為夫雪冤製下「粉錦一端，迴文宮詞二首」，暗示了「望斷銀河心緬邈，恨蓬首居然織作。天寒翠袖，試綵鴛雙掠。正脈脈秦川，迴文淚落。」的傷情[16]，此二齣均以崔氏為主，丈夫的情愛，或竟是他此生唯一的牽絆、唯一的扶持和希望，因此在離別的辰光裡，他不免因寂寞而切切的思念著丈夫。當然，對劇作家而言，當湯顯祖考慮角色勞逸，為讓旦角發揮演技，思夫的情節是他所

15　同註1，頁241-242。

16　〈織恨〉一齣的重點，一則表現「一旦內家奴婢，十年相國夫人」的無常，一則藉迴文錦字作為第二十四齣〈功白〉中皇帝平反盧生冤情的端緒，而錦字迴文無非湯顯祖賣弄才學，耍戲文字。本齣對情愛著墨不多，且加入許多丑角的笑鬧。

能做的唯一安排[17]。劇中的盧生，娶崔氏為妻，只因入夢時闖入崔氏園林，後藉崔家財貨賄賂得中狀元，〈驕宴〉一齣即周旋在承應的諸官妓中，并在官妓的紅汗巾上題了惹怒宇文融的詩句。建功立業時，自無暇思妻，流放海南、備歷艱辛，竟也沒有任何「才子佳人」式戲劇中的相思期待，沒有任何感情上的「痛苦」，甚至在瀕臨被拿赴雲陽，明正典刑的生死關頭，盧生對妻子講的「緊要話語」也只是：

> 夫人，夫人，吾家本山東，有良田數頃，足以禦寒餒，何苦求祿，而今及此？

盧生壽至八十，與崔氏白頭廝守，生下五子十孫，表面看來是人生至樂，事實上，二人的情愛不但遠不及柳夢梅、杜麗娘的夢中初遇，拾畫重逢，生死相契的摯情，甚至比不上李益、霍小玉短暫的相知相許。盧生對男女之間的關係是落在極實質的層面上著眼，為相二十年，權焰熏天，遂在家庭生活之外，尋求肉慾性愛的滿足，原只是丫鬟勸酒，教坊中人歌舞吹彈，其後皇帝頒賜女樂二十四名，以應二十四氣，分處二十四房，以薦枕席，在二十七齣〈極欲〉中著力鋪寫，這或許是世俗認定的歡樂的顛峰。就在他沈溺其中時，相信了希求進用的官員所獻的採戰之術，在採補陰陽，以期長生的託辭下，他開始荒唐的生活，終於因此送命。張淑香認為《西廂記》追薦崔父的醮會「只有雀

---

17 明傳奇受一生一旦為主角的限制，是以《浣紗記》以范蠡、西施為主，《千金記》亦須安排韓信之妻由旦角擔綱演出。本劇旦角戲份太輕，湯顯祖特別在第十五齣〈西諜〉安排旦角兼扮「小軍」，有較多的唱腔和舞蹈。

躍狂喜、意亂情迷的喜劇鬧調,這種最荒謬的強烈效果,真可謂是愛情對於人生虛幻與死亡悲劇所能極盡的至大的揶揄與嘲弄了」[18],《邯鄲記》則可謂以死亡對生命虛幻與生之歡笑、感官極欲,作了至大的揶揄與嘲弄。

或許由於自身的經驗,湯顯祖對科舉一直抱著嘲弄的態度,對天下人豔羨的「狀元」更嗤之以鼻,視為官場上徇私授受,以行苞苴賄賂的釣餌。劇中崔氏要盧生上京應舉,盧生則了無興致,他的理由是:

> 我也忘記起春秋幾場,則翰苑不看文章,沒氣力頭白功名紙半張,直那等豪門貴黨,高名望,時來運當,平白地為卿相。(第六齣〈贈試〉【朱奴兒】)

崔氏則指點他「奴家四門親戚,多在要津,你去長安,都須拜在門下」,并將「所有金錢,儘你前途賄賂」,盧生才興高采烈的束裝就道,本齣下場詩為,「開元天子重賢才,開元天寶是錢財,若道文章空使得,狀元曾值幾文來。」可謂極盡諷刺之能事。這與《還魂記・硬拷》一齣,杜寶痛打新科狀元,同樣是對科舉、對「狀元」的嘲弄。盧生遍賄朝官,卻獨獨忘了考官宇文融,宇文融因裴光庭是「武三思之婿,才品次些,我要取他做個頭名」,不意被盧生以鑽刺搶去,連高力士都說:「他與滿朝勳貴相知,都保他文才第一,便是本監也看他字字端楷哩」,就因以金貲廣交朝貴,盧生才得「在落卷中翻出做個第一」,國家名

18　張淑香,〈西廂記的喜劇成分〉,《元雜劇中的愛情與社會》。台北:長安出版社,1980年,頁184。

器，視同兒戲。瓊林賜宴，更是滑稽的場面，以丑扮的廚子和老旦扮的官妓分別插科打諢，而盧生赴宴所問的竟是「敢問往年直宴，止是幾個老倒樂工，今日何當妙選？」。宴中居然受封為翰林學士，兼知制誥，而趁著「掌制誥，偷寫下了夫人誥命一通，混在眾人誥命內，朦朧進呈，僥倖聖旨都准行了」，這與本應嚴謹的朝廷律則，形成高度的不調和，突出了乖訛的形式。

盧生與宇文融交惡，宇文融故意薦他去擔任開河、征西兩件艱鉅的工作，他都順利完成，立下大功。然而他立功的過程，也以開玩笑的形態進行，他開通兩百八十里運河的妙法是：

> 雞腳山熊耳山麼？昔禹鑿三門，五行並用。雞腳和熊耳，你道鐵打不入，俺待鹽蒸醋煮了他。（第十一齣〈鑿郟〉）

遂取鹽醋百擔，「乾柴百萬束，連燒此山，然後以醋澆之，著以鍬椎，自然頑石籽裂而起，後用鹽花投之，石都成水」。破吐番則：

> 俺有計了，打聽番中木葉山下，一道泉水，流入番王帳殿之中，給你竹籤兒一片，將一千片樹葉兒，刺著「悉邏謀反」四個字，就如蟲蟻蛀的一般，上風頭放去，流入帳下，他只道天神所使，斷然起疑。（第十五齣〈西諜〉）

番王果然中計，殺了相國悉邏，敗降。

湯顯祖筆下的盧「生」，帶有極濃的「丑」角意味，當他

面對一生最重大的兩件勳業，處理的方式是如此的誇張唐突，使整個情境變得滑稽可笑。開河成功後，汲汲籌畫的是皇上東巡，教演一千名棹歌采女，以備龍舟擺櫓，并由其妻獻牙盤千品，以博皇帝心喜，命裴光庭作〈鐵牛頌〉，彰盧生之功。〈望幸〉一齣，由淨扮驛丞，貼丑扮囚婦，謔浪突梯，直指皇帝巡幸為「撞著一個老太歲遊神」、「不安本分閒行」。平番成功之後，則為勒石紀功，勒功過程也是以詼諧的筆調描寫：

> （生回介）此山名為何山？（眾）是天山。（生）玉門關過來多少？（眾）九百九十九里。（生）怎生少一里？（眾）天山上一片石占了一里。（生）從來有人征戰至此者乎？（眾）從古未有。（生笑介）怪的古詩云：空留一片石，萬古在天山。吾今起自書生，仗聖主威靈，破虜至此，足矣。眾將軍，可磨削天山一片石，紀功而還。（第十七齣〈勒功〉）

盧生「一逕的搶中了唐家狀元，替唐天子開了三百里河路，打過了一千里邊關」，終抵不過宇文融一句讒言。宇文融因盧生不肯拜他門下，懷很在心，以開河、平番兩事意圖陷害，反成就盧生功業，遂上奏章言盧生私通番將，圖謀不軌，并強逼盧生同年蕭嵩畫押。憑著一紙奏章，皇帝即下令將盧生拿赴雲陽問斬，盧生正陶醉在「鐵券山河國，金牌將相家」的榮華裡，和崔氏飲酒作樂，以淫褻的雙關語相互嘲弄[19]，不意即刻押往雲陽，雖然也穿插了劊子手「老爺頸子嫩，不受苦」的玩笑話語，卻是盧生對浮

19　見20齣〈死竄〉。

世虛榮的第一次反省，臨斬賜宴使他想起奪得狀元，帽插宮花的
驕宴和戰爭時的殺人如麻：

> 【北出隊子】排列著飛天羅剎，看了他捧刀尖勢不
> 佳。……（這旗呵）當了引魂旛，帽插宮花，（鑼鼓
> 呵）他當了引路笙歌赴晚衙，（這席面呵）當了個施餤
> 口的功臣筵上鮓。

> 【北刮地風】討不的怒髮衝冠兩鬢花，把似你試刀痕俺
> 頭玉無瑕，雲陽市，好一抹凌煙畫。俺曾施軍令斬首如
> 麻，領頭軍該到咱。幾年間回首京華，到了這落魄橋
> 下，則你這狠夜叉也閒弄牙，刀過處生天直下。哎也，
> 央及你斷頭話須詳察，一時刻莫得要爭差。把俺虎頭燕
> 領高提下，怕血淋浸展污了俺袍花。（第二十齣〈死
> 竄〉）

這一霎生死的關口，由於崔氏正陽門前喊冤，竟輕輕易易的改判
為「免其一死，遠竄廣南崖州鬼門關安置」，罪苦的化解，似
乎是極為容易的。二十二齣〈備苦〉和二十五齣〈召還〉，歷敍
盧生所嘗之苦，而他的召還，則不過因皇帝讀了崔氏兩首錦字迴
文，遂云「呀，原來盧生家口，入官為奴，傷哉此情，可以赦
之」。蕭嵩乘機保奏，并說明當初被宇文融脅逼，出於無奈，素
日花押表字一忠，為宇文所迫，「暗于一字之下，忠字之上，加
了兩點，是個不忠二字，見得宇文此奏，大為不忠」。因此「欽
取盧生還朝，拜為當朝首相」。

　　盧生入夢後的第一個事件，即是與崔氏成親，其間并未經過由於才貌相互吸引，所迸發的狂熱欣慕，而是直接跨進肉慾官覺的描寫。盧生面對雲陽被斬，夢的生死考驗之前，和夢中的「真死」之前，都沈溺於肉體情慾的滿足，劇中的交歡是生機的象喻，卻也在此時直接與死亡的陰冷殘酷撞擊，引發了最深沈的省思。

　　湯顯祖畢竟是重視「情」的，愛情在擺脫了形體的拘限，由初時的幼稚淺薄，衝動簡率，沈澱為纏綿的相思，而以蘊藉幽婉的面貌出現時，遂能發揮極大的力量，崔氏兩度拯盧生於生死邊緣──一是雲陽臨斬，一是崖州瀕死的困頓，他深刻的情愛使悲劇場面，變為喜劇世界。所以盧生在〈合仙〉一齣，幽幽然道出「弟子一生軏閣了個情字」。

　　亨利‧博格遜（Henri Bergson）對喜劇情境的討論有言「試將該情境倒轉，并將人物之角色顛倒，則喜劇場面出現矣……惡人設下陷害人的毒計，結果自掘墳墓，欺人者反為人欺」[20]，宇文融正扮演著所謂「惡人」的角色：「尋了一個開河的題目處置他，他到奏了功，開河三百里。俺只得又尋個西番征戰的題目處置他，他又奏了功，開邊一千里，聖上封為定西侯，加太子太保，兼兵部尚書，還朝同平章軍國事」（第十九齣〈飛語〉）。第三個題目是陷盧生通番，雖暫逞一時之快，終於惹罪上身，「哎喲，這難題目輪到我做了，到頭終有報，來早與來遲」（第二十四齣〈功白〉）。

　　猶如盧生功業的誇張性描寫，盧生的備苦也是幻怪離奇的，

─────────────
20　同註12，頁421-422。

他被貶後，一路行來直到潭州，同年送一小廝呆打孩代他背負行囊，誰想連州遇虎，他撐開破傘，躲過一劫，呆打孩卻被虎咬走，「朝中黃羅涼傘不能勾遮護我身，這一把破雨傘，到遮了我身。滿朝受恩之人，不能替我的命，到是呆打孩替了我命，看來萬物有緣哩」，他體會了朝承恩暮賜死的虛幻，又領略「緣」之不可強求，沈障漸去，靈識漸明。就在此淒惶的時刻，剪徑強人又出，不理會他是「有意思的人」、「有功勞之人」，單要珠寶，一刀砍下，溼淋淋一片血污，卻未斷喉，恰逢大海，蒙舟子救上船，偏逢颶風，一刮直到崖州，群鬼亂舞，天曹以髭鬚醫其傷口，才得活命。在崖州無處可住，與狗子共宿碅房，又飽受司戶拷打，以鐵鈐頭、火烙足。三年邊障始得雪冤，拜相北返之際，崖州人為立生祠，司戶亦自縛請罪。盧生被貶海南，及其間遭遇，部分以蘇東坡為粉本，但過度誇張的形容，使痛苦變得虛幻不真實，不但不能引人悲憫，引發觀眾的同情，反產生游離或超越的效果。經歷了政治生活的榮華和羞辱，盧生的心智已日漸圓熟，「喫盡了南州青橄欖，似忠臣苦帶餘甘」，崖州司戶向他請罪時，他竟能雲淡風輕的一笑，認為「此亦世情之常耳」：

> 【紅衫兒】是則是世間人都扯淡，有的閒窺瞰，也著些兒肚子包含。自羞慚，把你那絮絮叨叨口業都除懺。大人家說過了無欺蘸，頭直上青天監。（第二十五齣〈召還〉）

夢醒後，得知崔氏是胯下青驢所變，兒子是店中雞兒狗兒，一輩子君王臣宰，皆是妄想游魂，參成世界，這真是莫大的弔詭，

「人生眷屬，亦猶是耳，豈有真實相乎？其間寵辱之數，得喪之理，生死之情，盡知之矣。」（第二十九齣〈生寤〉），悟得此理，又復何戀，盧生便隨呂洞賓棄絕人世往尋仙鄉[21]，一如《紅樓夢》中甄士隱與一僧一道飄然遠引。然當盧生見到八仙時，第一個反應是「怎生穿紅穿綠，跚的跛的，老的小的，是怎的有這等一班人物」，往前參見時還自稱「前唐朝狀元丞相趙國公盧生叩參」，猶然塵念縈懷。經諸仙證盟，傳交花帚，要他「直掃得無花無地非為罕，這其間忘帚忘箕不是癡」，盧生領帚「除了籍看秔黍邯鄲縣人，著了役掃桃花閬苑童身」，這時呈現的是自由奔放、意氣飛揚的喜劇氣氛，在眾仙鼓板高歌的繽紛中，以

【清江引】儘榮華掃盡前生分，枉把癡人困。蟠桃瘦作薪，海水乾成量。那時節一翻身，敢黃粱鍋待滾。

【尾聲】度卻盧生這一人，把人情世故都高談盡，則要你世上人夢回時心自忖。（第三十齣〈合仙〉）

肯定「覺」字，正如沈際飛〈題南柯夢〉所云：

死生，大夢覺也；夢覺，小生死也。不夢即生，不覺即夢。[22]

可是凡亦夢，仙亦夢，在一片歡欣鼓舞中朝向東華，躲進宗教的

21　夏志清，〈湯顯祖筆下的時間與人生〉，《愛情、社會、小說》。台北：純文學出版社，1970年，頁163-200。即持此說。

22　沈際飛，〈題南柯夢〉，《湯顯祖集》第2冊。台北：洪氏出版社，1975年，頁1542。

領域，成為掃花僮子向成仙的漫漫長途一步一步攀爬，又是否「覺」的究極，是否此心的真正安頓。這是圓滿的喜劇效果的高潮，或是另一個起點？

二、人物

《邯鄲記》的主要人物，在盧生夢中有盧生、崔氏、宇文融，夢外則有八仙。

每個夢境都與人類的生存有關，生之掙扎、追求及失落，全部生存的焦慮與苦惱，都可以由夢境中尋得。當人歷經了這些，神仙世界的不食煙火、四季常春，了卻生老病死苦楚的境遇，是令人嚮往的。而「點殘棋斟壽酒，笑傲乾坤」的神仙，又該是甚麼形象呢？

> 漢鍾離到老梳丫髻，曹國舅帶醉舞朝衣。李孔目挂著拐打瞌睡，何仙姑扰針補笊篱。藍采和海山充樂探，韓湘子風雪棄前妻。兀那張果老五星輪的穩，算定著呂純陽三醉岳陽回。（第三十齣〈合仙〉漢鍾離白）

「八仙」一直是民間最熟悉、也最喜愛的神仙，或許正因為他們並不道貌岸然，也絕非完美，而是混合了嚴肅與滑稽。他們經常與酒發生關係，個個保有其本來天真，不守「仙規」，甚或表露了男女間的調情，王世貞《題八仙像》後云：

> 以是八公者，老則張，少則韓藍，將則鍾離，書生則呂，貴則曹，病則李，婦女則何，為各據一端作滑稽觀

耶。[23]

八仙具「滑稽觀」，正由於每位仙人「各據一端」，且其雖列身仙界，究竟出身凡人，帶有人性弱點，從元明清至今的劇曲搬演[24]，觀眾遂得以不即不離的心理距離去欣賞。

《邯鄲記》第三齣〈度世〉，由呂洞賓率先登場，說明自己「性頗混塵，心存度世」，與何仙姑分別後，即至岳陽樓喝酒，在邯鄲道上度了盧生。在呂洞賓忙著度人之時，七位仙友相候，頗覺百無聊賴，少不得穿插幾句民間熟知的呂、何之間點到為止的「愛情」關係：

> （何笑介）鍾離公，著你高徒洞賓子奉東華道旨，下界引度真仙，還不見到，好悶人也。（拐打何介）啐，做仙姑還有的想，我一拐打斷你笊籬根。（第三十齣〈合仙〉）

相當人間化的的場面，使蓬萊仙境也和人間俗世一樣充滿了嘻笑。八仙在劇曲中出現的最主要劇目，一為度脫劇，一為慶壽劇，本劇繼承度脫一脈，因此依照慣例，在最後一齣度脫圓滿後，同場出現，接引被度者往西方，并以曲、白歷數群仙名籍。先以【清江引】四支數說一遍，再由漢鍾離、呂洞賓以道白數說，如呂洞賓云：

23　浦江清，〈八仙考〉，《清華學報》第11卷第1期。北京：清華大學，1936年1月。

24　八仙在劇曲中的原始風貌，可參閱陳玲玲，〈八仙在元明雜劇和台灣扮仙戲中的狀況〉，文化大學藝術研究所碩士論文，1978年。

> 有一個漢鍾離雙丫髻，蒼顏道扮；一個曹國舅八采眉，
> 象簡朝紳；一個韓湘子棄舉業，儒門子弟；一個藍采和
> 他是打院本，樂戶官身；一個挂鐵拐的李孔目，帶些殘
> 疾；一個荷飯笊何仙姑，挫過了殘春。（第三十齣〈合
> 仙〉）

八仙所執的雲板、象簡、笊籬等砌末，既是法器，也是音樂、舞蹈的道具，鐵拐李的跛行，張果老的倒騎驢等，均是舞蹈的動作，就在此歌舞喧鬧中，這一群可愛、令人難以忘懷的仙人，使《邯鄲記》有了喜樂、明亮的結尾。

盧生是全劇主角，然而在劇中，他一直是採取被動的角色，被情境左右、擺布，而作無可奈何的反應，甚至是類型化、被誇張與卑抑了的人物[25]。他原是學成文武藝，卻未能售與帝王家的落魄書生，入夢後撞見清河崔氏，為告饒答應私休成婚，婚後安於溫柔鄉中，偏生崔氏云「我家七輩無白衣女婿」，只好帶著豐盈的貲財上京求官，行賄賂中了狀元。又因得罪宇文融，葫蘆提立下開河平番的大功；被讒獲罪，幸其妻哀告於上陽門，得免一死，流放邊界受苦。再度因其妻錦字迴文打動聖心，雪冤還朝，為相二十年，誤納採戰之言，遂至沈疴。原以為「大丈夫當建功樹名，出將入相，列鼎而食，選聲而聽，使宗族茂盛而家用肥饒，然後可言得意」，嘗盡箇中滋味方知是黃粱未熟的片刻幻象，萬念俱灰後，做了他唯一的選擇：

---

25 姚一葦，〈喜劇人物〉，《戲劇論集》，台北：台灣開明書店，1969年。指出喜劇人物：一、較一般人為「惡」（卑抑、誇張、殘陋）。二、行為表現為凡庸瑣屑。三、類型化。四、引起觀眾的游離超然。

　　罷了，功名身外事，俺都不去料理他，只拜了師父罷。
（第二十九齣〈生寤〉）

他對姻緣、功名、勳業、罪苦，原都以「兒戲」的方式去對待，
誰知自己也陷入生命的兒戲中。開河後以〈鐵牛頌〉記功，平番
後勒石天山，直擔心「莓苔風雨，石裂山崩，那時泯沒我功勞
了」。流放召還，立生祠於狗排欄上，難忘三年邊瘴的苦楚。再
登臺輔，前後恩賜，子孫官蔭，甲第田園，佳人名馬，不可勝
數。於是欲求長生妙法，臥病自知不起時，還掛心幼兒官蔭，擔
憂國史對他六十年勤勞功績記載不周，疑慮身後官諡如何，最後
掙扎自寫遺表，因「俺的字是鍾繇法帖，皇上最所愛重，俺寫下
一通，也留與大唐家作鎮世之寶」，交代夫人將朝衣朝冠收存，
「永遠與子孫觀看」，無盡的牽絆記罣，竟似一件也割捨不下，
自負作態，讓人亦笑亦憐。而唯有通過這些牽絆的轉眼成空，才
給他雷殛般的醒覺，毫無眷戀的否定了生之追尋：

　　【二郎神】難酬想，眼根前不盡的繁華相。枕兒內有路
　　分明留去向，向其間打滾，影兒歷歷端詳。難道這一星
　　星都是謊？怎教人不護著這枕兒心快？忽突帳，六十年
　　光景，熟不的半箸黃粱。（第二十九齣〈生寤〉）

湯顯祖在劇中前半，以描述丑角的嘲諷筆調來寫盧生，將他唐突
滑稽、無知自大的行為，以尖刻的冷笑揶揄著，然從雲陽臨刑的
沈思反省開始，盧生逐漸從外放的虛誇中，向內凝斂為智慧的燭
照，夢醒不得不承認「這一星星都是謊」，他已將自己提升到嚴

肅或莊嚴的世界了。

　　崔氏在劇中扮演的是「救星」的角色，也是唯一具有婉孌深情的人物，她與盧生成婚之初，固然是相當草率的，但盧生得官後，她從大膽奔放的狂熱，轉為幽微深婉的思念，她除了助盧生得官，並在盧生面對死生掙扎，和飽經摧折挫傷時，成為他「從天而降」的生機，以一縷微光的牽引，突破悲劇的重重威脅。她解決困境的方式，都是非理性的，而是金錢、哀告和錦字迴文，這與一本正經的科舉制度、朝廷律令相較，顯然是乖訛的，然在覆盆不照太陽暉的世界，也唯有超乎世相律則的行動，方能擺落困境，獲得勝利，同時顯現荒謬的喜劇的況味。何況，「救星與幸運之神，正是喜劇的主要特徵，因為當悲劇是定命的投影時，喜劇就是幸運的投影，故運用救星來改變戲劇情況以推動情節發展的這種設計，基本上就是一種喜劇的手法，喜劇的風格」[26]。

　　和崔氏相對照的是宇文融，他扮演著惡人的角色。盧生的喜劇意味，在滑稽可笑背後有引人沈思的嚴肅性，宇文融則只是卑瑣和醜陋。他「性喜奸讒，材能進奉」，一生專門「迎合朝廷，取媚權貴」，盧生因不趨奉他，又以詩句奚落：

　　香飄醉墨粉紅催，天子門生帶笑來。自是玉皇親判與，嫦娥不用老官媒。

便處心積慮，藉機陷害盧生。一計不成，又生二計，他的毒計反使盧生平步青雲，益增憾恨，後脅逼蕭嵩誣告盧生欺君賣主，勾連外國，使盧生流竄海南煙瘴地方，意猶未盡，奏請將崔氏沒為

26　同註18，頁183。

官婢，復命崖州司戶百般凌辱盧生，到最後終於自食惡果。他的粗鄙醜陋，反襯了盧生的機智，而那副可憎可厭的面目，就成了十足小人的表徵。此外如梅香、廚夫、驛丞、司戶等，也都一再呈現出俗世的喜劇性面目。

班・姜森（Ben Jonson）在他的《人各有僻》（*Every Man in His Humour*）中說：

> 喜劇所呈現的人物，非但反映時代的面貌，並且嘲弄人類的愚蠢，但絕不涉及罪惡。[27]

《邯鄲記》中煥發喜劇意味的人物，正是湯顯祖藉以嘲弄人類愚蠢的象喻，他冷眼觀世，故意嘲誚，以這些人物的行動來提示榮辱皆幻，指出了對神仙的嚮往。

三、曲文賓白

滑稽言詞是滑稽藝術中，極重要的項目[28]，湯顯祖以華麗活潑的語調，塑造了洋溢在《邯鄲記》中喜樂歡悅的氣氛，和略帶誇張、浮華的情調。他所用的語詞繁複多姿，或極端典雅，或極端鄙俗，在不同風貌的曲白交錯運用時，顯現了無比的張力，同時經常運用文字遊戲，使劇中不同的情境，都流露相同的不經意、玩笑式的滑稽詼諧。

元曲的主要成就之一是美感經驗的擴大，在文字形式的呈現則為變集中、統一、均衡為誇張、重複，明代戲曲繼承了此一特

27　同註12，頁411。
28　同註1，頁230。

色，尤對俳優體獨垂青眼，湯顯祖更仗其才華，一再要弄文字。本劇第二齣〈行田〉，盧生上場即唸【菩薩蠻】倒句：

> 客驚秋色山東宅，宅東山色秋驚客，盧姓舊家儒，儒家舊姓盧。　隱名何借問，問借何名隱？生小誤癡情，情癡誤小生。

當盧生被陷，流放海南，崔氏沒為官婢，在外織作坊織錦時，亦織成錦字迴文，調寄【菩薩蠻】二首：

> 梅題遠色春歸得，遲鄉瘴嶺過愁客。孤影雁回斜，峰寒逼翠紗。　窗殘拋錦室，織急還催織。錦官當夕情，啼斷望河明。

> 還生赦泣人天望，雙成錦匹孤鸞悵。獨泣見誰憐，流人苦瘴煙。　生親還棄杼，鴛配關河戌。遠心天未知，人道赦來時。（第二十四齣〈功白〉）

亦即可以迴文（由文末倒著念回來）讀之：

> 明河望斷啼情夕，當官錦織催還急。織室錦拋殘，窗紗翠逼寒。　峰斜回雁影，孤客愁過嶺。瘴鄉遲得歸，春色遠題梅。

> 時來赦道人知未？天心遠戌河關配。鴛杼棄還親，生煙瘴苦人。　流憐誰見泣？獨悵鸞孤匹。錦成雙望天，人泣赦生還。

中國文字每一字都含有形、音、義三元素，俳優體即利用離形、諧音、衍義以見工巧，所謂「一切翻新出才、逞才弄巧，遊戲嘲笑之體皆是」（任訥《曲中俳體》，〈曲諧〉卷一）。迴文、倒句均屬任氏所謂「關於句者」，而

> 枕是頭邊枕，磁為心上慈。（第三齣〈度世〉呂洞賓白）

> ⋯⋯黃粱飯難消一粒，葫蘆藥到用的刀圭。垂目睡加工水汞，自心息把東金鍊齊。心生性吾心自悟，一二三主人住持⋯⋯（第三十齣〈合仙〉張果老白）

則顯然屬於「關於字者」的離形一類。屬於材料的則有「集唐」，集合不同作者、不同作品的唐人詩句，重新組成一首詩，如：

> 蓬島何曾見一人，披星帶月斬麒麟。無緣邀得乘風去，迴向瀛洲看日輪。（第三齣〈度世〉呂洞賓上場詩）

> 三十登壇眾所尊，紅旗半捲出轅門。前軍已戰交河北，直斬樓蘭報國恩。（第十五齣〈西諜〉盧生上場詩）

外如蕭嵩、宇文融諸人第一次上場所念定場詩，亦用「集唐」，顯然欲借此典重文雅的詩句強調人物的重要性，使曲白煥發優美繽紛的光彩。

正如布雷希特（Bertolt Brecht）所宣稱的「戲劇的語調應該永遠被嬉笑、智慧或歡愉所控制著——戲劇應該永遠是輕快滑稽

的」[29]，《邯鄲記》除了運用俳優體，也採用了嘲謔、粗鄙，甚至淫褻的語言，來誇張喜劇效果。

淫褻的語詞是中國戲劇中最常見的滑稽效果，也許由於古代戲曲搬演時演員的身分[30]，和一般觀眾知識程度的限制，機智的語詞往往產生不了預期的效果，而淫褻的語詞卻直接引起笑聲，因此連以辭華藻麗稱名的湯顯祖，也經常大量使用這類語句，不朽名劇《還魂記》中就有許多雙關、曖昧，甚至露骨到幾近無法卒讀的字句，本劇第三齣〈度世〉、十三齣〈望幸〉、二十齣〈死竄〉、二十七齣〈極欲〉，都是利用文明社會中對性的語言禁忌，引發觀眾爆笑的卑俗形式，或就是佛洛依德所謂的將潛意識的願望，浮現到意識界來的一種滿足。

機智的語詞常可以極少的筆觸草成滑稽的一幕，這對才氣浩蕩的湯顯祖而言，是輕而易舉的，如〈度世〉一齣，丑扮店小二上唸定場詩後二句云「且就洞庭賒月色，將船買酒白雲邊」，古門內笑接云「小二哥發誓不賒，又賒了」，丑云「賒的賒一月，買的買一船」，而後說「小子這在岳陽樓前開張個大酒店，因這洞庭湖水多，酒都扯淡了」，兼有冷雋的諷刺。二客上場後，先念定場詩：

> 一生湖海客，半醉洞庭秋。小二哥，買酒。（丑應介）（客看壺介）酒壺上怎生寫著洞庭二字？（丑）盛水哩。（客笑介）也罷，拚我們海量，吞你幾個洞庭湖。

29　同註12，頁515。
30　古典戲曲演員早期或與歌妓、青樓女子、孌童有密切的關聯。

（丑）二位較量飲。（一客）小子都陽湖生意，飲八百杯罷。（一客）小子廬江客，飲三百杯。（丑）這等，消我酒不去。八百都陽三百焦，到不得我這把壺一個腰。

類此的語詞，往往令人莞爾。此外，像說唱遺風的保留，在賓白中加入長篇大論的敘述，如第二齣〈行田〉對不遇的牢騷，故意用些突梯可笑的句子，如「今日才子，明日才子，李赤是李白之兄；這科狀元，那科狀元，梁九乃梁八之弟」，第二十七齣〈極欲〉則引經據典，大談對女樂的看法，第八齣〈驕宴〉述官廚景況，或莊或諧，無非引人一笑。有時甚或寫下作品一篇，如〈鐵牛頌〉（十四齣〈東巡〉），或闌用經史文章，如全錄〈岳陽樓記〉（第四齣〈入夢〉）。三十齣〈合仙〉以【浪淘沙】六支連用，數落盧生為癡人，也是說唱文學的明顯痕跡。十三齣〈望幸〉的【菱歌】、二十六齣〈雜慶〉的【銀紐絲】，也都保存了民間文學的某些形式和內容。通過曲詞賓白的多種面貌，可以讓我們掌握住《邯鄲記》喜劇風調之一斑。

尾聲

　　前面論列的關目情節、人物、曲文賓白三者，都是湯顯祖自出機杼所為，既不同於沈既濟的《枕中記》，也與元人李時中、馬致遠、花李郎、紅字李二四人合編的劇曲《黃粱夢》大異其趣。沈記中呂翁與盧生於邯鄲道上旅邸偶然相值，談及「人生之適」，呂翁授枕，盧生入夢，夢中盧生所經歷的是「理所

當然」、嚴謹、有條理的、一本正經的榮悴窮達，就像歷史上許
許多多的人所走過的路，沒有一絲玩笑，沒有一點怪幻，醒來後
「憮然良久」，「稽首再拜而去」。元劇《黃粱夢》則為東華帝
君令鍾離權度脫呂岩（呂洞賓），由「外」扮呂洞賓，而由正末
分別扮演鍾離權、高太尉、院公、樵夫、邦老，劇中著重度脫點
化的過程。呂岩夢中所歷，并非一帆風順的境遇，而是酒色財氣
的斷絕，他招為高太尉的贅婿，官居兵馬大元帥，才要出征建功
之時，因吃了三杯送行酒，吐了兩口血，「當日斷了酒」。在戰
場上因貪三斗珍珠、一提黃金，賣了一陣，私逃還家，迭配沙門
島，「因此斷了財」。出征期間，妻子與人私通，被他返家時親
身拏住，休了妻子，「斷了色」。發配途中遇見強人，摔殺兩個
孩兒，砍倒自己，「將氣也忍了」。夢中不得意的遭遇，使他在
夢中就已心灰意懶，醒來遂即隨漢鍾離「同歸大道，位列仙班，
賜號純陽子」。

　　湯顯祖寫《邯鄲記》時，必然已識得生命是一場詭戲，片斷
的生命本身自是具足圓融，而面對無限時空則是永恆的缺憾。他
不像《黃粱夢》直接去否定生活中所追求的一切，而讓盧生在飽
經榮享與屈辱後，在得意至極的一剎那醒來，醒前毫無缺憾、福
壽全歸的心境，和醒後兩手皆空、嗒然若喪的悵惘，恁般強烈對
比，方能令他領悟人情眷戀的不足取。夢既無憑，夢中的世界正
不妨以滑稽的態度對待。場面自在的跳接、轉換，原是喜劇的特
色之一，何況湯顯祖創作、評論劇曲時，一向注重關目情節的奇
詭和層層轉折[31]，所以諸家論劇者於玉茗諸作品評雖多，對《邯

31　陳芳英，〈明代劇學研究〉。臺灣大學中國文學研究所博士論文，

鄲記》的結構則同聲贊歎。第一位有系統的探討劇曲關目安排的
劇論家，是與湯顯祖同時而年輩稍後的王驥德，王氏《曲律》便
稱《邯鄲記》布局新奇（《曲律》卷四〈雜論〉三十九）；其後
馮夢龍更定傳奇時，於《邯鄲記》眉批中一再強調該劇關目「尖
俏」、「化腐為新」；至吳梅《中國戲曲概論》直謂《邯鄲記》
「直截了當，無一泛語，增一折不得，刪一折不得」，可以說是
推崇畢至了。「那堪一夢是蘧蘧」[32]，《邯鄲記》中以荒唐、嘲
弄之筆寫盧生及第、建功、受辱、平反、極欲，甚或成為蓬萊山
門外掃花僮子，正是其過人處，也正是歷遍大千世界的滄桑與辛
酸後的滑稽。

原發表於《中外文學》第13卷第1期。臺北：臺灣大學中外文學
出版社，1984年。

1983年。下篇第3章第1節。

32　湯顯祖長子名蘧，此其哭兒詩中句。湯顯祖，〈重得亡蘧訃二十二
　　絕〉之二，《湯顯祖集》第1冊。台北：洪氏出版社，1975年，頁
　　556。

從《療妒羹》看〈題曲〉
——試論折子戲與抒情美典的關係

一

　　筆者多年前曾撰文論及，中國戲曲為「市井文化與抒情傳統的新結合」[1]，「在抒情美典與敘事美典結合後，出現的明清兩代以傳奇為主的長篇巨製，雖然也強調全戲的排場結構、講究關目的扣人心弦，但截取其中某些段落的折子戲，則更受喜愛。」[2]，不過當時文章重點在其他方面，於此論題僅稍稍帶過，每覺意有未盡。近年來，集合某些單齣的「整編本」[3]，或「全本復原」[4]，在許多藝術家的推動努力下，成為新的關注焦點。本文想討論的是：當戲曲所承繼的敘事傳統已發展成熟後，折子戲其

1　請見陳芳英，〈市井文化與抒情傳統的新結合——古典戲劇〉，《中國文化新論文學篇二——意象的流變》。台北：聯經出版事業公司，1982年，頁529-586。

2　陳芳英，〈游移在葬花與戎征之間〉，《當代》103期。台北：當代雜誌社，1994年11月，頁57-58。

3　整編本可分為「整理型」、「改編型」兩種，相關論述見王安祈：〈從折子戲到全本戲〉，《傳統戲曲的現代表現》。台北：里仁書局，1996年，頁19-35。

4　有關「全本復原」的相關論述，請參見王安祈，〈如何檢測崑劇全本復原的意義〉，《湯顯祖與牡丹亭》。台北：中央研究院中國文哲研究所，2005年，頁887-920。

實是以回歸抒情美典的姿態出現，而成為劇作者和閱聽者喜愛的形式。

　　自從陳世驤先生標舉出「中國的抒情傳統」[5]的論題之後，高友工先生「中國抒情美典」[6]的論述，不論課堂講授，或其後著為文章，對海峽兩岸及海外漢學界文學理論的研究，影響至鉅；流風所及，諸家著作迭出[7]。這種主要存在於文化菁英間的內省言志的抒情傳統，經由與存在於市井間的表演、敘事傳統結合，終於形成了戲曲美典；不過，在唐戲弄、宋雜劇、金院本的時期，彼此的結合還不是那麼理想[8]，一直到元雜劇，才算完成「嚴格意義」的戲曲形式與美典，而不論是創作或理論，則都還

5　陳世驤，〈中國的抒情傳統〉，《陳世驤文存》。台北：志文出版社，1972年，頁31-37。

6　Yu-Kung Kao, "Chinese Lyric Aesthetics" in Alfreda Murck & Wen C. Fong, ed., *Words and Images*. Princeton: Princeton University Press,1991, pp.47-90；高友工著，張輝譯，〈中國抒情美學〉，《北美中國古典文學研究名家十年文選》。南京：江蘇人民文學出版社，1996年，頁1-62；高友工，《中國美典與文學研究論集》。台北：台灣大學出版中心，2004年。筆者對抒情美典的引用，以高先生的論述為據，而略加斟酌。

7　參見蔡英俊，〈抒情精神與抒情傳統〉，《中國文化新論文學篇一──抒情的境界》。台北：聯經出版事業公司，1982年，頁67-110；陳芳英，〈市井文化與抒情傳統的新結合──古典戲劇〉，《中國文化新論文學篇二──意象的流變》。台北：聯經出版事業公司，1982年，頁529-586；呂正惠，《抒情傳統與政治現實》。台北：大安出版社，1989年；張淑香，《抒情傳統的省思與探索》。台北：大安出版社，1992年；蕭馳，《中國抒情傳統》。台北：允晨出版社，1999年；孫康宜著，鍾振振譯，《抒情與描寫──六朝詩歌概論》。台北：允晨出版社，2001年。

8　同註1。

停留在「曲學體系」[9]的觀念中。元雜劇就作家分類，包含劇人之劇與文人之劇，「劇人」較為接近市井庶民文化，對敘事傳統比較嫻熟，在劇本情節上也比較講究；「文人」則往往著重音律詞章的寫作。姑不論是哪一類作家，因為元雜劇一本四折，轉折變化的可能有限，又是以曲套書寫，繼承文學的詩歌傳統，重點就不免集中在演唱與抒情了。這和西方的歌劇，是比較類似的，自清末民初東西文化緊密交流後，討論戲曲者往往援引西方戲劇來相互比較，但引用的往往是以情節、語言為重的戲劇類型，討論衝突、張力等等，其實並不合適；而忽略了和戲曲有異曲同工之妙、可以相互證成的歌劇，則非常可惜。至於真正代表戲曲基於「外現」和「想像」的特徵，完成與內向的抒情美典相對、以表演和敘事為主的外向美典，不得不推繼承南戲系統的明清傳奇。傳奇篇幅長，又素有「無奇不傳」的特色，是以情節鋪陳、排場結構的技巧成為戲曲的要項，敘事也由單線轉為雙線或多線發展；評論家的角度從王驥德《曲律》到李漁《閒情偶寄》，也都由音律詞章擴大到對結構的注意；表演更從旦末及唱腔為主的表演型態，轉為各門角色、唱做念打的全面發展；戲曲藝術到明中葉以後更加成熟，登上另一個高峰。

　　然而就在長篇鉅製的傳奇發展成熟的同時，折子戲開始出現、流行，甚至到清代乾嘉之際，折子戲已然取代全本戲，成為崑劇最主要的演出方式了。有關折子戲的研究，陸萼庭、王安祈

9　請參見譚帆、陸煒，《中國古典戲劇理論史》。北京：中國社會科學出版社，1993年。

俱有詳盡深入的分析[10]，集中討論演出時間、場合、時代……等客觀因素，本文則希望把焦點放在人心內在對抒情美典的喜愛，也就是前文所說，在明代傳奇，以敘事、表演為主的、外向的戲曲美典成熟後，折子戲作為回歸抒情美典的符號，而成為戲曲舞臺的「一時之花」[11]。所謂「折子戲」，本文用的是周傳瑛的定義：

> 折子戲在崑劇中是一個專門名詞，不是一部劇作分多少齣（折）就有多少個折子戲；它指的是一部劇作裡按生、旦、淨、末、丑各個家門在唱、念、做、打「四功五法」上有獨到之處，從而可以獨立演出的某些片段。[12]

至於本文為何選擇吳炳《療妒羹・題曲》為論述對象？原因有三：其一，筆者在「紀念徐炎之先生百歲冥誕」的研討會，撰文討論〈題曲〉[13]時，曾略略提到折子戲與抒情美典的關係，想根

10　請參見陸萼庭，〈折子戲的光芒〉，《崑劇演出史稿》修訂本。台北：國家出版社，2002年，頁261-396；王安祈，〈再論明代折子戲〉，《明代戲曲五論》。台北：大安出版社，1990年，頁1-47；王安祈，〈明代折子戲變型發展的三個例子〉，《明代戲曲五論》。台北：大安出版社，1990年，頁49-79；王安祈，〈從折子戲到全本戲——民國以來崑劇發展的一種方式〉，《傳統戲曲的現代表現》。台北：里仁書局，1996年，頁1-57。

11　語出《風姿花傳》，此處主要取其字面意義，與該書所論稍有不同，見世阿彌著，王冬蘭譯，《風姿花傳》。北京：中國社會科學出版社，1999年，頁26。

12　周傳瑛口述，洛地整理，《崑劇生涯六十年》。上海：上海文藝出版社，1988年，頁42。

13　見陳芳英，〈〈題曲〉四帖〉，《紀念徐炎之先生百歲冥誕文集》。台北：水磨曲集，1998年，頁160-179。

據該文，做更進一步的討論。其二，吳炳生當晚明，其所作傳奇是「劇學體系」[14]發展成熟後的代表作品，從敘事精彩的劇作向前推進的情節中，去省察其中折子戲暫停腳步的定格凝止，更能看出折子戲在全本戲中，如何經由「抒情自我」在「抒情時刻」的回顧，具現抒情美典。其三，吳炳是一代名家，作品也頗受喜愛，傳唱梨園，但他不是湯顯祖那樣不世出的大師；大師或才情絕高者，作品往往出人意表，不合矩度，也較多例外，若從大師作品推度共同原則，其實不一定合適；吳炳作品出色，而較具「一般性」，從他的作品去研析普同的原則，會是比較理想的例證。〈題曲〉一折，強調的是場上的歌舞，和劇中人物當下的情思反覆，也是周傳瑛所認為的「《療妒羹》則僅有〈題曲〉一個折子」[15]，本文就從《療妒羹》的敘事特質切入，檢視〈題曲〉如何游離於敘事之外，聚焦於內省，論述之際並援引其他折子戲為旁證，觀察折子戲何以是長篇的傳奇中回歸抒情美典的符號。

二

（一）

　　〈題曲〉是《療妒羹》第九齣，為晚明吳炳（1595-1649）所作，目前在舞臺上搬演不輟。

　　吳炳，初名壽元，字可先，號石渠，晚年自稱粲花主人，江蘇宜興人。生於明神宗萬曆二十三年，萬曆四十七年考中進士，踏入仕途，明亡後，參與危如一線的南明王朝抗清活動，分別於

14　同註9。
15　同註12。

福王、唐王、桂王時，歷任要職，永曆元年扈從太子至湖南，被清軍所俘，拘於衡陽湘山寺，其後絕食七天，卒於清順治五年正月十八日，臨終絕命詩有「荒山誰與收枯骨，明月長留照短褧」句。戲曲作品有傳奇五種，包括：《綠牡丹》三十齣、《畫中人》三十四齣、《療妒羹》三十二齣、《西園記》三十三齣、《情郵記》四十三齣，合稱「粲花五種」[16]。

　　諸家論劇，或後代各種戲曲史，都把吳炳列為湯顯祖一派的繼承者，認為他以玉茗之才情，兼詞隱之聲律，他自己也銳意模仿湯顯祖，不論劇情安排、關目結構、文采詞華，都明白模仿且說明，深恐人所不知，下文會再討論。雖然他終究不是湯顯祖這樣第一等才情的人物，視界局度都不夠深廣，但其作品的確案頭場上，兩擅其美，是當時劇作家的佼佼者。而且生當晚明，戲曲美典已然成熟，除了重視詞采、音律二端的詩歌抒情傳統，戲曲以情節結構為基本要求的的敘事傳統、表演美典，都已深入作者、觀眾心中，粲花五劇不但結撰謹嚴，舉凡出新好奇、巧合錯認、假死復生……等等曲折離奇的情節，無不畢備，角色人物的安排，也每每別出心裁。

　　《療妒羹》以小青事為本，點染而成。小青原為揚州佳麗，

16　吳炳生平、著作，相關研究甚多，主要代表作品如：張敬，〈吳炳粲花五種傳奇研究〉，《中國古典文學論文精選叢刊戲劇類二》。台北：幼獅文化事業公司，1986年，頁431-463；張敬，〈阮大鋮與吳炳〉，《明清傳奇導論》第2章。台北：華正書局，1986年，頁44-49；羅斯寧，《吳炳和他的劇作》，《研究生論文選集・中國古代文學分冊（一）》。江蘇：人民出版社，1983年。本文所引《療妒羹》劇本，以林侑蒔主編，台北天一出版社影印，未註出版年之《全明傳奇》版為據，不再另行標舉註解。

才色絕倫，被杭人聘為小妾，以為終身有靠，卻終未能見容於大婦，移居孤山別莊，自傷身世，抑鬱而亡。這段淒惋悲涼的故事，頗受晚明文人關注，一方面憐惜才貌兼備的佳人，經現實無情摧折，「花枝空鎖閑庭院，惡風雨憑陵作踐」（《療妒羹‧語嬌》），終至香銷玉殞，實人間憾事。一方面，才子佳人本自一體，小青「空負俊才，竟遭奇妒」，與當時文人在混亂的世局中，遭時不遇，有志未伸的鬱悶情懷，實相應合，文士們對小青事聞之、詠之、歎之，也不免清愁難遣，「已知到枕終無寐，且剩殘燈盡短檠」（《療妒羹‧題曲》）了。

　　明人寫小青事甚多，比較知名的，包括雜劇：徐翽《春波影》、來集之《挑燈閒看牡丹亭》；傳奇：朱京藩《小青娘風流院》、吳炳《療妒羹記》，另有朱京藩《小青傳》，及《小青焚餘》詩文殘稿。而梨園歌場傳唱之〈澆墓〉一齣，與《療妒羹‧弔蘇》內容雖同為弔蘇小小墓，但兩相比較，實為異本，也未見於上述諸劇，當是出於他本衍小青故事之劇[17]。

　　諸本中，眾人姓名，情節故事，均略有出入[18]；《療妒羹》與諸本最大的不同，是濟助者楊夫人身分的更易。小青嫁至杭州，苦遭大婦妒恨，由夫家親眷楊夫人出面迴護，並經楊夫人建議，將小青遷至孤山別莊暫住，遠離大婦詬詈責打，只是小苑清寂，小青遂積鬱成疾身亡。諸本中，楊夫人均以長輩身分出現（《小青傳》未註明身分關係，只稱長輩；《風流院》為「義母」楊夫人，《春波影》為「姑母」楊夫人），慈和寬容，因憐

17　同註13，頁170-171。
18　同註13，頁161-163。

愛小青才貌俱佳，卻遭殘虐，「含冤紅顏薄命果其然，眼見得玉碎花殘」，多方照料撫慰，呈現的是溫厚的女性情誼。《療妒羹》中，楊器、褚大郎為同輩親眷，楊夫人則化身為積極為夫尋妾的「賢」婦，小青死後復生，終於遂了楊夫人所願，嫁給自己的丈夫楊器為妾，而楊夫人與小青更雙雙生下可以繼承香禋的男丁，一門歡慶。《療妒羹》除前文所述憐惜佳人、寄託身世的文人情懷之外，顯然更清楚的具現了當時男性主宰社會機制的樣態，在以同一故事為底本的劇作中，以《療妒羹》最受文士青睞，論述未歇，不知是否與此不無相關？

《療妒羹》一劇，顧名思義，以「療妒」為其主旨，由第一齣〈醒語〉【沁園春】即可觀其大要：

> 吏部夫人，因夫無嗣，日夕憂皇。遇小青風韻，鄰家錯嫁，苦遭奇妒，薄命堪傷。讀曲新詩，偶遺書底，吏部偷看為斷腸。輕舟傍，借西湖小宴，邂逅紅粧。　山庄、臥病身亡，賴好友投丹竟起僵，反假稱埋骨，乘機夜遁。繡幃重晤，故意潛藏。遣作遊魂，畫邊虛賺，悄地拿姦笑一場。天憐念，喜雙雙玉樹，果得成行。

小青之薄命悲苦，已不再是全劇主旨，小青也挪移為褚大娘苗氏悍妒，不容丈夫新妾；與楊夫人賢德，百般用心為丈夫尋訪小妾的論辯焦點。在一夫多妻有其合法性的時代，娶妾制度，或妻妾爭風喫醋，謀奪丈夫寵愛等等事件，可以說有著時代的無可奈何。加上重視子嗣，「不孝有三，無後為大」的觀念根深柢固，不能（或遲遲未）生育的正妻，往往背負極大的心理壓力，甚至

成為「迫害者」的角色。筆者曾提及：

> 小青事件中，丈夫（不論是馮二郎或褚大郎）因此遂安
> 全的、站在無辜的位置，而由淨／丑／搽旦扮飾的大婦
> （馮妻或苗氏）充當施暴者，成為閱讀者貶抑、嘲諷、
> 斥責的對象，其實，她何嘗不是另一種形式的受害者。
> 「妻以夫為綱」，婦人在謹守三從四德的同時，又必須
> 樂於與其他女子分享自己的丈夫，絕不可妒忌。如果丈
> 夫有意娶妾，當然要欣然同意，更甚者，要如楊夫人主
> 動積極的代夫尋妾，方可稱為「賢德可風」。若然妄想
> 保有丈夫完整的關注（或許稱不上「愛」吧），則立即
> 被冠以妒婦惡妻之名，為識與不識者交相指責。而丈夫
> 明知妻子善妒，仍要娶妾，導致家宅不和，或妻子虐待
> 妾侍，那是女人與女人之間的戰爭，丈夫仍可完全不負
> 責任，頂多扮起懦弱的面容，過失則仍在妒婦惡妻身
> 上。故事中的大婦，面對丈夫新娶、才貌兼具的小妾，
> 「滿臉皆刀劍容」（《小青傳》），是可以想見的。小
> 青的日子大概是不會好過的，而不論家中共處，或將小
> 青移居孤山，大婦所在意的，不外阻絕丈夫與小青的見
> 面機會，至於《療妒羹》極力摹寫大婦醜態，甚至送毒
> 藥至孤山，想毒殺小青，則不免太過矣。也許在流傳的
> 故事中，大婦妒恨之餘，確有暴虐行為，劇中她又以負
> 面形象出現，極不討喜，一個不懂憐香惜玉的無知傖
> 婦，似乎不值得同情，但細細想來，她的行徑作為，同

樣令人神傷。即使是楊夫人，代夫尋得稱心美妾，當丈
夫與小青私會，假嗔「呀，則欺侮我老糟糠太軟綿」
（《療妒羹‧假醋》），其間恐有真怒。丈夫與小青同
入洞房後，獨留門外所唱【餘文】：「唉，相公、相
公，莫忘了我打合姻緣一片癡」，酸楚之味，餘韻裊裊
矣，作劇以療妒，未免是男性作家的一廂情願。[19]

華瑋〈無聲之聲：明清婦女戲曲中之情欲書寫〉討論婦女戲曲中
對「妒」的描寫時，提出：

明清婦女劇作中沒有像《療妒羹》或《獅吼記》傳奇裡
「妒婦」的負面形象，但卻頻頻出現一些正面形象婦女
如賢慧妻子、聰明女子「因情生妒」的細膩描繪。[20]

的確，「明清女戲曲作家寫女子之情妒往往富有同情的理解，並
不將嫉妒當作是女子對他者具有破壞性的負面情感來描寫，反而
是以嫉妒來強調女性對情的執著，對男子情愛忠誠專一的焦慮和
願望。」[21]。當然，這之間牽涉的關係非常複雜，也不是本文打
算討論的，不過本劇作劇伊始的要旨，「妒」是否必須「療」？
以何種方式「療」？倒是另一個可以討論的題目。

---

19 同註13，頁164-165。
20 華瑋，〈無聲之聲：明清婦女戲曲中之情欲書寫〉，《明清婦女之戲
曲創作與批評》。台北：中央研究院中國文哲研究所，2003年，頁
75。
21 同註20，頁82。

（二）

　　為方便析論《療妒羹》在敘事方面的結撰用心，將全劇各齣就情節內容、出場角色人物、曲牌表列如下：

列表說明

1. 本劇主要角色，為生：楊器、旦：顏氏、小旦：小青、淨：褚大郎、丑：苗氏、小丑：苟才家婆、老旦：陳嫗、外：顏仲通、小生：韓向宸。

　　未註明人物者，以此為據；雜扮其他人物者，另行註明。

2. 出場角色人物，依出場序排列。

3. 本表所列各齣曲牌及支數，僅為提供瞭解本劇排場概況，至於全劇組套內容、集曲之犯聲程式，及相關分析，請見張清徽老師〈吳炳粲花五種傳奇研究〉[22]。

	齣目	情節內容	角色人物	曲牌
01	醒語	強調「療妒有奇方」 檃括劇情		【菩薩蠻】 【沁園春】
02	賢風	楊器夫婦無子，妻顏氏勸楊納妾，並願代尋人選。叔父顏仲通讚許此事，並云甥女苗氏與甥婿褚大郎亦無子，已聽顏建議，囑人至揚州聘妾，即日將到。	生 旦 外	【滿庭芳】 【菊花新】 【解三酲】二支 【不是路】 【解酲歌】二支 【尾聲】

22　張敬，〈吳炳粲花五種傳奇研究〉，《中國古典文學論文精選叢刊戲劇類二》。台北：幼獅文化事業公司，1986年，頁431-463。

03	錯嫁	陳嫗奉褚家之命至揚州聘妾，攜喬小青歸。褚大娘（苗氏）奪小青衣飾，損毀其書籍，將小青拘禁後園。並勒令褚大郎不准進園。	淨 丑 小丑 外 老旦 小旦	【字字雙】 【窣地錦襠】 【鎖南枝】四支
04	梨夢	小青於後園中悲嘆身世，倦極睡去，夢見所執梨花被狂風吹落，片片著地。陳嫗慰解。	小旦 老旦	【霜天曉角】 【小桃紅】 【下山虎】 【五韻美】 【羅帳裡坐】 【憶多嬌】二支 【尾聲】
05	代訪	韓向宸受楊家之託，代往揚州訪妾，道逢褚大郎，褚勸韓莫管閒事，並說自己因妻悍妒，雖娶得揚州小妾，不能近身。	小生 末（舟子） 淨	【繞地遊】 【錦纏道】 【普天樂】 【古輪臺】 【尾聲】
06	賢遇	楊夫人（顏氏）至褚家探望褚家新娶小妾，見小青儀容、舉止、才情，甚是喜愛，可惜未能及早聘定，小青也嘆息未克服侍楊夫人。楊囑陳嫗多照顧小青，並允借書。	老旦 丑 小丑 小旦 旦	【一剪梅】 【女臨江】 【神仗兒】 【啄木兒】二支 【三段子】二支 【歸朝歡】
07	選妾	楊夫人到媒婆家選妾，俱不滿意。	小丑（媒婆） 旦 醜女 次醜女 次美女 美女	【卜箒子】 【黃鶯兒】四支

08	語嬌	楊夫人向顏仲通、楊器回報，親往選妾，俱不滿意，唯褚家新娶小妾小青，實為理想人選，可惜無緣。	外生旦	【遶紅樓】二支 【玉胞肚】 【玉交枝】 【玉胞肚】 【玉交枝】 【川撥棹】二支 【尾聲】
09	題曲	小青夜讀《牡丹亭》，情懷婉轉，題詩花箋。	小旦	【桂枝香】六支 【長拍】 【短拍】 【尾聲】
10	空訪	韓向宸回報楊器，未能訪得佳人，但於揚州時聞得小青甚佳，但為他家先行娶去。楊告以娶者褚大郎，楊、韓相對嘆息，擬設計說動褚大娘，將小青遣嫁，以便謀之。	小生生	【駐雲飛】四支
11	得箋	楊器見小青歸還之《牡丹亭》內所留詩箋，大喜、和詩，並強要楊夫人設法「救出」小青，以免相思。楊夫人設計擬約褚大娘、小青遊湖，讓楊器先覷小青一面。	生旦	【醉扶歸】二支 【皂羅袍】四支
12	妒態	褚大郎趁陳嫗中午開門取飯時，挨入園中，向小青求歡。褚大娘執「風流杖」及時趕到，杖責大郎、小青。陳嫗、顏仲通求情，才暫免二人之罪。	丑淨小丑老旦小旦外	【北新水令】 【南步步嬌】 【北折桂令】 【南江兒水】 【北鴈兒落帶得勝令】 【南僥僥令】 【北收江南】 【南園林好】 【北沽美酒】 【北清江引】

13	遊湖	楊夫人邀褚大娘、小青搭船遊湖，楊器乘小舟傍船偷覷。楊夫人灌醉褚大娘，向小青說明小舟獨酌者為丈夫楊器，及夫婦二人俱有納迎小青之意，楊器並隔船吟誦前日和詩。	淨（和尚） 生 末（家人） 雜 旦 丑 小旦 老旦 丑（船婦） 淨（舟人）	【懶畫眉】四支 【梁州新郎】四支 【節節高】二支 【餘文】
14	絮影	小青回想楊器和詩留情，楊夫人百般幫襯，不免對若能改嫁楊家一事動心，然無計可施，對池中愁影自憐。	小旦 小丑 老旦	【山坡羊】二支 【金絡索】二支 【琥珀貓兒墜】二支 【尾聲】
15	賺放	楊器奉旨起用，將赴京城，楊夫人放心不下小青之事，遂於褚大娘前來辭別之際，建議將小青或原價發賣，或移居別莊，使能遠離褚大娘，免受摧折。又叮嚀陳嫗費心照料，並告知已託付韓向宸，若有緩急，可找韓商議。	旦 丑 老旦	【憶秦娥】 【孝順歌】二支 【供養海棠】二支 【江兒水】二支 【尾聲】
16	趨朝	楊器夫婦上京，眾人送行。	雜（船頭） 生 旦 丑 小丑 小生 淨 外	【南普天樂】 【北朝天子】 【南普天樂】 【北朝天子】 【南普天樂】 【北朝天子】 【南普天樂】

17	弔蘇	小青、陳嫗移居孤山，行經蘇小小墓，前往弔祭。	小旦 老旦 雜（船家）	【香柳娘】六支
18	追逸	褚大郎擬往孤山見小青，被苟才家婆阻攔追回。	淨 小丑 雜（船家）	【玉枝過六么】四支
19	病雪	孤山連日雨雪霏霏，小青沈鬱憂傷而病，幸得韓向宸送來數劑煎藥。小青想起杜麗娘病篤時自畫容容，擬請畫工留影。	旦 老旦	【二郎神】 【集賢賓】 【黃鶯兒】二支 【簇御林】二支 【尾聲】
20	買毒	褚大娘得知小青患病，命苟才家婆往買毒藥，打算以醫病為名送至別莊，毒殺小青。	末（道者） 丑（道童） 小丑	【駐馬聽】二支 【北沽美酒帶太平令】
21	畫真	陳嫗請韓向宸畫小青春容，共畫三幅，方覺傳神。	小生 老旦 小旦	【北點絳唇】 【混江龍】 【油葫蘆】 【天下樂】 【哪吒令】 【鵲踏枝】 【寄生草】二支 【賺煞尾】
22	訣語	小青病重，在第三幅春容題詩，要陳嫗日後交付楊夫人。	小丑 老旦 小旦	【一枝花】 【紅衲襖】二支 【繡太平】 【宜春樂】 【太師引】 【東甌令】 【劉潑帽】 【尾聲】

23	回生	小青過世，褚大娘與苟才家婆至孤山別莊確認，取走首飾衣服，後事一概不管。陳嫗正在哭泣，韓向宸到，以神丹救小青回生，並將小青、陳嫗移往韓家空宅居住。	丑 小丑 老旦 小生 小旦 雜（家人）	【縷縷金】三支 【撲燈蛾】二支 【泣顏回】二支 【不是路】四支 【倚馬待風雲】
24	哭柬	楊府家人帶來韓向宸及小青書信，提及小青病重，楊氏夫婦相對垂淚。正好禮部傳來遣為正使，前往冊封山東王府之訊，夫婦決議出使時，便道歸里。	生 末（家人） 旦	【霜蕉葉】 【一封書】 【桃柳爭春】 【入破】 【破第二】 【袞第三】 【歇拍】 【中袞】 【煞尾】 【出破】 【滴溜子】 【鮑老催】 【雙聲子】 【尾聲】
25	杖妒	顏仲通聞知小青被褚大娘藥死，衣棺無備、棄骨荒山，遂至褚家，作勢欲杖責苗氏，苗氏認錯求饒。顏不知苗氏是否真心悔改，詐稱有鬼，苗氏心虛害怕，詢問苟才家婆，豈知苟才家婆服打胎藥，發譫語，云有鬼，大叫、過世。苗氏心驚，欲請師巫驅鬼。	外 丑 小丑	【桐樹墜五更】 【金梧繫山羊】 【黃鶯帶一封】 【御袍鶯】

26	疑鬼	褚大娘疑心生暗鬼，命大郎請師巫，尋陳嫗。陳嫗到後，大娘承認以砒霜藥殺小青，並稱見到小青魂、鬼卒，與苟才家婆鬼魂侵擾，請陳嫗代為說情。師巫亦來驅鬼。	淨 丑 老旦 小旦（鬼扮） 雜（二鬼卒） 小丑（鬼魂） 雜（男巫女巫）	【普賢歌】 【雙勸酒】 【好姐姐】四支 【江兒撥棹】二支 【尾聲】
27	匿寵	楊氏夫婦返鄉，得知小青慘死，慨嘆難以再得如此佳人。楊器外出時，陳嫗送小青至，楊夫人方知始末，收納小青，嚴喻家中大小於外人或楊器之前，均不得洩漏。	生 旦 末（家人） 老旦 小旦	【海棠春】 【顆顆珠】 【降黃龍】四支 【袞遍】二支 【尾聲】
28	禮畫	楊夫人請韓向宸將小青春容送給楊器，楊器將其懸掛書齋、叫畫拜畫，楊夫人喬醋。	生 旦	【梁州令】 【玉芙蓉】 【刷子帶芙蓉】 【普天帶芙蓉】 【朱奴插芙蓉】 【傾盃賞芙蓉】 【小桃紅】
29	假魂	楊夫人命小青假扮鬼魂，到書齋與楊器做一齣「柳夢梅見鬼雜劇」。	小旦 生	【懶畫眉】四支 【楚江情】二支 【醉宜春】二支 【針線箱】二支
30	假醋	楊夫人趁楊器與小青貪夜相會，至書齋假意吃醋，要尋紅粉；當楊器告知乃小青鬼魂時，又故作驚詫。	旦 生 小旦	【北醉花陰】 【喜遷鶯】 【出隊子】 【刮骨令】 【四門子】 【古水仙子】 【尾】

| 31 | 付寵 | 楊器至孤山挖墳，未見小青屍骨，悵然歸來。楊夫人謂訪得小妾，命小青出見，楊器大驚，陳嫗、韓向宸說明緣由，楊器、小青共赴佳期。 | 生
旦
小旦
老旦
末（家人）
小生 | 【金蕉葉】
【甘州歌】四支
【餘文】 |
| 32 | 彌慶 | 楊夫人、小青各生一子，彌月之日，眾人同慶。褚大娘在韓向宸恐嚇下，答應讓丈夫娶妾。 | 外
小生
淨
丑
生
旦
老旦
小旦 | 【臨江仙】二支
【三學士】四支
【大勝樂】
【節節高】
【尾聲】 |

（三）

如果，敘事是以「世界的建構」為主軸[23]，以下就根據上文列表，綜觀《療妒羹》在敘事架構中呈現的面貌。

前文指出，劇名既稱「療妒」，則劇本正如全劇尾聲「劇中並列賢和妒」句，由楊夫人為丈夫尋訪佳人為妾，和褚大娘不容新娶小妾雙線進行，而楊夫人心中的如意佳人，恰為褚家新娶小妾喬小青，於是賢德與悍妒的交手，轉換了小青的終身歸止。檢視表中「情節內容」，可以看到全劇各齣戲劇動作（dramatic action）進展銜接流暢，埋伏照應，環環相扣，如江濤滾滾而下，可以說是以敘事為主、抒情為輔的戲劇結構。筆者之前討論《桃花扇》時[24]，曾提出《桃花扇》是編織縝密完美，牽一髮而

23　高友工著，張輝譯，〈中國抒情美學〉，《北美中國古典文學研究名家十年文選》。南京：江蘇人民文學出版社，1996年，頁49。

24　陳芳英，〈遙望——從孔尚任《桃花扇》書寫策略的幾點思考談

動全身的敘事架構,劇中多敘事之曲,少抒情之腔,也就是說該
劇曲文唱腔都是為敘事服務的,時間不斷往前跑,事件不斷累積
堆疊,卻不曾停下腳步,以呈現更深刻的人物內心感受或反省。
《療妒羹》詞采華麗、音律諧美,筆者雖未看過其全本演出,但
誦其詞、詠其腔,可謂滿口生香。不過除了下述數齣,仍多屬敘
事之曲,因為並不是凡唱皆屬抒情,更不是唱的多就是抒情,以
西方歌劇勉強相擬,詠歎調是抒情的唱,宣敘調是敘事的唱,本
劇雖然安排了大量美聽的唱腔,重點仍在情節的鋪敘推動,戲劇
動作正在進行,屬於敘事的場次。本劇的抒情場次,大略包括第
四齣〈梨夢〉、第九齣〈題曲〉、十四齣〈絮影〉、二十二齣
〈訣語〉、二十八齣〈禮畫〉。除〈禮畫〉乃模仿《牡丹亭・玩
真》,楊器對小青畫像殷殷禮拜、呼喚;其餘四齣,均為小青當
場,主要內容都是自傷身世,借夢、曲、影、畫感懷,也就是說
引發本劇寫作的小青,是獨立於劇本情節之外,在劇中他是被
動、無力的,與完成劇本情節的敘事無干,是戲劇動作中「不
在」的缺席者,甚至是被驅離到邊緣的符號,這部分的討論,留
待下文論述〈題曲〉時再一併談。

　　討論吳炳劇作,無法忽略湯顯祖巨大身影的「無所不在」。
晚明、清初的劇作家在作品中,有意、無意或刻意模仿湯顯祖,
與湯顯祖對話,已成風尚。或改寫《牡丹亭》(如沈璟《同夢
記》、馮夢龍《風流夢》)、或以湯氏生平事蹟為寫作對象(如
蔣士銓《臨川夢》)、或將湯顯祖寫入劇中(如朱京藩《風流

──────────
　　起〉,《2004兩岸戲曲編劇學術研討會論文集》。台北:台灣大學戲
　　劇學系,2004年。

院》）、或蹈襲玉茗諸作關目、辭華，不一而足。時人（以及後人）認為吳炳繼承湯之詞藻，又謹遵沈璟一派在音律上的堅持，若不深究其優劣，在整體完成度上，是高於湯的。而吳炳顯然也以此自居，「粲花五種」在在呈現「向大師致敬」的痕跡。其他四種傳奇，不在本文討論之列，暫且不談，僅就《療妒羹》略述所見。

　　《療妒羹》與前文所言諸家小青故事劇本，皆納入《小青焚餘》〈讀牡丹亭〉詩作，拈出挑燈夜讀《牡丹亭》、題詩，及畫像寫真等關目，此外，更步步相隨，將《牡丹亭》情節在《療妒羹》中直接複製，猶有甚者，吳炳還唯恐閱聽者不夠明白，借劇中人之口再三申明，沾沾自喜之情溢於言表，讀者至此，真只能啞然失笑，不知所對。其中，第一層次的模仿，是指湯顯祖寫了某一情節關目（如寫真、題詩），吳炳也寫了類似情節；第二層次的模仿，則是指更進一層的──如果說劇本所描繪的世界，是一個虛構的似真（verisimilar）世界，那麼《療妒羹》這個虛構的似真世界中的人物，被設定為讀過（或看過）現實世界中的作者湯顯祖所寫的《牡丹亭》（劇本及演出），並自以為自覺的模仿著另一個虛構的似真世界《牡丹亭》的人物言行舉止，雖然事實上當然還是吳炳對湯顯祖的模仿，但經過作者與作品的進出跳躍，更添加了迷離徜恍的意味。

　　1. 劇中關目與《牡丹亭》相關或步武其蹤者：

　　第九齣〈題曲〉。楊夫人將《牡丹亭》借給小青，小青夜讀題詩，從此展開一連串《療妒羹》的人物對《牡丹亭》人物的模仿。這個模仿，和單純的A作者對B作者的模仿不同，而是上文

所提第二層次的模仿。

十一齣〈得箋〉。小青歸還《牡丹亭》，卻未取出題詩花箋，楊器翻看該書時，讀詩傾倒，和詩一首，並起相思之情，強要夫人設法謀娶小青。

十九齣〈病雪〉、二十齣〈畫真〉。小青愁鬱染病，決意倣效杜麗娘，留下春容，以待有緣人──擬《牡丹亭》十九齣〈寫真〉。

二十二齣〈訣語〉。小青病重時，題【天仙子】一闋於畫像之上。──擬《牡丹亭》十九齣〈寫真〉。

二十三齣〈回生〉。小青死後一日，得韓向宸神丹還魂──擬《牡丹亭》回生關目。

二十八齣〈禮畫〉。韓向宸將小青畫像交給楊器，楊將畫懸掛書齋，禮拜呼喚。──擬《牡丹亭》二十六齣〈玩真〉。

二十九齣〈假魂〉。楊夫人命小青假扮鬼魂，到書齋與楊器做一齣「柳夢梅見鬼雜劇」──擬《牡丹亭》二十八齣〈幽媾〉。

三十齣〈假醋〉。楊夫人趁楊器與小青黃夜相會，至書齋假意吃醋，要尋紅粉；當楊器告知乃小青鬼魂時，又故作驚詫不信。──擬《牡丹亭》三十齣〈歡撓〉。

三十一齣〈付寵〉。楊器以小青夜來相會，表示可以回生，遂喚陳嫗同至孤山挖墳，擬尋小青屍骨。──擬《牡丹亭》三十五齣〈回生〉。

2. 借劇中人之口明白指出取意於《牡丹亭》者：

十九齣〈病雪〉。小青向陳嫗探問畫工，陳嫗問「要他何

用？」小青云「嘗讀《牡丹亭記》，杜麗娘抱病，自知不起，手畫春容，藏之墓側。後遇柳生拾得，叫起癡魂，遂成再世姻緣，傳作千秋話柄。」

二十二齣〈訣語〉。小青要在畫像題詞前說「杜麗娘也有梅邊柳邊之詠。」小青交代畫像該如何處置時，陳嫗說「看來青娘事絕類麗娘，他日必有拾畫呼魂如柳夢梅者，老身當作石道姑相從以去耳。」這時吳炳倒是難得幽默的以小青之口笑說「媽媽，這是唱戲哩，怎好認起真來。」。之前之後，吳炳、楊器、楊夫人、小青，對《牡丹亭》亦步亦趨，此處倒說認不得真，煞是好笑。

二十七齣〈匿寵〉。楊夫人交代家人不許告訴楊器小青猶生，「你把那黶影徐遮逗，略似杜女遊魂，恰遇梅和柳。賺出風魔，方將病救。」

二十八齣〈禮畫〉。除了關目模仿〈玩真〉，楊器亦云「當初杜麗娘遺下春容，你如今也有春容。杜麗娘自家題跋，你如今也有題跋。麗娘青娘，今古如一，便似我這樣的柳夢梅……且學他很叫一回。」不論是劇作家或劇中人，自覺、刻意的模仿，至此已無以復加了。

二十九齣〈假魂〉。小青一上場就說「（夫人）叫奴家扮作鬼魂模樣，夜往書齋，做一出柳夢梅見鬼雜劇，以博一笑。」，全齣也的確重寫一次〈幽媾〉情節。

三十齣〈假醮〉。楊器告訴夫人，私會者，實小青鬼魂，並打算前往掘開墳冢，夫人故作不信，楊器說「夫人不見《還魂記》乎？」

劇中的世界固然是虛構的人生，而以虛構的人生模擬另一虛構的戲劇，果爾是「一切有為法，如夢幻泡影，如露亦如電，應作如是觀。」

（四）

　　從登場角色人物看，生楊器、旦楊夫人、小旦小青，三人為全劇主角。早期南戲、傳奇以一生一旦為主，後因越出越奇，劇情變化，頭緒增多，至晚明所謂「傳奇十部九相思」[25]成為習套之後，往往增為一生二旦，或雙生雙旦。本劇人物出場，生為一條線，出場齣數為2、8、10、11、13、16、24、27、28、29、30、31、32，共十三齣。小旦為一條線，出場齣數為3、4、6、9、12、13、14、17、19、21、22、23、26、27、29、30、31、32，共十八齣。旦則游移在生與小旦之間，出場齣數為2、6、7、8、11、13、15、16、24、27、28、30、31、32，共十四齣。其中生與旦一同出現的，有十一齣，旦與小旦一同出現的有六齣，生、旦、小旦一起出現的有五齣，而旦不在場，只有生與小旦一起出現的，僅有第二十九〈假魂〉一齣。第九齣〈題曲〉，是全劇唯一一齣只有一人（小旦）在場的場次。觀察表中各齣出場人物，配合「情節內容」與「曲牌」，可以窺知排場結構、冷熱調劑，以及本劇以敘事為主的特質。第二齣至第五齣為「出人物」，生、旦、淨、丑、小丑、老旦、外、小生陸續上場，一方面介紹劇中人物身分、關係及個性，一方面設定劇本情境並預示

25　李漁，《憐香伴》最後一齣（第36齣）〈歡聚〉下場詩，《李漁全集》第4卷。浙江：浙江古籍出版社，1991年，頁110。

發展線路。第六齣旦與小旦初次會面，衍申第七齣旦至媒婆家選妾，所見俱不滿意；第八齣旦向生提及小旦事，而既然小旦來自揚州，夫婦二人期待小生代訪有佳音回報。劇情進行至此，稍作停頓，第九齣小旦當場，做全劇最重要的抒情演唱。第十齣小生回報空訪，訪妾之事似乎暫時無望。十一齣生見小旦詩箋，深覺佳人近在咫尺，何不設法一覰其面。十三齣旦安排遊湖，並與老旦故意與丑周旋飲酒，生與小旦首次相見。十四齣小旦獨對池中孤影，回想遊湖見生，亦有顧盼之情。十五齣為旦赴京前，勸丑將小旦移居別莊。十六齣生旦進京，眾人送行，除小旦外，生、旦、淨、丑、小生、外皆上場，做一熱鬧小收煞結束上卷。下卷起，十七齣至二十二齣，著重在小旦這一線的發展，並由小旦、丑二人為主的場次交錯呈現，小旦移居孤山，途中弔祭蘇小小墳；別莊清寂，天又久雪，小旦病況沈篤，請小生來畫春容，小旦題詞於畫像之上。之後，丑先阻絕想前往探視的淨，後命小丑買毒，以醫病為名送往別莊。二十三齣小旦死後回生，移居小生家中空屋。二十四齣再出生、旦，得知小青病重，決定趁出使山東時，便道返鄉。二十五齣、二十六齣敘述外聞聽小旦被害傳言，杖責丑，並假稱有鬼。而丑因心虛，果然見鬼，請師巫驅鬼。〈疑鬼〉一齣出場人物眾多，包括扮演師巫、鬼魂之淨、丑、雜，是為群戲鬧場。二十七齣到三十一齣，為劇情收煞做準備，生、旦與小旦三線逐漸合流。先是老旦送小旦至旦處，旦遂效法《牡丹亭》情節，人生模仿戲劇（當然是戲中的「人生」），請小生將小旦畫像交給生，生遂禮畫叫畫；旦又命小旦裝作鬼魂與生相見，自己則演出歡撬假醋。生又模擬掘墳之事，

悵無所得。接著真相大白，劇情回應第二齣〈賢風〉，旦將小旦送給生為妾。三十二齣大收煞為旦與小旦各生一子，淨、丑、外、小生到生家中祝賀彌月之慶，丑在小生威嚇下，答應盡去妒心，同意丈夫娶妾。

（五）

全劇各齣曲牌組套，請參見上表，便已清楚，不再一一論列；本段只大致分為三類，稍加說明：

1. 主要角色同場時所唱

如生、旦同場：2、8、11。旦、小旦同場：6。生、小旦同場：29。生、小生同場：10。在這幾齣中，沒有例外的，劇作家都安排了同一支曲牌唱兩次或四次，由兩位角色輪流演唱。這種組套方式，在第一個崑曲劇本梁辰魚《浣紗記》第二齣〈遊春〉，范蠡西施初逢時，即已如此，後來遂成習套。本劇稍有變化的是：第八齣，生旦各唱一支【遶紅樓】引曲後，旦唱【玉胞肚】生唱【玉交枝】，以子母調方式重複兩次，接下來的兩支【川撥棹】，則是由旦和後來上場的外各唱一支。第二十九齣，小旦先唱四支【懶畫眉】，再與生分別演唱【楚江情】、【醉宜春】、【針線箱】各一支。

2. 一人獨唱

如生：24、28。旦：30。小旦：4、9、14、22。小生：21。外：25。從這樣的設計，可以看出吳炳在角色勞逸的分配上，是極為用心的。劇中主要演員，都有當場獨唱的安排，而且除了針對演員，對行當或個別演員有不同喜愛的觀眾來說，也非常周

到。生主唱的二十四齣，曲牌設計套中有套，插入「【入破】、【破第二】、【袞第三】、【中袞】、【煞尾】、【出破】」，遙仿《琵琶記・辭朝》。筆者雖未聽或看過本齣〈哭東〉，但根據上海崑劇團岳美緹演唱之〈辭朝〉揣度，演唱難度是相當高的，對演員既是挑戰也是發揮的機會。二十八齣，關目擬仿《牡丹亭・玩真》已如前述，曲牌則是以【玉芙蓉】為基礎的集曲一套，包括【梁州令】、【玉芙蓉】、【刷子帶芙蓉】、【普天帶芙蓉】、【朱奴插芙蓉】、【傾盃賞芙蓉】、【小桃紅】。這套集曲在李玉《清忠譜・魂遇》、《千忠戮・慘睹》裡都曾使用，其中〈慘睹〉（劇場習稱〈八陽〉，演唱者以上海崑劇團蔡正仁最擅勝場）至今傳唱，曲調盪氣迴腸，也可由其想見聲口。旦獨唱雖僅一齣，然他在劇中既來回於生與小旦之間，也作為丑的對手爭取小旦，與各個角色同場，戲份極重，演唱份量也相當多；而這些唱腔都以南曲為主，因此吳炳特別安排他在第三十齣〈假醋〉獨唱北曲一套。至於小旦，前已說過，他在劇中處於被動的位置，很少直接參與推動劇情進展，往往截斷劇情，睹物思懷，因此也就負擔起劇中抒情演唱的責任。外和小生也各被安排一齣獨唱，其中小生所唱〈畫真〉為北套。

3. 眾人同場所唱

這部分主要是以劇情為依歸安排曲調，如果有多人在場上，也會依生旦同場之例，輪流各唱同一支曲牌，如第三齣【鎖南枝】四支，由外、丑、小旦、丑分別演唱，概依劇場慣例而已。本劇有南北合套兩齣：12、16，演唱者的安排則並不依循向來習慣。十二齣〈妒態〉，由丑唱北曲諸調，淨、小旦分唱南曲，

最後一支北曲又由外唱。這樣的設計，一來已然破壞了南北合套北曲部分由一人獨唱的習慣；二來，也可再思考一下丑的唱段安排。由於扮演褚大娘的丑，戲份很重，劇中演唱機會也多，雖說「生旦有生旦之曲，淨丑有淨丑之腔」，但與他人同場之時，除了粗曲，也不免唱些可粗可細之曲，倒也可以勉強接受。就情緒說，丑在本齣充滿妒意，杖責丑和小旦，由他主唱北曲，並無不妥，如後世《長生殿・絮閣》，也是由妒意正盛的楊貴妃唱北曲，唐明皇、高力士、永新、念奴分唱南曲。話雖如此，旦丑行當不同，所擅各異，除非劇團中有嗓音甚佳、可以扮演女角的丑角演員，否則由丑扮演的褚大娘當場唱起【新水令】、【折桂令】、【鴈兒落帶折桂令】、【收江南】、【沽美酒】，真是可惜了這些曲子。更何況場上又打又跪、又哭又鬧，是一「群戲鬧場」，適不適合唱這些曲子，似乎尚可斟酌。而十六齣〈趨朝〉，遠行送別用南北合套，在劇情上並無可議之處。不過，吳炳還是無意遵循舊規，南曲由生、旦分唱，北曲則由丑、小生、淨、外分唱。

〈梨夢〉、〈題曲〉、〈絮影〉、〈訣語〉四齣，既然都是由小旦所扮演的小青一人獨唱，曲文和音樂的寫作，也都極為用心，為什麼目前舞臺上傳唱的只有〈題曲〉一齣，而傳字輩藝人周傳瑛甚至指出「《療妒羹》則僅有〈題曲〉一個折子」，筆者認為，這正說明折子戲必須是戲曲中抒情美典的具體呈現。

〈梨夢〉一齣，其實算是小青的正式出場，雖然他在第三齣〈錯嫁〉已經上場，但夾在褚大娘對丈夫立下風流杖契約的喧鬧之後，一上來就被奪去衣服首飾，損毀隨身攜帶的書籍紙

筆，趕至後園，形容頗是狼狽。第四齣〈梨夢〉小青才依正式
的人物上場程式，唱引曲、念上場詩、自報家門。而正如前文所
說，這一齣仍屬「出人物」的形式，屬於介紹人物、交代情境的
關目，夢見「手執一枝梨花，香冷可愛，忽被狂風吹落，片片著
地。」，也只是預告小青日後處境，本齣頂多只能算是文辭音律
俱佳的單齣，不能算是折子戲，更不是嚴格意義的抒情藝術。
〈訣語〉一齣演病革之際，在畫像上題詞、然後穿戴整齊、與陳
嫗訣別、交代三幅畫像的處置方式……，整體來說，算是敘事的
單齣。至於〈絮影〉作為抒情表演，當然沒有疑義，就曲牌及曲
文內容觀察：小青上場先唱【山坡羊】一支，回憶昨日受邀遊湖
其實沒多大興致；接唱【山坡羊】一支，思索既見楊器丰姿，楊
夫人又百般幫襯，實是古今罕有；唱【金絡索】一支，想到若依
陳嫗建議，嫁入楊家，「豈不兩便」；走到池邊，見一泓新水，
再唱【金絡索】一支，照水整鬢；唱【琥珀貓兒墜】一支，對影
自憐；這時陳嫗上場，說看到有人窺探竊聽，小青再唱【琥珀貓
兒墜】一支，笑陳嫗多疑，接【尾聲】結束。曲調纏綿，曲文婉
轉，但全齣劇情缺乏內在的完整結構，作為曲檯雅聚時的清唱散
齣還算合適，若要單獨演出，則未免勉強，也不宜當做理想的折
子戲看待。至於〈題曲〉，則將於下節集中討論。

三

（一）

　　〈題曲〉一齣是根據《小青焚餘》[26]其六：

26　《小青焚餘》，附於朱京藩，《小青娘風流院》卷末，見林侑蒔主

> 冷雨敲窗不可聽，挑燈閒看《牡丹亭》。
> 人間亦有癡於我，不獨傷心是小青。

一詩點染而成。時間是某天晚上，從起初更開始，到五更止；地點為小青所居小園內室；出場人物只有小青一人，夜讀《牡丹亭》，並題詩抒懷。

開場時，小青「持《牡丹亭》上」，念上場詩：「雨深花事想應捐，小閣孤燈人未眠，不怕讀書書易盡，可知度夜夜如年」，本齣就是在這種寂寞淒冷的氣氛中進行。因之前從楊夫人借得諸書中有劇本《牡丹亭》，已急讀一過，今夜雨滴空階，愁心欲碎，即使「勉就枕函，終難合眼」，索性取出重讀，再三詠翫。接著，小青唱【桂枝香】六支，配合風雨及更鼓之聲，加上曲牌內的夾白，及曲與曲間的獨白，重述《牡丹亭》劇情大要，且述且評。讀完劇本之後，想再看別書，卻了無興致，接唱【長拍】、【短拍】，鋪寫小青想像如果自己是杜麗娘……於是唱曲之際，並藉做表「重回現場」，摹想柳杜相會情景。可是風涼到骨，只能嘆息「這樣夢，我小青怎再不做一個兒」，並自傷「今世緣慳」，「來生信斷，假華胥也不許輕遊」。於是題前引詩，自吟數遍，唱【尾聲】下，樂隊「打五更」，本齣結束。

這樣一齣戲，就情節關目言，是沒有什麼戲劇動作的，就氣氛說，是冷靜而略帶沈悶的，最適當的演出場合，大概是皓月清夜、燈前錦筵吧。就表演看，場上只有小青一人，情思宛轉，曲

編，《全明傳奇》。台北：天一出版社影印，未註出版年。文中引《焚餘》所錄詩，均以此為據，不再另行註明。

折纏綿，或唱或做，或悲或喜，以細膩的歌舞言志詠懷，充分體現崑曲以抒情美典為主的精英文化特質[27]。場上歌舞，並沒有高難度的身段動作，著重的是神態風韻，理想的演出應是能疊合小青與杜麗娘，呈現亦幻亦豔的情境。水榭小閣中，優雅的觀眾仔細品賞演員的吐字、行腔、運氣、神態意趣，藉小青之姿，抒自己當下之情，可以說極盡崑曲精緻甜熟靡麗之致，也是文化精英對繁富豔麗到帶著頹敗氣息的藝術，一往不復的沈湎。

　　戲曲表演藝術是將生活中的語言、動作，經過提煉、集中、誇張、美化，形成的表演程式[28]，折子戲既是「一部劇作裡按生、旦、淨、末、丑各個家門在唱、唸、做、打『四功五法』上有獨到之處，從而可以獨立演出的某些片段」，則其演出時，劇中人物（及演員）也捨卻全本戲的情節，從時間之流裡跳出，明顯打破時間的界限，轉為空間的藝術，抓住當下的一瞬，盡情演出，將剎那變成永恆。

　　〈題曲〉如此，其他折子戲也莫不如此，茲舉幾個目前仍流行於舞臺，不同表演型態的折子為例。如果說〈題曲〉以歌舞為主，探索自身內在的情懷，〈夜奔〉則淋漓盡致的結合唱做念打，成為具現抒情美典的另一個精彩例證。〈夜奔〉是李開先《寶劍記》中的一齣，寫林沖被高俅及其爪牙逼到無可再退，刺配滄州後，連看守的草料場都被焚毀，忍無可忍，懷著可以上告於天的冤苦殺了陸謙等兩人，拿著柴進薦函，雪夜奔往梁山。就

27　有關〈題曲〉的曲牌特質，及崑曲演出環境（context），請見筆者〈〈題曲〉四帖〉，同註13。

28　同註1，頁559-572。

情節言,就是走一段路而已,可以三言兩語交代過去;但是在心情上,這是林冲幾經掙扎,身為「前」八十萬禁軍教頭,竟至無路可去,終於只能投奔水泊賊寇的慘痛決定。舞臺上是林冲的急速飛奔,但劇情發展仍是暫時停滯的,重點在以歌舞抒情。全齣獨唱北套【點絳唇】、【新水令】、【駐馬聽】、【折桂令】、【雁兒落】、【得勝令】、【沽美酒】、【太平令】、【收江南】、【煞尾】,一字一句都有繁複的身段,以高亢悲涼的唱腔、沈痛的唱詞、高難度的身段動作,全力描摹林冲被逼、奔赴梁山時的滿腔憤怒,和思念父母妻兒的複雜心情。在情緒最飽滿時的抒情,可以是歌詩兼備的演唱,也可以是舞蹈。王濟《連環記‧試馬》就是著重身段的折子戲。相較於〈夜奔〉的短打扮相,〈試馬〉的呂布以長靠扮相上場,當時呂布尚在丁原帳下,新得李肅所贈赤兔寶馬,於焉試乘。開場時著蟒,其後脫去蟒袍,仍然紮靠、戴翎子、穿厚底靴,馬性暴烈時,呂布嘖嘖稱賞,降伏駿馬後則驕矜自得、躊躇滿志。演出時,有些部分有馬童配合,此外就是呂布一人唱做與虛擬的馬彼此「較量」的各種舞蹈、武術動作,主要伴奏樂器則為鑼鼓。雖然不同演員在不同時候,會根據自己的武藝造詣和演出環境,在技術上稍做增刪調整,相同的是,〈試馬〉演出時,也是從《連環記》故事暫時游離出來,繼承戲曲美典中「百戲」的傳統[29],借武術表演來抒情。最後要舉的例子,則是身段歌舞減至最低,幾乎以「坐」唱

29　高友工在〈中國之戲曲美典〉一文中,將中國戲曲來源確立為百戲、講唱、戲弄及禮儀等四個傳統,詳見高友工,〈中國之戲曲美典〉,《中國美典與文學研究論集》。台北:台灣大學出版中心,2004年,頁333-352。

來表演的折子戲洪昇《長生殿‧彈詞》。〈彈詞〉一齣是由杜甫〈江南逢李龜年〉詩發想，演李龜年因戰亂漂泊，在鷲峰寺賣唱，以【南呂一枝花】、【梁州第七】、【煞尾】三支曲牌敘述李龜年賣唱當時情景，【梁州第七】與【煞尾】間夾入【轉調貨郎兒】套曲九支，為其賣唱「內容」，回顧唐玄宗、楊貴妃的愛情與家國之變，既是作者洪昇對《長生殿》一劇前半部的回顧，也是洪昇藉李龜年之口對唐代天寶史實的評點，更是洪昇借古慨今，以感歎天寶之變的興亡夢幻、滿眼淒涼，寄託其對明朝覆亡的故國幽思。〈彈詞〉為《長生殿》三十八齣，在全劇五十齣的架構中，〈彈詞〉之後還有十二齣，鋪寫李、楊愛情的補恨重圓，證成第一齣〈傳概〉宣誓的「今古情場，問誰個真心到底？但果有精誠不散，終成連理。」，以「情」為敘事線的情節仍在延續，然而本齣則暫停敘事，對這段情愛及天寶遺事的幽怨愁煩、悲傷感歎，以繁弦別調完成李龜年與洪昇的抒情詠懷。以是，折子戲的表演，無論其內容維何，側重哪一方面的表演型態，都必須是具有內化反省的特質，以高度集中、提煉、美化的程式，呈現劇中人（甚至作者）當下的情、志。

（二）

在王國維「合歌舞以演故事」[30]的戲曲定義下，觀察《療妒羹》的故事情節，來源有三：一是晚明流傳的小青故事，另外兩項則是前文已討論過的對《牡丹亭》的模仿，和吳炳自行創作的

30　王國維，《戲曲考原》，《論曲五種》。台北：藝文印書館，1971年，頁59。

全劇「療妒」架構。既寫小青故事，當然劇中也引用了《小青焚餘》的詩句，在小青當場、主唱的幾齣戲，直接註明「本詩」，引小青詩當作劇中小青的上場詩，如：

> 第四齣〈梨夢〉鄉心不畏兩峰高，昨夜慈親入夢遙，說是浙江潮有信，浙潮爭似廣陵潮。

> 十九齣〈病雪〉雪意閣雲雲不流，舊雲正壓新雲頭。米顛顛筆落窗外，松風秀氣當我樓。垂簾正愁好景少，捲簾又怕風繚繞。簾捲簾垂底事難，不情不緒誰能曉。爐煙漸瘦剪聲小，又是孤鴻唳悄悄。

> 二十二齣〈訣語〉春山血淚點輕紗，吹入林逋處士家，嶺上梅花三百樹，一時應變杜鵑花。

其他各齣中，也多所引用，至於〈題曲〉所引，為其〈讀牡丹亭〉二首之一。（另一首為「稽首慈雲大士前，莫生西土莫生天，願為一滴楊枝水，灑作人間並蒂蓮」，劇中用於〈遊湖〉在大佛寺禮拜觀音大士時吟詠。）

　　吳炳把〈題曲〉放在第九齣，是全劇三十二齣前三分之一的位置，也是從第二齣到第八齣的人物介紹和劇情推衍之後，暫停敘事的抒情演唱。因為本齣是根據小青原詩想像其讀曲時情境，所以吳炳儘量揣想小青可能的反應，以小青為主體，完全獨立於他寫本劇時所要強調的療妒主題之外；同時，戲才開始不久，雖有楊夫人見小青後，覺得這才是丈夫小妾的理想佳人，也告訴了

楊器，但還沒有楊家夫婦有意謀娶小青的關目，因此寫小青讀曲所感時，也完全不必處理像〈絮影〉或〈訣語〉思索終身歸止之際，必須面對的在劇情結構中與楊家之間曖昧糾纏的心情。也就是說，在吳炳為「把書香續，血胤扶，宗祧固」（〈彌慶〉【節節高】），將賢妒並列，冀望「賢風四海都傳布」，「從今收拾家家醋」，而刻意寫作的《療妒羹》中，〈題曲〉擺脫劇本對小青這個人物的挪用，恢復了小青故事中的素樸面貌，楊家也好，褚家也好，他們的珍惜或虐待、機關或算計、買賣或改聘，都與此刻的小青無涉，他只是一名面對《牡丹亭》，心嚮往之卻無力自救的孤零女子，劇中最慘悒悲涼的唱詞是：「天哪，都許死後自尋佳偶，豈惜留薄命活做羈囚！」不曉得作者吳炳和當時及後代的男性閱聽者，除了賞歎本句立意造語的出色，是否也能體會文字背後的沈重；但從晚明到民初，女性對婚姻尚無法自作主張的年歲裡，不曉得會有多少讀或看過這齣戲的女子，慨然歎息呢。當然，我的意思並不是說，吳炳所寫的就是小青、或女性的感慨；也無意說不是女性，就沒有替女性設身處地的「發言權」；但這齣戲若是由女作家執筆，也許多少仍會有所不同吧。從華瑋在《明清女性之戲曲創作與批評》[31]一書中相當精采的論述，就可以深入省思。在女性與所謂「家國大事」沒有太密切關係的年代，女子生活中最重要的事情，可能就是婚姻（當然婚姻與情愛並不完全相同），女作家的戲曲寫作，也往往局限於這類的內容；但包括婚姻在內的外界環境未必盡如人意，就像文人不

31　華瑋，《明清婦女之戲曲創作與批評》。台北：中央研究院中國文哲研究所，2003年。

一定能在「仕」途上得到心的圓滿[32]，女性想追尋內心真正的歸宿和安頓，也不一定是婚姻就可解決的。所以在女性作家筆下，他們所追求的，往往指向華瑋所論的「出世忘情，超脫欲望的嚮往」[33]，皈依仙佛常常也是無可奈何的解決方法之一。《療妒羹》中小青也動過此念，如〈遊湖〉中云「奴家也幾番要祝髮空門」、〈弔蘇〉唱「譬如作空門老尼，作空門老尼，懺悔修持，也省得是非蜂起。」，不過在吳炳筆下，這只是小青一時沮喪之語，並沒認真思考，在《療妒羹》的劇情邏輯裡，小青最好的結局是脫離「褚家妾」的身分，改作「楊家妾」，思之不免令人神傷浩歎。

　　筆者在此要強調的是，正由於吳炳在〈題曲〉中努力回歸小青故事中小青的本來面貌，遂使得本齣成為獨立於全劇療妒主題之外的「亞文本」（sub-text），使劇作出現某種「罅隙」。似乎在文本敘述之中，有甚麼令人不安、甚至暴亂的、文本情節無法掌握的東西，正在文本底層閃爍、集結，並且蔓延，而這正是折子戲成為戲曲中抒情美典的表徵的重要特質。

（三）

　　這是一齣有關「閱讀」的折子戲，小青夜讀《牡丹亭》，「讀罷新詞漫自評」，題詩花箋，寫下她的「讀曲心得」時，吳炳設定的「典型」閱聽者[34]，恐怕是必須熟悉《牡丹亭》的；在

32　相關論述，請參見陳芳英，〈且尋九霄鳴鳳聲──馬致遠劇作解讀〉，《藝術評論》第2期。台北：國立藝術學院，1990年，頁103-122。

33　同註20，頁89-92。

34　「典型」讀者的觀點，引自艾柯的相關論述，見艾柯（Umberto Eco）

劇作家、劇中人物、閱聽者，都熟悉這個借用來當作論述對象的基礎上，才能展開對話。而臺上小青對《牡丹亭》的評點，是粲花主人吳炳對湯顯祖的評點，也是臺前看客意欲一吐為快的心聲。因此，〈題曲〉不僅是戲中的一齣，也是獨立的、劇作家用來表達意見的載體。從形制上看，折子戲與明代短劇[35]，雖然篇幅都一樣短小，但「『折子戲』並不等於劇幅短小的『短劇』，它是相對於『全本戲』而言的，是全本戲的部分片段、零星散齣」[36]；可是，從戲的「作用」，或寫作動機看，折子戲和短劇，都同樣是劇作家試圖跳離「說故事」鋪敘情節的戲劇本質，而回到中國文學抒情詠懷的傳統。

劇作家完成一個劇本，不論長篇的傳奇，或一折短劇，意有所指，這是必然的，以傳奇作家為例，他們也往往會藉副末開場表達他們的戲劇觀或抒發這本戲想傳達的意旨，但筆者這裡提到的「抒情詠懷」，不是指「藉離合之情寫興亡之感」之類以戲劇表達觀點，而是指跳脫故事情節，直接抒情詠懷。以短劇為例，徐渭《狂鼓史漁陽三弄》就是大家熟悉的例子，正如青木正兒認為的，本劇之作「蓋出於欲為禰衡雪生前恥辱之同情心，

著，黃霑蘭譯，《悠遊小說林》。台北：時報文化出版公司，2000年。

35　短劇一詞，大概始見於盧前《明清戲曲史》，曾永義《明雜劇概論》做了明確的定義，可分廣狹二義，廣義泛指明中葉以來的「南雜劇」，狹義則專指三折以下的南雜劇。請見盧前，《明清戲曲史》。台北：台灣商務印書館，1974年，頁74；及曾永義，《明雜劇概論》。台北：嘉新水泥公司文化基金會，1978年，頁83。

36　同註3，頁1。

禰衡即作者之自況也。」[37]，徐渭借禰衡擊鼓罵曹，抒發胸中鬱結，至於當年擊鼓與罵曹，實為兩事；或劇中甚至為了罵曹，將場景移到地獄，以便禰衡把自己死後曹操作惡之事也拿出來痛責一番；或曹操在場上只有挨罵的份，沒有京劇版曹操威勢正熾那樣具有劇場上的緊張效果……，這些都不是徐渭關心的，他只是要「罵得痛快」，一抒鬱悶就好。此外再如筆者最常舉例用來說明明代短劇特質的徐翽《絡冰絲》，寫生扮沈休文（約）雨夜讀書，「旦素衣持絡具上」，與生交談後，將雨水絡成冰絲，造成冰紈，寓意「滿腹經綸」，贈給生，翩然逝去。全齣北曲，由生主唱，要說劇情或蘊意，其實是文人自我感覺良好，看到雨絲纏綿，借絲思同音，突發奇想寫就的作品。形式是劇本，其實和寫一首詩或一篇論文來吟志詠懷，並無差別。這個例子當然故意挑得有點極端，但明人以短劇抒情詠懷，不在意劇情、故事，只著重在某一刻的時間空間，遂使明代短劇有別於一般雜劇、傳奇，自成一格，當然從劇場的角度，不免覺得流於案頭清翫或詞賦一流，但卻是作家想回歸抒情美典的強烈意欲表現。短劇名家汪道昆「大雅堂四種」：〈楚襄王陽臺入夢〉、〈陶朱公五湖泛舟〉、〈張京兆戲作遠山〉、〈陳思王悲生洛水〉，也都是各以一折，寫一時一地之感。另一個極為精彩，也是討論「閱讀」的院本李開先《打啞禪》，也是以短章論述作者對打啞禪的意見，固然充滿嘲諷的意味，但所論不僅是「啞禪」，更可借用引為當代文學理論中論述閱讀及「誤讀」的極好範例。其他的明人短劇

37　青木正兒著，王吉廬譯，《中國近世戲曲史》。台北：台灣商務印書館，1976年，頁184。

例子還很多，除了要拈出「以戲代論」的抒情言志特質，短劇的其他範疇和論題，並非本文所要討論的，就暫不多談了。

　　折子戲摘自全本戲，有時是劇情進行的環節之一，有時和全劇關係不大，有時甚至動搖文本。不過，不論是哪一類，都具有自身完整、以抒情言志為主的特質。〈題曲〉在全本《療妒羹》中是一個定格、凝止，彷彿是橫幅長卷中一個片段，在宇宙洪荒的時間長流裡是有缺憾的，但自身又具有自足圓融的生命，在這一齣中，主角在當下迴盪停滯，其「表演」從劇本敘事的時間的藝術移向抒情的空間的藝術，向劇中人內在心境反省思索生命的意義與期待。而正由於包括〈題曲〉在內的折子戲向抒情美典靠攏，強調當下、自我，與內省，在情節敘述中，可以是全劇之眼，「務頭」[38]所在，但也溢出情節主線之外。因此，介於全本戲與折子戲之間，集合許多單齣而成，一個晚上或兩個晚上演完的「整編本」，經常不得不放棄往往最是精彩的折子戲。以幾個著名的全本和折子為例說明，可以更為清楚。《浣紗記》如今在舞臺上最常演出的折子是〈寄子〉，寫伍子胥眼看吳國社稷將遭大難，決定以身殉之，因不忍年幼兒子也跟著殉難，趁出使齊國之便，將兒子託付好友鮑牧。伍員一生奔波勞苦，伍家歷代為楚國支柱，一旦受讒遭難，全家三百餘口盡遭屠滅，子胥投奔至吳，參與吳國兩代繼位紛爭，終於借吳兵報仇，安頓下來；卻又因夫差信任伯嚭，國事隳頹，只好在清秋路黃葉飛之際，白

38　筆者此處僅用「務頭」之衍申義，指「精彩處」。有關「務頭」的論述相當多，可參見李惠綿，〈務頭論〉，《戲曲批評概念史考論》。台北：里仁書局，2002年，頁11-77。

首拋兒，不論事件、情感、唱詞、身段動作，都是感人至深的好
戲。但如果挑選《浣紗記》的一些單齣，改為一個晚上的演出，
不論從吳越相爭的線，或范蠡西施情愛的線，〈寄子〉一齣都不
可能被保留。《牡丹亭》重點在寫情，較少溢出「情」這一條線
的折子，如果做一個晚上的演出，則有關時事的單齣（如湯顯祖
頗費力氣，申明政績的〈勸農〉，及有關金寇的情節）完全被刪
除。〈驚夢〉（劇場習稱〈遊園、驚夢〉）雖全屬抒情之作，因
是全戲情節關鍵，幸而完全保留；其他抒情為主的折子，則往往
被刪減或放棄。如：〈尋夢〉雖是全劇絕唱，抒情性質更勝〈驚
夢〉，進園尋夢後，原本共有【懶畫眉】等十七支曲牌，低迴婉
轉的呈現杜麗娘重重心事，但也因為如此，在一或兩個晚上演完
的整編本中，演唱曲牌每每被大幅刪去，只成為情節交代，而不
是原來精彩的原貌。〈寫真〉殊少演出，〈拾畫〉也往往壓縮剪
短，而〈硬拷〉一齣，即使浙江崑劇團為小生汪世瑜特別整編，
以小生為主的《牡丹亭》都未納入，更不要說一般一個晚上的
《牡丹亭》演出本，當然更是完全刪除的。也就是說，表達抒情
美典的折子戲，必須單折演出方能保存全貌，在情節取向的一晚
或兩晚的整編本中，要不就是完全刪卻，即使勉強放入，也因壓
縮而改變體質。《長生殿》的情況更加明顯，因為《長生殿》的
要旨，除了「萬里何愁南共北，兩心哪論生和死」的至情，歷史
事件的反省慨歎，原也是本劇重點，甚至是洪昇在明亡之後，借
古喻今，寫作此劇的「初心」所在，但整編本往往只能以「情」
為主線，幾個重要的折子如〈疑讖〉（劇場習稱〈酒樓〉）、
〈罵賊〉、〈聞鈴〉都被捨棄。而溢出情節主線，卻是全劇最重

要，且被高友工認為可以充分將聽眾推向「悟感」層次的〈彈詞〉，除了北崑本不忍割捨，將他打散作為「戲外評論」保留（當然意義也完全不同了）之外，上崑即使有演唱〈彈詞〉最佳的演員計鎮華，整編本中也無法放入[39]。因為以抒情美典為主的折子戲，原本就不負有推動情節的任務，在大篇幅的全本戲中尚可截斷時間，定格演出，在濃縮劇情的整編本中，就沒有立足之地了。《桃花扇》的問題更加複雜，除了抒情本質，還有演出時代及場合的問題，筆者已曾另文討論過[40]，不再重複，要之，以「離合之情」為主線的整編本，是無法收納劇中精彩的折子戲

---

[39] 至於2005年4月23、24日在新舞臺以「風華絕代」為題的崑劇匯演中的兩天《長生殿》，第一天演出〈定情賜盒〉、〈絮閣〉、〈酒樓〉、〈驚變〉、〈埋玉〉，第二天演出〈聞鈴〉、〈看襪〉、〈迎像哭像〉、〈彈詞〉、〈雨夢〉、〈重圓〉。雖然放進〈酒樓〉、〈聞鈴〉、〈彈詞〉，但其實有各種原因，簡要的說：一、此次演出，演員來自不同單位、地區，又無法有充分的排練時間，因此有一些群眾場次或表演必須刪去，也就需要增加其他散齣來補足劇情；二、主要角色——特別是唐明皇，不論是原先規劃的多人分演，或後來拍板定案的由蔡正仁一人扮演——負荷太重，遂掐掉許多唱段；基於一與二的理由，如果要補足兩晚的長度，就必須要加上一些散齣。三、同樣是唐明皇負荷過重的原因——尤其是第二天，在唐明皇主唱的齣與齣間，既需要其他角色當場，以調劑冷熱；更需要其他演員插入演出，讓飾演唐明皇的演員稍得喘息。也就是說，放進〈酒樓〉、〈彈詞〉，並不是基於劇本的整體考量，而是因為上述理由才放上去的，甚至還在〈聞鈴〉與〈迎像哭像〉之間放進〈看襪〉，更是明顯。（勉強插入〈看襪〉，不無突兀之感，且〈看襪〉為《長生殿》第36齣，原在第32齣〈迎像哭像〉之後，移置於此，讓唐明皇休息的作用，相當清楚）。所以本次演出，主要不是在劇本上做整體思考、整編，而是配合實際狀況，權宜、隨機的選取散齣組成，整體主線是有些混亂的，也不宜當作嚴格意義的整編本討論。

[40] 同註24。

〈哭主〉、〈沈江〉，和〈餘韻〉的。

筆者要強調的是，折子戲之所以無法納入情節取向的幾個單齣集合的整編本，正代表折子戲獨立於情節之外，在時間性的藝術之中，展現空間的領域，回歸詩詞的內省傳統，自我在當下經由內化，以象意的形式達到抒情境界，具現抒情美典。

四

中國戲曲發展到以崑曲為主要演出形式的「傳奇」時代，結合敘事、抒情、表演三種藝術傳統的戲曲美典終於完成。然而就像山水詩的發展進程，由甲地出發到達乙地，固然是旅遊的目的，但遊程本身也是另一個關注的焦點，徜徉於山水之間的時候，旅程會被不斷的駐足觀賞所延滯，而對每一個停留處的顧盼省察，遂自成自足圓融的境界。第二節，筆者針對《療妒羹》討論，從其全劇寓意、故事來源（小青故事、與湯顯祖《牡丹亭》對話、療妒）、關目結撰、角色安排、曲牌設計等方向切入，分析其在以敘事、表演為主，外向的戲曲美典的成就。第三節，則將論述重點集中在《療妒羹》中的折子戲〈題曲〉一齣，並輔以目前搬演於劇場的其他折子戲為佐證，思考折子戲游離於全本戲之外的意義。在情節內容上，折子戲可以溢出全本的主線，獨立存在，如《療妒羹》主要敷演的情節是娶妾與療妒，〈題曲〉則是讀罷《牡丹亭》後，思索若能自尋佳偶，即使是夢中或死後，都「不惜薄命」。在表演上，折子戲通常暫停敘事，跳出時間的遷流，轉為空間的藝術，藉詞采音樂、歌舞武術等唱做念打的表演程式，抒發劇中人物此時此刻當下的情、志。更由於借表演

以抒情，折子戲往往不負載推動情節的責任，也因此很難收納進集合某些單齣形成的整編本中；如果不是全本演出，往往必須單獨搬演，方得保持原貌。以「《療妒羹》看〈題曲〉」為例，筆者想探討的是，當戲曲所承繼的敘事傳統發展成熟後，包括〈題曲〉在內的折子戲，不只是形製上從全本摘取的部分片段或零星散齣，在意義上，更是抒情美典的回歸。

原發表於國立中央大學「世界崑曲與臺灣腳色──崑曲國際學術研討會」，2005年4月23日。收錄於《名家論崑曲》。中壢：中央大學，〔出版中〕，頁589-626。

〈題曲〉四帖

一

〈題曲〉為晚明吳炳《療妒羹》第九齣，全齣以《小青焚餘》其六：

> 冷雨敲窗不可聽，挑燈閒看《牡丹亭》。
> 人間亦有癡於我，不獨傷心是小青。

一詩點染而成。

小青原為揚州佳麗，才色絕倫，被杭人聘為小妾，以為終身有靠，但終未能見容於大婦，移居孤山別莊，自傷身世，抑鬱而亡。這段淒惋悲涼的故事，頗受晚明文人關注，一方面憐惜才貌兼備的佳人，經現實無情摧折，「花枝空鎖閑庭院，惡風雨憑陵作踐」（《療妒羹‧語嬌》），終至香銷玉殞，實人間憾事。一方面，才子佳人本自一體，小青「空負俊才，竟遭奇妒」，與當時文人在混亂的世局中，遭時不遇，有志未伸的鬱悶情懷，實相應合，文士們對小青事聞之、詠之、歎之，也不免清愁難遣，「已知到枕終無寐，且剩殘燈盡短檠」（《療妒羹‧題曲》）了。

明人寫小青事甚多，比較知名的，包括雜劇：徐翽《春波

影》、來集之《挑燈閒看牡丹亭》；傳奇：朱京藩《小青娘風流院》、吳炳《療妒羹記》；另有朱京藩《小青傳》，及《小青焚餘》詩文殘稿。而梨園歌場傳唱之〈澆墓〉一齣，未見於上述諸劇，當是另有他本衍小青故事之劇。

　　諸本中眾人姓名，情節故事，均略有出入，此非本論文討論重點，不擬細說，僅表列如下：

	小青傳	風流院	春波影	療妒羹
小青姓氏		馮	馮	喬
小青名	小青	小青	小青	小青
小青字	玄玄	玄玄	玄玄	玄玄
原籍	揚州	揚州	揚州	揚州
歸嫁	杭州	杭州	杭州	杭州
錯嫁夫婿	馮炫	馮致虛	馮子虛	褚大郎
大婦	馮氏	馮二娘	馮二娘	苗氏
濟助之人	楊夫人	義母楊夫人	姑母楊夫人	楊夫人
	陳嫗	陳嫗	陳嫗	陳嫗
		南山老人	小六娘	韓向宸
		湯顯祖	老尼	顏大行
		柳夢梅		
		杜麗娘		
結局	身亡	還魂	死後成仙	還魂
再嫁夫婿		舒新彈		楊器

　　小青嫁至杭州，苦遭大婦妒恨，由馮家親眷楊夫人出面迴護，並經楊夫人建議，將小青遷至孤山別莊暫住，遠離大婦詬詈責打，只是小苑清寂，小青積鬱成疾身亡。諸本中，楊夫人均

以長輩身分出現，慈和寬容，因憐愛小青才貌俱佳，卻遭殘虐，「含冤紅顏薄命果其然，眼見得玉碎花殘」，多方照料撫慰，呈現的是溫厚的女性情誼。《療妒羹》中，楊器、褚大郎為同輩親眷，楊夫人則化身為積極為夫尋妾的「賢」婦；小青死後復生，終於遂了楊夫人所願，嫁給自己的丈夫楊器為妾。《療》劇除前文所述憐惜佳人、寄託身世的文人情懷之外，顯然更清楚的具現了當時男性主宰社會機制的樣態，在同一故事的劇作中，以《療妒羹》最受文士青睞，論述未歇，恐怕與此不無相關。

　　至於挑燈夜讀《牡丹亭》、題詩、畫像寫真、弔蘇小小墓，則是共有的關目。有趣（或無謂）的是，夜讀《牡丹亭》似乎還不能滿足文人對小青故事和《牡丹亭》神似之處的註解，《風流院》、《療妒羹》各自安排了魂遊、叫畫，《風流院》更索性一不作二不休，讓《牡丹亭》的作者、劇中人物，相繼登場。小青死後魂遊風流院，而風流院主則為湯顯祖，小青在院中與柳夢梅、杜麗娘吟花觶酒，並由湯、柳、杜為媒，與書生舒新彈成婚，引來東大司帶兵征剿，以正風俗。後由湯顯祖、南山老人設計，玉皇大帝降旨，舒、馮二人「雙魂返世做夫妻」。作者只顧自己寫得高興，以為「一段風流話最奇」，讀者看來，只能覺得他「向大師致敬」的心，其情可憫；至於劇本的立意想像，結構文詞，都不只是吳梅所謂的「微傷冗雜」[1]而已，其實真真令人啼笑皆非。

1　吳梅，《風流院》曲跋——〈己未又七月壬子〉，再跋〈己未十月十八日〉。林侑蒔主編，《全明傳奇》。台北：天一出版社影印，未註出版年。

　　相對於小青的受害者形象，迫害者便不得不由「大婦」來擔任。在此，我無意求全於古人，在一夫多妻有其合法性的時代，娶妾制度，或妻妾爭風喫醋，謀奪丈夫寵愛等等事件，可以說有著時代的無可奈何。小青事件中，丈夫（不論是馮二郎或褚大郎）因此遂安全的、站在無辜的位置，而由淨／丑／搽旦扮飾的大婦（馮妻或苗氏）充當施暴者，成為閱聽者貶抑、嘲諷、斥責的對象，其實，她何嘗不是另一種形式的受害者。「妻以夫為綱」，婦人在謹守三從四德的同時，又必須樂於與其他女子分享自己的丈夫，絕不可妒忌。如果丈夫有意娶妾，當然要欣然同意，更甚者，要如楊夫人主動積極的代夫尋妾，方可稱為「賢德可風」。若然妄想保有丈夫完整的關注（或許稱不上「愛」吧），則立即被冠以妒婦惡妻之名，為識與不識者交相指責。而丈夫明知妻子善妒，仍要娶妾，導致家宅不和，或妻子虐待妾侍，那是女人與女人之間的戰爭，丈夫仍可完全不負責任，頂多扮起懦弱的面容，過失則仍在妒婦惡妻身上。故事中的大婦，面對丈夫新娶、才貌兼具的小妾，「滿臉皆刀劍容」（《小青傳》），是可以想見的。小青的日子大概是不會好過的，而不論家中共處，或將小青移居孤山，大婦所在意的，不外阻絕丈夫與小青的見面機會，至於《療妒羹》極力摹寫大婦醜態，甚至送毒藥至孤山，想毒殺小青，則不免太過矣。也許在流傳的故事中，大婦妒恨之餘，確有暴虐行為，劇中她又以負面形象出現，極不討喜，一個不懂憐香惜玉的無知傖婦，似乎不值得同情，但細細想來，她的行徑作為，同樣令人神傷。即使是楊夫人，代夫尋得稱心美妾，當丈夫與小青私會，假嗔「呀，則欺侮我老糟糠太軟

綿」(《療妒羹‧假醋》),其間恐有真怒。丈夫與小青同入洞房後,獨留門外所唱【餘文】:「唉,相公、相公,莫忘了我打合姻緣一片癡」,酸楚之味,餘韻裊裊矣,作劇以療妒,未免是男性作家的一廂情願。

二

〈題曲〉是一齣有關「閱讀」的折子戲。全齣敷演小青夜讀《牡丹亭》,題詩花箋,「讀罷新詞漫自評」,寫下她的「讀曲心得」。場上只有小青一人,情思宛轉,曲折纏綿,或唱或做,或悲或喜,以細膩的歌舞言志詠懷,充分體現崑曲以抒情美典[2]為主的精英文化特質。

誠如筆者曾為文論及,中國戲曲為「市井文化與抒情傳統的新結合」[3],「在抒情美典與敘事美典結合後,出現的明清兩代以傳奇為主的長篇巨製,雖然也強調全戲的排場結構、講究關目的扣人心弦,但截取其中某些段落的折子戲,則更受喜愛。」[4],演出時間、場合等客觀因素,固然是折子戲盛行的原因,但人心內在對抒情美典的喜愛,仍然是不可忽略的因素。明代折子戲,有

2　抒情美典——Lyric Aesthetics. 本文所用「抒情美典」意涵,取自高友工 "Chinese Lyric Aesthetics" in Alfreda Murck & Wen C. Fong, ed., *Words and Images*. Princeton: Princeton University Press,1991, pp.47-90.及其相關論著、課堂講稿。

3　陳芳英,〈市井文化與抒情傳統的新結合——古典戲劇〉,《中國文化新論文學篇二——意象的流變》。台北:聯經出版事業公司,1982年,頁529-586。

4　陳芳英,〈游移在葬花與戎征之間〉,《當代》103期。台北:當代雜誌社,1994年11月,頁57-58。

各種類別、特質、「形成時間不一」[5]，但以〈題曲〉一齣而論，重視的是場上的歌舞，是劇中人當下的情思反覆，宛如長卷繪畫中的某一部分停格，在這一齣中，時間彷彿可以靜止、停留，可以一剎那被固定，似乎是永恆，但又無可避免的被約制在「不斷逝去」的規則中。相較於以「世界的建構」[6]為主軸，以民間樂府、說唱為代表文類的敘事美典，強調自我與當下的抒情美典確乎是更接近文化精英的世界。

　　精英文化和庶民文化之間的論辯，一直存在極大的爭議，特別是二十世紀社會主義思想盛行的年代，更有各種矛盾與衝突。本文並不打算陷入爭辯的泥淖，只是由「有教養的、鑑賞家和專家的藝術」[7]（當然這個定義，仍會引發許多訾議）著眼，來論述在文化精英範疇中培育出的崑曲藝術中的〈題曲〉一齣。

　　崑曲由崑山一地的土腔，經許多音樂家研究琢磨，不論是小院花廳的清曲時期，或搬演舞臺的劇曲時期，都有大量文人學士參與[8]，堪稱是由最多文人參與塑形的劇種。正因為崑曲在發展成形和搬上舞臺的初期，與文化精英密不可分，並在堂會錦筵中演出，這樣的外在環境(context)，使崑曲終於朝向精緻藝術之路出發，舉凡音樂、唱曲、劇本、表演、服裝，無一不是適合在較小

5　王安祈，〈再論明代折子戲〉，《明代戲曲五論》。大安出版社，1990年，頁1-47。

6　高友工著，張輝譯，〈中國抒情美學〉，《北美中國古典文學研究名家十年文選》。南京：江蘇人民出版社，1996年，頁49。

7　阿諾德‧豪澤爾（Arnold Hauser）著，居延安譯，《藝術社會學》。台北：雅典出版社，1988年，頁186。

8　陸萼庭，《崑劇演出史稿》修訂本。台北：國家出版社，2002年。

的空間、閒靜的場合，提供少數觀眾仔細品味。喧闐的鑼鼓、空曠的廣場野臺、誇張的顏色、火爆的演出，對崑曲而言，真是遙遠而陌生的國度。

〈題曲〉小青上場詩云：「雨深花事想應捐，小閣孤燈人未眠，不怕讀書書易盡，可知度夜夜如年」，本劇就是在這種寂寞淒冷的氣氛中進行。由於雨滴空階，愁心欲碎，難以入眠，取《牡丹亭》再三詠翫。

劇中組套原為仙呂宮【桂枝香】六支、【長拍】、【短拍】、【尾聲】，如今劇場搬演，已稍作刪節。仙呂宮，管色屬小工調，調性輕柔婉折，適合抒情。【桂枝香】為一板三眼細曲，正格為四四六六四四四四三五五，凡十一句，可贈板也可不贈板，五六疊句，可協可不協。雖是細曲，但因音域跳動並不劇烈，往往用在閒雅冷靜的場面，與【綿搭絮】、【山坡羊】的哀婉纏綿有別。《琵琶記·賞荷》之「危弦已斷，新弦不慣」，《紅梨記·亭會》之「月懸明鏡」，均為【桂枝香】。【長拍】、【短拍】、【尾聲】，乃仙呂常用例式。【長拍】正格為四四四六四四七五七四七六六五四，凡十五句，首句疊語起式，明人往往將第六句省去不用，遂成減格，〈題曲〉所用長拍，即為減格。【短拍】正格為四四四七五五六三五，凡九句，首句疊語起式。

【桂枝香】六支，配合風雨及更鼓之聲，重述《牡丹亭》劇情大要，且述且評，【長拍】、【短拍】，則小青自況杜麗娘，並自傷「今世緣慳，來生信斷，假華胥也不許輕遊」。唱曲之際，並藉小青做表「重回現場」，摹想柳、杜相會情景。這樣

一齣戲，就情節關目言，是沒有什麼戲劇動作的，就氣氛說，是冷靜而略帶沈悶的，最適當的演出場合，大概是皓月清夜、燈前錦筵吧。想當然爾，觀者多半是熟讀《牡丹亭》的，臺上小青對《牡丹亭》的評點，是粲花主人吳炳對湯顯祖的評點，也是臺前看客意欲一吐為快的心聲。場上歌舞，並沒有高難度的身段動作，著重的是神態風韻，理想的演出應是能疊合小青與杜麗娘，呈現亦幻亦豔的情境。水榭小閣中，優雅的觀眾仔細品賞演員的吐字、行腔、運氣、神態意趣，藉小青之姿，抒自己當下之情，可以說極盡崑曲精緻甜熟靡麗之致，也是文化精英對繁富豔麗到帶著頹敗氣息的藝術，一往不復的沈湎。

三

除了夜讀《牡丹亭》，弔蘇小小墓，也是小青諸劇的重要關目，想是取材於《小青焚餘》其五：

> 西陵芳草騎轔轔，內信傳來喚踏春。
> 杯酒自澆蘇小墓，可知妾是意中人。

《療妒羹》第十七齣即為〈弔蘇〉，不過如今舞臺傳演者，為他本所出之〈澆墓〉，吳梅所云「余從婁縣俞粟廬（宗海）家借鈔〈澆墓〉一折，文字至佳，而與《療妒》〈弔蘇〉文大異，究不知是誰手筆？」[9]是也。

蘇小小為南齊時錢塘名妓，容華絕世，才空士類，有詩《西陵歌》傳世，傳言死後墓在西泠橋側松柏之下。小青因婚姻不

9　同註1，吳梅〈己未十月十八日〉再跋。

幸，讀《牡丹亭》而嚮往杜麗娘「死後自尋佳偶」，因而再三流連吟詠，題詩寄懷，這是可以理解的。至於蘇小小為名妓班頭，小青何以也殷勤致意，慟哭澆奠呢？一來小青僻居孤山，與蘇小小墓相距甚近，有其地利之便；二來正如小青所云「想風流昔年，翠叢香隊，到如今月明空有歸來珮」，「枉斯文在茲，風雅坐陵夷，惟將博憔悴」，自己絕世才姿，竟爾淪沒，「甚班姬謝姬，倒不如桃葉低微，還賺得姓名留世。」（《療妒羹・弔蘇》）。

〈澆墓〉一齣，雖不知撰人，然描寫人物心境轉折，極見功力，層層翻出，色彩繽紛，大勝〈題曲〉。而小青曲之際，尚有「瘦影自臨春水照，卿須憐我我憐卿」（《焚餘》其四）與杜麗娘惺惺相惜的嚮往，至〈澆墓〉時，則哀苦愁慘，萬念俱灰，所謂「若使憂能傷人，此子不得永年矣」。

〈澆墓〉將時間設定在〈題曲〉之後，心理轉折由此展開，迤邐而往，竟至不可收拾，下文略論其次第：

（一）前夜幽窗風雨，孤坐無聊，取《牡丹亭》一讀，原想借他人酒杯，澆心中恨塊，拾此眼淚，尋出情苗。但題殘曲稿，好夢兀自難尋，雖說若能死後自尋佳偶，「豈惜留薄命，活作羈囚」，可是即使是夢，也不是人人可得，真個是「假華胥也不許輕遊」！

（二）五更風雨潤長宵，連夢也無，想想自己「不慧不癡，非生非死」，俄延度日，好不可憐。到底在茫茫天地中，是否有人可知小青心事？決定到西泠松柏之下，蘇小小墓前，喚彼芳魂訴己之怨。

（三）蘇小小墳前無非半角青山，一坯黃土，血色羅裙化秋蝶飄，原來這就是千古美人的結局了。

（四）蘇小小雖寄身妓籍，生前多蒙寵愛，情癡愛慾，亦曾遍嚐，較之小青，福份勝過十分。

> 當日個做黃梅，夜窗雨飄。
> 湊著個棲紫燕，畫樑語交。
> 留客住剛配念奴嬌。
> 人影燭影，夢圓香遠。
> 流年換了，春花再好。
> 一樣的家住在錢塘，
> 只怕我喬小青，福難如蘇小小。（【五般宜】）

（五）蘇小小生前福份，已勝小青，埋香日久，那不泯沒的芳魂又藉【蝶戀花】半闋，託夢書生，播傳詞苑，使人人知她是位掃眉才子。小青空有謝道蘊詠絮之才，半生未遇知己，到後世又有誰知？

（六）將水酒澆奠墳頭，把一盞濃春，滴盡長宵；但任憑小青緩緩拜，低低叫，蘇小小又何能知曉？美人一入黃土，在生時的才貌都則干休，無論是酒痕淚痕，都壓根兒灑不到重泉渺渺。

（七）小青問再多次的世間何物是情，如何是癡，也只有黯然歸去，然生既無歡，春花秋月又何時可了？

小青因好夢無著，深知世上未必有柳夢梅，「若未必癡情絕種，可容我偷識夢中愁」（〈題曲〉），於是在凝暗的天氣中，到蘇小小墓前澆奠，一訴胸中怨苦。但思及生前無人愛憐，不及

蘇小小；又無知己，可代傳才名，死後又有何人能知？更不及蘇
小小。而就算像蘇小小，生前死後俱留風韻，荒塚垂楊遶，也只
是空教西園中冷蝶相弔。對生命的沒有把握，對零落歸山丘的深
沈恐懼，其引發的震動怖慄之情，比〈題曲〉更深，古今才子佳
人都要同聲一哭了吧。抒情美典所強調的，自我／現時的結構間
架，藉外指的符號和內向的象徵來具現，〈澆墓〉是典型的例
證。

　　本劇包括【霜天曉角】、【小桃紅】、【下山虎】、【五般
宜】、【山麻楷】、【尾】等曲牌，音樂的色澤比較多變華麗，
身段的安排也比較複雜，小青獨自在凝暗的天氣，冷寂的墳前，
且歌且舞，訴說生命的不可確定、時間空間的不可掌握，茫漠沈
慟，和〈題曲〉一樣，是文化精英賞鑑的對象，不同的是，如果
〈題曲〉引發的是快感或美感，〈澆墓〉則已達到悟感的層次
了[10]。

四

　　羅蘭・巴特在其《符號帝國》[11]一書指出：

> 東方的男扮女裝藝人（女形）不是模仿女人，而是指
> 代女人：他並不鑽進角色原型之中，反而遠離其受指

10　有關快感、美感、情的論述，可參閱高友工，〈從絮閣、驚變、彈
　　詞說起——藝術評價問題之探討〉，《中國美典與文學研究論集》。
　　台北：台灣大學出版中心，2004年，頁318-332；及其論著中相關論
　　點。

11　原書*L'Empire des Signes*, 台灣中譯名為《符號禪意東洋風》。台北：台
　　灣商務印書館，1994年。

> 　　內容；婦女特性是供人閱讀的，不是供人看的；他所
> 要做的是把這種特性迻譯過來，而非違背這種特性。[12]

　　在搬演過程中，充滿符號、程式的崑曲，不論演員為男為女，他們呈現的女子，比如〈題曲〉的小青，又指涉了哪些意涵呢？

　　〈題曲〉既為吳炳《療妒羹》中的一齣，是男性作家的作品，自然是無庸置疑的，是男性作家所寫、在舞臺上自傷身世的女子。那麼，她所「傷」者，是女子的身世？或竟是男子的身世呢？或者，是男子所相信（想像？）的女子的冗冗情懷？又是誰演給誰看的呢？明代戲曲，特別是崑山腔，有女演員，但更多的是男性演員，其中更有一部分是樂童孌童。明代的閨閣女性，自然可以隱身簾後欣賞戲劇，但有更多時候，是男性文人文藝沙龍聚觀家樂演出。是則，情況是：

1. 女性觀眾觀賞女演員演出男性作家筆下的女子
2. 女性觀眾觀賞男扮女裝的演員演出男性作家筆下的女子
3. 男性觀眾觀賞女演員演出男性作家筆下的女子
4. 男性觀眾觀賞男扮女裝的演員演出男性作家筆下的女子
5. 男女觀眾聚觀或男或女的演員扮飾男性作家筆下的女子

　　在這些命題之前，我們似乎已經可以聽到可怕、激烈的嘈雜之聲了。而在明代，最可能的情況是4，目前最可能的狀況是5。不論是哪種情況，被注視、觀賞、閱讀的，確乎是女體，是

12　羅蘭・巴特（Roland Barthes）著，孫乃修譯，《符號禪意東洋風》。
　　台北：台灣商務印書館，1994年，頁79。

女子自身，或是男性扮飾的女體。演員想詮釋的，是什麼樣的女性呢？是演員她（或他）心目中的？作家想傳達的？觀眾（男／女）心目中的？演員（她／他）想取悅誰嗎？作家？觀眾（男／女）？我們更別忘了，演員在舞臺上具現的，正是她／他如何閱讀另一位男性作家湯顯祖筆下的女子杜麗娘。

　　角色與性別之間的游移變幻，之所以成為中國戲曲研究的重要課題，於此可見一斑。而如果，如巴特所言，在東方的表演體系中，「女人是一種觀念，而不是一種自然體」[13]，演員追求的，不是模仿具體的女人，而是把女人「觀念的姿態」那些符號組合起來，上述紛雜的問題，是不是就有可能稍作釐清，或從另外的角度切入思考。

　　我並不想模糊、或混淆戲曲文本人物，和舞臺演出角色之間的界限，但這條界限正在迅速的消蝕褪色。傳統戲曲──即使是傳承嚴格的崑曲，愈來愈受到西方表演體系的影響滲透，若從事戲曲工作者並不介意，或不能體察傳統表演的特質，以符號來書寫的戲曲演出方式，終將不知不覺的消失於無形。

原發表於《紀念徐炎之先生百歲冥誕文集》。臺北：水磨曲集，1998年。

13　同註12，頁133。

遙望
——從孔尚任《桃花扇》書寫策略的幾點思考談起

一、前言

　　《桃花扇》是孔尚任青年時期讀書於曲阜縣北石門山中時，就思欲為之的戲曲作品，在其《桃花扇·本末》云「予未仕時，每擬作此傳奇，恐聞見未廣，有乖信史；寤歌之餘，僅畫其輪廓，實未飾其藻采也。」[1]。之後，在生活上歷經康熙二十五年（1686）隨工部侍郎孫在豐出使淮揚，參加疏濬黃河海口工程，康熙二十八年（1689）返抵北京，其間足跡遍及南京、揚州等南明舊地，拜訪張瑤星、石濤、冒辟疆等明朝遺老，接觸江南風土人情，蒐羅南明軼史，儲備更多寫作《桃花扇》的資料[2]。寫作上則有康熙三十三年（1694）與朋友顧彩（字天石）合作傳奇《小忽雷》，實際演練操作戲曲的寫作技巧。在對內容的省思、形式的安排，都益臻深刻成熟之後，《桃花扇》的創作便是順理成

1　《桃花扇·本末》，見孔尚任撰，王季思等注，《桃花扇》。台北：漢京文化事業公司，1984年，頁5。本文引用《桃花扇》均以此版本為據。

2　孔尚任生平事蹟，參見孔尚任，《孔尚任詩文集》。北京：中華書局，1962年；袁世碩，《孔尚任年譜》。山東：山東人民出版社，1962年；陳萬鼐，《孔尚任研究》。台北：台灣商務印書館，1971年；陳萬鼐，《孔東塘先生年譜》。台北：台灣商務印書館，1973年。

章，水到渠成之事了。《桃花扇‧小引》云「蓋予未仕時，山居多暇，博採遺聞，入之聲律，一字一句，抉心嘔成。」[3]。劇本初成之時，並未受到重視，遂有「今攜遊長安，借讀者雖多，竟無一字一句著眼看畢之人，每撫胸浩歎，幾欲付之一火」[4]之歎。然而，與孔尚任交好的友人都知道他有一部《桃花扇》，每每索覽，「予不得已，乃挑燈填詞，以塞其求，凡三易稿而書成」[5]，時為康熙三十八年（1699）。

　　《桃花扇》完稿後，因其體例安排、關目情節、排場結構、曲白音律、人物塑造，都令人耳目一新，擊節稱賞，加上搬演內容是離當時不久的「明朝末年南京近事」[6]，「……父老猶有存者。場上歌舞，局外指點。」[7]，根據孔尚任《桃花扇‧本末》所述，在當時，包括演出、傳鈔、評點、梓刻，均反應熱烈，可謂一時之盛[8]。

　　從清朝康熙年間至今，《桃花扇》屢經刊刻，版本甚夥，並有英德日等譯本[9]；有關《桃花扇》的研究，更是包含各種論題，數量繁多。本文再探此劇，並無意再涉前輩學者諸多論述，只鎖定幾個筆者關心的論點，嘗試思索探尋，看看能不能處理個人閱讀時的疑問。

3　參見《桃花扇‧小引》，見孔尚任，《桃花扇》，頁1。
4　同註3。
5　同註1。
6　參見《桃花扇‧先聲》，見孔尚任，《桃花扇》卷1，頁1。
7　同註3。
8　參見《桃花扇‧本末》，見孔尚任，《桃花扇》，頁6-7。
9　參見廖玉蕙，〈《桃花扇》的刊刻與版本〉，《細說桃花扇——思想與情愛》。台北：三民書局，1997年，頁1-15。

　　閱讀《桃花扇》，初初素面相見時，最直接的感受就是作者身影無所不在，而且是唯恐閱聽者忽略或遺忘，作者不斷的跳出來四處遊走、發聲。不論是大量的小引、小識、本末、凡例、考據、綱領，或是體例結構的安排，甚至以老贊禮作為自己的化身，自由出入於劇裡劇外，都可以看到作者寫作時的強烈自覺。孔尚任在全劇發端，試一齣〈先聲〉中，以副末扮演的老贊禮宣稱《桃花扇》一劇，「借離合之情，寫興亡之感」[10]，民初梁啟超則稱其為「一部哭聲淚痕之書」[11]，那麼，作者以劇作承載如此沈重的意圖的同時，又是採取什麼樣的書寫策略，將自己置入作品之中的？

　　《桃花扇》既以南明史事為寫作內容，作為歷史劇，在傳統戲曲抒情與敘事的座標中不免傾向敘事的象限，也的確完成了中國文學戲劇作品中較少見的近似史詩的宏大視域，甚至可以說《桃花扇》在敘事的安排呈現上，是比較接近西方戲劇的。我比較有興趣的是，當作者堆疊架構繁複的歷史事件時，是如何在抒情與敘事間取得平衡，以及他的選擇與得失之間的關係又是如何？

　　《桃花扇》完稿面世之際，其演出盛況，曾讓孔尚任「頗有凌雲之氣」[12]，前文言及有關《桃花扇》的研究論述極多，但演出盛況卻宛若曇花一現。時至今日，《桃花扇》的演出次數，不論全本或折子，不要說完全無法與《牡丹亭》相提並論，就是與

10　同註6。
11　梁啟超，〈桃花扇叢話〉，《中國歷代劇論選註》。長沙：湖南文藝出版社，1987年，頁394-398。
12　同註8。

寫作年代相近，同享盛名，也都以歷史事件指涉亡國之慟的《長生殿》、《千鍾祿》相較，也是遠遠不及。據廖玉蕙的整理：

> 翻檢若干乾隆以來資料，除《納書楹曲譜》收有〈訪翠〉、〈寄扇〉、〈題畫〉三齣外，演出的戲曲選本幾乎很少看到收錄此劇的。如完成於乾隆中葉的錢德蒼選編本《綴白裘》，計收錄八十餘種劇作，折子戲四百九十三齣，《桃花扇》竟無一齣選入。而根據陳多先生的翻檢，陸萼庭廣收自同治十一年的申報等舊報戲目廣告整理出的《清末上海崑劇演出劇目志》，當時演出的南戲傳奇多達八十七種，五百十一齣，《桃花扇》仍是榜上無名；另外，顧篤璜《崑劇史補論》所抄錄的內廷供奉陳金雀於咸豐十年「大約是他帶到內廷去的點戲用的戲折」，根據老藝人曾長生口述整裡的《清宣統以後恢復的後全福直至民國以後的仙霓社所常演的劇目》也未曾看到《桃花扇》被提到。[13]

一般討論到《桃花扇》的搬演頻率，多半從格律音樂，或寫作內容等著墨，但筆者想探討的是《桃花扇》在抒情與敘事之間游移的書寫策略，會不會也是造成這種狀況的原因之一？

　　《桃花扇・本末》提到「己卯秋夕，內侍索『桃花扇』本甚急，……午夜進之直邸，遂入內府」[14]，劇本完成於六月，「秋

13　廖玉蕙，〈《桃花扇》在文學藝術上的成就〉，《細說桃花扇——思想與情愛》。台北：三民書局，1997年，頁57-58。

14　同註8。

夕」內府索本欲觀，大概不宜天真的以為只是清帝慕孔尚任文名，要賞鑒劇作，恐怕多少有察看是否有犯禁之語的意思。〈本末〉記此事在「王公薦紳，莫不借鈔，時有紙貴之譽」[15]之後，難掩沾沾自喜之態，但索本之時，是否實不免憂喜相並，惴惴不安？在文網甚密，文字獄迭興的清初，孔尚任擁有孔子六十四代孫的身分當護身符，如果清朝打算對孔尚任做任何嚴厲的處置的話，某個意義上是對代表儒家的符號（象徵？）宣戰，所以除非忍無可忍，清廷應該不會對他率意出手，而會儘量寬容相待。相信孔尚任也知道份際所在，所以他選擇南明覆亡這個極度敏感的題材寫作劇本，寫作時一定小心翼翼，遊走在邊緣，而不越過危險的界線。因此在《桃花扇》試一齣〈先聲〉中，老贊禮口稱聖世，列述祥瑞一十二種[16]；全劇未曾出現清或清朝字樣，為避免處理清軍上場或與清廷有關的事件，更不惜更動歷史事實，或史實發生的年月，甚至引發日後研究者針對孔尚任面對明清兩朝態度的討論。雖然孔尚任在《桃花扇·先聲》強調「實事實人，有憑有據」[17]，但根據實事實人改寫成劇本之時，除了因應藝術創作必不可免的虛構、增刪、點染之外，面對政治現實的避忌卻也不免「世事含糊八九件，人情遮蓋兩三分」[18]了。

　　本文關注的是：雖然清廷曾於入關後，安葬、祭奠崇禎皇帝，一方面安百姓之心，一方面聲明入關的正當性——是為剿平以李自成為首的流寇，替明朝臣民報君父之仇；但崇禎畢竟是前

15　同前註。

16　同註6。

17　同註6。

18　參見《桃花扇·孤吟》，見孔尚任，《桃花扇》卷3，頁133。

朝故帝，清廷祭奠，有其政策上的考量，民間若欲舉行盛大祭典，那恐怕就有心懷故國、抗拒新朝的嫌疑了。在這麼敏感的時空狀態中，為什麼孔尚任卻不避忌諱，在劇中一而再、再而三的提到崇禎皇帝，甚至在四十齣〈入道〉，安排盛大的中元水陸法會，修齋追薦，而清廷也不曾對此段演出提出任何警告或處置的反應。筆者認為，如果從儀典的角度切入，也許可以進一步思考，劇中祭祀崇禎的場景，甚至整部《桃花扇》，對作者孔尚任和當時觀眾所產生的救贖意義。

二

　　孔尚任面對「寫作」一事，自覺意識極為強烈，他創作《桃花扇》，一方面是想借戲曲省思明代亡國之慟；另一方面則清楚的意識到（並強調）寫作的過程，不但在劇本外的小引、小識、凡例、本末……等，分析自己的寫作手法，同時還將自己寫進戲中，以劇中人物發言，出入劇本內外，省思「寫作」本身。換句話說，孔尚任在《桃花扇》一劇中，根據戲中老贊禮的敘事觀點，跳躍於典型作者和經驗作者[19]的雙重身分之間，形成某種程度的後設書寫。本節擬從劇本體例、作者如何化身為老贊禮將自身置入戲中，及小引、小識等「劇本說明」三個點切入，嘗試追尋無所不在的作者身影。

　　一般來說，傳奇作家除了從劇情內容和人物曲白，呈現自己

19　典型作者與經驗作者的相關論述，見安貝托‧艾柯（Umberto Eco）著，黃寤蘭譯，《悠遊小說林》。台北：時報文化出版公司，2000年。

的寫作意圖和觀點之外，也每每在全劇第一齣家門，借開場的
副末之口，抒發作者作劇的立場和主張[20]。如《琵琶記》首齣中
【水調歌頭】「不關風化體，縱好也徒然。論傳奇，樂人易，
動人難。」等句，或《牡丹亭・標目》的【蝶戀花】[21]，《長生
殿・傳概》的【滿江紅】[22]，都是大家耳熟能詳、經常引述、以
見作者襟次的例子。而傳奇篇幅較長，往往分成上下兩部，「上
半部之末，暫攝情形，略收鑼鼓，名為小收煞。」，「全本收
場，名為大收煞。」[23]孔尚任寫《桃花扇》，不只依循舊例，在
首齣家門直抒作者胸臆，尚且自我作祖，在全劇之首、上半部結
束後、下半部開場前，及全劇終了後，都各加一齣，所謂：

> 全本四十齣，其上本首試一齣，末閏一齣，下本首加一
> 齣，末續一齣，又全本四十齣之始終條理也。[24]

20　有關家門中如何借副末所唱詞牌，概括本事及虛籠作者大意，參見清
　　徽師對家門的論述，見張敬，〈傳奇結構的程序〉，《明清傳奇導
　　論》。台北：華正書局，1986年，頁142-148。

21　【蝶戀花】「忙處拋人閒處住，百計思量，沒箇為歡處。白日消磨腸
　　斷句，世間只有情難訴。　玉茗堂前朝復暮，紅燭迎人，俊得江山助。
　　但是相思莫相負，牡丹亭上三生路。」，見湯顯祖，《牡丹亭・標
　　目》。台北：華正書局，1979年，頁1。

22　【滿江紅】「今古情場，問誰個真心到底？但果有精誠不散，終成連
　　理。萬古何愁南共北，兩心那論生和死。笑人間兒女悵緣慳，無情
　　耳。　感金石，回天地，昭白日，垂青史。看臣忠子孝，總由情至。先
　　聖不曾刪鄭衛，吾儕取義翻宮徵，借太真外傳譜新詞，情而已。」，
　　見洪昇，《長生殿・傳概》。台北：西南書局，1975年，頁1。

23　大小收煞，參見清代李漁，《閒情偶寄・詞曲部》卷3，《閒情偶
　　寄》。台北：長安出版社，1975年，頁63-64。

24　參見《桃花扇・凡例》，見孔尚任，《桃花扇》，頁13。

也就是說，傳奇舊例，第一齣家門由副末開場，不論概括劇情或抒發作者胸臆，都不屬於正式的情節關目，全劇故事情節，例由第二齣開始。《桃花扇》則將家門擯除在四十齣之外，另名為「試一齣」，以往情節開始的第二齣改稱第一齣，是則，《桃花扇》是由完整情節的四十齣和外加的四齣（試一齣〈先聲〉、閏二十齣〈閒話〉、加二十一齣〈孤吟〉、續四十齣〈餘韻〉。）兩個部分構成。這樣的安排，歷來論者意見不一，如梁廷枬《曲話》云：

> ……且既以〈媚座〉為二十一折矣，復加入〈孤吟〉一折，其詞意猶之「家門大意」，是為蛇足，總屬閒文。[25]

梁啟超則認為：

> 《桃花扇》卷首之〈先聲〉一齣，卷末之〈餘韻〉一齣，皆云亭創格。前此所未有，亦後人所不能學也。一部極悽慘，極哀怨，極忙亂之書，而以極太平起，以極閒靜，極空曠結，真有華嚴鏡影之觀。非有道之士，不能做此結構。[26]

筆者興味所在，則是孔尚任既要獨創一格，那他如何來寫這四齣呢？

　　試一齣〈先聲〉的寫作形式和其他傳奇的首齣家門差別不

25　見梁廷枬，《曲話》，《中國古典戲曲論著集成》冊8。北京：中國戲劇出版社，1982年，頁271。

26　同註11。

大，也是兩支詞牌（【蝶戀花】，【滿庭芳】），夾著道白，後接下場詩，末了則以傳奇慣套「道猶未了，那公子早已登場，列位請看。」[27]作結。值得注意的是道白中：

> 更可喜把老夫衰態，也拉上了排場，做了一個副末腳色，惹的俺哭一回，笑一回，怒一回，罵一回。那滿座賓客。怎曉得我老夫就是戲中之人！[28]

數語，點明開場副末也是劇中人物「南京太常寺一個贊禮」[29]，這種直接由劇中人物擔任開場的安排，是孔尚任的得意之筆，也是孔尚任刻意將作者自身置入劇中，下文會再討論。而《桃花扇》的上下場詩，由孔尚任依劇情自行創作，不再如之前傳奇採取集唐方式，《桃花扇・凡例》已然說的極為明白：

> 上下場詩，乃一齣之始終條理，倘用舊句、俗句。草草塞責，全齣削色矣。時本多尚集唐，亦屬濫套。今俱創為新詩，起則有端，收則有緒，著往飾歸之義，彷彿可追也。[30]

事實上，作者自行創作上下場詩，的確更能體貼劇情氛圍，也展現了孔尚任的詩才，更重要的是，孔尚任借下場詩對每一齣的情節做總結式的評點，猶如史家贊語褒貶，也是他「作者寫作自覺」的表徵。以這四齣的下場詩為例，〈先聲〉是七言四句、

27　同註6，頁2。
28　同註6。
29　同註6。
30　同註24。

〈閒話〉是五言八句、〈孤吟〉是五言四句、〈餘韻〉是七言八句，各不相同，顯然是有意區分。

　　閏二十齣〈閒話〉，在上半部結束，小收煞小結穴之後，有總結北朝亡國之意，由前錦衣衛堂官張薇擔任主要角色。全齣寫官人張薇、山人藍瑛、賈客蔡益所三人於七月十五日往南京的路上相逢，結伴夜宿村店，荳棚閒話。張薇敘說崇禎帝后死後殯葬情況，以及朝中文武或殉身死節，或厚顏乞降種種光景。當夜，為中元赦罪之期，張薇窺見陣亡將士鬼魂往赴盂蘭盆會，及細樂儀仗引導崇禎帝后、殉難忠臣超昇天界，於是「下官今日發一願心，要到明年七月十五日，在南京勝境，募建水陸道場，修齋追薦，並脫度一切冤魂。」，預告了全劇的結局，也為四十齣〈入道〉預留地步。本齣未唱一支曲子，純以道白演出。

　　加二十一齣〈孤吟〉，是下半部的家門，唱完【天下樂】後，依例間以道白與後房子弟對答，並做評論：

> 演的快意，演的傷心，無端笑哈哈，不覺淚紛紛。司馬遷作史筆，東方朔場上人。只怕世事含糊八九件，人情遮蓋兩三分。[31]

不同的是，雖是家門的作用，卻不是慣常家門的形式，本齣不是由一或兩支詞牌加道白構成，而是由副末扮演的老贊禮唱【天下樂】、【甘州歌】四支、【餘文】曲套，以詞情、音樂哀婉沈痛的抒情唱段，見「云亭詞客，閣筆幾度酸心。」[32]

31　同註18。
32　同註18，頁134。

　　續四十齣〈餘韻〉，繼〈閒話〉豈棚閒話，由老贊禮、柳敬亭、蘇崑生三人漁樵話興亡，總結北朝南明之亡，更進而感知世法無常，興亡皆幻，所謂「江山江山，一忙一閒，誰贏誰輸，兩鬢皆斑。」[33]本齣演唱巫腔【問蒼天】、彈詞【秣陵秋】、北曲套曲【哀江南】，形式新穎，情采蒼涼[34]，是以王國維云「故吾國之文學中，其具厭世解脫之精神者，僅有《桃花扇》與《紅樓夢》耳。」[35]前文提及，孔尚任在這四齣的下場詩採取了完全不同的形式，在音樂上也同樣區分開來，〈餘韻〉使用巫腔、彈詞和北套，有別於〈先聲〉的詞牌、〈閒話〉的全齣道白、〈孤吟〉的南套，面目各各不同。更何況《桃花扇》不只是案頭文本，也是場上之曲，在情節故事結束、戲劇動作停止後，又續上專為作者抒情發議的〈餘韻〉，若要吸引住觀眾，除了內容文詞，音樂上也必須別開生面；而其唱段由「問蒼天」至「秣陵秋」、「哀江南」，題名文字已有明顯寓意，情懷更是慷慨悲涼，可謂「殘山夢最真，舊境丟難掉，不信這輿圖換稿。謅一套哀江南，放悲聲唱到老。」[36]再者，老贊禮為〈試一齣先聲〉開場，總起全劇；柳敬亭為〈第一齣聽稗〉重要人物，以聽其說書為由，引出男主角侯朝宗等復社人物，其所說鼓詞內容，又暗示

33　參見《桃花扇・餘韻》，見孔尚任，《桃花扇》卷4，頁255。

34　本文就現存《桃花扇》文本討論，至於有關【哀江南】曲套作者爭議，請參見廖玉蕙，〈《桃花扇》借用曲的觀察〉，《細說桃花扇──思想與情愛》。台北：三民書局，1997年，頁16-31。本文不再討論。

35　王國維，〈紅樓夢評論〉，《紅樓夢藝術論》。台北：里仁書局，1984年，頁13。

36　同註33，頁260。

了國破家亡，「暗紅塵霏時雪亮，熱春光一陣冰涼」的終局；蘇崑生為〈第二齣傳歌〉重要人物，以其教傳《牡丹亭》為由，引出女主角李香君等秦淮佳麗，及處於灰色地帶的人物楊龍友，而傳歌所唱之曲，也預示了「原來姹紫嫣紅開遍，似這般都付與斷井頹垣。」；〈餘韻〉由蘇、柳、老贊禮三人作結，首尾完備。至於這四齣的抒情特質，以及內容提到和崇禎有關部分，將在三、四節再行討論。

《桃花扇》體例的創新之處，除了前文討論的正戲外另加四齣，及自行創作下場詩外，並在每齣標目之下註明年月。前文曾云，孔尚任雖自詡依史實作劇，但戲中事件年月也有與史實不相合處，這是作者因藝術或政治現實的緣故，點染虛構，並不在本文討論的範圍。本文所要提出的，是〈先聲〉（含〈孤吟〉）與〈餘韻〉的年月。《桃花扇》的年月安排是〈試一齣先聲〉繫於康熙甲子八月，〈第一齣聽稗〉倒敘跳回崇禎癸未二月，然後時間順著走，甲申、乙酉，月份也依序而寫。〈閏二十齣閒話〉是甲申七月，〈孤吟〉是下半部家門，所以回到〈先聲〉的甲子八月（以下只論〈先聲〉，自是兼含〈孤吟〉，不再另外標舉），〈第二十一齣媚座〉時間承接〈閒話〉，為甲申十月，以下再度依序前進，至〈四十齣入道〉為乙酉七月，〈續四十齣餘韻〉則繫年跳接（順治）戊子九月。

★試一齣先聲	（康熙）甲子八月	1684
第一齣聽稗	（崇禎）癸未二月	1643
……		

第十三齣哭主	甲申三月	1644
……		
第二十齣移防	甲申六月	1644
★閏二十齣閒話	甲申七月	1644
★加二十一齣孤吟	（康熙）甲子八月	1684
第二十一齣媚座	甲申十月	1644
……		
第二十四齣罵筵	乙酉正月	1645
第四十齣入道	乙酉七月	1645
★續四十齣餘韻	（順治）戊子九月	1648

也就是說，正戲發展是依時間座標前進，並沒有跳躍或特殊安排，而〈先聲〉、〈餘韻〉的年月想必另有深意存焉。〈先聲〉的康熙甲子，是康熙二十三年，西元1684年，是年康熙南巡，回程至山東曲阜祭孔，孔尚任被薦舉筵前講經，其後被任命為國子監博士，是孔尚任出仕之年。〈餘韻〉的順治戊子，是順治五年，西元1648年，是孔尚任出生之年，而〈餘韻〉一齣老贊禮演唱巫腔時，特別點明日期，「新曆數，順治朝，歲在戊子；九月秋，十七日，嘉會良時。」（【問蒼天】）[37]，這一天是福德星君的生日，「今乃戊子年九月十七日，是福德星君降生之辰。」，也是戲中老贊禮的生日，「我與爾，較生辰，同月同日。」（【問蒼天】）[38]，更是孔尚任的生日[39]。由此即可看出孔

37　同註33，頁256。

38　同註37。

39　同註2。

尚任是如何希望將身為作者的自己，與自身的作品綰合在一起。而不但戲中關目年月，與自身生活事件相牽連，還化身變形，潛入劇中。先是提出一個虛擬的作者云亭山人。〈先聲〉、〈孤吟〉兩齣家門都直指《桃花扇》是云亭山人所作[40]，但這位在1684年在南京太平園演出新出傳奇《桃花扇》的云亭山人，和現實生活中在1684年從山東曲阜出仕為官，1699年寫成《桃花扇》的云亭山人孔尚任，從邏輯上來看，是兩個不同的人，一個是戲中虛擬的劇本作者，一個是現實中寫作劇本的作者，這種似真似假的雙重身分，已經造成詭奇的魅力。猶有甚者，又創造了老贊禮這個人物。

在〈先聲〉、〈孤吟〉中都提到云亭山人作劇，也提到老贊禮前往觀劇，但以非常謹慎的筆法，迴避了云亭山人和老贊禮的關係，當老贊禮提到云亭山人時，好像在講另一個人，但現實生活中的作者又唯恐觀眾不能聯想，遂又不斷暗示其間關聯，除前文老贊禮和現實生活中的作者孔尚任同一天生日，還強調老贊禮是儒家世傳的「贊禮」，戲中的作者云亭山人也是儒家世傳的「有褒有貶，作春秋必賴祖傳；可詠可歌，正雅頌豈無庭訓。」。開場的副末作為現實生活中的作者的代言人，本是劇作家慣技，如今加入一位戲中的作者，又增添了複雜性，更何況這位副末扮演的老贊禮直接進入戲中，有時承接劇情，有時評點感慨，如此堅決的要將作者置入作品之中，為作品發言，即使

40　參見《桃花扇·先聲》，見孔尚任，《桃花扇》卷1，頁12；《桃花扇·孤吟》，見孔尚任，《桃花扇》卷3，頁134。

羅蘭・巴特[41]提出「作者已死」，試圖將作者與文本分開，面對
《桃花扇》，恐怕也將不免多所沈吟，閃現無可奈何的笑意，遙
請艾柯[42]出面吧。

　　老贊禮出現在《桃花扇》裡，一共八齣，包括〈試一齣先
聲〉、〈第三齣鬨丁〉、〈加一齣孤吟〉、〈三十二齣拜壇〉、
〈三十八齣沈江〉、〈三十九齣棲真〉、〈四十齣入道〉、〈續
四十齣餘韻〉。〈先聲〉、〈孤吟〉、〈餘韻〉，前已論及，
〈鬨丁〉[43]一齣一方面介紹人物，一方面交代文士與阮大鋮的衝
突，若非作者是孔尚任，相同情節也可能安排在其他場景，不一
定會在孔廟發生，於此再度見到孔尚任時時不忘綰合作者與作品
間的關係，既然細寫仲春丁期祭孔之事，自是孔氏家門本色，老
贊禮理當在場。〈拜壇〉寫崇禎週年祭日，百官在太平門外設壇
拜祭，除史可法大哭外，馬士英、阮大鋮等人關心的是「今日結
了崇禎舊局，明日恭請聖上臨御正殿，我們『一朝天子一朝臣』
了。」，至於面對北（清）兵和左良玉等諸將的態度，則是「大
將軍烈烈轟轟，寧可扣北兵之馬，不可試南賊之刀。」，也莫
怪乎北兵渡淮，唯史可法沈江[44]，朝中君逃相走，黎民無所安。

41　Roland Barthes（1915-1980），法國文學理論家，論著包括《寫作的零
　　度》、《批評的真實》、《神話學》…等，並提出「作者已死」的論
　　述。

42　同註19。

43　以下論述，介紹情節，引用劇中曲白，皆以《桃花扇》劇本各齣為
　　據，不一一註明。

44　史可法死難日期，以及是否沈江而亡，論列甚多，要之，實為孔尚任
　　一來避忌論評清軍行止，二來藝術上以沈江之悲壯表彰史可法氣節，
　　改寫史實之筆。本文不再細論，請參見孔尚任，《桃花扇・考據》，

〈沈江〉寫揚州城破，史可法投江而死，「累死英雄，到此日看江山換主，無可留戀。」，老贊禮目睹其事，在一旁做了見證，與眾人一同拜祭，並收拾史可法衣冠，至梅花嶺設了衣冠冢。〈棲真〉、〈入道〉老贊禮與柳敬亭引侯朝宗到張薇主持的追薦經壇，在法會中與蘇崑生、李香君相會，眾人紛紛入道修行，唯柳敬亭入山砍樵，蘇崑生溪邊捕魚，老贊禮隱居燕子磯畔，三人時相往來，後接〈餘韻〉一齣情節。這幾齣戲老贊禮均為旁觀者，所謂「不但耳聞，皆曾眼見」[45]，日後觀劇，正如〈孤吟〉之下場詩「當年真是戲，今日戲如真；兩度旁觀者，天留冷眼人。」。

　　劇作家在家門中自抒胸臆之外，意有未盡，也會藉題詞或自序、例言等，再三申明[46]，但未有如《桃花扇》安排如此縝密，一一道來的。這也是孔尚任不能已於情，深怕讀者不能知其寫作苦心，遂逐一臚列，欲把金針度人。在此，僅稍作介紹，領略其苦心孤詣。

　　〈小引〉先確認傳奇最宜「警世易俗，贊聖道而輔王化」，而《桃花扇》一劇，觀之可「知三百年之基業，隳於何人？敗於何事？消於何年？歇於何地？不獨令觀者感慨涕零，亦可懲創人心，為末世之一救也。」，進而申言，此劇是他未仕之時苦心作成，竟無人賞鑒，頗有藏諸名山，傳諸久遠之歎。〈小識〉則說

及舒翼，〈史可法揚州死難考〉，《光明日報》史學雙週170號。
45　同註6。
46　如湯顯祖《牡丹亭‧作者題詞》「……情不知所起，一往而深……」，即是最有名的例子。參見湯顯祖，《牡丹亭》。台北：華正書局，1979年，頁1。

明《桃花扇》既是傳奇，其奇何在？為何可傳？〈本末〉條列其作劇緣起，寫作經過，及完稿後演出、傳鈔、評點、梓刻的盛況。〈凡例〉列述寫作技巧的種種要項，正名體例、結構排場、曲套宮調、曲文賓白、角色分派、道具運用，無不交代得清楚明白。最特別的是〈考據〉部分，恐怕是最早列出引用書目的中國戲曲劇本吧，一方面是強調其「確考時地，全無假借」，一方面也指出無一事無來歷，皆有所本，並非自己杜撰，在文網嚴密的當時，不無先留餘地，以避禍災之意。〈綱領〉將全劇主要人物，分成左右、奇偶、經緯諸部，獨出機杼，別具一格。當然，本文在意的並不是這些〈小引〉〈小識〉等的內容，而是他在劇本之外，又寫了如此詳明的「劇本說明」，他對自己作品的在意，拳拳懇懇，令人動容也令人歎息。

三

　　中國戲曲原本就是流行於民間的敘事傳統與存在於文人詩文中的抒情傳統的結合[47]，本節要討論的是《桃花扇》一劇在敘事[48]與抒情之間的擺盪和選擇。

　　所謂「抒情」，筆者使用這個詞，不單單是指「抒發感情」，而是有一定定義的。自從陳世驤先生標舉出「中國的抒

47　參見陳芳英，〈市井文化與抒情傳統的新結合──古典戲劇〉，《中國文化新論文學篇二──意象的流變》。台北：聯經出版事業公司，1982年，頁529-586。

48　此處所謂敘事，指的是和抒情美典相對的敘事本質，而非傳奇的敘事程式。有關傳奇敘事程式的討論，可參見林鶴宜，〈論明清傳奇敘事的程式性〉，《規律與變異──明清戲曲學辨疑》。台北：里仁書局，2003年，頁63-125。

情傳統」[49]的論題之後，高友工先生「中國抒情美典」[50]的論述，不論課堂講授，或其後著為文章，對海峽兩岸及海外漢學界文學理論的研究，影響至鉅；流風所及，諸家著作迭出[51]。筆者對抒情美典的引用，以高友工的論述為據而略加斟酌。簡要一點說，抒情美典的四個要項是內化（internalization）、象意（symbolization）、自我，和當下。換句話講，我們面對外界的種種，有所感知，經過內化的過程，以象意的符號呈現出來，重點是，呈現之際，必須與當下和自我結合，也就是說在呈現那一刻，時間是定格凝止的，轉而成為在固定的空間迴盪回顧。以《牡丹亭》為例，〈驚夢〉一齣不論是遊園的段落，或是驚夢的段落，戲劇動作停止，只有杜麗娘情思反覆，藉音樂、曲白、身段，深化也昇華自己（同時也是湯顯祖）的情感，屬於抒情的場

49　陳世驤，〈中國的抒情傳統〉，《陳世驤文存》。台北：志文出版社，1972年，頁31-37。

50　Yu-Kung Kao, "Chinese Lyric Aesthetics" in Alfreda Murck & Wen C. Fong, ed., *Words and Images*. Princeton: Princeton University Press,1991, pp.47-90；高友工著，張輝譯，〈中國抒情美學〉，《北美中國古典文學研究名家十年文選》。南京：江蘇人民文學出版社，1996年，頁1-62。

51　參見蔡英俊，〈抒情精神與抒情傳統〉，《中國文化新論文學篇一——抒情的境界》。台北：聯經出版事業公司，1982年，頁67-110；陳芳英，〈市井文化與抒情傳統的新結合——古典戲劇〉，《中國文化新論文學篇二——意象的流變》。台北：聯經出版事業公司，1982年，頁529-586；呂正惠，《抒情傳統與政治現實》。台北：大安出版社，1989年；張淑香，《抒情傳統的省思與探索》。台北：大安出版社，1992年；蕭馳，《中國抒情傳統》。台北：允晨出版社，1999年；孫康宜著，鍾振振譯，《抒情與描寫——六朝詩歌概論》。台北：允晨出版社，2001年。

次。〈婚走〉雖有大量的唱腔，但重點在情節的鋪敘推動，戲劇動作正在進行，屬於敘事的場次。所以當然不是凡唱皆屬抒情，更不是唱的多就是抒情，以西方歌劇勉強相擬，詠歎調是抒情的唱，宣敘調是敘事的唱。

　　誠如王國維指出戲曲合歌舞以演故事，由演員所扮演的人物，以歌舞的方式，配合各種劇場元素，演出故事。不論廣義或狹義的歌舞都是手段，音樂及舞臺布景燈光服裝等種種劇場元素，也都是手段，屬於how的部分；由演員為中介，演出故事；故事，也就是劇本內容，是what的部分。在劇場看戲，如果「只」看到別出心裁的舞臺形製、眩惑的布景燈光服裝化妝、新穎的音樂設計、精到的歌舞表演，但看不見人物，也沒有動人的劇情，那麼觀眾在驚歎連連，眼花撩亂之餘，總不免悵然覺得有所不足。而在一定的時間範圍內，要完整的呈現，而且以最好的方式呈現劇情，那麼情節關目、排場結構的安排，就非常重要了。元雜劇篇幅尚短，劇人之劇固然會注意敘事的緊湊、轉折、變化，文人之劇則往往還著重在詩文傳統的寫作方式。明傳奇已轉為長篇鉅製，若不「立主腦」、「密針線」、「減頭緒」[52]，則將漫漶不可收拾。對戲曲寫作的論述，一開始不是從文學角度切入，就是從格律角度切入，直到劇本已發展到不得不重視結構的時候，論者才慢慢開始注意到這個問題，之後兩位重要的劇論家，王驥德和李漁，分別在他們的論著《曲律》和《閒情偶寄》

52　立主腦，密針線，減頭緒，均為李漁在《閒情偶寄・詞曲部・結構第一》的討論重點，參見清代李漁，《閒情偶寄・詞曲部》卷3，《閒情偶寄》。台北，長安出版社，1975年，頁3-66。

有系統的談到戲劇作為戲劇，而不是詩詞曲的別支的特質，對戲曲寫作的探討，才算完整。

《桃花扇》關目排場的設計極為精彩，幾乎是接近炫技（寫作之技）表演的示範典例，不論劇情、人物、演出（包括曲文、賓白、音樂、科諢、動作），一段緊接一段，一齣追著一齣，埋伏照應，真是精彩華麗的「織品」[53]，閱讀時痛快至極，尤其是在他費心經營處著眼，探得驪珠，往往驚詫其神思之妙、用心之深，不免莞爾失笑，頷首致敬。如果一氣呵成讀完全劇，總覺得像看一部波瀾壯闊的史詩電影，正如林鶴宜所稱「《桃花扇》的成就在於凸出的表現了戲曲敘事文學的詩史本質[54]。」[55]。孔尚任〈凡例〉自稱「排場有起伏轉折，俱獨闢境界；突如而來，倏然而去，令觀者不能預擬其局面。」、「每齣脈絡連貫，不可更移，不可減少。」，洵非過當。

但是，就如同李曉探討古典戲曲結構時指出的，古典戲劇的高潮「不一定是戲劇衝突的『高潮』，而大多是揭示人物內心動作

53　此處所謂「織品」，是引用班雅明（Walter Benjamin）討論普魯斯特作品時的論述和意涵，參見班雅明著，林志明譯，〈普魯斯特的形象〉，《說故事的人》。台北：台灣攝影工作室，1998年，頁142-165。

54　筆者前文所用「史詩電影」一詞，史詩確指epic 及其意涵，與此處討論中國文學（如杜甫的某些詩作）常用的「詩史」不同，唯《桃花扇》可由史詩角度探討，也可由詩史角度探討，故文本中不另作說明。

55　參見林鶴宜，〈清初傳奇「戲劇本質」認知的移轉和「敘事程式」的變形〉，《規律與變異——明清戲曲學辨疑》。台北：里仁書局，2003年，頁153。

帶有強烈抒情性的重點場面。」[56]，「高潮的過程，又不是牽一髮而動全身的交叉的戲劇衝突。」。《桃花扇》營造的是編織縝密完美、牽一髮而動全身的敘事架構，而其各齣之中的寫作，卻又仍然以敘事、推動劇情為主要目的，忽略了「揭示人物內心動作帶有強烈抒情性的重點場面」，強調戲劇動作，忽略內心動作，遂使《桃花扇》在敘事與抒情的座標中，有傾斜失衡的狀況發生。

　　為了免於被誤讀，筆者在此換個方式再度說明。前文所云，《桃花扇》是「編織縝密完美、牽一髮而動全身的敘事架構」，並不是說《桃花扇》的寫作有問題，這當然是《桃花扇》的傑出成就之一；問題在於，在如此精彩的結構中，每一齣之「內」的寫作，有抒情／敘事的失衡現象。傳奇屬於詩文傳統的創作類型，而詩有抒情詩和敘事詩，如果強化敘事詩的份量而減少抒情詩的特質，其形成的風格、美典，在不同載體，如電影，或以道白為主的戲劇中，是沒有問題的；但在必須兼具強烈抒情特質的傳統戲曲中，閱聽者內心噴薄而出的情感並未得到紓解、反省，或沈澱，掩卷之際，或離開劇場之時，則是留有遺憾的。

　　我們不妨先檢視《桃花扇》正戲的前十齣。

第一齣聽稗　侯朝宗與陳貞慧、吳應箕欲往冶城道院賞梅，因徐
　　　　　　公子請客看花佔滿道院，轉至柳敬亭處聽說書。

　　　　　　【戀芳春】侯朝宗上場引曲，【懶畫眉】四支，前
　　　　　　三支為眾人行路所唱，尋常寫景，並未涉及個人胸

56　參見李曉，《比較研究：古劇結構原理》。北京：中國戲劇出版社，
　　1986年，頁27-30。

襟抱負。第四支為柳敬亭所唱，借境寫情，是本齣較有抒情意味之詞，但也並不深刻。曲曰：「廢院枯松靠著頹牆，春雨如絲宮草香，六朝興廢怕思量。鼓板輕輕放，沾淚說書兒女腸。」，之後柳敬亭唱【鼓詞】五支，且說且唱，為全齣重點所在，所佔篇幅也最多。【解三酲】侯、陳、吳聽罷說書所唱評論之曲。

第二齣傳歌　楊龍友往訪李貞麗，受邀至貞麗女兒小樓，見四壁皆是名家題詠，遂畫墨蘭於藍瑛所畫拳石之畔，並替貞麗女取號為香君，樓名為媚香。此時蘇崑生前來教唱《牡丹亭》，龍友答應推介侯朝宗梳攏香君。

【秋夜月】兩支，分別為貞麗、香君上場引曲。

【梧桐樹】兩支，一為龍友畫蘭所唱，一為貞麗鼓勵香君學歌。香君接唱《牡丹亭》【皂羅袍】、【好姐姐】兩曲。【瑣窗寒】龍友答應推介侯朝宗。

第三齣鬨丁　孔廟仲春丁祭，文士齊集，阮大鋮混入其間也想與祭，被發現，遭文士們痛打一頓。

【粉蝶兒】國子監祭酒、司業上場引曲。【四園春】吳應箕、眾監生、阮大鋮上場引曲。【泣顏回】兩支，一為眾人跪拜時所唱；一為禮畢所唱。

【千秋歲】兩支，一為眾人責罵阮大鋮；一為阮大鋮辯解。【越恁好】眾人責打阮，並拔其鬍子。

【紅繡鞋】阮逃跑。【尾聲】眾唱。

第四齣偵戲　阮被痛打之後，正在家中思考將來該如何應對，陳貞慧送帖借戲，阮喜出望外，命家班準備上好行頭，趕往陳宴客筵前演出《燕子箋》，並派人竊聽席間眾人議論。這時楊龍友來訪，與阮小飲，聽到竊聽之人回報：公子們讚賞《燕子箋》，痛罵阮大鋮；阮聽後甚是氣悶。龍友建議阮替侯朝宗出梳攏香君之資，討侯歡心，再請他在文友間代為化解。

【雙勸酒】阮大鋮上場引曲。【步步嬌】阮尋思有沒有什麼方法可結識眾公子。【風入松】兩支，一為龍友到阮家，欣賞阮家建築布置；一為龍友讀《燕子箋》劇本。【急三鎗】回報之人轉述眾公子讚美演出。【風入松】阮聽了轉述極為得意。【急三鎗】回報之人轉述眾公子大罵阮大鋮。【風入松】阮聽後，大為氣悶。

第五齣訪翠　因楊龍友盛讚香君，侯朝宗想趁清明佳節到秦淮舊院拜訪，路逢柳敬亭，一同前往，結果貞麗、香君都到卞玉京家做盒子會去了。柳說明盒子會是什麼後，兩人到玉京樓下賞鑒，龍友、崑生也都在場。侯、李初次相見，都有好感。龍友表示願代備妝奩酒席，約定三月十五日梳攏香君。

【緱山月】朝宗上場引曲。【錦纏道】朝宗路逢柳敬亭，一同前往秦淮舊院。【朱奴剔銀燈】柳說明盒子會。【鴈過聲】朝宗在玉京樓下所唱。至於

侯、李初見，及盒子會過程，都以道白演出。【小桃紅】朝宗感謝龍友安排梳攏事宜。

侯、李初見，本可安排抒情唱段，但孔尚任在意的是情節的進行，而不是兩人的心情，於是只以道白帶過。

第六齣眠香　楊龍友備好妝奩酒席送到媚香樓，朝宗隨後到來。丁繼之、沈公憲、張燕筑、卞玉京、寇白門、鄭妥娘等樂人，受龍友之託前來奏樂演歌。朝宗以宮扇一柄，題贈香君，作為訂盟之物。

【臨江仙】李貞麗上場引曲。【一枝花】楊龍友送梳攏之物到。其後侯朝宗到，眾樂人到，吹打十番，都以道白演出。【梁州序】兩支，一支朝宗唱，一支香君唱，在眾人吹彈聲中飲酒，曲文主要描寫當時場面，而非內心情懷。【節節高】兩支，一支朝宗、香君在眾人吹彈聲中飲酒，二人合唱；一支眾人合唱。【尾聲】眾人合唱。

這是熱鬧的場面，不是深情的場面，也沒有機會特別安排情唱段。

第七齣卻奩　侯、李成親次日，楊龍友到媚香樓賀喜，觀賞宮扇詩句。侯李對龍友資助金錢一事表示謝意，龍友說明費用兩百餘金，都是阮大鋮所出，阮實非魏黨，請朝宗諒察其情，代為向東林、復社分辯，侯隨即應允。這時香君脫衣卻奩，說「他人攻之，官人救之，官人自處於何等也？」，朝宗被其剛烈氣性感

動，拒絕代阮分解。

【夜行船】楊龍友上場引曲。【步步嬌】貞麗前往催侯、李起床，龍友留在場上所唱之曲。【沈醉東風】侯、李上場合唱之曲。【園林好】龍友看完宮扇所唱。【江兒水】貞麗感謝龍友幫襯之情。【五供養】龍友說明一切費用皆出阮大鍼之手。【川撥棹】兩支，一為香君拔簪脫衣時唱；一為朝宗考慮不宜幫助阮大鍼。【尾聲】貞麗可惜許多箱籠，已然到手又要退回。

本齣是全劇重要關目，尤其是非常突出的刻畫了李香君的性格，但香君全齣只唱了一支【川撥棹】，曲曰：「不思想，把話兒輕易講。要與他消釋災殃，要與他消釋災殃，也隄防旁人短長。脫裙衫，窮不妨；布荊人，名自香。」，原本可以運用唱腔來強化香君卻奩一事，但顯然孔尚任無意於此。

第八齣鬧榭　端陽慶節，陳貞慧、吳應箕、侯朝宗、李香君、柳敬亭、蘇崑生同到丁繼之水榭遊賞燈船，為免有人打攪，掛上「復社會文，閒人免進」燈籠。阮大鍼燈船經過，見此燈籠，怕再起爭執，歇了笙歌，滅了燈火，悄然離開。

【金雞叫】陳貞慧、吳應箕上場引曲。【八聲甘州】陳、吳遙見侯、李燈船所唱。【排歌】侯、李登上水榭。【八聲甘州】陳、吳、侯、李、柳、蘇飲酒所唱。【排歌】柳、蘇敬侯、李酒。【餘文】

侯、李、柳、蘇下船合唱。

第九齣撫兵　左良玉鎮守武昌，但朝廷糧餉不足，飢兵鼓譟，左良玉再三撫慰，軍心仍未能平，只好同意撤兵漢口，就食南京。

全齣為北曲。【點絳唇】軍士上場引曲。以下為北套，【粉蝶兒】、【石榴花】、【上小樓】、【黃龍犯】、【尾聲】，左良玉一人獨唱。

第十齣修札　侯朝宗到柳敬亭處，正想聽柳說書，楊龍友來尋朝宗，告以左良玉領兵東下，將到南京，恐屆時人心震動。因朝宗之父為左良玉恩師，時間緊急，勸朝宗代父修書，勸阻良玉。朝宗寫信，柳敬亭自願送信。

【一封書】朝宗代父修書時唱。【北鬥鵪鶉】柳敬亭唱，自願送信。【紫花兒序】柳敬亭唱，表明自己有說服左良玉的信心。【尾聲】侯朝宗唱，期望柳敬亭此行可以達成任務。

以上已是全劇的四分之一，除第九齣外，竟沒有什麼重要的抒情唱段，而曲文唱腔都是為敘事服務的，時間不斷往前跑，事件不斷累積堆疊，卻不曾停下腳步，呈現更多的人物內心的感受或反省。侯、李的愛情在劇中本是點綴，原不是孔尚任想刻意描寫的，〈十二齣辭院〉兩人倉促分手後，再相見，就是〈四十齣入道〉了。兩人一起出現的戲，只有〈訪翠〉、〈眠香〉、〈卻奩〉、〈鬧榭〉、〈辭院〉，可說無一筆涉及深情。至於第九齣

北套也不夠淋漓盡致，這與他不願優人任意刪改，堅持「今於長折，只填八曲，短折或六或四，不令再刪」（凡例）有關。

其後三十齣的情況也差不多，曲套很少長套，多半是短套，或不成套的「濫套」，而曲也多半是敘事之曲，殊少抒情之曲。整齣以抒情為主、不在緊湊的情節結構中的，勉強算一算，大約有〈寄扇〉、〈罵筵〉、〈題畫〉、〈誓師〉、〈沈江〉、〈棲真〉，再加上〈孤吟〉、〈餘韻〉。和其他傳奇（如《牡丹亭》、《長生殿》）相較，真是不可同日而語。

前文提及《桃花扇》不論折子或全本，從乾隆至民初都甚少搬演，論者也往往認為是內容和格律的緣故。內容的原因是可以理解的，作為時事劇，寫的又是亡國之痛，演出時觀眾對戲中情事不是親見，就是耳聞，自然震動異常。時移事往，觀眾在取代劇中亡國的新朝晏安時代，願不願回顧，方便不方便回顧，都很難說。搬演全劇有礙難之處，搬演折子呢？一來孔尚任把全劇結構安排的如此緊密完整，拆開來會失掉光彩，更何況有太多內容，並不適合以折子搬演，像〈阻奸〉、〈迎駕〉、〈設朝〉、〈爭位〉、〈和戰〉……，離開全本，就沒什麼意味了。更有些簡直「不宜」搬演，像「入道」在台上公然祭奠崇禎，離開了寫作的時代，在家中或劇場演出，都是很尷尬的事吧。若是筵宴歡會，大概點戲者也不會特別點〈哭主〉、〈誓師〉、〈沈江〉。《桃花扇》到了清末民初，越過了清代，才再度被重視，也可以說是其來有自。不過除了梁啟超特別強調「《桃花扇》沈痛之調，以〈哭主〉、〈沈江〉兩齣為最。」[57]，其他戲曲、話

57　同註11。

劇，甚至電視連續劇，改編《桃花扇》時，往往不離以侯、李愛情為主軸，而少涉興亡之痛。至於格律的原因，謝麗淑〈桃花扇研究〉[58]曾一一比對，發現除數處存疑外，全劇平仄、句法、韻協，與曲譜（文字譜）不合者，僅有六十餘句，而且與律不合的地方，考查本劇同調的曲牌，也都合律，所以孔尚任並不是不懂音律。筆者認為，這和《桃花扇》不論折子或全本，多敘事之曲，少抒情之腔，有一定的關係。吳梅認為《桃花扇》「所惜者通本無耐唱之曲」[59]，也可以從這個角度來理解，因為並不是孔尚任的文采不夠好，也不是他選擇的曲牌不夠理想，而是當他寫作時，以敘事為主，抒情為次，以致於情節和曲文，都失去迴盪的餘裕，無法沈澱深化閱聽者的情感。

四

　　《桃花扇》提及崇禎皇帝的，主要有四齣，包括：〈十三齣哭主〉、〈閏二十齣閒話〉、〈三十二齣拜壇〉、〈四十齣入道〉。〈哭主〉繫年甲申三月，崇禎死訊初傳。左良玉正在黃鶴樓聽柳敬亭說書，聞報得知崇禎於三月十九日縊死于煤山樹頂，「眾望北叩頭，大哭」，左良玉「搓手跳哭」，隨即下令「大家換了白衣，對著大行皇帝在天之靈，痛哭拜盟一番」，「領眾齊拜，舉哀」，孔尚任在此安排唱【勝如花】兩支，聲腔悲涼，

58　參見謝麗淑，〈桃花扇研究〉。台北：東吳大學中文研究所碩士論文，1985年。

59　參見吳梅，《霜厓曲跋》卷2，《新曲苑》冊3。台北：台灣中華書局，1970年，頁673。

文詞沈痛，是全劇對崇禎之死淒絕的哀悼[60]。〈閒話〉繫年甲申七月十五日，為崇禎死後第一個中元節，逃難諸人荳棚閒話時，由張薇敘述崇禎帝后死後殯殮埋葬經過，對〈哭主〉崇禎死訊後的發展做了交代。敘完之後，張薇著孝服行香哭拜。夜中，忽聞「眾鬼號呼」，起身觀看，「陣亡厲鬼跳叫」經過，又有人馬鼓樂聲，「崇禎先帝同著周皇后乘輿東行，引導的文武官員，都是殉難忠臣；前面奏著細樂，排著儀仗，像個要昇天的光景。」於是決定「明年七月十五日，在南京勝境，募建水陸道場，修齋追薦，並脫度一切冤魂。」〈拜壇〉繫年乙酉三月十九日，崇禎週年忌辰，南朝在太平門外設壇祭祀，戲中詳細呈現祭祀過程細節。〈入道〉繫年乙酉七月十五日，張薇率出家弟子蔡益所、藍瑛、眾道士，與老贊禮率村民男女，依黃籙科儀，鋪設壇場，齋供追薦，細節比拜壇更加完整，可以說是在舞臺上重現一次正式的追薦儀式。以上情節，劇中原可以虛寫、側寫帶過，孔尚任不但一寫再寫，而且是實寫、細寫。時間設定顯然也經過極為刻意的安排，分別是南方臣民初得崇禎死訊，以及兩度中元和崇禎週

60　筆者手邊沒有〈哭主〉曲譜，以《浣紗記·寄子》【勝如花】之曲唱之，慘目傷心，遂如梁任公所謂「酸淚盈盈，承睫而下」，可以想見戲成搬演之時，親歷其境的故臣遺老掩袂歔欷的情狀。下錄其文：【勝如花】「高皇帝在九京，不管亡家破鼎，那知他聖子神孫，反不如飄蓬斷梗。十七年憂國如病，呼不應天靈祖靈，調不來親兵救兵；白練無情，送君王一命。傷心煞煤山私幸，獨殉了社稷蒼生，獨殉了社稷蒼生。」。【前腔】「宮車出，廟社傾，破碎中原費整。養文臣帷幄無謀，豢武夫疆場不猛；到今日山殘水剩，對大江月明浪明，滿樓頭呼聲哭聲；這恨怎平，有皇天作證：從今後戮力奔命，報國讎早復神京，報國讎早復神京。」。見《桃花扇·哭主》，孔尚任，《桃花扇》卷2，頁88。

年忌日，場上遂有祭拜的「演出」，一次比一次盛大，到〈入道〉時，其實是將追薦儀式直接搬上舞臺，名為劇場，實為儀典，劇場與儀式在此成了奇異的結合。這四齣戲，在清初全本《桃花扇》的演出中，如果真的未經刪減，全貌演出，那麼對作者孔尚任或看戲的觀眾，以及閱讀劇本的讀者，其意義絕不只是戲，而是如本文「前言」一節所說具有救贖的意義，甚至連《桃花扇》都成為具有某種秘密意涵的象徵了。

　　人類學家通常把宗教活動稱為儀式，如涂爾幹（Emile Durkheim）就認為信仰和儀式是宗教現象的兩個基本範疇，並將儀式定義為「儀式是一些行為準則，這些準則規定在這些神聖的對象面前人怎樣行事。」[61]雖然有些儀式是個人化的，但通常更重要的是眾人集體參與的儀式，具有強烈的社會化功能。韋伯（Max Weber）就明白指出，儀式是人類尋求救贖的途徑之一[62]，喪禮應屬於積極崇拜中紀念性儀式的一種，具有贖罪的特質[63]。而當我們談到喪禮的時候「必然包括三項內涵：（一）對死者遺體的處理（葬法）；（二）送喪的儀式（喪儀）；（三）對『死後世界』的思想或信仰。」[64]

　　崇禎皇帝是在李自成攻破北京後，倉皇逃到煤山，自縊而

61　參見涂爾幹（Emile Durkheim）著，芮傳明、趙學元譯，《宗教生活的基本形式》。台北：桂冠圖書公司，1992年，頁42。

62　參見韋伯（Max Weber）著，劉援、王于文譯，《宗教社會學》。台北：桂冠圖書公司，1993年，頁217-231。

63　同註59，頁419-459。

64　參見王明珂，〈慎終追遠──歷代的喪禮〉，《中國文化新論宗教禮俗──敬天與親人》。台北：聯經出版事業公司，1982年，頁307-357。

亡的，如果他在太平盛世壽終正寢，臣民百姓的哀痛不會那麼深，而他也必定會有盛大的喪禮，和各種繁瑣的祭奠儀式。但亡國之君屍骸曝於野，後來雖然歸葬明陵，已入異朝的臣民想到國君慘死，沒能得到相稱的葬儀，又無法（也不敢）公開的為他追薦，心中的缺憾實在無可彌補。〈閒話〉一齣，張薇簡要說明了崇禎遺體的處理和喪儀，其實更增添心中無可表白的鬱悶，於是有〈入道〉一齣的中元追薦法會。「法會是依照佛教精神所從事的一種集體式的宗教儀式。雖然原始佛教強調的是『自業自得』的生命律則，釋迦在世時也並未強調法會的重要性，但是傳到後世，法會的重要性愈來愈突出。」[65]法會中有一類是為死者做的，小則自己已故的親友，大而地方上的孤魂野鬼，或為國捐軀的將士，都有各種超薦法會，中元法會就是其中之一。中元法會，源出佛教的盂蘭盆會[66]，又與道教的中元赦罪精神相結合，是極重要且常見的追薦法會。〈入道〉祭祀過程，和正式祭奠儀式幾乎完全一樣，主祭者事先沐浴更衣，陪祭者鋪設三壇，供香花茶果，立旛掛榜，先行灑掃之儀，再行朝請大禮，祭奠對象包括崇禎及殉難文臣武將二十四名，一一唱名，奏樂獻酒，奠酒化財。而後主祭者更衣登壇，做施食功德，設焰口，結高壇，拜壇，登壇，念祝文，撒米，澆漿，焚紙。為因應人民對死後世界的信仰，及善惡有報的思想，〈閒話〉中，甲申殉難君臣已超昇

65　參見丁敏，〈方外的世界——佛教的宗教與社會活動〉，《中國文化新論宗教禮俗——敬天與親人》。台北：聯經出版事業公司，1982年，頁133-181。

66　參見陳芳英，《目連救母故事之演進及其有關文學之研究》。台北：台灣大學出版委員會，1983年。

天界；〈入道〉中張薇又焚香打坐，閉目靜觀，見史可法被封為太清宮紫虛真人，左良玉為飛天使者，黃德功為游天使者，馬士英被雷擊死台州山中，阮大鋮跌死仙霞嶺上。希望已死的英雄成神，尊榮逍遙，是老百姓的願望，在劇場中經歷一場「似真」的追薦儀式，想像（或相信）善惡之報昭然，不論作者、演者、觀者，遺民的心情，多少可以得到撫慰。《桃花扇》與祭祀相關的尚有〈闖丁〉祭孔，〈餘韻〉祭社（福德星君），不過本節集中討論祭奠崇禎在劇中的意義，祭孔祭社就略而不論了。

　　前往劇場觀賞祭奠先皇的演出，除了得到「治療」的效果，也是參與了某種形式的「過渡儀式」（rites of passage）。「過渡儀式」是儀式的範疇，「標志著每一個人在一生的週期中所經歷的各道關口，從某一階段進入另一階段，從一種社會角色或社會地位進入另一種角色、地位。」[67]這個術語是紀聶（Arnold van Gennep）在1907年首先使用的[68]，之後他將「過渡儀式」分為隔離（separation）、轉換（transition）、整合（incorporation）三個階段，特納（Victor Turner）特別重視「轉換」這個從舊地位進入新地位的過渡階段，進而發展出「閾限」（liminal phase）的理論[69]，這個觀點被不同學門的研究者引用，成為非常重要的論述

67　參見巴巴拉・梅厄霍夫（Barbara Myerhoff）著，方永德譯，〈過渡儀式：過程與矛盾〉，《慶典》。上海：上海文藝出版社，1993年，頁138。

68　參見Arnold van Gennep, *The Rites of Passage*, trans. by Monika B. Wizidom and Gabrelle Caffeei. Chicago: Chicago University Press, 1969.

69　參見Victor Turner, *The Ritual Process: Structure and Anti-Structure*. Ithaca: Cornel University Press, 1969; Victor Turner, *From Ritual to Theatre: The Human Seriousness*. New York: Performing Arts Journal Publication, 1982.

角度。當然，特納對「閾限」有複雜而明確的定義，簡而言之，閾限期包含三個特質：交流、鼓勵奇拼怪湊的組合遊戲、共同情誼。「交流」包括物品、行為——特納舉戲劇為例，和教誨——特納舉聖舞劇為例。所謂「奇拼怪湊的組合遊戲」，指的是因為「閾限」是和日常的時間空間分離，在這特殊的時空中，可以使用各種文化元素，以遊戲的心態面對，打破常規，重新組合。「共同情誼」則指超越正常的社會聯繫關係，在沒有社會等級的閾限期間發展出共同的情感，具有短暫、倏忽而逝的特質[70]。

　　觀眾進入劇場觀賞《桃花扇》，特別是觀賞有關祭奠追薦崇禎的場面，猶如離開日常生活，進入劇場這樣一個閾限，場上以有別於日常的言說行動方式來演出，觀眾一面看著場上搬演，同悲同泣，一面也擔心會不會引起新朝當政者的關切，遂有略帶緊張意味的共同情誼；而舞臺呈現的似真儀式，更彌合了長久以來隱藏在心中角落的缺憾，心靈獲得淨化洗滌，踏出劇場回到日常生活，觀眾已是另一番面貌了。而如果，這四齣祭奠崇禎的關目，必須在搬演全本《桃花扇》時才能重現，二者是緊密相連的話，《桃花扇》也成為這個過渡儀式中的必要條件了。

　　在儀式的進行中，所使用的種種物品，也是不可忽略的。這些生活中平淡無奇的種種物品，一旦在儀式中使用，就成為具有象徵意義的載體，並以其出現或排放組合的方式，成為不可更易的文化符號，與某些「看不見」的意涵相聯繫。比方「水」，原

70　參見維克多‧特納（Victor Turner）、伊迪絲‧特納（Edith Turner）著，曉陽譯，〈宗教慶典儀式〉，《慶典》。上海：上海文藝出版社，1993年，頁254-285。

只是一杯平常的水，但在儀式中就成為「淨水」，可以供佛或賜福解厄（如大悲水）。這些物品有些是不能長久保存，甚至必須在當時就以某種神聖的方式使其消失，如鮮花水果、香、紙錢、王船、壇城等等；有些則可以長久保留，或成為藝術品被收藏，如香爐、祭禱用的法器、繪畫、塑像、面具、服裝、祭壇，甚至廟宇與教堂等。

　　整理這四齣提到的儀式用品，〈哭主〉有白衣。〈閒話〉有孝服、香。〈拜壇〉有案、香、花、燭、酒、帛、爵、祝文、禮壇。〈入道〉有祭壇、旛、榜、香、花、茶、果、酒、米、紙錢、錠鋃、樂器、道冠、法衣、淨盞、松枝、案、牌位、九梁朝冠、鶴補朝服、金帶、朝鞋、牙笏、華陽巾、鶴氅、拂子。經由這些物品，在舞臺上完成祭奠的儀式。然而既是戲劇演出，這些物品除了具有神聖的意義，也同時是演戲的道具。事實上，儀式本身就具備表演的特質，所以最後稍微談一下戲劇與儀式的關係，作為本節的結束。不過，有關戲劇與儀式的討論從十九世紀末迄今，逐漸成為顯學，論述、爭議極多，在此並不打算評述各家說法。

　　謝喜納（Richard Schechner）在討論儀式與戲劇的分別時[71]，總一再強調一場特定的表演（performance）被視為儀式（ritual）或戲劇（theatre），主要是看他追求的是功能（efficacy）或娛樂（entertainment）來決定[72]。如果表演者的目的是為了達到轉化、

---

[71] 參見Richard Schechner, *Performance Theory*. New York: Routledge,1982.

[72] 謝喜納對這個定義篤信而堅持，不但在他的不同著作中一再重複，也不斷在各種場合宣說，2004年春季應國立台北藝術大學戲劇研究所之邀到所上任教，2月19日第一次上課，開宗明義，就再度陳說了這個觀

治療，或向某一超越性的他者（神、祖靈等）祈求，那麼這個目的性、功能性較強的表演就會被視為儀式；而如果娛樂性佔了較強的份量，就是戲劇。

以《桃花扇》來說，本質當然是娛樂的，可是孔尚任直接將現實中也許無法盛大舉行的儀式移入戲中，似真的在劇場重現，遂使《桃花扇》染上某一程度的儀式色彩，觀眾在特定的齣目演出時，也成了儀式的參與者，經過類似閾限期的轉換，從而創造出一個重新組構意義的主觀心理狀態。從這個角度來看，在清初特殊的時空背景下，搬演南朝新事、省思亡國之痛，《桃花扇》中，似乎篇幅有點過多、又可能干犯禁忌的對崇禎的祭奠，其實是孔尚任刻意為之，且內心深處不得不寫的關目。

五、結語

《桃花扇》一直是筆者極為喜愛的劇作，每次重讀，看孔尚任執著的將自身置入作品，總會被作者強烈的寫作自覺所感動；也歎息作者為了嚴整的結構，寫作時太過偏向敘事，以孔尚任的華贍辭采，若能再多著意於戲曲中實不宜忽略的抒情精神，《桃花扇》就真的可以稱做「冠絕前古」[73]了；而對其在戲劇中納入儀式的寫作意圖，也讓我更進一步思索劇場與儀式的關係。本文只是筆者個人一點讀書心得，也只是個人的「一」種讀法，並無意說服別人同意（甚至不涉及是否同意的問題），只是提出自己有興味的思索來分享而已。至於文中涉及較複雜的論題，因為篇

點。

73　梁啟超先生語，參見註11。

幅所限，無法在本文中一一從頭說起，難免語義不清，或沒能說得暢快，當然「文責自負」，請大家不吝教誨。

　　「遙望」，是借用人類學家李維史陀（Claude Levi-Strauss）的用語，在此時此地遙望古老、甚或原始的社會；也跳到某一古老的時空，遙望當今的我們。如果從孔尚任《桃花扇》的書寫策略遙望當下，目前許多新編劇作，或者只是為了編個新劇本，並不清楚為何要寫？又或者是過度重視意識型態，以致於理念先行，難免有內容和形式比重失衡的現象。而當新編戲曲刻意強調敘事的重要性，並加快全劇的節奏，減少較長且緩慢的抒情唱段時，其實已逐漸遠離戲曲詩文傳統的抒情本質。至於戲劇與儀典之間，在其他戲劇型態中有不少嘗試和論辯，在戲曲中則仍然未獲關注。寫作本文時，腦中不斷閃現的是，若能在閱讀古典文本和創編新的戲曲劇本之間，彼此遙望，其對話的空間和交互指涉[74]的可能，應該是無限寬廣的吧。

原發表於《2004兩岸戲曲編劇學術研討會論文集》。臺北：臺灣大學戲劇學系，2004年。

74　「對話」（dialogue）和「文本交互指涉」（intertextual），均為俄國
　　學者巴赫汀（M. M. Bakhtin）提出的理論，用於戲曲討論，請見陳芳
　　英，〈且尋九霄鳴鳳聲──馬致遠劇作解讀〉，《藝術評論》第2期。
　　台北：國立藝術學院，1990年10月，頁103-112。

十年磨一劍
——從田漢《白蛇傳》談起

一

　　1943年田漢在桂林完成白蛇故事的京戲改編劇本《金鉢記》，其後歷經演出／禁演，及一再改寫，至1952年以定本《白蛇傳》參加中共第一屆全國戲曲會演，前後整整十年。對一向下筆極快，總是幾天就完成一個劇本的田漢來說，委實是頗不尋常的事。1955年田漢劇作集出版，《白蛇傳》序言中，遂不免慨歎「十年磨一劍」[1]。

　　白蛇故事的流傳，既久且廣[2]，初濫觴於唐代，經宋代的添補增飾，骨架大致底定，到了明代馮夢龍《警世通言》卷二十八收錄的〈白娘子永鎮雷峰塔〉，可以說是全鬚全豹的紀錄。演述白蛇故事的藝術形式，包括小說、講唱、雜曲和戲曲。戲曲方面見諸載籍的，最早是明萬曆年間陳六龍《雷峰塔》傳奇。清乾隆時，黃圖珌、方成培相繼改寫，播演梨園，一時蔚為盛況，遂成崑曲的重要演出劇目，而各地地方戲曲也多有相關劇目。不過，在京戲舞臺上，白蛇傳一直是崑曲、皮黃相雜演出，或演單一折

1　田漢，《白蛇傳·序言》，《田漢文集》第10冊。北京：中國戲劇出版
　　社，1983-1987年，頁440。
2　請參閱潘江東，《白蛇傳故事研究》。台北：台灣學生書局，1981年。

子，或將某些折子戲集中起來，排出一晚或兩晚的演出，至於選擇哪些折子，則依演員所長，隨意採擷，各人各團所演，均不相同。真正將白蛇故事作一全盤思考，重新編寫的京戲白蛇傳，竟遲至田漢《金鉢記》了。

田本《白蛇傳》經王瑤卿安腔，葉盛蘭、杜近芳演出之後，引起海峽兩岸戲曲界極大迴響。大陸方面，觀眾反應熱烈，自不待言，真所謂「喜聞樂見」，京戲生旦演員，更視之為人人必演的經典作品。流風所及，各地地方戲曲競相改寫翻唱，丁西林也以話劇手法，寫成歌舞劇《雷峰塔》。臺灣方面，伶票兩界紛紛傳唱，票界是照單全收，同唱新腔；伶界的舞臺演出，先是戒嚴時期的稍加改動，乍前乍卻，表示與田本並不完全相同，及至解嚴後，除〈倒塔〉一場，全然拷貝。放眼當今，除了久卸戲衫的顧正秋，當年演出仍謹遵其原來師承路數之外，凡演《白蛇傳》者，無一不是田漢版本了。

田本《白蛇傳》對人物、劇情，都做了相當程度的修改。白蛇在田漢筆下，盡褪妖氣，成了懷著熱烈愛情的美麗蛇仙，面對法海，「斷然跟這封建壓迫的代表者作殊死的戰鬥」[3]，在周揚口中，甚至「強烈地表現了中國人民，特別是婦女追求自由和幸福的不可征服的意志」[4]。法海則由破迷開悟、勸世回頭的指引者，轉為口誦佛號、心懷殘暴的「封建壓迫」的符號。情節方面，略去前世相救的因緣，刪除了〈散瘟〉等不利白蛇形象的細節，更重要的，是將民間傳唱最廣的〈祭塔〉一筆刪卻，白蛇之子許

3　《白蛇傳》，《田漢文集》第10冊，頁443。

4　同註3。

仕林中狀元祭塔救母，這種鼓吹封建倫理的情節，自然不容存在，代之以青蛇率領「各洞仙眾」〈倒塔〉，充分體現「造反有理」，而且勢必成功。

同一題材，經不同時代、不同作者的不斷改寫，往往展現繁花煥彩的面貌，若欲深入探討這些樣貌間相似或歧異的原因，文本與文本間的交互指涉（intertextual），和文本與文化網絡、時代環境（context）之間的關係，都是不容忽視的因素，田本《白蛇傳》也正是這些因素交纏、糾葛的產物。

田漢是近代中國以「救亡」和「啟蒙」[5]為己任的知識精英典型，一生志業盡在於此，創作劇本時，也無時或忘。而《金鉢記》一劇，是桂林四維劇社李紫貴、吳楓在讀了毛澤東〈在延安文藝座談會上的講話〉，想找到「使老百姓喜聞樂見的民族形式」，委請田漢編寫的[6]，其後分別在1944、1952、1954、1963，做過大小不同程度的修訂增刪，不但跨越了1949年的重大政治變局，並且和由田漢主其事、大規模展開的「戲改」運動[7]關係密切。就藝術形式與意識形態的結合而言，《白蛇傳》是相當成功

5　李澤厚提出救亡／啟蒙的互動，並作系統闡釋，之後遂為討論十九世紀末、二十世紀初以降的中國知識份子的重要議題。見李澤厚，〈啟蒙與救亡的雙重變奏〉，《中國現代思想史論》。台北：風雲時代出版社，1989年，頁7-570。

6　萬素，〈播灑火種在人間──李紫貴憶田漢〉，中國戲劇研究院戲曲研究所編，《戲曲研究》第45輯。北京：文化藝術出版社，1993年，頁75。

7　1949年10月，中華人民共和國成立，以田漢〈義勇軍進行曲〉為國歌，田漢被任命為中央人民政府政務院文化教育委員會委員，中央文化部戲曲改進局局長，北京戲曲實驗學校校長。

的作品，而細究劇中要旨，與田漢個人的文藝理念，和當時國家
文藝理論、官方政策，竟是千絲萬縷交織，難以釐清。

二

　　1979年舉行的田漢（1898-1968）追悼會上，因受四人幫迫
害，庾死獄中已十一年的田漢，終於獲得平反昭雪。正如夏衍所
云「田漢的問題不解決，不僅現代話劇史不能寫，現代文學史也
很難寫。」[8]，在中國現代史上，田漢恐怕是至今為止，唯一一位
在電影、音樂、戲劇、戲曲都有傑出成就、重大貢獻的人物，特
別是戲劇和戲曲，不論是個人作品，或對社會的影響，真的是無
人能出其右。而他也和同時代的知識精英一樣，背負著凝重的自
我期許和社會責任，這種嚴肅沈鬱的氣氛，也不時映照在他的作
品和理論之中。

　　1919年五四運動期間，田漢正在日本留學，加入李大釗、
王光祈創建的「少年中國會」，1920年，他和宗白華、郭沫若的
通信匯成《三葉集》出版，從《三葉集》和他持續數年在《少年
中國》發表的論文，可以看到田漢相當浪漫的社會、政治改革理
想，於此已見端倪。事實上，田漢1912年以十四歲的稚齡發表的
第一個劇本習作，京戲《新教子》，就是敷演漢陽之役陣亡軍人
的妻子，教訓兒子繼承父志報國盡力。1920年他在信中向郭沫若
表示決心做個戲劇家，終其一生，一面不斷創作劇本，一面先後
主編《南國半月刊》、《南國特刊》、《南國月刊》，創辦「南
國電影社」、「南國社」、「南國藝術學院」，拍攝電影，從事

8　《田漢文集》第1冊，頁15。

戲劇教育，推動戲劇演出。如果說南國時期是他懷著改造中國的樸素理想，在戲劇的道路上勇往直前，1930年的宣告轉向，則標幟著他開始以戲劇為媒介，向民眾傳達知識精英的信仰體系，意圖使一般民眾也能接納同樣的社會、文化和道德價值觀念。

　　1930年田漢參加「中國自由運動大同盟」、「中國左翼作家聯盟」、「左翼劇團聯盟」，並發表〈我們自己的批判〉[9]。〈我們自己的批判〉總結和批判「南國運動」的理論與實踐，及其自身小資產階級的浪漫、感傷傾向，公開表明他在思想上的轉向無產階級。他以他參加過的「少年中國會」及「創造社」為例，指出「沒有明確的理論便不會有明確的運動」，而「離開了平民就失掉了平民」，藝術運動、政治運動二元化是不可能存在的，「過去的南國，熱情多於卓識，浪漫的傾向強於理性」，日後「將以一定的意識目的從事藝術之創作與傳播，以冀獲一定的必然的效果。」

　　安東尼奧・葛蘭西（Antonio Gramsci）[10]在《獄中來信》

9　《田漢文集》第14冊，頁240-353。

10　安東尼奧・葛蘭西（Antonio Gramsci），1891-1973，義大利共產黨創始人之一。一生從事義大利共黨革命運動的實踐及理論的思考，生命中的最後十年在獄中度過。其理論影響當時及後世最巨的，包括對歷史複雜性的探討、文化與政治的關係、知識份子在革命運動中的地位，以及「文化霸權」（cultural hegemony）的觀念。有關葛蘭西的研究，論著甚多，可參閱A.B. Davidson, *Antonio Gramsci, Towards and Intellectual Biography*. London: Merlin Press, 1977；Walter L. Adamson, *Hegemony and Revolution : A Study of Antonio Gramsci's Political and Cultural Theory*. Berkeley: University of California Press, 1980；Joseph V. Femia, *Gramsci's Political Thought : Hegemony, Consciousness, and the Revolutionary Process*. Oxford: Clarendon Press, 1981。

〈給塔齊亞娜〉的信中指出一個人必須「成功的進行歷史的辯證思考，而且把自己的工作視為理性的、非情緒的活動時」[11]，才能清楚地認識他改造環境、改造自我的能力。正由於保持了這種歷史認識，也就是認識到對自身、對所處社會而言「什麼是正確的」，才使知識份子在葛蘭西的革命理論中，具有重要的地位。知識份子的任務是：

> 為大眾提供哲學和意識形態，並通過提供為一般民眾所接受的信仰體系來使民眾不致於對統治者的行為產生懷疑，因而使統治者能夠行使他們的「領導權」。[12]

而田漢反覆思考了知識精英在革命運動中的立場後，已如他所宣稱的，將藝術活動與政治運動「統一在一面廣大鮮明的旗幟之下」[13]了。此後數年，他持續話劇、電影劇本的寫作，推動戲劇演出，加入「中國左翼戲劇家聯盟」、「中國電影文化協會」，正式參加中國共產黨，並投身「藝華電影公司」、「上海電通影業公司」、「上海新華影業公司」，由於行動積極，意識形態明顯，「南國社」被查封，影片被禁，他本人也遭到通緝，終於在1935年2月被捕。經宗白華、徐悲鴻、張道藩等人多方奔走，同年7月「保外就醫」，軟禁南京，到七七事變後才恢復自由。他這段期間的劇本，不論話劇（如《顧正紅之死》、《洪水》、《掃射》、《回春之曲》、改編高爾基的《母親》）或電影（如

11　詹姆斯・約爾（James Jall）著，石智青校閱，《葛蘭西》。台北：桂冠圖書公司，1992年，頁96-97。

12　同註11，《葛蘭西》，頁98。

13　《田漢文集》第14冊，頁241。

《三個摩登的女性》、《民族生存》、《風雲兒女》[14]、《夜半歌聲》），或直斥時政，或鼓吹抗日，都是「旗幟鮮明」的作品，但其藝術性和令人低迴玩味的特質，並不因理念先行，或多半是在排演場邊排邊寫的情形下完成，而稍有減低[15]。

抗戰軍興，田漢先在上海參加戲劇界救亡協會，組織救亡演劇隊，主編《抗敵戲劇》半月刊，1938年在武漢就任國民政府軍事委員會政治部三廳六處處長[16]，除了主持抗戰擴大宣傳週、「歌劇演員戰時講習班」，並收編群眾抗日宣傳團體，組成話劇、戲曲、歌舞（包括雜技）的十個抗敵演劇隊和四個抗敵宣傳隊，四個電影放映隊，一個孩子劇團，使這些團體在政治、經濟上得到保障，保存和穩定了數量頗大的藝術工作者，並通過他們達到對民眾的宣傳鼓動。隨著戰局變化，田漢也由武漢經長沙、桂林到重慶，1941年「皖南事變」，遂移居桂林。在桂林期間，他發表了〈關於抗戰戲劇改進的報告〉、〈抗戰演劇隊之編成及其工作〉、〈關於當前劇運的考察〉等幾篇重要的論文[17]，並與歐陽予倩、洪深共同推動1944年歷時九十餘天的「西南劇展」。從他的論文和推動的活動中，可以看出他面向戲劇的重心，已由

14　《風雲兒女》由田漢完成電影故事，夏衍改編為電影劇本，主題歌即田漢作詞、聶耳作曲之〈義勇軍進行曲〉。

15　可參見筆者指導之國立藝術學院戲劇系畢業論文，陳珮真，〈田漢早期話劇研究〉，1991年。

16　對日宣戰後，國共第二次合作，成立國民政府軍事委員會政治部，主任陳誠，副主任周恩來，三廳廳長郭沫若，六處負責藝術宣傳，田漢擔任處長，由1938年至1940年。1940年撤消三廳，另立「文化工作委員會」，田漢任第二組組長，主管藝術活動。

17　《田漢文集》第15冊。

話劇擴大到新歌劇、戲曲，和戲曲改革了。

在他還不知話劇為何物之前[18]就寫了京戲《新教子》，之後又寫了《新桃花扇》。留日期間開始話劇的寫作，後來更步入「電影時代」，但對戲曲並未忘情。在上海藝術大學主持定期的週末文藝茶會中，爭辯最激烈的話題就是話劇／戲曲的得失，「藝術魚龍會」的演出，除了話劇，也加入周信芳、歐陽予倩、高百歲的新編京戲，自己更寫了《林冲》、《雪與血》等京戲劇本。左翼時期，他開始思索如何以一般民眾更容易接受的形式，來傳達理念，除了大量的話劇、電影劇本，也創作了《揚子江的暴風雨》、《夢歸》兩部歌劇，和《殺宮》、《土橋戰役》等多種京戲劇本。主持六處時，他經常舉辦「歌劇演員戰時講習班」，培訓戲曲藝人參加抗戰工作，設有專演京戲的「平宣隊」，及湘劇隊、漢劇隊、楚劇隊。同時，撰寫湘劇《旅伴》，及京戲《新雁門關》、《岳飛》、《江漢漁歌》等多種戲曲劇本，其中《江漢漁歌》被許多劇種、劇團移植演出，是抗戰時期上演最多、影響最大的戲曲劇目之一。1941年受陳誠委託，聚集平宣隊演員鄭亦秋、李迎春等，組建「文藝歌劇團」，並為他們寫作京劇《雙忠記》。

早在1927年，毛澤東在考察湖南農民運動時，就十分注意農民的花鼓表演，1929年親自起草的古田會議決議，更規定士兵教育課本「要把革命故事、歌謠、圖畫當作教材，提倡打花鼓、

---

18 田漢初識話劇，是1913年他就讀長沙師範學校時。歐陽予倩「文社」至長沙演出，他經校長徐特立的介紹，方知在「舊劇」之外，還有「新劇」，但因沒錢買戲票，只在戲院外面欣賞新奇的佈景。

演劇、遊戲等活動。」[19]。江西蘇維埃時期，也在各地成立農村
劇團，以地方戲宣傳破除迷信，改革農民婚姻迷信等觀念。1940
年元月，毛澤東發表〈新民主主義論〉，首度提出「中國文化應
有自己的形式，就是民族形式」[20]，並遵循列寧處理文化遺產的
主張，「決不能無批判的兼收並蓄」，而要「剔除其封建性的糟
粕，吸收其民主性的精華」，「必須將古代封建統治階級的一切
腐朽的東西和古代優秀的人民文化即多少帶有民主性和革命性的
東西區別開來。」[21]實踐在戲曲改革上時，

> 他們的目的不是藉改革促使戲曲藝術本身的發展，而是
> 企圖把戲曲改造成合於中共使用的宣傳工具。戲曲藝術
> 之優劣，以能否為中共政權服務，作判斷的標準。如它
> 能為中共作宣傳，在鞏固政權上有力量，縱然藝術價值
> 很低也是好的，這就是毛澤東所說的政治標準第一，藝
> 術標準第二。[22]

當毛澤東在1942年發表了〈在延安文藝座談會上的講話〉[23]（下

19　李世偉，《中共與民間文化：1935-1948》。台北：知書房，1996年，
　　頁5。

20　毛澤東，〈新民主主義論〉，中共中央毛澤東選集出版委員會編，
　　《毛澤東選集》第2冊。北京：人民出版社，1952年，頁655-657。

21　同註20，頁700。

22　趙聰，《中國大陸的戲曲改革：1942-1967》。香港：香港中文大學，
　　1969年，頁8。

23　毛澤東，〈在延安文藝座談會上的講話〉，趙家璧主編，《中國新文
　　學大系，1937-1949》，第1集文學理論卷1。上海：上海文藝出版社，
　　1990年，頁8-31。

稱〈講話〉）後，全新的「文化霸權」[24]在短短幾年間於焉建立，戲曲只是其中的一個環節而已。

〈講話〉確立了「文藝為工農兵服務」的方向，進而「向工農兵普及」、「從工農兵提高」，其前提則是：

> 要使文藝很好地成為整個革命機器的一個組成部份，作為團結人民，教育人民，打擊敵人，消滅敵人的有力武器，幫助人民同心同德地和敵人作鬥爭。[25]

換句話說，要知識份子和群眾一起生活，向工農兵學習，正如葛蘭西所說：「毫無疑問的，在行使文化霸權時必須考慮被行使集團的利益和傾向。」[26]，目的不僅在「塑造知識份子的原罪意識」[27]，更在於意圖經由「普及」而「提高」，完全是「以子之矛，攻子之盾」的意思，因為文藝是服膺在黨的革命任務之下，「政治標準放在第一位，藝術標準放在第二位」。〈講話〉明確指出：

> 在現在世界上，一切文化或藝術都是屬於一定的階級，一定的黨，即一定的政治路線的。為藝術的藝術，超階級超黨的藝術，與政治並行或互相獨立的藝術，實際上是不存在的。在有階級有黨的社會裡，藝術既然服從階

24　葛蘭西「文化霸權」概念指涉的內容，涵蓋甚廣，如：集體意志的形成，知識份子和黨的角色，政治教育的藝術，政治鬥爭的策略，國家統治的藝術和文化霸權過去歷史經驗的反省等等。

25　同註23，〈在延安文藝座談會上的講話〉，頁9。

26　同註11，《葛蘭西》，頁107。

27　同註19，《中共與民間文化：1935-1948》，頁5。

級，服從黨，當然就要服從階級與黨的政治要求，服從
一定革命時期的革命任務，離開了這個，就離開了群眾
的根本的需要。[28]

而所謂群眾的需要，其實是由黨意決定，大批的文藝工作者下鄉
學習，並改造民間文藝。這種透過制度化的組織、動員方式，深
入農村社會，宣揚全新的世界觀與價值觀的作法，正是葛蘭西心
目中「一個政治階級的文化霸權，意味著該階級成功地說服了社
會其他階級接受自己的道德、政治以及文化的價值觀念。」[29]。
〈講話〉的精神，和田漢多年來的努力，實有聲氣相通之處，得
到如此有力的「精神」奧援，《金鉢記》、《武則天》的寫作，
和日後全力從事戲改，都是順理成章之事了。

　　1942年10月，延安成立「平劇研究院」，毛澤東為該院成
立特刊題了「推陳出新」四字。1950年12月，田漢在「全國戲曲
工作會議」提出「我們除了繼續改革京劇外，更應該把改革重點
置於地方戲，有組織、有計劃地進行全國地方戲曲，以及各少數
民族萌芽狀態的戲曲的普遍改革，爭取全國各種戲曲藝術的『百
花齊放』。」。1951年毛澤東為新創的戲曲研究院題辭為「百花
齊放，推陳出新」，從此這八個字成為戲曲界的「最高指導原
則」。同年周恩來簽發戲改工作的指示「改戲、改人、改制」，
從此戲改的理論基礎，由一群知識精英的理想，經毛、周拍板定
調，成為國家政策。1952年「全國第一屆戲曲會演」到1956年，

28　同註23，〈在延安文藝座談會上的講話〉，頁22。

29　同註11，《葛蘭西》，頁106。

是戲改推動大致平穩的時期[30]，實施「三改」的過程，不免有過火之處，但對劇團、舞臺的整頓，還是正面成效較多。部分劇目的禁演，一開始也有過於武斷粗暴，或綁手綁腳的情形，於是再度檢討或放寬。成就最大的是新編或改編劇目，由演員和學者合作，完成不少傑作，如《白蛇傳》、《姚期》、《野豬林》、《將相和》、《秦香蓮》、《赤壁之戰》等，至今膾炙人口。1957年開始，政治風波不斷，加上1958年提出「兩條腿走路」的方針[31]，一條腿是現代戲，一條腿是傳統戲，並規定各劇團現代戲百分比，進退失據之下，難免不良於行。1964年江青執意舉行「全國京劇現代戲觀摩演出大會」，同年將田漢《謝瑤環》等劇定為「大毒草」，歷史劇已無生存空間，戲曲界的文藝整風在「文化大革命」之前，提前展開，文革期間，舞臺上僅存號稱「樣板戲」的現代劇，則是後話矣。

三

　　前文已曾提及，《金鉢記》是1943年四維劇社為響應毛澤東延安〈講話〉，委請田漢編寫的。當時京戲並沒有白蛇故事的確定本子，先由劇社諸人依各人記憶，整理出舞臺演出紀錄，包括曹慕髡：〈下山〉、〈收青〉、〈遊湖〉、〈借傘〉、〈盜庫銀〉、〈招親〉、〈公堂〉、〈發配〉；吳楓：〈開藥店〉、〈盜草〉；李紫貴：〈金山寺〉、〈斷橋〉、〈合鉢〉[32]；由田

30　周令飛，《夢幻狂想奏鳴曲：中國大陸表演藝術1949～1989》。台北：時報文化出版公司，1992年，頁184。

31　同註22，《中國大陸的戲曲改革：1942-1967》，頁97-101。

32　同註6，〈播灑火種在人間——李紫貴憶田漢〉，頁75。

漢執筆改編。《金鉢記》採用原始傳說為素材，大致包容了傳統戲《白蛇傳》的全部關目，長度約莫是兩個晚上的戲，當時只排了前半部，到〈盜草〉為止。由於田漢已受到監視，四維劇社卻在海報上赫然標出「田漢改編」，演出前夕，被國民黨「戲劇圖書審查委員會」下令禁演。好不容易排了戲，卻不能上演，劇社同仁都很沮喪，田漢則毫不介意的取回劇本，重新修改。1944年，據改本再排，這次不用《金鉢記》劇名，也不提田漢，遂於該年端午節在桂林順利演出。

　　為了配合抗戰，田漢將故事時代移到明朝嘉靖倭寇入侵江南的時候。故事從白素貞下山報恩起，他師父批評他戀愛至上的態度，告訴他人類同類之間的婚姻尚有許多不自然的阻礙，何況異類成親，恐怕更不會有什麼好結果，對許仙的愛可能會變成仇怨。白素貞不顧勸阻，堅持下山，途中收了青兒，青兒為男妖所變，在靈魂深處藏著對人類的不信任。此外，「錢塘縣的盜銀與江南的撒毒，這裡有另外看法」[33]。據李紫貴回憶，〈盜庫銀〉一場，「改成倭寇與縣官相勾結」[34]，也是契合時代的「現實意義」。法海以金鉢壓伏白素貞，素貞懷抱孩子慘烈的呼叫：

> 法海法師，別笑吧，自然界的愛力不是金鉢可以壓得下來的。

田漢說「這大概就是我們想說的話，也算一篇的主題。」[35]。

33　《田漢文集》第10冊，頁439。

34　同註6，〈播灑火種在人間——李紫貴憶田漢〉，頁76。

35　同註33。

《金鉢記》後來李紫貴在四川，及由李指導四維劇校三分校[36]在北京，相繼演出。

　　戲曲改革，這一由上到下，由中央到地方的全面性運動，如火如荼展開之後，以毛澤東「百花齊放，推陳出新」為最高指導原則，具體指示則包括：1948年11月13日石家莊「人民日報」〈有計劃有步驟地進行舊劇改革運動〉，1949年7月周恩來〈第一次全國文學藝術工作者代表大會講話〉，1951年5月周恩來〈關於戲曲改革工作的指示〉[37]。在「改戲、改人、改制」三改的「改戲」部分，包括調查、整理、改編和公演。1952年的全國會演，就是選出經過整理改編的優良劇目，集中演出。身為主事者之一的田漢，決定改寫《金鉢記》為《白蛇傳》參加演出，王瑤卿親自出馬設計唱腔，李紫貴導演，中國戲曲學校演出。《白蛇傳》雖未列名九個得獎劇作[38]，但劇本、聲腔雙美，大受歡

36　馮玉昆，為一曾在北京梆子班坐科學小生的舊藝人，後到南方組班，在湖南、湖北巡演時，認識文明戲傑出演員劉藝舟，受劉影響，開始想排一些對社會有意義的戲。抗戰期間，馮在桂林組成桂林平劇社、四維劇社、四維兒童訓練班，經李紫貴介紹，認識田漢，對田十分敬重，請田編寫劇本，並請田漢本人或推薦其他朋友為演員講課。西南劇展期間，馮不但捐款贊助，三個劇團也參加演出。1944年桂林撤退，田漢和四維兒童訓練班先後抵達貴陽，經田漢從中斡旋，國民黨駐貴陽第10師接收訓練班，改名四維劇校，撥款資助，保全兒童訓練班100多位師生。1945年四維劇校隨軍北上，在東北分成總校和三個分校，分散到各部隊勞軍。馮玉昆與總校輾轉南下廣西，後即廣西京劇團。四維三分校後至北京，培養了謝銳青、劉秀榮、張春孝、朱秉謙、袁國林等演員，1949年後改為中國戲曲學校。參見萬素，〈播灑火種在人間——李紫貴憶田漢〉，《戲曲研究》，第45輯，頁68-88。

37　同註22，《中國大陸的戲曲改革：1942-1967》，頁56-57。

38　九個得獎劇目為：新編現代劇——評劇《小女婿》、滬劇《羅漢錢》、

迎，人人競演。1954年中國京劇院演出此劇，呂君樵、鄭亦秋導演，葉盛蘭、杜近芳分飾許仙、白素貞，對場子和唱腔又稍作更動，從此成為典範。1963年趙燕俠演出此劇，又委請田漢為〈合鉢〉一場增寫了「親兒的臉、吻兒的腮」一段唱詞，田漢詞，李慕良創腔，趙燕俠唱，一時被譽為「三絕」，造成另一次轟動。

　　《白蛇傳》共分十六場：（一）〈遊湖〉、（二）〈結親〉、（三）〈查白〉、（四）〈說許〉、（五）〈酒變〉、（六）〈守山〉、（七）〈盜草〉、（八）〈釋疑〉、（九）〈上山〉、（十）〈渡江〉、（十一）〈索夫〉、（十二）〈水鬥〉、（十三）〈逃山〉、（十四）〈斷橋〉、（十五）〈合鉢〉、（十六）〈倒塔〉。

　　白蛇故事若不是充滿強烈的「反封建」意識，以其事涉神怪，早在被禁之列。因此，改編劇本時，法海必定成為封建禮教的箭垛式人物，而與主題意識無干的神怪情節，也被盡數刪去。劇本一開始，白素貞、小青已到西湖，略去下山報恩、收青的情節，至於民間傳說或崑曲演出[39]的眾佛宣示許仙、白蛇孽緣因果，付鉢法海，囑其收妖，超渡二人，終成正果，則一來事涉迷信，二來賦與法海正面形象，無法成為抗爭鵠的，三來替全劇構築「安全」框架，不易激動觀眾與白蛇、青蛇同仇敵愾之心，自然也不被考慮。〈盜庫銀〉、〈散瘟〉（即田漢《金鉢記》〈撒毒〉）呈現的是青、白二蛇的妖怪特質與負面個性，將成

　　淮劇《王貴與李香香》；改編傳統劇目——京戲《將相和》、越劇《梁山伯與祝英台》、越劇《西廂記》、川劇《柳蔭記》、楚劇《葛麻》、秦腔《遊龜山》。

39　即黃圖珌本〈慈音〉，舊鈔本〈開宗〉、〈佛示〉，方成培本〈開宗〉、〈付鉢〉、〈出山〉等齣。

為顛覆主題的枝節，也被省略。至於變動最大的易〈祭塔〉為〈倒塔〉，已在本文第一節談過，帶著封建毒素的「中狀元祭塔」宣告退位，反抗禮教的鬥爭勝利登場。全劇關目安排，完全合乎當時提出的劇本改編原則：「集中精煉，減少線索，突出主題」[40]。

也許〈倒塔〉是中共戲改政策下的「必要之惡」，卻是全劇最沒有神采的一場。全劇結束時，小青率領群妖與塔神開打，「塔倒。白素貞從彩雲中嫣然出現。」的舞臺指示，只是再一次顯現中共數十年來號稱現實主義的藝術，其實是充滿激情吶喊的浪漫宣誓。日本漢學家波多野太郎認為〈倒塔〉「好像是高明把南戲《趙貞女蔡二郎》的主題，修改成《琵琶記》一樣。表面上是鬥爭到底，其實反抗封建禮制的鬥爭是失敗了的」[41]。此一「光明的尾巴」，無形中削弱了恩格斯所謂的「歷史的必然要求和這個要求的實際不可能實現之間的悲劇性衝突」[42]。《白蛇傳》青蛇倒塔成功，《花果山》不提釋迦牟尼收服孫悟空，而以齊天大聖大勝狂笑作結，《八仙過海》鯉魚精戰勝八仙，一系列由帶有造反意味的「妖怪」得勝的戲劇，充分說明藝術受意識形態及政策制約的結果，相形之下，清規戒律尚未發生作用的《金鉢記》，以金鉢罩頂結束全劇，沈重之外，餘情幽怨，反倒更加動人。

40　張庚，〈正確地理解傳統戲曲劇目的思想意義〉，《文藝報》，1956年第13號。

41　波多野太郎，〈《白蛇傳》餘話〉，《戲曲研究》第9輯，頁219。

42　魏子晨，〈《白蛇傳》與《天鵝湖》〉，《戲曲研究》第45輯，頁104。

　　〈遊湖〉、〈斷橋〉，則是極為精采的兩場，田漢浪漫的抒情詩筆在此發揮得淋漓盡致，〈遊湖〉的一見鍾情，與〈斷橋〉歷經苦難折磨後的愛重珍惜，遙相呼應，構成貫穿全劇的愛情主題，而即使將這兩場分別單獨演出，也依然風神飽滿。〈遊湖〉開場，白素貞以愉快婉轉的【南梆子】唱出初識西湖的驚艷之感，再由對景物的贊歎，引發對人物的愛悅。許仙不是什麼風流倜儻的書生，而是藥鋪的小伙計，田漢以他身穿布衣、靈隱掃墓、慨然借傘來形塑「深情繾綣」、「常把娘親念」、「自食其力」的晶瑩品質，使得白素貞由「這顆心千百載微波不泛，卻為何今日裡陡起狂瀾？」[43]，到臨別殷殷叮囑「莫教我望穿秋水，想斷柔腸。」。〈遊湖〉的「好看」，當然也在於船夫和許、白、小青諸人在場上的身段表演，船夫兩段小唱洋溢著民間自在的歡樂和智慧，也有畫龍點睛的效果。

　　白素貞既是蛇仙，自有一股野氣，她對許仙的愛，既如田漢所擬表達的「熱烈」、「純真」，也更是潑辣恣肆的。「風雨湖中識郎面」後，真可謂慘淡經營。紅樓結親；鎮江賣藥；衝著許仙一句「偕老百年」，飲下過量雄黃酒，現出原形；為救許仙，不顧生命危險上山盜草；許仙躲在金山寺中，她懷著身孕哀告海法不果，水淹金山，終因淹死無數生靈，金鉢罩頂，壓在雷峰塔下。〈斷橋〉一場寫她水鬥失敗，與小青逃到西湖斷橋畔，和許仙重逢，前塵往事齊上心頭，悲憤難忍，對許仙唱的【西皮垛板】，連用「你忍心將我傷」、「你忍心將我誆」、「你忍心叫

43　所引戲詞，均見田漢，《白蛇傳》，《田漢文集》第10冊，頁123-149。

我斷腸」，「你忍心見我敗亡」，句句逼問，血淚交迸。當小青舉劍欲殺許仙，白素貞唱出全劇最動人神魄的大段唱腔「小青妹且慢舉龍泉寶劍」，田漢大膽的寫了：

> 我愛你深情繾綣風度翩翩
> 我愛你常把娘親念
> 我愛你自食其力不受人憐

由於「我愛你」三字初次見於傳統戲曲，演出傳唱時還引起驚歎和斥責的兩極批評。接著田漢以「我助你」、「我為你」、「你不該」、「可憐我」一連串唱詞讓白素貞回顧這一段「良緣是孽緣」，「誰的是？誰的非？你問問心間！」。田漢奇絕的文筆，在為趙燕俠所寫的〈合鉢〉唱段再度發揮，將尋常的縫衣、做鞋、親臉、吻腮、餵奶，安排在生離死別的節骨眼上，親子之愛，合鉢之恨，產生巨大的震撼力，這一強化，使《白蛇傳》更完整了[44]。

　　〈斷橋〉中的許仙，也由「動搖」轉為「堅定」，以【西皮】和【反西皮】唱段傾訴自己的猶豫掙扎，終於唱出「你縱然是異類，我也心不變」。小青作為白素貞美麗深婉性格對照襯托的強烈性格，也在這一場充分呈現。對朋友的忠貞堅定，對壓迫者的抗爭，對背叛者的懷疑嫉憤，以及預知不幸結果的求去，和不忍白素貞「單絲獨線」，終於再度留下。田漢以神奇之筆結合了理念和藝術，塑造人物，鋪敘情節，而諸多長短不齊、打破規

44　由於中國京戲流派的習俗所限，這一段為趙派唱腔，如今演《白蛇傳》者，幾乎全依葉盛蘭、杜近芳版本，不唱此段，頗是可惜。

格的字句，配合王瑤卿設計的新腔，成就了〈斷橋〉的哀感頑豔。白素貞和小青初遊西湖，閒談「雖然是叫斷橋橋何曾斷」，受盡顛連復至斷橋，則是「看斷橋橋未斷卻寸斷了柔腸」！片斷、紛紜的生命，在地老天荒、浩邈不變的時空中，是有著永恆的缺憾的，這一場結束時「猛回頭避雨處風景依然」，不知讓《白蛇傳》寫成至今，多少讀者觀眾潸然淚下。

　　本劇還有一位被完全改寫的人物必須討論，就是法海。收服白蛇，永鎮雷峰的人物，在與白蛇相關的歷代故事中，身分迭有改變，包括《小窗日記》法師、《西湖三塔記》道士奚真人[45]、《情史》屈道人、《湖壖雜記》大士、《履園叢話》塾師、《義妖白蛇傳》法海禪師[46]。宋人雷峰塔故事中，藉白蛇表色，許仙表慾，法海表法，以告誡世人，勿為色迷，而招殺身之禍；若誤入歧途，只有靠廣大無邊的佛法，方能解脫，充滿佛家破迷開悟、勸世回頭的宗旨。隨著白蛇妖異氣氛的降低，許、白的色慾逐漸轉成情愛，法海這一指迷師就愈來愈不討人喜歡。不過，在田漢《白蛇傳》完成之前，他終究還是奉佛法旨收妖，充其量就是太過盡忠職守，別人談戀愛、結良緣，他來多管閒事，真是「干卿底事」？卻又不肯手下留情。但白蛇為妖怪，曾做過散毒、淹壞百姓的行徑，法海將她鎮下雷峰，一般人民在聽講唱、看戲，歎息不已的同時，卻也是可以理解的。而慈憫的民眾也願意接受白蛇鎮在塔下贖罪，其子中狀元後祭塔救母，皆大歡喜。

45　白蛇故事中另有一茅山道士支線，為被白蛇打敗者，與本段提及諸道士無關。

46　同註2，潘江東，《白蛇傳故事研究》上冊，頁50-51。

田漢《白蛇傳》是有所為而為的作品，刪除了白素貞任何殘害生靈的痕跡，成為美麗善良、追求愛情的形象，阻擾者也就「不得不」轉化為以理性為藉口，而行非理性的迫害之實。

　　法海出現的場次，包括〈查白〉、〈說許〉、〈上山〉、〈索夫〉、〈逃山〉、〈合鉢〉。他自始至終，費盡心思要「先度許仙，再降白氏」，固然是擔心白素貞為千年蛇妖所化，終有一天會將許仙吞吃腹內，另一重要原因，是「江南佛地，怎容妖孽混跡其間？」。對法海（以及他所代表的人物）而言，禮法正道，是不容質疑，不可挑釁的。法海每次上場，必先宣佛號「阿彌陀佛」，這一聲阿彌陀佛遂成為揮之不去的夢魘，和恐怖悚懼的死亡呼喚，「帶著屠刀念彌陀」。從清末到五四，知識精英就糾纏在陳獨秀「藉思想文化以解決問題」的迷思中[47]。法海在自以為是，自居為正統主流，不容異類的觀念下衍伸的種種作為，是田漢《白蛇傳》中嚴厲譴責的對象，而包括田漢在內的戲改健將以意識形態、國家政策為據，提出各項清規戒律，意圖救度戲曲，降服戲曲，進而救度民心，降服民心，又何嘗不是與法海行徑同出一轍。尤有甚者，這種以一元取代一元的「全盤否定傳統論」[48]，五四新文化運動時行之，戲改時行之，文化大革命時更加「發揚光大」，終至不可收拾，田漢也成為這項大規模殘暴儀典的犧牲祭品，「遭遇文化大革命，幾個活法海生生把田漢扼殺

47　林毓生，〈五四時代的激烈反傳統思想與中國自由主義的前途〉，《思想與人物》。台北：聯經出版事業公司，1983年，頁139-196。

48　林毓生，〈五四式反傳統思想與中國意識的危機〉，《思想與人物》。台北：聯經出版事業公司，1983年，頁121-138。

於獄中」[49]。〈盜草〉一場，田漢不寫白素貞勝利搶奪仙草，而寫南極仙翁念其「癡情可感」，主動贈草，「因為懂得，所以慈悲」的寬容之筆，份外教人低迴不已。

田漢稍後所寫的《西廂記》，重點放在愛情與門閥制度的衝突，以鶯鶯為主角，為突出她作為「反封建的主要人物」的身分，與張珙相會，反抗崔夫人的情節，都由她採取主動，結尾是張生落第歸來，鶯鶯與母親決裂，在月殘雞鳴之晨，鶯鶯與張生並騎出奔。此劇編有優美動聽的唱腔，並由張君秋、葉盛蘭、杜近芳擔綱，但在1959年首演之後，引起相當大的爭議，對劇本明顯的教條主義，學者和觀眾，都發出反對的聲音，特別是鶯鶯的性格和全劇結尾，有人認為這是「新公式主義的結局」，有人認為「並騎私奔是多餘的革命尾巴」[50]，但這樣的尾巴越來越多，教條主義也成為戲改時期劇本的新程式了。

抗爭的戲越寫越盛，抗爭對象的「層級」遂不斷提高，《野豬林》林冲在大雪之夜唱出：

> 天啊天，莫非你也怕權奸
> 在我林冲頭上逞威嚴

《秦香蓮》中，秦香蓮在開封府大堂悲憤哀告：

> 我叫，叫一聲殺了人的天

然而，終究借古諷今的傳統劇目，是無法完全傳達中共中央的政

49　同註42，〈《白蛇傳》與《天鵝湖》〉，頁103。

50　同註22，《中國大陸的戲曲改革：1942-1967》，頁122-125。

策的，1965年陶鑄發表了〈革命現代戲要迅速地全部地佔領舞臺〉的講話[51]，第二年起，戲曲舞臺果然再也看不到任何傳統劇目了。

原發表於《文藝理論與通俗文化》。臺北：中央研究院中國文哲研究所籌備處，1999年。

51　同註22，《中國大陸的戲曲改革：1942-1967》，頁110。

游移在葬花與戎征之間

一、前言

　　角色與性別的關係，一直是研究中國戲曲演出的重要論題。以梅蘭芳先生為例，他在男扮女裝「乾旦」傳統的繼承、突破、成就上，固然是眾所關切的焦點。然而，借香草美人來表達心志，既是我國文學和戲曲的特質，是則梅先生這位男性表演藝術家，以女性姿態在舞臺上出現，如何藉著對女性角色的詮釋，來作為男身的表達？其間的游移變幻，值得再三尋思探索。

　　本文選擇《黛玉葬花》和《穆桂英掛帥》兩齣戲為座標點，來談談游移其間有關文本、演出，劇中主要人物──即女性角色等問題。

　　在梅先生諸多作品中，特別選擇這兩齣戲，自有一定意義。《黛玉葬花》是梅先生新編戲曲的早期作品，首演於民國5年（1916），梅先生二十二歲，不論是劇本所依據的小說《紅樓夢》，或負責編劇的齊如山、李釋戡兩位先生，都具有典型、濃厚的文人氣息。劇本也傾向繼承中國詩歌戲曲的抒情傳統，類似「折子戲」，並不強調情節的發展，而著重在某一特定的時間、空間中，黛玉這樣一位長於閨閣，卻寄人籬下的聰慧女子，面對美好春天的逐漸逝去，姹紫嫣紅的隨風零落，所引起的對自己、

對生命的反省感歎。戲曲演出的重點，是歌與舞的表演，氣氛是溫柔、抒情、情意纏綿的。

《穆桂英掛帥》則是梅先生在1949年之後唯一，當然也是他最後一個新編劇目。1959年5月，梅先生六十五歲，新戲排好，做了內部演出之後，雖然藝術評價很高，卻一直被壓著，沒能正式公演。後來經過修改重排，准予演出，也始終「低調處理」，沒能「廣泛推行」。事實上，要到文革結束後許多年，海峽兩岸才算比較多次演出此戲。相關問題，下文會再提及。這齣戲由地方戲曲移植過來，固然有時也單演以穆桂英內心掙扎為主的〈捧印〉一折，但全戲是結構完整、情節周全、敘事性比較強的戲。出身山寨，一身好武藝，到了晚年還高唱「我不掛帥誰掛帥，我不領兵誰領兵」的女英雄穆桂英，和沁芳橋畔葬花的黛玉，自然大不相同；而戰鼓咚咚，氣氛熱烈的音樂，與引用崑曲《牡丹亭》唱段的《葬花》，也各異其趣。因此，劇本時代／劇本所表現的抒情或敘事傳統／人物／演出的唱、做……等等所形成的對照，是將這兩齣戲放在一起討論的主要原因。

二、抒情／敘事

如果把戲曲劇本大致分為文人之劇和劇人之劇兩類，《葬花》可以說是典型的文人之劇，而《掛帥》則較為接近劇人之劇。當然，這樣的分類，不只是以寫作者為依據，也必須考慮劇本呈現的風貌。稱《葬花》為文人之劇，就像前文所曾提及，正因為是直接繼承我國文學的抒情傳統。不論是《詩》〈大序〉的言志之說，或鍾嶸《詩品》的緣情論，在抒情美典的定義下，

文學是作者切身反映的自我影像。詩歌傳統——包括戲曲，是以詠懷為主要目的，詠史或極大部分的詠物，也都是借史、借物詠懷。而詩中的擬古、代作，戲曲中戲劇動作（此處所謂戲劇動作，自指偏向情節發展的action，而非身體動作）停止、凝固在某一剎那時空的唱段，是劇中人物當下的反省，也是劇作者借劇中人之口的詠懷之作。元代馬致遠《漢宮秋》、白樸《梧桐雨》兩劇的第四折，就是最好的例子。在抒情美典與敘事美典結合後，出現的明清兩代以傳奇為主的長篇巨製，雖然也強調全戲的排場結構、講究關目的扣人心弦，但截取其中某些段落的折子戲，則更受喜愛。演出時間、場合等客觀因素，固然是折子戲盛行的原因，但人心內在對抒情美典的喜愛、或說習慣吧，仍然是不可忽略的因素。我們看〈遊園〉、〈驚夢〉、〈琴挑〉、〈寄子〉、〈掃松〉……，重視的是場上的歌舞，是劇中人當下的情思反覆，至於此折之前之後的脈絡變遷，似乎可以暫時不去理會。打個比方，借用蔣勳先生對長卷的討論[1]，我國的卷軸畫是以展開的方式來觀賞的，在畫卷展開之時，觀賞者一面展放左手的畫卷，一面收起右手的起始部分，而收放之間，停在我們面前，就是兩手張開的距離。這樣一公尺的長度，在我們視覺接觸的過程，有千萬種不同的變化，這其實配合著中國人對時間空間的認識，「時間可以靜止、停留，可以一剎那被固定，似乎是永恆，但又無可避免地在一個由左到右的逝去規則中。」[2]。事實上，中國建築、章回小說以及戲曲，都在這樣的形式中進展，《葬花》

1　蔣勳，《美的沉思》第15章。台北：雄獅圖書公司，1986年，頁101。
2　同註1。

正是《紅樓夢》這一長卷繪畫中的某一部分停格。在結尾的【反二黃】唱段中，借用原作第五回，寶玉在太虛幻境聽到的【枉凝眉】曲意，暗示了黛玉的命運：

> 若說是沒奇緣偏偏遇他
>
> 說有緣這心事又成虛話
>
> 我這裡枉嗟呀空勞牽掛
>
> 他那裡水中月鏡裡曇花
>
> 想眼中哪能有多少淚珠兒
>
> 怎禁得秋流到冬，春流到夏

雖然也肩負了結局的預告，但整齣戲強調的仍是黛玉在風飄萬點正愁人的春日，對生命無法留存、不可掌握的心境。

　　而我們再來看《掛帥》，就更有意思了。全戲八場（見下文），是結構完整的單元，但我們知道，在舞臺上，卻往往挑出第五場〈捧印〉來演出。全本的《掛帥》，有文有武，各個行當也都有「重點」表演，算得上精采，時間也恰好，適合一個晚上演出，甚至有時前面墊齣小戲，還不覺過長。可是演員和觀眾仍願意集中精神來演、或看〈捧印〉這一單齣。在這兒，我們又看到由全本到折子的例子。〈捧印〉一折，強調的不是情節的敘述，而是穆桂英這個角色心理的層層變化，以及舞臺上的歌舞唱做。而另一個不能忽略的點是：如果說〈捧印〉是《掛帥》這一長卷的某一刻停留，則《掛帥》卻也不過是楊家將故事的「部分」而已。楊家將的故事和其他故事一樣，並未固定，不斷重新書寫、延長，就好像《續紅樓夢》、《續水滸》……，仍然有

各種可能。所謂長篇，所謂整體，其實只是一個無限時間的「暗示」，並不完整，甚至有意不完整。因為時間和空間是茫漠幽渺的無限，而人所能真正掌握的，只是片斷和部分罷了。

三、劇本／演出

　　梅先生從民國4年起，搭了俞振庭的雙慶社[3]，開始排演新戲。由於《嫦娥奔月》的成功，使他對「古裝戲」（專指梅先生所創「古裝新戲」）有了信心，就想改編《紅樓夢》。他和朋友多次考慮，是否要編連台本戲？或從崑曲中尋找？最後決定完全新編，先選了《黛玉葬花》，由齊如山打提綱，李釋戡寫詞，羅癭公也提了不少意見。當時，另有兩個《葬花》的本子，一個是北京東城圓思寺「遙吟俯唱」票房，由陳子芳執筆，排演過《黛玉葬花》，以《紅樓夢》第二十七回「滴翠亭楊妃戲彩蝶，埋香冢飛燕泣殘紅」為主來編寫，沒有其他穿插，只上黛玉、寶玉、紫鵑三個人，場子比較冷。傳統扮相，黛玉梳大頭，穿帔，類似〈花園贈金〉王寶釧的裝扮。由於觀眾不能接受這種打扮的黛玉，一出場，大家就哈哈大笑，幸好是票友演出，也就無所謂了。另一個是歐陽予倩的本子，也是據《紅樓夢》第二十七回改編，上寶、黛、紫鵑三人，也是傳統服裝，後來梅先生的《葬花》公演後，歐陽予倩也改為古裝扮相。

　　梅先生的本子是以第二十三回「西廂記妙詞通戲語，牡丹

3　梅蘭芳生平紀事，主要參閱《舞台生活四十年》，梅蘭芳述、許姬傳記，並有1952年、1954年上海平明出版社，1957年人民文學出版社，1961年、1981年中國戲劇出版社等版本。及民國68（1979）年台北里仁書局翻印《舞台生活》。

亭豔曲警芳心」為骨幹，一共是六場。加上讀《西廂》和聽《牡丹亭》的曲子，在作者原意，是為了多加一些穿插，從今天的閱讀角度看，則極有意義。因為，我們討論古典文學作品中愛情故事的浪漫精神，是以《西廂記》、《牡丹亭》、《紅樓夢》三者為經典標誌，而《葬花》將原著小說中提及《西廂記》、《牡丹亭》的部分，集中在這一小折戲裡，既是詩文中用典的效果，又產生交互指涉（intertextual）的意義，張生與鶯鶯／柳夢梅與杜麗娘，以及寶、黛二人的相互疊合、辯證，都是可以再進一步分析的[4]。

　　六場中，其實只有兩個主要場子，其餘都是過場。

　　第一場　茗煙上，說明已購得《西廂記》。

　　第二場　茗煙將《西廂記》獻給寶玉解悶。

　　第三場　主場。黛玉上，吩咐紫鵑準備花帚、花鋤、花囊，前去葬花。黛玉唱了西皮【倒板】、【慢板】、【二六】，唱詞根據《紅樓夢》「花謝花飛飛滿天」的長詩改寫，唱【二六】時，並安排了一段「鋤舞」——以花鋤為道具的舞蹈。梅先生的新戲，每每配合他本人特長，為劇中人安排舞蹈，像《上元夫人》拂塵舞、《嫦娥奔月》花鐮舞、《天女散花》綢子舞、《別姬》劍舞等，都是「道具舞」，這是直接繼承我國古代舞蹈「舞必授器」的觀念的。

　　第四場　襲人奉老太太之命，要去找寶玉到東府問安。

　　第五場　紫鵑見夕陽西下，天氣漸冷，帶了衣服去找黛玉。

4　本文為1994年7月10日〈紀念梅蘭芳百年誕辰〉講稿，未便就此問題深入討論，當另以專文論述。

　　第六場　全戲主場，份量最重，時間最長。寶玉在沁芳橋畔、桃花林下讀《西廂》，花片落了一身，他怕花瓣被人踐踏，抖入池中。黛玉過來，叫他掃起花片，埋入花塚。這時，黛玉發現《西廂》，兩人就一塊兒看。襲人來將寶玉叫走，紫鵑也送了衣服來，黛玉讓紫鵑將花具先行帶回，自己在後頭慢慢兒走，行經梨香院，聽到《牡丹亭》【皂羅袍】、【山桃紅】兩段曲文，不由悲從中來，唱了一段【反二黃】，以第五回「賈寶玉神遊太虛境，警幻仙曲演紅樓夢」中，紅樓十二曲第三支寫黛玉的【枉凝眉】改編。之後，紫鵑再上，扶黛玉下。

　　首演於民國5年（1916）1月14日的日場，在北京吉祥戲院演出。前面尚有王鳳卿、黃潤甫《華容道》，俞振庭、賈洪林《連營寨》，程繼仙〈探莊〉[5]。配演的角色為：姜妙香的寶玉，姚玉芙的紫鵑，路三寶的襲人，李敬三的茗煙。幕後崑曲主唱為梅先生的崑曲老師喬蕙蘭，後來則多半是姚玉芙唱。

　　這齣戲沒有大鑼大鼓，又以【反二黃】終場，全靠演員的唱做來傳達情意纏綿的氣氛，可以說是難度很高的戲。根據編劇李釋戡的說法，因為梅先生的白口功夫很深，無論怎麼生拗艱澀的詞句，他總能唸得疾徐頓挫，饒有意趣，熨貼甜潤，動人心弦，所以他大膽嘗試在白口和唱詞都襲用曹雪芹《紅樓夢》原文。他的冒險是成功的，演出後評論極好。除了在北京，那年冬天梅先生第三次到上海，在天蟾舞臺演出五次《葬花》，每次都賣了滿堂，《葬花》也成了梅先生的常演劇目。1952年梅先生到東北

5　何時希，〈梨園舊聞〉，《京劇談往錄三編》。北京：北京出版社，1990年，頁574。

演出，連唱了四次《葬花》，很可能是他最後一次唱這齣戲。那時梅先生和姜妙香先生都六十多了。據姜先生形容，當【反二黃】唱完，幕慢慢降下，臺下觀眾被梅先生音容所感，如醉如癡沈默許久，才忽而恍然大悟似的熱烈鼓掌。不過，之後梅先生到各地演出，這齣受觀眾歡迎的戲，卻沒再貼過，是不是梅先生覺得在那樣的時代，演那樣的戲，加上演員的年齡，似乎有些不合適了呢？我聯想到，有一位看過梅先生早年演出《葬花》的觀眾，三十年後的1947年又在上海中國戲院連看了梅先生四次《葬花》。據他描述，戲是極動人，但他每次看完戲回家，總是懷著一種莫名的悲感，除了臺上演出者的眉黛生春，情深意切，臺下人更「替古人擔憂」的抑塞幽怨，心上好像壓著什麼似的，排遣不開[6]。我想，三十年的似水流年橫亙其間，不論是演的人、看的人，都已歷盡滄桑。少年看花和老年看花，心情大不相同，何況葬花！梅先生後來演《葬花》，也許扮相、身材都不像年輕時那麼漂亮，可是對生命珍惜的體會，大概是讓人心頭壓著什麼，或者幕緩緩落下，無法立刻拍手的心情吧。

　　《葬花》首演時的琴師是茹萊卿（他原是梅先生的武功老師，後來改拉琴），唱的是傳統青衣老腔，即使在四〇年代重演時，梅先生也沒把後來的新腔加進去，因為他認為每一齣戲的唱腔應該與其他戲不同，不能因某腔好聽，就往每齣戲安。黛玉的扮相，我們現在還可以很容易看到相片，穿大襟軟綢的短襖，下繫軟綢長裙，腰裡加一條軟紗做的圍裙，繫絲帶，兩邊有玉珮，回房時加件軟綢素帔，用五彩繡成八個團花，綴在帔上。頭上正

6　同註5，頁575。

面梳三個髻，疊成品字，戴翠花或珠花，這也是他當時的創新。第三場和第六場原來有布景，並配合燈光，後來都取消了。

接著，我們談談《穆桂英掛帥》。穆桂英這個角色，在梅先生的演藝生涯中，應該可以說是很重要的。他學的第一齣刀馬旦戲，就是《穆柯寨》。民國2年（1913）11月16日，是梅先生第一次演出壓臺戲，地點在上海丹桂第一臺，戲碼正是《穆柯寨》，此後四十多年，他也不知演了多少次穆桂英。1954年元旦，梅先生正在上海，因事先看到河南梆子演員馬金鳳演出《穆桂英掛帥》的海報，以梅先生的話說：「和穆桂英做了四十年的朋友，還不知道他晚年有重新掛帥的故事呢！」[7]當天就去看了戲，非常喜歡，第二天又去看了一次。之後跟馬金鳳見面，提出了許多意見，1957年馬金鳳重新修改加工演出，梅先生又在洛陽看了戲。1959年，為配合中共建國十週年，梅先生花了兩個月把這齣戲改成京戲，許姬傳、陸靜岩、袁韻宜執筆，田漢改詞，徐蘭沅安腔。5月26日，對戲曲界、文藝界、新聞界和主管官員內部演出後，評價極高，一般估計，會被選為10月的獻禮演出。可是日子一天天的過去，毫無演出消息。8月2日，中共八屆八中全會之後，戲曲界就傳出《穆桂英掛帥》有「問題」，9月2日，掛名梅先生主持的中國京劇院宣布《穆桂英掛帥》必須修改重排，但並未指出要更動哪些劇情。到了10月獻禮演出都過了，仍無任何消息。只有10月18日的《人民日報》刊出一批照片，將《穆桂英掛帥》和粵劇《關漢卿》、越劇《紅樓夢》、川劇《白蛇傳》、

---

7 張樸夫，《洛陽牡丹馬金鳳》。北京：中國戲劇出版社，1988年，頁99。

崑劇《牆頭馬上》並列，在當時似乎是宣揚「百花齊放、推陳出新」的成績，誰也沒想到，文革期間，除《穆》劇被指為「黑話不少」外，其他幾齣戲和擔綱演員，也全都遭到嚴厲批評。

至於《穆桂英掛帥》不能公開演出，並進行重排，到底為什麼？甚至到梅先生死後，中共的一般或文藝幹部都諱莫如深，不願提及，只有田漢在悼念梅先生的〈梅蘭芳紀事詩〉第十九首略露訊息：

> 蛾眉垂老請長纓，
> 鼓角聲中捧印行，
> 豈止桂英肝膽烈，
> 安危處處有先生。

究竟有什麼「安危」之處，要仰仗梅蘭芳一如穆桂英那樣具有「蛾眉垂老請長纓」的壯烈肝膽呢？而詩後田漢加了小註，將《穆桂英掛帥》與梅先生有意改編，卻沒有被批准的《龍女牧羊》、《女媧補天》並列。

從1949年到1957年，梅劇團一直靠著巡迴演出來維持。由於梅先生的聲望，中共對他是禮遇備至的，但因為戲曲改革運動，劇目的選擇、劇情的修改都受到許多限制。1957年反右整風中，從1月份毛澤東在省、市委書記會議點名批判了梅蘭芳之後[8]，毛的幾次講話都在有意無意之間提到梅蘭芳和戲曲改革的問題，對梅先生的心理威脅很大。1958年中共文化部「戲曲表現現代生活

8　方靜，《梅蘭芳之死及其他》。台北：黎明文化事業公司，1976年，頁142。

會議」的總結談話，正式宣布了「兩條腿走路」的方針，一條腿是傳統戲，一條腿是現代戲。文革期間樣板戲《智取威虎山》，就是由這一年大量編演的現代戲之一《智擒慣匪座山雕》發展出來的。

　　從1957年到1959年，梅先生是很消沈的，除了勞軍和招待外賓，幾乎沒什麼演出機會，他預計編演，甚至連唱腔都設計完成的《龍女牧羊》、《女媧補天》都被否決。（文革期間，《龍》、《女》、《穆》都被指為毒草，設於北京戲曲學院的梅派藝術陳列室也因此被搗毀。）是以，1959年他和田漢編改的《穆桂英掛帥》被認為是戲曲界以傳統戲曲的新編劇目，對江青主導的戲曲革命一次嚴肅的示威行動，而梅蘭芳則是在這一次示威行動中親自掛帥[9]。這和田漢，甚至張庚、齊燕銘在文革中的悲慘遭遇，有密切關係[10]。至於梅先生改編這齣戲的時候，到底只是一時有感而發，或真有這麼清楚的自覺，恐怕就很難說了。我想，感慨是一定有的，至於後來衍生的這麼多解釋，恐怕多一半是江青這一幫人硬要對號入座的吧。

　　《穆桂英掛帥》共分〈報警〉、〈鄉居〉、〈進京〉、〈比武〉、〈接印〉（後來習慣稱〈捧印〉）、〈述舊〉、〈聽點〉、〈發兵〉八場。有關該戲的設計、編演，在《梅蘭芳文集》（中國戲劇出版社，1962）原題〈再度塑造一位愛國女英雄穆桂英〉一文，及許姬傳〈梅蘭芳遺物紀事〉、鄭亦秋〈穆桂英

9　馬連良悼梅蘭芳的【榴花泣】一詞中，突兀的出現「羨君聞道早，穆桂英高舉帥旗搖」，也似乎意有所指。

10　同註8，頁135。

掛帥中的藝術創造〉等文均已提及，在此不擬重複，只針對穆桂英有關的三場戲，稍作討論。

第二場〈鄉居〉，主要表達穆桂英對宋室輕待功臣，憤懣失意的心境，說明楊家將對宋室江山鞠躬盡瘁，一門忠烈，卻被冷落遺忘。反對派遣兒女進京，也是後來不願掛帥的伏筆。當時的情況，從〈報警〉一場寇準的唱詞「休忘楊家干城將，精忠報國血戰沙場，汗馬功勞他人享，佘太君這才辭朝返故鄉。」和〈鄉居〉太君的唱詞「我楊家保大宋披肝瀝膽，父子們建奇功不下萬千，夫繼業盡忠節人人頌贊，眾兒郎一個個為國身捐，到如今冷清清金鼓聲斷，白虎堂靜悄悄劍銹刀殘。」便可見其一斑。

第五場〈捧印〉，又可分成三個部分。一是兒子文廣、女兒金花從京城搶回帥印，桂英不肯接印。二是太君勸桂英掛帥，桂英提出宋室刻薄寡恩，「楊家將捨身忘家把社稷定，凱歌還人受恩寵我添新墳，慶昇平朝堂內群小並進，烽煙起卻又把元帥印送到楊門」，堅持不肯再為宋天子領兵上陣。太君由勸轉逼，桂英只好答應。在所有楊家將故事中，佘太君一直是極為特殊的人物，值得專題討論，他在每一段故事中都是主戰派，勇於任事，為了黎民百姓能得安寧，「楊家不問靠何人」，並強調「退敵不求加恩寵」，譬如《楊門女將》一戲，百歲老婦健猛狠厲的形象，驚心動魂，一見難忘。即以本場勸桂英的話「我怎能袖手旁觀不顧乾坤，為國家說什麼夫亡子殞，盡忠何必問功勳。」固然忠誠可感，更悲涼的何嘗不是他昧於國家神話的迷思，造成楊家將故事的悲慘迴環！本場的第三部分，是桂英同意掛帥後，獨自留在臺上心境掙扎的表演，也可分成三個層次，一是為與不

為？當「一家人聞邊報雄心振奮」，他自忖「難道說我無有為國為民一片忠心」。二是能與不能？「二十年拋甲冑未臨戰陣」。在這兩層猶豫中，梅先生首創了青衣使用武戲鑼鼓【九錘半】套子的先例，利用水袖、誇大的台步，甚至挪用《鐵籠山》姜維觀星、《一箭仇》史文恭回營的動作，表達內心轉折，身段比青衣誇大，比刀馬旦文氣，因本場穿帔，也可以說文戲打扮，武戲節奏。想到「當年桃花馬上威風凜凜，敵血飛濺石榴裙」，不由志氣凌雲。此時梅先生以他熟悉的石刻塑像造型，表演捧印身段，並轉到第三個心理層次：

> 我不掛帥誰掛帥
> 我不領兵誰領兵

第八場〈發兵〉，馬金鳳曾說《掛帥》的穆桂英可別立「帥旦」行當[11]，倒也並非戲言。穆桂英在這場戲中披蟒紮靠，戴帥盔、插翎子，左手捧令旗寶劍，右手執馬鞭，在八個男兵，八個女兵，四名靠將，一名捧印官之後，於【慢長錘】的鑼鼓聲中揚鞭上場。她看著帳前的丈夫兒女，不由憶起當年。梅先生在這裡運用了同一段中換調創腔的手法，在唱完【西皮原板】：「見夫君氣軒昂軍前站定」後，忽而轉唱適合抒寫小兒女纏綿情致，曲調較為悠揚婉轉的【南梆子】：「全不減少年時勇冠三軍。金花女換戎裝婀娜剛勁，好一似當年的穆桂英」三句，其後因要提及性格驕縱的楊文廣，不宜再唱【南梆子】，又轉回【西皮原板】。這一段腔調轉換，一方面聲情與辭情密切配合，一方面也

11　同註7，頁115。

新奇悅耳。接著穆桂英為讓文廣心存警惕，以免上陣後輕敵而殺身誤事，遂藉文廣言辭不當，佯裝斬子，寇準說情得免。而後是太君送行，全軍浩浩蕩蕩出發。穆桂英再度踏上「千里出師靖妖氛」的戎征。

四、葬花／戎征

最後，談談黛玉與穆桂英這兩位劇中的女性角色。這兩個人物，都是非常獨特的，而且在某一程度內，他們享有比其他女性更多自主、自由和表達本性的機會。

黛玉雖說是寄人籬下，有諸多不順心的地方，但終究是住在榮國府內，特別是後來遷入與外界隔絕、帶有理想色彩的大觀園內[12]，而且他在踏進塵世的種種是非之前就過世了。他十多年的生命，可以說備受保護，可以任性，又可以相當程度內明白表示一己好惡。日常生活中，他有幾年不去理會父權宰制的社會壓力，也可以不必認同父權社會的價值判斷[13]，而保持一種比較簡淨、比較自在的女子姿態。可是，他最終還是身殉其間。從另一個角度看，這位身心俱遭禁錮封閉的佳人，是如何行走在荒涼的固定軌道上呢？

在《葬花》這齣戲裡，黛玉一開始是由於對自身美好的寶愛珍重，而兼及飛花，深感「花落塵埃，委於藩溷，好不似那紅顏薄命」，於是葬花香塚，就像戲中【二六】唱詞，好將豔骨葬黃泉

12　有關大觀園的「理想」成份，可參閱余英時，《紅樓夢的兩個世界》。
　　台北：聯經出版事業公司，1978年。

13　《紅樓夢》中多處描寫黛玉尖銳批評包括功名在內的種種社會價值。

的原因，是：「花謝容易花開難，一抔淨土把風流掩，莫教漂泊似紅顏。質本潔來還潔返，強如污濁陷泥團。」從單純的、對人與物美好品質的珍惜，到讀《西廂》後，對人間情愛的期待，劇中所引四節《牡丹亭》唱詞，正貼切體現了這種心情的轉折：

原來姹紫嫣紅開遍，似這般都付與斷井頹垣。

良辰美景奈何天，便賞心樂事誰家院。

則為你如花美眷，似水流年。

是答兒，閒尋遍，在幽閨自憐。

而事實上，黛玉的擔憂終要成真，他的期望歸於枉然，只剩秋流到冬，春流到夏，哭損芳年的淚珠罷了。

這樣一位幽閉在深宅大院的才女，如果換一個時空，會是什麼樣子呢？怪不得清末南武野蠻在1909年所寫的《新石頭記》安排黛玉未死，出國留學，已在東京附近的大同學校當了哲學兼英文教授，傷春悲秋的詩詞，是早就不做了，而正全力翻譯《萬國通史》呢。

相對於《葬花》的黛玉在禁錮的環境中，向內尋求自我；《掛帥》的桂英，則往往必須被外在的環境，界定自身的「意義」。穆桂英長養山寨，作為與朝廷律法對抗的賊寇，原自有一種潑辣姿肆的生命力。年少時，滿懷青春的愛悅，「敢」在陣前逼婚。武藝高強，將宋營大將包括公公楊延昭都槍挑下馬。之後，由於與楊宗保結親，送降龍木，跪於延昭帳下，已注定了被收編於名門及國家機器的命運。破天門陣、破洪州，甚至年老尚

要掛帥征東。楊家一門男將喪亡殆盡，他以一名女將馳騁在男性世界中，行使男子的責任與權力。戰場上的廝殺，是極其狠厲悲涼的，《掛帥》中〈迻舊〉一場，楊宗保向一雙兒女講述桂英的戰績：「打一陣來破一陣，七十二陣陣陣平，只殺得飛鳥亡群、人不見影，只殺得馬蹄血染沙場腥，弓折弦斷風沙滾，只殺得敵軍潰散不成軍。」這樣的桂英以一介女子身披甲胄，掛帥戎征，當他馳騁在男性的世界中，是以桃花馬、石榴裙來標誌其女性存在呢？或者已然泯滅了性別，以一種無可奈何的姿態出現呢？

　　戲曲中的女子，也和現實裡一樣，步履維艱，到底手荷花鋤葬花去？或成為女身的男子，披上甲胄，跨馬戎征呢？以男子之身，作女子之姿，扮演「她」們的梅蘭芳，或者或男或女，作為看客的我們，恐怕都游移不定。

原發表於《當代》103期。臺北：當代雜誌社，1994年11月。

牡丹亭上三生路
——從小說〈遊園驚夢〉到「青春版《牡丹亭》」

一、前言

　　當「白先勇的文學與藝術國際學術研討會」主辦單位告知，將舉辦此次活動，並指定我談「青春版《牡丹亭》」時，筆者委實遲疑了一下。因為「青春版《牡丹亭》」自開始籌畫、排練，到2004年在臺北國家戲劇院首演，之後在兩岸三地及國外相繼巡演，演出已經超過一百場[1]，相關評論、座談會、研討會、論文[2]

1　青春版《牡丹亭》2004年4月29日至5月2日在台北國家戲劇院首演，每輪上中下三場，演出兩輪六天。2007年5月11日至13日，在北京展覽館劇場，第100場演出。到本論文宣讀的2008年10月18日為止，則已演出159場。

2　演講、座談會數量太多，不一一列舉，學術研討會比較重要的，如2004年4月27、28日「湯顯祖與牡丹亭國際學術研討會」，由中央研究院中國文哲研究所、臺灣大學中文系及戲劇系、國立傳統藝術中心、美國加州大學聖塔芭芭拉分校東亞系共同主辦；2005年7月7、8日「青春版《牡丹亭》研討會」，由蘇州大學主辦。相關書籍，至少包括（同一書在兩岸重複出版者，僅列初版）：白先勇，《白先勇說崑曲》。台北：聯經出版事業公司，2004年；白先勇主編，《姹紫嫣紅《牡丹亭》——四百年青春之夢》。台北：遠流出版公司，2004年；白先勇編著，《牡丹還魂》。台北：時報文化出版公司，2004年；白先勇總策劃，《驚夢、尋夢、圓夢——圖說青春版《牡丹亭》》。台北：天下遠見出版公司，2005年；白先勇總策劃，《曲高和眾——青春版《牡丹亭》的文化現象》。台北：天下遠見出版公司，2005年；華瑋主編，《湯顯祖與牡

更是不計其數，出版的相關書籍也累積了相當大的數量，大概有關《牡丹亭》或「青春版《牡丹亭》」，能談的論題，不論大小，都被翻來覆去、幾乎毫無遺漏的從各個不同角度，一再討論過了。但我還是欣然奉命，答應參加此一盛會，並不是筆者如此大膽，或有甚麼特殊的見解可以提供，而是很高興有此機會向白先勇先生致敬。

　　筆者中學時初讀白先勇的小說〈遊園驚夢〉，當時覺得天地震動，於是到圖書館找來《牡丹亭》，這是我第一次糊裡糊塗、似懂非懂（其實不懂）的閱讀明代傳奇，雖然不敢說對我後來以戲曲為研究方向有絕對的影響，但套一句大家常用的話，的確有「千絲萬縷」的關聯，而滿口生香的曲文字句，開啟了我對戲曲劇本的喜愛和此後的閱讀，並開始接觸崑曲，從欣賞、學習、演出，到研究。此後，舞臺劇《遊園驚夢》演出，以及白先勇三度製作演出崑曲《牡丹亭》，都在我個人生命歷程中留下深刻的印記，因此再度回顧白先勇在不同媒材中與崑曲的相遇、牽絆、成就、對臺灣文化藝術的影響，也是回顧包括我個人在內這一代人的生命經驗。在此，除了向自稱為「崑曲義工」的白先勇先生表達敬意，也藉此見證這幾部作品，在每一個當下，所具現的典範示範意義。

　　本論文主要是針對白先勇的創作和製作中，和崑曲與臺灣藝術文化有關的作品，進行討論。小說〈遊園驚夢〉中，主角錢夫人藍田玉藉由《牡丹亭・驚夢》的唱詞，穿越時空，連結內心與

丹亭》。台北：中央研究院中國文哲研究所，2005年；白先勇主編，《白先勇與青春版《牡丹亭》》。廣州：花城出版社，2006年。

實境，是當代華文小說中極精彩且已成為經典的寫作示範。小說
被改成盧燕擔綱的舞臺劇時，悱惻華豔的曲詞，還原成纏綿幽婉
的崑曲演出。其後，白先勇三度──1984年徐露版[3]、1992年華文
漪版、2004年青春版──參與崑曲《牡丹亭》的演出製作，他自
稱2004的「青春版《牡丹亭》」，讓他「終於圓夢」。這齣戲如
前所述在兩岸三地及國外幾度公演，並掀起一波深具意義的文化
現象。本文擬探討白先勇從小說、舞臺劇對《牡丹亭》的片段挪
用，到連演三天幾近全本的崑曲演出，其間的淵源、流轉，以及
「青春版《牡丹亭》文化現象」對當今崑曲劇壇的意義與後續對
話狀況，並思考此一圓滿的經典示範會不會成為絕響，或竟是另
一種形式的悼亡？

二、《遊園驚夢》小說與舞臺劇中的崑曲呈現

（一）小說〈遊園驚夢〉

〈遊園驚夢〉是白先勇「臺北人」系列小說中的一篇（我個
人認為是其中成就最高的一篇），最早發表於1966年11月《現代
文學》第三十期，先後收錄於1968年仙人掌出版社印行的短篇小

3　因為白先勇在〈牡丹亭上三生路──製作「青春版」的來龍去脈〉，
　　《姹紫嫣紅《牡丹亭》──四百年青春之夢》。台北：遠流出版公司，
　　2004年，頁95-101，提到徐露版為1983年，此後大量討論文章據此引
　　用，然此為白先勇一時誤植，徐露版實為1984年，本文據正確時間校
　　定。並請參見1984年徐露演出海報，當時各報刊相關文章，或《新象
　　二十五週年》。台北：藝術之友雜誌社，2003年，頁81；《繁花綻放：
　　新象傳奇30年》。台北：遠流出版公司，2008年，頁92。

說集《遊園驚夢》，及1976年晨鐘出版社印行的《臺北人》[4]；1983年，《臺北人》轉由爾雅出版社出版後，遂成為流傳最廣、影響最大的版本，其後又被各種選本選錄刊行。關於〈遊園驚夢〉，最早期且極具份量的評論，則有姚一葦[5]和歐陽子[6]的論述，此後相關評論更是連篇累牘、不可勝計，而歐陽子「在中國文學史上，就中短篇小說類型來論，白先勇的『遊園驚夢』是最精彩，最傑出的一個創作品。」[7]一語，更不斷被引用。本文僅拈出與崑曲《牡丹亭・驚夢》[8]相關的部分[9]來討論。

　　小說中引用戲曲，以交互指涉（intertextual）的方式，引申、象徵，進而豐富作品的內容，最為大家熟悉的，當推《紅

4　本文引用，以晨鐘版為據，白先勇，〈遊園驚夢〉，《臺北人》。台北：晨鐘出版社，1971年，頁167-196，文中引用不再一一標舉頁數。

5　姚一葦最初是在《文學季刊》的同仁聚會上分析了〈遊園驚夢〉，施叔青筆錄後，發表於《文學季刊》，其後收錄於姚著《文學論集》，見姚一葦，〈論白先勇的「遊園驚夢」〉，《文學論集》。台北：書評書目出版社，1974年，頁159-173。

6　歐陽子，〈「遊園驚夢」的寫作技巧和引伸含義〉，《王謝堂前的燕子——「臺北人」的研析與索隱》。台北：爾雅出版社，1976年，頁231-274。

7　同註6，頁231。

8　湯顯祖《牡丹亭》第10齣〈驚夢〉，包含遊園、驚夢兩段情節，劇場俗稱「遊園驚夢」，白先勇小說因襲此稱，為避免造成困惑或混淆，本文論述亦稱「遊園驚夢」。

9　崑曲終究還是相當專門的範疇，如註6歐陽子從各方面論析本篇小說，相當精詳，但也許對崑曲偏向知識的理解，而不是實質的認知，也可能並不諳演唱，所以論及崑曲部分，對〈遊園〉、〈驚夢〉的「分段」，哪些曲子屬於哪一部分，主要內容是甚麼，似乎掌握得並不確實，而小說中【山坡羊】一曲為錢夫人在梅園新村所唱，歐陽子評論誤以為徐太太在天母演唱，類此諸處，都可再斟酌。

樓夢》。如第十八回「皇恩重元妃省父母」，元妃省親時，點了〈豪宴〉、〈乞巧〉、〈仙緣〉、〈離魂〉四齣戲，曹雪芹在此暗示了賈府終將盛極而衰；第二十二回「聽曲文寶玉悟禪機」，更藉著寶玉對〈山門〉中出家的魯智深所唱【寄生草】曲文的感悟，預言了寶玉的出家。《紅樓夢》書中與《牡丹亭》有關的，包括府中演出時的劇目、梨香院家班女伶在賈府中及大觀園姊妹聚會時的清唱，或薛寶琴所寫的行經古蹟的懷古詞〈梅花觀〉，而最膾炙人口的，當然是第二十三回「牡丹亭豔曲警芳心」的描寫。林黛玉偶然行經梨香院外，忽然聽見牆內吹送過來的〈遊園驚夢〉曲文：「原來是姹紫嫣紅開遍，似這般，都付與斷井頹垣……」，不覺止步側耳聆聽，又唱到「良辰美景奈何天，賞心樂事誰家院……」、「只為你如花美眷、似水流年……」、「你在幽閨自憐……」，於是「越發如醉如癡，站立不住，便一蹲身坐在一塊山子石上」，浮想聯翩、情思纏綿，「不覺心痛神馳，眼中落淚」[10]。如果不是自幼慣聽崑曲的人，多半的讀者，都是在讀《紅樓夢》這一回時，和〈遊園驚夢〉的曲文初次見面吧。如果說《紅樓夢》挪用〈遊園驚夢〉曲文，是作為激發內在情感的「引子」，小說〈遊園驚夢〉則直接和戲曲疊合，小說和曲文已經如羚羊掛角、撮鹽入水，結合為一體了。

　　小說〈遊園驚夢〉據白先勇自己的說法，「是一個簡單的故事──美人遲暮的故事」[11]，寫蟄居南部的錢夫人（藍田玉），

10　曹雪芹、高鶚原著，啟功等校注，《彩畫本紅樓夢校注》。台北：里仁書局，1983年，頁394-395。

11　白先勇，〈為逝去的美造像──談「遊園驚夢」的小說與演出〉，《遊園驚夢》。台北：遠景出版事業公司，1982年，頁128。

到昔日一起在南京夫子廟得月臺清唱的姊妹竇夫人（桂枝香）在臺北天母的公館參加晚宴，宴會後還有戲曲清唱，宴會和清唱場景引起錢夫人的今昔之歎，前塵往事齊上心頭。小說中悼惜的，既是美人的遲暮，也是時代、充滿榮華的記憶，和美好精緻的藝術——崑曲的遲暮。要在故事性不強的短篇作品中，抓住「今昔之感」，當然並不容易，白先勇自云：

> 這篇小說的故事性薄弱，著重於抒情與詩意的氣氛釀造。這是我寫得最辛苦的一篇短篇小說，前後寫過五遍。因為頭三遍都用傳統敘述法，無法寫出時空交錯的回憶片段，一直到我嘗試用意識流的手法，才打破時空限制，將崑曲的節奏與詩意融入小說情節中。可以說，崑曲是這篇小說的主要靈感泉源。[12]

寫作手法原無所謂優劣好壞，端看用在哪裡，用得是否恰當，這篇小說正是針對小說內容和氣氛，精彩的使用了意識流，讓今昔時空交錯、事件平行，對比呈現[13]。小說中意識流的使用和崑曲〈遊園驚夢〉相結合的段落，正是小說最重要的部分。今昔的兩組人物——不在場的竇瑞生、竇夫人老三桂枝香、替長官照顧竇夫人，卻明顯與竇夫人有曖昧情愫的程參謀、顯然再度橫刀奪愛的竇夫人的親妹妹十三天辣椒蔣碧月；錢鵬志將軍、錢夫人老五藍田玉、替錢將軍照顧錢夫人，卻與錢夫人一度雲雨的參謀鄭彥

12　白先勇，〈遊園驚夢——小說與戲劇〉，《遊園驚夢》。台北：遠景出版事業公司，1982年，頁118。

13　相關論述，請見註5、註6，姚一葦、歐陽子論評。

青、另一個橫刀奪愛的錢夫人親妹妹十七月月紅——在一支曲子的演唱時間裡，在錢夫人的記憶中展開多重時空的對話。

小說的發展，是餐後清唱餘興進行到崑曲名家徐太太開始唱〈遊園〉之際，蔣碧月走過來，坐在錢夫人和程參謀旁邊，蔣碧月火焰般的紅旗袍和金光亂竄的扭花鐲子，讓喝了幾杯「終究有點割喉」的花雕酒的錢夫人感到暈眩，蔣、程兩人交會的目光和漸漸靠在一起的臉，在徐太太【皂羅袍】的聲腔中，讓他想起當年在梅園新村宴客後，他演唱〈遊園驚夢〉的情景，鄭彥青跟月月紅，也是「兩張醉紅的臉又漸漸靠攏在一處」，梅園新村那一次聚會，他唱到【山坡羊】結尾時，嗓子啞了，在天母這個晚上，他則拒絕再度開口唱曲。

這個「當下」，心緒流轉，包括了幾個不同時空，而以意識流手法串接在一起[14]：

1. 蔣碧月和程參謀坐在錢夫人身邊，聽徐太太唱曲，「兩張臉都向著她，一齊咧著整齊的白牙，朝她微笑著，兩張紅得發油光的面龐漸漸的靠攏起來，湊在一塊兒，咧著白牙，朝她笑著。」

2. 徐太太清唱〈遊園〉【皂羅袍】：

原來姹紫嫣紅開遍

似這般都付與斷井頹垣

良辰美景奈何天

賞心樂事誰家院——

14　見註4，頁187-191。

3. 錢夫人在梅園新村唱〈遊園〉【皂羅袍】。

4. 笛師吳聲豪曾說錢夫人這段【皂羅袍】「便是梅蘭芳也不能過的」，又曾說「練嗓子的人，第一要忌酒」，可是演唱前，月月紅卻端酒來敬，穿著大金大紅的，還語帶雙關的說，「姐姐，你不賞臉」，不是不賞臉，「實在為著他是姐姐命中的冤孽」，然而鄭彥青「也跟來胡鬧了」，捧了滿滿的一杯酒來敬。喝多了酒，嗓子靠不住，吳師傅的笛子「卻偏偏吹得那麼高」。

5. 錢夫人在梅園新村接唱〈驚夢〉【山坡羊】：

沒亂裏春情難遣

驀地裏懷人幽怨

則為俺生小嬋娟

揀名門一例一例[15]裏神仙眷

甚良緣把青春拋的遠

俺的睡情誰見——

戲裡杜麗娘即將入夢，柳夢梅也即將上場，吳聲豪曾說：「〈驚夢〉裡幽會那一段，最是露骨不過的。」

6. 〈驚夢〉是杜麗娘的情色啟蒙，演唱〈驚夢〉【山坡羊】的錢夫人，也憶念著「只活過一次」的與鄭彥青的繾綣交歡、春風一度那天，往中山陵路上兩旁的白樺樹、白馬、黑馬、流汗的馬、人……。想起錢鵬志將軍帶給他的榮華富貴、錢將軍亂得像枯白茅草的頭髮、黑窟窿似的眼睛、瘦黑的手。瞎子師娘說過「藍田玉，可惜你長錯了一根骨頭。」

---

15 小說中作「一列一列裡」，今依《牡丹亭》原文改引為「一例一例裡」。

7. 正唱著、想著，卻目睹最愛的人（命中的冤孽）和最親的妹妹的聯手背叛，月月紅坐到鄭彥青的身邊去，錢夫人藍田玉的嗓子啞了。這一段描述極是精彩，原文照錄如下：

> 遷延，這衷懷哪處言
>
> 淹煎，潑殘生除問天

就在那一刻，潑殘生——，她坐到他身邊，一身大金大紅的，就是那一刻，那兩張醉紅的面孔漸漸湊攏在一起，就在那一刻，我看到了他們的眼睛：她的眼睛，他的眼睛。完了，我知道，就在那一刻，除問天——（吳師傅，我的嗓子。）完了，我的喉嚨，摸摸我的喉嚨，在發抖嗎？完了，在發抖嗎？天——（吳師傅，我唱不出來了。）天——完了，榮華富貴——可是我只活過一次，——冤孽、冤孽、冤孽——天——（吳師傅，我的嗓子。）——就在那一刻，就在那一刻，啞掉了——天——天——天————

回憶至此，徐太太的【皂羅袍】唱完了，蔣碧月站起來要扶錢夫人起身唱〈驚夢〉，「五阿姐，該是你『驚夢』的時候了」，程參謀、竇夫人也都過來了，錢夫人在現實中「驚夢」的同時，以嗓子啞為由拒絕了，小說也回到正常、傳統的敘事手法。

在姚一葦的分析[16]中，在這段意識流的描述之前，小說中已出現五次「現在進行的事件與過去進行的事件」的相關「引發」，正是姚文所提出的這一再重複、推向過去的倒轉，層層

16　同註5。

鋪敘，才使得這一段藉崑曲演唱承載的事件和情感，不論內容的密度或手法的運用，都得以奮力一搏、掉尾一振，成就直臻顛峰。小說的成就，不只在於以《牡丹亭》〈遊園驚夢〉為題，或借用〈遊園驚夢〉的內容涵義作為交互指涉的粉本，而是崑曲的曲詞、內容和小說中的人物、事件，已經密切融合，成為小說的主體。至於通觀整篇小說，劉俊指出「白先勇通過錢夫人和竇夫人的人生錯位和命運對比，將『人生如夢』的主題以『失落』和『輪迴』的方式完整的呈現出來」[17]，當錢夫人個人的失落（青春、榮耀、情人，乃至丈夫），在竇夫人身上再次輪迴的時候，這種失落就從個人延展為一類人（「臺北人」），乃至整個人類的普遍現象和共同命運，也就是白先勇說的，他替一位他見過、崑曲唱得很好的藝人編了〈遊園驚夢〉這個故事，「對過去，對自己最輝煌的時代的一種哀悼，以及對崑曲這種最美藝術的懷念。」[18]，以致整篇小說充滿悼惜或悼亡的氣氛。當然，若與《牡丹亭》全劇相較，《牡丹亭》強調的是「情之至」可以超越生死，所謂「情不知所起，一往而深，生者可以死，死可以生」[19]，以〈圓駕〉終場。小說則僅借「驚夢」之意，從人生如夢的角度，推衍出時間的斷裂潰散，指向「生命某一點上時間的陷落，無可彌補的傷痛因之產生」[20]，和《牡丹亭》是有相當大

---

17 劉俊，《情與美：白先勇傳》。台北：時報文化出版公司，2007年，頁155。

18 同註11，頁125。

19 湯顯祖，〈作者題詞〉，《牡丹亭》。台北：華正書局，1979年，頁1。

20 有關小說〈遊園驚夢〉中時間的陷落，及其與《牡丹亭》意涵的「對

的差距，甚至「對立」的。下文討論「青春版《牡丹亭》」時，將再談到，「青春版《牡丹亭》」熱熱鬧鬧的演出，姹紫嫣紅開遍之後，指向的是開始還是終結，經典的示範會不會竟是繁華的悼亡儀式，而與小說〈遊園驚夢〉形成輪迴？

（二）舞臺劇《遊園驚夢》

　　舞臺劇《遊園驚夢》歷經四次製作演出，本文集中討論臺灣演出的版本，並聚焦在其中的崑曲呈現部分，此外的三次製作，則只做簡單介紹。1979年8月白先勇應邀到香港參加首屆「中文文學週」「中文文學獎」的評審，30日香港大學「海豹劇團」在香港藝術中心演出《遊園驚夢》舞臺劇，黃清霞導演，張豹祥編劇，劇本完全依照小說的形式，何漪漣主演，演員講廣東話，有關崑曲的部分以配音代替。雖然是五十分鐘的小規模的演出，但觀眾反應熱烈，也觸發白先勇將小說〈遊園驚夢〉改編成舞臺劇在臺灣演出的想法。1982年8月7日至14日，舞台劇《遊園驚夢》在臺北國父紀念館演出十場，詳情下文再談。其後，白先勇帶著錄影帶在美國各地和香港放映，並舉行座談會。1988年3月底開始，廣州話劇團在廣州長城劇院、上海長江劇場共演出《遊園驚夢》三十場，並於同年12月13日至17日在香港九龍高山劇場演出。由胡偉民導演，華文漪、姚錫娟主演。1999年4月10日，北卡新世紀劇團由賈亦棣導演，在Cary Davis Drive Middle School演

立」，請參見王德威，〈遊園驚夢，古典愛情——現代中國文學的兩度「還魂」〉，《湯顯祖與牡丹亭》。台北：中央研究院中國文哲研究所，2005年，頁671-697。

出《遊園驚夢》第四次製作。

　　1979年夏天，白先勇結束香港的評審工作，赴美前返臺一趟，和當時文化界的朋友討論把《遊園驚夢》搬上臺灣舞臺的可能，決定成立「《遊園驚夢》演出籌備委員會」，由「新象文教基金會」負責製作事宜，樊曼儂擔任製作人。白先勇返美後即親自執筆，並與楊世彭合作，幾度易稿，完成劇本的改編工作[21]。經過一年多的籌備，1982年白先勇向任教的加州大學聖塔芭芭拉分校申請休假，坐鎮臺北，開始為期四個月的實際製作與排練，於8月7日起演出十場。當時正是臺灣出國留學、學有所成歸國的菁英份子，締造了回望自身文化風潮的顛峰期，《遊園驚夢》的演出，在風起雲湧的文化活動[22]歷程中，尤其成為注目的焦點。十場全部滿座，包括第六場時遇到颱風來襲、大雨滂沱的夜晚。戲中結合戲曲、音樂、燈光、電影、幻燈……，也是臺灣首次如此大規模多媒體的結合，再掀臺灣劇運的新頁。該劇由黃以功導演、姚一葦戲劇指導、聶光炎舞臺及燈光設計、張照堂電影、王榕生服裝設計、許博允作曲、董陽孜書法藝術、吳秀蓮編舞；因為劇中有許多戲曲表演，又特別邀請徐炎之崑曲指導、梁秀娟崑曲身段指導、馬驪珠戲劇和平劇身段指導；演員則包括盧燕、歸亞蕾、胡錦、劉德凱等，整個藝術群可以說集臺灣一時之最[23]。

21　劇本收入白先勇，《遊園驚夢》。台北：遠景出版事業公司，1982年，本文引文皆以此為據。

22　1970、80年代，雲門舞集、雅音小集、蘭陵劇坊陸續成立，並有實驗劇展及國人作詞作曲的中文歌劇，持續創作演出。

23　《遊園驚夢》藝術群，請見白先勇，〈「遊園驚夢」演員及工作人員表〉，《遊園驚夢》。台北：遠景出版事業公司，1982年，頁271。

更難得的是，因為經費有限，所有演員和藝術工作人員，全部沒有支領報酬，這大概也只有在那個懷著美好理想的浪漫年代才有的事，當然也是白先勇的個人魅力和誠意，使大家願意為這齣戲奉獻。

劇本和小說是不同的載體，呈現的方式不同，要如何同時掌握原著小說中抒情與詩意的特質，又能在劇場剎那過眼的情況下，清楚深入的打動人心，的確是極為困難的。筆者認為，即使是白先勇親自執筆，劇本的藝術成就其實是遠不及小說的，而「寫出」的天地滄桑的荒蕪，在九十多分鐘的戲中，並沒能「演出」讓人悚懼、徹悟或惘然的低迴不盡，尤其演出和技術都太過熱鬧，也削減了深刻沈鬱的動人力量，不過終究是最好的演員和一時之選的藝術工作群，在那個時間點演出這齣戲，觀眾（包括筆者）都還是極為動容讚歎。本文不打算廣泛或從細節討論劇本或演出，仍然只是由與崑曲相關的視點切入。

從大方向看，舞臺劇和小說最大的不同有二，而且都與戲曲有關。一是小說中提到的戲曲，舞臺劇演出時都以具體的表演呈現。二是夾入〈遊園驚夢〉崑曲曲詞的意識流描述，要以甚麼方式演出？包括戲劇大師姚一葦[24]，及白先勇到清華大學演講後的師生提問[25]，都表達了相同的關心。

關於前者，在演出中呈現片段戲曲的「戲中戲」，崑曲部分與回憶和意識流描繪有關，併到討論第二個問題時再談，此處

24　姚一葦，〈挑戰〉，《遊園驚夢》。台北：遠景出版事業公司，1982年，頁139-144。

25　同註11，頁129。

先談京戲方面的使用。小說中提到〈洛神〉、〈貴妃醉酒〉，及〈八大鎚〉。張愛雲演出的〈洛神〉是賴夫人、程參謀、蔣碧月、錢夫人的話題，作者選擇此戲，一方面借曹子建和甄宓的不倫，影射錢夫人、月月紅和鄭彥青（或包括竇夫人、蔣碧月和程參謀）之間的私情，而提到張愛雲年華老大，「扮起宓妃來也不像啊」，以及張唱到一半，「嗓子先就啞掉了」，都是作者意有所指的寫出錢夫人的「參考座標」。舞臺劇中，賴夫人不參與這一段談話，〈洛神〉除了前面所說的意涵，又成為程參謀、蔣碧月化身曹子建、甄宓，以戲曲唸白的腔調，借戲詞打情罵俏，從小說中對他二人曖昧情感的側寫，「坐實」了兩人的親密關係。當然，「張愛雲」的確有影射名伶「章遏雲」的疑慮（筆者初讀小說時，就很自然的聯想），可能為避免無謂的紛擾，劇本中改名為羅紫雲。〈貴妃醉酒〉演的是楊貴妃在百花亭設宴等待唐明皇，誰知皇帝竟往西宮探訪梅妃，於是貴妃妒火中燒，自斟自酌，遂至大醉，明顯影射錢夫人、月月紅爭奪鄭彥青（或包括竇夫人、蔣碧月爭奪程參謀）的三角關係。小說中是晚宴後蔣碧月演唱〈貴妃醉酒〉，開始清唱餘興，余參軍長（劇本中為余仰公）在一旁起鬨，並客串高力士，這一段佔的篇幅並不多。改以舞臺劇演出時，因落實表演，唱了兩段【四平調】，加上音樂唱腔身段所佔的時間，的確變成前文說的「戲中戲」，既打斷戲劇動作的進行，而觀眾也專注於戲曲唱腔和身段的觀賞品評，要等戲中戲結束後，才能跳回原來的情節脈絡。〈貴妃醉酒〉這一段，不僅只是影射或借戲詞「人生在世如春夢，且自開懷飲幾盅」的寓意寄託而已，已經從側寫或背景轉為舞臺上的前景，

而且根據白先勇的說法,他想讓楊貴妃醉酒那一刻感受到「聖上的眷寵原來也是不可恃的,人生不過一場虛空」[26],來呼應錢夫人醉酒之後的虛空。而在錢夫人以嗓子啞了為由,拒唱〈驚夢〉之後,余參軍長接唱〈八大鎚〉,做出種種讓女客「笑得彎了腰」的動作,喧囂笑鬧,對比之前崑曲〈遊園〉的纏綿婉約及錢夫人回憶的沈慟糾結,是極具反諷意味的[27]。舞臺劇演出時,放棄了反諷用意,將〈八大鎚〉改成一般觀眾較為熟悉的〈霸王別姬〉,主題移轉成英雄老去、美人遲暮,白先勇表示「其實我整本『臺北人』真正想寫的,就是這種的哀惋、感傷情懷。」[28]。戲中〈霸王別姬〉選取項羽念「力拔山兮氣蓋世,時不利兮騅不逝,騅不逝兮可奈何,虞兮虞兮奈若何」的段落,的確慷慨悲涼,如果接著宴會尾聲、天氣轉冷那一段,也許歷史的滄桑感可以延續,在觀眾心中留下重量。但可能作者捨不得〈霸王別姬〉中著名的虞姬舞劍段落,於是鑼鼓再起,由蔣碧月表演熱鬧的劍舞,固然可以讓飾演蔣碧月的演員——臺灣版是胡錦——有表現的機會,但蔣碧月在〈貴妃醉酒〉一段已可充分表現唱、做功夫,更何況胡錦穿著不適合舞劍的服裝和高跟鞋,劍花翻飛中,觀眾其實是相當替他擔心的。在全劇中插入篇幅、時間都不短的〈貴妃醉酒〉、〈霸王別姬〉,明顯的表達了白先勇想在舞臺劇中介紹傳統戲曲的意圖。

26　陳怡真,〈臺北人遊園驚夢——白先勇小說改編成舞台劇〉,《遊園驚夢》。台北:遠景出版事業公司,1982年,頁256。

27　關於余參軍長粗俗滑稽的表演,形成的諷刺對比,歐陽子有深入的論述,參見註6,頁251-252。

28　同註25。

　　至於小說中「現在進行的世界」與「過去的世界」間的多重情境，以及錢夫人意識流動的部分，舞臺劇是以獨白和電影來表達，崑曲的運用更有畫龍點睛的效果，以下就談談劇中崑曲的使用。和小說一開始就是錢夫人抵達竇公館不同，舞臺劇中，錢夫人是戲進行到三分之一時才出場，而且是在〈遊園〉【皂羅袍】的音樂聲中亮相，劇中更將【皂羅袍】一曲設計成錢夫人的主題曲。蔣碧月過來和錢夫人打招呼，提到「回頭咱們讓徐太太唱〈遊園〉，五姊唱〈驚夢〉」後，【皂羅袍】樂聲再度響起，開始錢夫人的第二段獨白。在前引蔣碧月、程參謀以〈洛神〉戲詞傳情後，〈遊園驚夢〉的【遶池遊】唱段響起，開始錢夫人第三段獨白，獨白時，銀幕連續播映錢夫人演出〈遊園驚夢〉戲裝劇照。獨白結束，錢夫人當年演唱【遶池遊】的錄音從擴音器中播出，錢夫人隨著曲詞做出身段，【遶池遊】結束後，錢夫人在舞臺接唱【步步嬌】、【醉扶歸】，並配合身段，銀幕映出這兩支曲牌的曲文，並穿插蘇州庭園的影像。演出之時，董陽孜瀟灑韶秀的字跡所寫〈遊園〉的曲文在銀幕汩汩流出，作為背景，舞臺上則是盧燕唱著演著杜麗娘，是當晚讓人最心醉神馳的一幕，時隔二十多年，仍清清楚楚宛然在目，行文至此，當年的感動仍然從脊髓升起。徐太太開始唱【皂羅袍】「原來姹紫嫣紅……」，銀幕打出唱詞，前文討論小說時所提，徐太太演唱這一段的「當下」出現的七重情境，舞臺劇已分散到六段獨白和全劇中，在此則是安排徐太太唱到「朝飛暮捲」時，聲音漸低，而梅蘭芳演唱同段唱腔的音響漸高，錢夫人踱到臺前，音響停止，錢夫人唸出【皂羅袍】曲文，接著第六段獨白。跳接梅園新村時空，錢夫人

與月月紅、瞎子師娘對談，錢夫人開始唱〈驚夢〉【山坡羊】，銀幕除了打出唱詞，並呈現各種意象組合，唱到「遷延」時，鄭彥青上場，與錢夫人共舞，銀幕打出〈驚夢〉【山坡羊】曲詞，舞畢兩人下場，銀幕播放錢夫人與鄭彥青幽會電影，並播放錢夫人獨白錄音。電影結束後，錢夫人在舞臺繼續獨白，鄭彥青的聲音則自錄音中播出。其後，銀幕打出「遷延，這衷懷哪處言？淹煎，潑殘生除問天」，錢夫人唸完曲詞繼續獨白，錄音同時播出梅蘭芳【山坡羊】唱段，到「除問天」一句，唱片不斷重複。

　　企圖在舞臺上表現意識在多重情境中的流動，的確是非常困難的事，本劇極盡所能，結合獨白、崑曲、演唱、曲文幻燈、錄音、舞蹈、電影，以當時臺灣觀眾沒有見過的方式表達，擴大觀眾的視野，雖然呈現結果有極為精彩（如戲中幾次與崑曲有關段落的安排）或值得再斟酌（錢夫人在舞臺獨白時，鄭彥青透過音響器材傳出的「夫人」、「夫人」的呼喚）的不同狀況，整體而言是成功的，更重要的是，開創了臺灣劇場表演的新可能和新思索。演出後觀眾的討論中，除了讚歎，也提出了兩個想法，一是如果全劇不是舞臺劇演出，而改成電影，時空交疊和意識流動，經由電影剪接、蒙太奇……等技法來表現，整體的調性會不會更統一、效果也更好一些，而也可深刻完整的詮釋作者意圖？二是本劇演出時，插入的戲曲片段相當「好看」，尤其是崑曲部分，曲文、聲腔、動作，都引發了很少接觸戲曲及根本沒看過崑曲的舞臺劇觀眾極大的興趣，很多人都在討論，有沒有可能索性製作一次崑曲〈遊園驚夢〉的演出，讓大家一睹這一精緻戲曲的面貌呢？不知白先勇是否也有同感？也是否聽到了這些聲音？此後果

然開展了他的小說陸續被改編，以影視方式呈現，打造另一個白先勇影視衝擊波；另外，他也開始了三次崑曲《牡丹亭》的製作，到「青春版」時，終於圓夢。

　　本節結束前，要特別指出，小說到劇本諸多改變中的一個極富意義的小點。小說中賴夫人和余參軍長談戲時，有這麼一句：「剛才我還和余參軍長聊天，梅蘭芳第三次南下到上海在丹桂第一臺唱的是甚麼戲，再也想不起來了」[29]，只是以一句話回顧以往的看戲經驗。但劇本中加長篇幅，除了賴夫人說「我最後一次看梅蘭芳跟俞振飛演『遊園驚夢』，那是勝利後，梅蘭芳回國公演」，還經由余仰公、竇夫人、顧傳信等人的對話，詳細說明，該次演出是在美琪大戲院，連演四天崑曲，劇目包括：〈刺虎〉、〈思凡〉、〈斷橋〉及〈遊園驚夢〉[30]。表面上看來，似乎只是更換成另一次演出紀錄，強調崑曲、梅蘭芳，和〈遊園驚夢〉。其實，日後白先勇多次談到[31]，這次演出是他與崑曲結緣的開始，他第一次看崑曲，正是抗戰勝利後，梅蘭芳輟演八年後的第一次公演[32]，八歲的白先勇隨著家人在美琪戲院看了梅蘭芳與俞振飛的〈遊園驚夢〉，【皂羅袍】的音樂和梅蘭芳的翩翩舞姿，深印在他心中，也因此開始了白先勇與崑曲、特別是《牡丹

29　同註4，頁172。

30　同註21，頁29-30。

31　白先勇多次在談話、演講中提到此段經歷，也多次見諸文章，參見白先勇，《白先勇說崑曲》。台北：聯經出版事業公司，2004年。

32　抗日戰爭期間，梅蘭芳避居香港，為拒絕日軍要他出來唱戲的要求，蓄鬚明志，也從不吊嗓練習，八年沒有演出。梅蘭芳於1938年赴港，1942年回上海，抗戰勝利後，1945年10月在上海美琪戲院再度登台，當時白先勇（1937年生）8歲。

亭》的六十載情緣。

三、崑曲《牡丹亭》

　　白先勇三度參與、主導崑曲《牡丹亭》的演出製作，——1984年徐露版、1992年華文漪版、2004年青春版，以下分別敘述討論。

（一）1984年徐露版以及京崑之間的擺盪

　　在談徐露版之前，必須先稍微說明崑曲和曲友的關係，以及當時臺灣的崑曲狀況。

　　筆者前曾為文[33]論及，各種戲曲的職業演員和喜愛戲曲的票友，彩爨演出時，水準往往有一定距離，唯獨崑曲例外，這和崑曲的歷史有密切關係。崑曲從元代顧阿瑛、顧堅時的萌芽發展，明代魏良輔的改革，到之後的傳承保留，都有大量士大夫／知識份子參與其間，因而與其他源自民間，之後才由文人涉足、品題的劇種大不相同，從明代起，業餘曲友就以專業精神從事崑曲案頭與場上的研究，因此曲友在崑曲的歷史上佔有極為重要的位置，而曲友的清唱串演，也形塑崑曲追求雅致，甚至細微處也要求盡善盡美的特質。1949年前後，國府遷臺，喜愛崑曲的曲友也相繼來臺，1949年9月，徐炎之、張善薌夫婦在臺北成立崑曲同期——即後來之「大同期」，不收會費，由曲友輪流司值，負擔場地及點心費用，聚在一起吹笛唱曲；之後另有焦承允、夏煥新

33　陳芳英，〈「水磨情緣」演出評鑑報告〉，《姹紫嫣紅開遍：水磨曲集》。台北：水磨曲集，2000年，頁7-10。

成立了「小同期」，大小同期最初或每週一次、或每週兩次，之後大小同期各輪一週，人員也互相往來，如此等於每週都有崑曲曲會，同期除了歇夏小休，從未間斷，至今六十年，未曾中輟，是臺灣崑曲傳承至今最重要的力量。而這一輩的曲友們，特別是徐炎之、張善薌伉儷，更在各大專院校崑曲社教學，培養出一批高學歷、熱愛崑曲的年輕曲友。時序流轉，當年青鬢年少的曲友已步入中年或初老，如今他們除各自本業外，仍不遺餘力在校園和社會文化活動中，繼續培養一代又一代的新曲友，甚至直到今天，臺灣崑曲的演出主力，仍是這些在其他專業各有所成的曲友。而舞臺劇《遊園驚夢》中的崑曲演出，或白先勇製作的徐露版、華文漪版，也都因為有曲友幕前幕後及音樂伴奏的支援，才得以進行和完成。這些曲友完成大學或研究所的學業，離開學校的崑曲社後，除了繼續參加同期曲會外，在1987年成立臺灣第一個崑曲劇團「水磨曲集」，是當年負責崑曲演出和傳承的核心組織。由於1949年前後幾乎沒有專業崑曲演員來臺，而如著名小生顧傳玠，雖來臺定居，卻早已離開劇壇，且從未公開參與在臺崑曲活動[34]；因此臺灣曲友們多半著重在唱念方面下功夫，至於身段表演、劇目拓展，都有一定限制。之後兩岸開放交流，大陸各崑劇團陸續來臺演出，曲友或遠赴大陸拜師習藝，或邀請師資來臺教學，中華民俗基金會也辦了幾屆「崑曲傳習計畫」大力推動，演出藝術和劇目才得以更上層樓，其後曲友相繼成立臺灣崑

34　據俞程競英所言，顧傳玠、張元和夫婦偶亦與舊友聚會唱曲，並示範身段，見俞程競英，〈徐炎之老師百歲冥誕憶舊〉，《紀念徐炎之先生百歲冥誕文集》。台北：水磨曲集，1998年，頁11-18。

劇團、台北崑劇團、蘭庭崑劇團，那都是後話了。

早期的京戲演員，經常在小時候就拜師學習崑曲，作為戲曲的基礎，並提高自己的表演內涵，原是優良的傳統，梅蘭芳就是最好的例子。但前已提及，1949年前後幾乎沒有專業崑曲演員來臺，國內各劇校的崑曲教學，在1991年「崑曲傳習計畫」之前，除了有志向學者個別向徐、張兩位老師請益，或個別京戲老演員將自己所會的零星劇目教給學生外，京戲養成教育中，崑曲的傳承幾近停滯。其中，國內培養的最全面、最出色的京戲演員徐露，是比較例外的。徐露因天資穎慧，又是當時大鵬劇校第一屆唯一的學生，老師們對他的課程規劃，相當用心，他回憶[35]先「跟朱琴心老師學過兩三齣崑曲」，再經由校方安排，隨徐炎之學習崑曲，他還帶著一些同學一起跟徐老師學，徐露大概是兩岸崑曲交流前，臺灣培養出來的京戲演員中崑曲造詣最好的一位，他曾跟鈕方雨、劉玉麟、高蕙蘭等合作過幾次〈遊園驚夢〉，但只是在京戲演出中，隔幾年才插入一次的劇目。

舞臺劇《遊園驚夢》中的崑曲段落，喚醒白先勇對崑曲的癡迷，1984年他回到臺北，聯絡了製作舞臺劇時結識的臺灣崑曲界人士，決定推出一臺崑曲，這是白先勇第一次製作崑曲演出，仍然由「新象」負責製作業務。劇目是《牡丹亭》，包括〈春香鬧學〉[36]和〈遊園驚夢〉兩齣，由徐露飾演〈春香鬧學〉的春香和〈遊園驚夢〉的杜麗娘，王鳳雲飾演〈遊園驚夢〉的春香，高

35　徐露口述，陳彬執筆，〈紀念徐炎之老師百歲冥誕〉，《紀念徐炎之先生百歲冥誕文集》。台北：水磨曲集，1998年，頁19-24。

36　湯顯祖《牡丹亭》第7齣題名〈閨塾〉，劇場往往俗稱〈學堂〉、〈鬧學〉或〈春香鬧學〉。

蕙蘭飾演柳夢梅，並由大鵬劇團和曲友支援，1984年9月16、17日在國父紀念館演出兩場。特別商請徐炎之的學生蕭本耀、林逢源和周純一負責擪笛和絲絃，並由徐炎之指揮徐門弟子組成的樂團伴奏。舞臺設計由聶光炎擔任，舞臺上鋪滿了舞臺劇所用的黑色塑膠地板，這是臺灣戲曲演出史上，演員第一次不是踩在地毯上，當時還引發了許多討論及日後的模仿。舞臺走極簡風格，背景是黑色的天幕，及一幅可以上下垂吊的華豔金色牡丹，整體是非常具有現代感卻完全不影響傳統表演的設計，在各種傳統戲曲大量引進布景燈光等舞美技術後，設計縟麗但妨礙表演的例子不勝枚舉，然而這齣《牡丹亭》的舞臺，仍是這二十多年來最精彩的設計之一。筆者曾聽聶先生談過他的設計理念，他表示經由長久的思考，他覺得做這齣戲的設計時，「最重要的不是放甚麼東西上去，而是不放甚麼上去。」。以黑色為基調的背景和地板上，柳夢梅和杜麗娘穿著白色繡花的服裝，入夢時，兩人歌舞翩僊，衣袂飄飄，水袖翩翩，宛若蝶夢花影，如幻如真，真是絕美的浪漫夢境。除了少數長年醉心於崑曲的「小眾」，大部分的觀眾是第一次在舞臺上看到崑曲，發現世間竟有這樣風情綽約的戲曲，無不眩惑震動。

　　不過，由當時鮮少接觸崑曲的京劇團支援崑曲演出，在氣氛的掌握上，顯然出現了扞格之處。三位主要演員並沒有太大的問題，不協調是發生在〈驚夢〉的「堆花」段落。湯顯祖原作中，柳夢梅、杜麗娘唱完【山桃紅】下場後，由「末扮花神束髮冠，紅衣繡花上」，道白及唱【鮑老催】一支，隨即下場，柳、杜

上場再唱一支【山桃紅】[37]。清代李斗《揚州畫舫錄》所載小張班，已用十二月花神[38]，乾隆年間流行的演法，除花神外，加上「堆花」，也就是增加男女老少十二月花神的歌舞隊形表演，並添加了曲牌：「花神依次一對對徐徐並上，分開兩邊，對面立，以後照前式，閏月花神立於大花神旁，末扮大花神上居中。」之後合唱【出隊子】、【畫眉序】、【滴溜子】，然後「搭臺上，下坐立」，末唱【鮑老催】、【五般宜】，「眾花神下」[39]。各個劇團「堆花」演法略有不同，但大致是在這個範疇中變化，筆者曾聽周正榮老師談及上海戲校演出的情況，細節不在此敘述，形式仍是十二月花神堆花。後來梅蘭芳演出及拍攝電影，眾花神不再各自代表不同月份，改以旦角多人歌舞表演，大陸各崑團後來也都循此模式，堆花成了找人重新編舞、爭奇鬥妍的段落，倒是臺灣曲友演出時，還保存十二月花神堆花舊貌，不過近兩年，也逐漸變成「仙女群舞」了。徐露版演出，大鵬劇團為展現劇校學生武功，在此插入各項武術和翻觔斗大賽，衣裝鮮麗、龍騰虎躍，場上一片喧嘩熱鬧，觀眾隨之拍手喝采，夢中纏綿之情，早已破壞殆盡，大隊人馬翻完觔斗下場，柳、杜上場唱下一支【山桃紅】時，觀眾情緒還真有點回不來。往好處想，將男女雲雨藉

37　情節及人物上下場，請參見湯顯祖，《牡丹亭‧驚夢》。台北：華正書局，1979年，頁45。

38　見《揚州畫舫錄》卷5「戲具謂之行頭……小張班十二月花神衣，價至萬金。」，李斗，《揚州畫舫錄》。台北：世界書局，1979年，頁133-135。

39　琴隱翁編，《審音鑑古錄‧驚夢》，王秋桂主編，《善本戲曲叢刊》第5輯，冊2。台北：台灣學生書局，1987年，頁559-561。

武功觔斗呈現，也不失為另一種詮釋，但這恐怕是筆者刻意過度詮釋，未必是大鵬劇團原意，他們可能只是想展現學生夠多、功夫夠棒，以博得觀眾掌聲吧；而且在柳、杜相逢，「相看儼然，早難道好處相逢無一言」的情緒中，加上這段源自角觝的武術表演，恐怕未必合適，這也是遭觀眾，特別是崑曲戲迷在戲後抨擊的緣故吧，終究，京戲演員演出崑曲時，如何掌握崑曲精神及美學規律，不向京戲傾斜，是必須嚴肅對待的事，這個問題在日後京崑跨界交流後，更是越發嚴重。

　　京戲演員受過完整的戲曲教育，在戲曲表演技術上，當然比普通大學崑曲社的學生或一般曲友純熟，徐露版演出後，有些京戲演員，覺得如果有機會，也不妨學習或參與一些崑曲演出，於是京戲演員和崑曲曲友開始持續的合作演出。「水磨曲集」成立之初，即曾邀請劉玉麟、朱陸豪、周陸麟、徐中菲、陳美蘭、高蕙蘭等京戲演員參與演出，這個階段，因是個別京戲演員加入曲友中演出，有些戲也由曲友指點、排練，保存的「崑味」還算完整。曾永義、洪惟助主持的中華民俗基金會推動「崑曲傳習計畫」時，分設「推廣班」和「藝生班」，除了提供有興趣的社會大眾參加，培養曲友和觀眾，「藝生班」也接受（並鼓勵）京戲演員參與進修，這是立意正確也立竿見影的事，一時好不熱鬧，京戲演員學會了許多崑曲劇目，或者是在所屬各劇團演出時，在劇目中加入崑曲戲碼，或是以「臺灣崑劇團」名義演出，有時也參加其他崑團的公演。但不知京戲演員是懷著甚麼想法來學崑曲的？最初來學和日久之後的心態又有多少轉變？也許，一來「學習崑曲」是一件被讚許的、「政治正確」的事；二來多學一些唱

念表演、特別是累積一些自己會的戲碼，對自己的藝術或資歷都是有幫助的。至於崑曲美學特質，京、崑間唱念和風格差別，似乎並不被重視（至少從他們的演出看來是如此），剛學完、老師還在身邊時的成果展演，雖然崑味還不足，至少看到依稀彷彿的痕跡，但各個老師們回大陸去了，「傳承完成」之後的演出，則越來越向京戲傾斜，目前看到京戲演員演出崑曲，往往看到演員穿著崑曲風格的服裝，以京戲的唱（包括發聲、咬字）與演的方式，唱著笛子伴奏的聲腔，演著崑曲劇目的劇情，如果向觀眾展示「這就是崑曲」，甚至將來由他們傳承，那還真是有點傷腦筋的事。許多觀眾看京戲演員演京戲化的崑曲時，往往在看戲之後提出質疑，甚至憂心忡忡的討論，京崑彼此借鏡，原本應該是「雙贏」的，但不加區別的混同，也許可以產生新的表演方式，但個別的特質是否反倒會漸漸消泯無蹤？當然，如果善意的想，京戲演員原不在意崑曲的表演美學，他們學習崑曲，只是拓展劇目，學習不同的演唱方式，一切是以京戲為本位，對崑曲的態度只是取其佳處，拿來用用而已，就好像如果京戲演員去學歌舞伎，目的並不是要真的把歌舞伎學到家，或成為歌舞伎演員，只是他山之石，用以攻錯，擷取合適者為用罷了。如果這樣想，或許就可以釋懷，但也就更讓人懷念當年徐露、高蕙蘭的演出，他們也出身京戲系統，不管崑曲造詣如何，除了在表演京戲時融入崑曲的功夫，演出崑曲時，也會誠懇的注意、分辨，及掌握兩個劇種的不同美學特質。至於專業崑曲演員在臺灣舞臺上的第一次出場，則有待1992年白先勇再度製作的崑曲演出：華文漪版《牡丹亭》。

（二）1992年華文漪版

1987年白先勇應復旦大學邀請，回大陸講學，因緣際會，看到「上海崑劇團」《長生殿》的演出[40]，激動莫名，當時扮演楊貴妃的就是華文漪，白先勇對他的最初描述是：

> 華文漪氣度高華，技藝精湛，有「小梅蘭芳」之譽。[41]

1988年大陸版舞臺劇《遊園驚夢》演出，即邀請華文漪跨行演出錢夫人，也是崑曲演員演出舞臺劇的先例。1989年6月，「上海崑劇團」赴美演出，華文漪和其他幾位演員不約而同滯美未歸，雖然有美西曲友隨華文漪拍曲學戲，1990年華文漪也與在美的崑曲演員（史潔華、尹繼芳）參加「洛杉磯國際藝術節」演出〈遊園驚夢〉。但當時華文漪春秋鼎盛，正是藝術臻於高峰期之際，沒有太多表演機會，令人歎惋。白先勇率先邀請他到美國各大學演講示範崑曲藝術，並直接間接促成華文漪來臺。華文漪來臺最重要的工作，當然是參與由白先勇與當時主持國家劇院的胡耀恆共同主催的國家劇院製作的《牡丹亭》演出。除了演出，還有教學、推廣，如與中央大學戲曲研究室合作，同時教導國內曲友，並兩度由國立臺北藝術大學（當時還是「國立藝術學院」）戲劇系正式聘請來校任教，是大陸崑曲演員來臺灣的大學任教的第一人。白先勇對華文漪至為照顧，華來臺期間，正由筆者負責系

40　白先勇言談及文章數度提及此事，最早見諸文字紀錄的，當是原載於1987年12月《聯合文學》的〈驚變：記上海崑劇團《長生殿》的演出〉，《白先勇說崑曲》。台北：聯經出版事業公司，2004年，頁11-22。

41　同註40，頁14。

務，還接到白先勇輾轉越洋關心華文漪生活起居、甚至薪資多寡的「壓力」，日後讀到汪世瑜的夫人馬佩玲談及白先勇如何關懷照顧「青春版」柳夢梅演員俞玖林[42]，不由頷首微笑，深切體會。

　　本劇由白先勇製作，國家劇院執行製作事務，導演特別邀請出身上崑、旅居美國的秦銳生來臺擔任，華文漪飾杜麗娘，也是出身上崑、旅居美國的史潔華飾春香，1984年和徐露合演的高蕙蘭再度飾演柳夢梅，攝笛仍由「水磨曲集」蕭本耀擔任，這是兩岸崑曲界第一次合作演出，舞臺設計則由當年負責舞臺劇《遊園驚夢》及徐露版《牡丹亭》的聶光炎擔任。1984年徐露版，只演了〈春香鬧學〉和〈遊園驚夢〉兩折；這次演出，則採用上崑華文漪、岳美緹演出的陸兼之、劉明今整編本，從〈遊園驚夢〉起、〈回生〉止，將柳夢梅、杜麗娘超越生死的愛情，濃縮在一個晚上演畢，不過，除了〈遊園驚夢〉全貌演出，〈尋夢〉、〈寫真〉、〈離魂〉、〈拾畫叫畫〉、〈幽媾〉、〈還魂〉，全都做了壓縮刪減，改為〈尋夢情殤〉、〈情魂遇判〉、〈訪圖拾畫〉、〈叫畫幽遇〉、〈回生夢圓〉，原因是為了在一個晚上演完。除了壓縮，並未任意添加其他枝葉或調動情節次序，這種精簡場次、刪曲的方式，也是從明代以來將動輒四、五十齣的傳奇，壓縮成一或兩晚演出時的權宜之舉，至於保留演出的部分，則保持崑曲的矩範。本次演出除了〈驚夢〉「堆花」一段，插入林秀偉編舞，由非崑曲演員的舞群表演，和全劇風格有相當落差，引起觀眾許多雜音之外，大致上可以說是「原汁原味」的崑曲，也是臺灣戲曲舞臺上第一次出現的崑曲專業演員演出的崑

曲。白先勇曾提及，臺灣此時演出這次《牡丹亭》有四點重大意義[43]，擇要綜述如下：1. 第一次完整的把《牡丹亭》搬上臺灣舞臺，讓觀眾有機會聽到、看到崑曲之美。2. 把最古老的劇種搬到最現代的劇場，不僅重現崑曲風華，傳統與現代的相容、結合，也是文化進步的大方向。3. 海內外藝術家的難得組合。4.「台灣現在非常需要美的東西，需要精緻典雅的藝術」，崑曲集文學、戲劇、音樂、舞蹈、美術之美，是最好的代表，《牡丹亭》更是其中最千錘百鍊的劇目，而華文漪是這一代崑曲藝術最好的人才之一，此時演出，觀眾有幸可以看到他藝術最登峰造極時期的藝術表演。

　　正是白先勇所提出的原因，加上演出前的宣傳、相關演講、口耳相傳，中文、戲劇系所教師的強力推薦，以及配合演出、《聯合文學》舉辦的「湯顯祖與崑曲藝術研討會」等全面推動，1992年10月1日至4日，在國家戲劇院一連四場的演出，場場爆滿不說，觀眾包括素來看戲的老戲迷、文化藝術界人士、一般觀眾，以及為數眾多的年輕觀眾，其中絕大部分從沒看過崑曲，甚至有一大部分是根本沒接觸過戲曲的，在華文漪眼波流轉、聲腔身段的帶動下，被劇情深深吸引而陷落，如癡如醉的成了崑曲最忠實的支持者。此後，臺灣還出現，看崑曲的年輕觀眾為數眾多的特殊現象。臺灣看京戲的年輕觀眾人數，與大陸相較，已經相當多了，但崑曲演出時，放眼望去，幾乎有一半以上是年輕觀

43　下文綜錄自白先勇口述，紀慧玲整理，〈讓《牡丹亭》重現崑曲風華〉，《白先勇說崑曲》。台北：聯經出版事業公司，2004年，頁180-183。

眾，這是大陸崑劇團來臺公演時，演員們最覺意外的事。崑曲這個古老的劇種，從心的深處，打動了每一個年齡層追求美感的神經，這次演出，也成了許多人對崑曲的初體驗。1992年10月底，大陸第一個獲准來臺演出的戲曲劇團，就是華文漪出身、曾經擔任團長的「上海崑劇團」，之後大陸各崑劇團紛紛來臺，或單一劇團多次來臺或各團菁英來臺聯演，形成崑曲熱潮，演員和觀眾都同意，就崑曲來說，「一流的演員在大陸，一流的觀眾在臺灣」。許多劇團負責人和演員都表示，有些太唯美、抒情的戲，在大陸根本不敢排，因為知音不多，有些「不熱鬧」的戲，觀眾看到一半就不耐煩，中途抽籤走人，但在臺灣演出，觀眾連最細微處都有回應，所以很多拿手好戲，他們只有來臺灣時才演出；而也因為臺灣觀眾水準高，批評也很嚴厲，他們來臺演出時一方面很興奮，一方面也非常緊張。白先勇曾對此做過解釋：「我想台灣的觀眾，年輕的、中年的的知識份子，我們已經受過很多洗禮了，許多西方一流的藝術都到台灣，都去看過了，……提升了觀眾的層次」[44]。當然，世界各國的美好藝術是動人的，但觀眾還是會問，與自己文化有密切相關的精緻表演藝術在哪裡？白先勇製作的華文漪版《牡丹亭》，在當時填補了這個缺口，一方面啟動了前述觀眾對崑曲的熱愛、大陸各崑團的來臺演出，以及兩岸崑曲的密切交流互動，但更重要的是，引發了許多文化藝術工作者和新秀的省思，開始進一步付諸行動的創發、嘗試，重建傳統與實驗創作。

---

44 白先勇、蔡正仁對談，〈與崑曲結緣〉，《白先勇說崑曲》。台北：聯經出版事業公司，2004年，頁75。

　　華文漪版《牡丹亭》其後在1994年5月到美國紐約藝文中心、11月到法國巴黎藝文中心演出，都再掀一波《牡丹亭》熱潮，可以說是日後數年間「《牡丹亭》熱」的先聲。華文漪在1997年，應「國光劇團」邀請，來臺與高蕙蘭再度合作，演出崑曲《釵頭鳳》，是他在臺第二次崑曲大型公演。1998年，華文漪更參與美國導演彼得‧謝勒斯（Peter Sellars）執導的《牡丹亭》[45]演出，與美籍華裔、歐裔的話劇、歌劇、舞蹈演員，以三組主角在同一表演時空，運用各自的舞臺語彙來呈現相同的情節內容，該劇在維也納首演，之後並到巴黎、羅馬及美國加州柏克萊分校演出，每到一處都成為觀賞的焦點，和熱烈討論的話題，《牡丹亭》已經不只是華人世界的古典戲曲，而是世界藝術的共同珍寶。

（三）青春版《牡丹亭》

　　白先勇之所以製作青春版《牡丹亭》，長年蘊積的能量來源大概有三：一是他對崑曲的熱愛，想將這個精深典雅的藝術推薦給更多人；二是以「美」傳「情」的《牡丹亭》，是他心中「至於極盡」[46]的代表；三，也是最直接的動力，是面對當時大陸崑曲美學的發展，讓他心中憂慮，決定付諸行動，不只擔任崑曲義工，更要擔任崑曲的護花使者。他曾經對第二屆崑劇藝術節，上

45　筆者原擬應華文漪之邀，到維也納觀賞首演，後因故未克前去，錯過演出，有關此戲的理解，乃由前往觀劇的朋友轉述，和一些文字資料、論述文章、圖片，及新力公司發行，由譚盾作曲、黃英演唱的歌劇CD《牡丹亭》。台北：新力公司，1999年。

46　同註43，頁182。

海崑劇團演出的《班昭》連聲嘆息：「班昭竟插了一頭銅片，衣服像日本和服。唉，袖子還那麼大，到底要怎麼甩啊」[47]：

> 白先勇沈重表示，大量西方文化湧入衝擊舞台美學，使大陸崑劇面臨「內憂外患」。舞台不但充斥具象的布景道具，甚至出現霓虹燈、乾冰等現代聲光效果，全然違反崑曲「寫意、簡約」的美學內涵，「簡直嚇死人了！」他誇張的說。[48]

白先勇所深以為憂的，正是當時大陸崑劇團的走向，新編戲曲極盡混用拼湊之能事，上海崑劇團的《上靈山》，可以說到了「極致」。老戲新演也無法逃脫惡趣，例如因為未被大陸審查通過，仍執意到林肯中心演出，成為一時新聞事件的陳士爭版「全本《牡丹亭》」，最被大家討論、抨擊的，就是加上種種販賣中國的元素，在戲中放進毫不相干的扯鈴、踩高蹺、傀儡戲，甚至在舞臺上設置水塘，放進一群代替鴛鴦的鴨子，演員演唱時，鴨子不斷呫噪，浙江崑劇團林為林曾向筆者表示，整齣戲他印象最深的就是這群鴨子，「實在太吵了」；白先勇則在受訪時開玩笑的說「當時我真有股衝動，想把那些鴨子烤掉」[49]。惡趣的確會讓人身心受創，「目擊者」部落格，2005年12月6日〈神奇的一夜，與白先勇老師共進晚餐〉[50]文中述及：

47　王怡棻，〈白先勇的《牡丹亭》青春夢〉，《白先勇說崑曲》。台北：聯經出版事業公司，2004年，頁237。

48　同註47。

49　同註47。

50　「目擊者」blog，〈神奇的一夜，與白先勇老師共進晚餐〉，http://

> 白老師還講到他幾次在大陸觀賞崑曲，驚覺到這珍貴的
> 傳統藝術，衰退到甚麼地步。有的用塑膠的螢光綠柳枝
> 佈滿全場，有的動用到霓虹燈的牡丹花，看到他有一次
> 真的嚇到，第二天生病沒辦法繼續看下去。[51]

「為了崑曲的傳承大業，也為了替正統崑曲『扳回一城』」[52]，
激起白先勇「我不掛帥誰掛帥，我不領兵誰領兵」[53]的自我期
許，決定製作出「一個典範」[54]來。

　　白先勇提到，「編演一齣呈現全貌精神的《牡丹亭》一直是
我多年的夢想」[55]，既然決定製作一齣具有典範意義的崑曲，劇
目當然非《牡丹亭》莫屬，而「《牡丹亭》本為一曲歌頌青春、
歌頌愛情、歌頌生命的讚美詩」[56]，於是一開始就將此次製作定
調為「青春版《牡丹亭》」。同時決定起用接近劇中人物年齡的
青年演員擔任杜麗娘與柳夢梅，一方面培養年輕演員，一方面吸
引年輕觀眾，而且在將古老的崑曲搬上現代戲曲舞臺時，又不破
壞原本的美感，讓觀眾可以直面嚴整精緻的崑曲美學傳統。他明

---

www.wretch.cc/blog/eyewitness/2422486，2005年12月6日。

51　雖然白先勇沒說看甚麼戲，但1999年12月白先勇到北京長安大戲院，
　　看上海崑劇團排出來的三本《牡丹亭》，看完第一天就「生病」，第
　　二天無法再看，不知文中是否就是講這齣戲。

52　同註47。

53　梅蘭芳晚年新排〈穆桂英掛帥〉，扮演穆桂英所唱戲詞。

54　公共電視，〈尋訪青春夢：青春版《牡丹亭》幕後製作〉，《青春版
　　牡丹亭》DVD4。台北：公共電視，2004年。

55　白先勇，〈牡丹亭上三生路——製作「青春版」的來龍去脈〉，《姹
　　紫嫣紅《牡丹亭》——四百年青春之夢》。台北：遠流出版公司，
　　2004年，頁96。

56　同註55，頁97。

白宣示：

> 崑曲演員老了，崑曲觀眾老化了，崑曲本身也愈演愈
> 老，漸漸脫離了現代觀眾的審美觀。製作青春版《牡丹
> 亭》的目的就是想做一次嘗試，藉著製作一齣崑曲經典
> 大戲，舉用培養一群青年演員，而以這些青春煥發、形
> 貌俊麗的演員來吸引年輕觀眾，激起他們對美的嚮往與
> 熱情；最後，將崑曲的古典美學與現代劇場接軌，製造
> 出一齣既古典又現代，合乎二十一世紀審美觀的戲曲。
> 換句話說，就是希望能將有五百年歷史的崑曲劇種振衰
> 起敝，賦予新的青春生命。[57]

　　「青春版《牡丹亭》」2004年4月29日在臺北國家戲劇院首
演，演出兩輪六天，然後到臺灣各地、香港、大陸、美國等地巡
迴公演，演出已超過百場，不僅演出成功，引發各地觀眾熱烈迴
響，白先勇希望藉著這齣戲的排練和演出，達到傳承、吸引年輕
觀眾、呈現崑曲風華的初衷，也都一一達成，但姹紫嫣紅開遍
的同時，卻也不免衍生一些關切和疑問，是不是一切都真的如
此圓滿而樂觀呢？重新煥發青春生命的，是這次的青春版《牡
丹亭》，或是崑曲這個劇種呢？當年一齣戲救活一個劇種的奇
蹟[58]，真的能夠再度還魂嗎？遊園之後，是圓駕，還是驚夢？

57　白先勇編著，《牡丹還魂》，台北，時報文化出版公司，2004年，頁
　　24-25。

58　1949年後，崑曲衰微，幾乎沒有專業的崑劇團存在，1955年下半年，
　　浙江省文化官員看了「國風蘇劇團」周傳瑛演出的崑劇《十五貫》，
　　非常欣賞，組織六人小組進一步改編該劇，並於1956年4月1日將劇團

　　青春版《牡丹亭》由兩岸三地的藝術家合作，白先勇、樊曼儂及新象文教基金會製作，2002年開始籌備、排練，2004年首演。特別邀請浙江京崑藝術劇院汪世瑜擔任總導演，汪其楣為戲劇指導，蘇州崑劇院演出，並請汪世瑜及江蘇省崑劇院張繼青跨團指導。藝術群包括：編劇白先勇、張淑香、華瑋、辛意雲，美術總監、服裝設計王童，舞臺、燈光設計林克華，舞蹈指導吳素君，書法藝術董陽孜。本文一開始已經提過，有關「青春版《牡丹亭》」（以下簡稱「青春版」）的論述連篇累牘，數量已經相當「龐大」，本節只從筆者關心的幾個角度切入來談。

1. 劇本整編

　　首先是關於劇本的整理改編。編劇小組採取只刪不改、只併不增的原則，將湯顯祖原著的五十五齣，壓縮為三本二十七折，分三個晚上演完，並為每本定名為「夢中情」、「人鬼情」、「人間情」。有關編劇理念，張淑香、華瑋都都曾撰文論述[59]，華瑋指出「在白先勇的統領下秉持著幾個大的原則」：

> 首先，為完整體現原著之「情至」精神，決定不腰斬而
> 以三本演全劇，直到大團圓為止。其次，加強生角柳夢

改名為「浙江昆蘇劇團」，1956年4月8日在北京演出，得到中央領導讚許，4月10日至5月27日在北京連演一個多月，之後到各地巡迴公演、攝製影片，1956年10月起，蘇州、北京、湖南相繼成立崑劇團和學員訓練班，崑劇得以「復活」。參見各本崑劇發展史料。

59　張淑香，〈捕捉愛情神話的春影──青春版《牡丹亭》的詮釋與整編〉，《姹紫嫣紅《牡丹亭》──四百年青春之夢》。台北：遠流出版公司，2004年，頁103-111；華瑋，〈情的堅持──談青春版《牡丹亭》的整編〉，《曲高和眾──青春版《牡丹亭》的文化現象》。台北：天下遠見出版公司，2005年，頁88-115。

梅的戲份，使他對情的探求與杜麗娘的主線平行對稱，以強化主題。再次，只刪不增，不妄改原作文字，儘量保留原著文采與折子戲精華，但刪併調換場次以利情節推演。最後，注重場上演出的戲劇效果。[60]

「青春版」的確貫徹了這三個原則，算是歷來最能掌握全劇首尾的版本，至於其編改得失，也有多篇文章論及，其中以李娜的論述最能闡明編劇小組在細微處的用心和成果[61]，本文則將經由兩個例子的去取選擇，來看編劇小組對「情的堅持」。

從1911年以後，《牡丹亭》的整編本[62]，幾乎都以柳、杜的愛情為主軸，1998年陳士爭版演出全本自無刪減，一直要到1999年王仁杰編改的三十四齣上崑版，及2004年青春版，才納入原著中關於金主完顏亮、溜金王夫婦李全、楊婆一線的武戲、戰亂情節。戰亂是劇中的歷史背景，戰爭導致的亂離，才促成情節故事的推展，並映襯了愛情主題。而武戲，及李全、楊婆帶有詼諧意味的表演，也負擔全劇調劑冷熱和角色勞逸均等的功用。不過，編劇小組更重視的，顯然是藉李、楊這條副線中夫婦溫馨的

60　同註59，華瑋，〈情的堅持——談青春版《牡丹亭》的整編〉，頁95。

61　李娜，〈從劇本改編看青春版《牡丹亭》的藝術個性〉，《曲高和眾——青春版《牡丹亭》的文化現象》。台北：天下遠見出版公司，2005年，頁70-82。

62　從1911年至青春版之間的《牡丹亭》整編本及包含齣目、內容，請參見吳新雷，〈1911年以來《牡丹亭》演出回顧〉，《姹紫嫣紅《牡丹亭》——四百年青春之夢》。台北：遠流出版公司，2004年，頁57-68。

情愛，來對照柳、杜的愛情[63]，使青春版寫「情」有更多元的向度。柳、杜情癡，無視生死，李、楊則選擇攜手遠颺，也解除了兵亂。青春版這一副線的演出，重新詮釋了湯顯祖情至的一端，相信演員在排練時是被告知編劇用心的，他們演出李全、楊婆時，顯然不同於一般戲曲中的「賊寇」、「賊婆」，反而有一種搖曳生姿、輕輕打動人心的美麗。接著談一下〈勸農〉。筆者曾為文論及[64]，傳奇劇本中逸出敘事架構主線的折子戲，在整編本中，往往被刪去，青春版中又可看到例證。在以「情」為主軸的《牡丹亭》中，〈勸農〉一齣，其實是「岐出」之作，但從劇本架構上看，〈勸農〉為全戲第八齣，開戲以來都屬出場人物較少的安靜場面，至〈勸農〉而眾腳皆上，是為「群戲大場」，明顯有調劑冷熱的作用。從原作者寫作初心上看，〈勸農〉內容與每年皇帝「親耕」的儀式若合符節，明代帝王與官員正是以類似的形式、儀節，宣揚他們對農業的重視；擔任過五年遂昌縣令，勤政愛民、官聲極佳的湯顯祖刻意寫〈勸農〉一齣，即使不是他對自己政事經驗的實錄，也是他心目中理想的和樂治熙景況吧。從演出方面看，本齣出場行當包括外、淨、貼、生、末、眾、丑、旦、老旦，出場人物除杜寶、皂隸、門子，尚有父老、公人、田夫、牧童、採桑女、採茶女，共唱曲牌十一支，配合歌舞，呈現歡樂氣氛，則是以演員為中心，充分表演歌舞科諢。然而，正由於「青春版」對「情的堅持」，〈勸農〉「在清代尤其是宮廷經

63　同註60，頁104-105。

64　陳芳英，〈試論傳奇敘事架構中的岐出與離題〉，《紀念俞大綱學術討論會論文集》。台北：國立臺北藝術大學。〔出版中〕

常作為折子戲演出，但他與主題的關聯不算密切」[65]，而且「青春版」上本要演到麗娘離魂，又必須把經典的〈驚夢〉、〈尋夢〉、〈寫真〉等做足，實在沒有篇幅和時間再容納〈勸農〉，所以將他全齣刪去。

2. 演員的培養與傳承

其次，談談因「青春版」衍申的、關於演員的培養與傳承問題。戲曲老師教戲，往往會看每位學生的程度、學習狀況、演出經驗，再決定教戲進度，避免學生負荷過重、無法體會，或基礎不紮實，反而揠苗助長；而且不同階段往往由不同老師來琢磨，要跟「天王級」的老師學戲，學生的造詣大約也必須到了某個層次才能理解和落實，那時老師大概只負責說戲和微調，不會再從基本功教起。白先勇決定起用青年演員，由俞玖林、沈豐英飾演柳夢梅、杜麗娘，全劇其他演員也都以青年演員為班底，這樣的決定，一開始當然引發許多疑慮。這兩位主角演員雖然條件好，但根基還不夠，也沒唱過幾臺大戲，要他們在這麼短的時間內，學會這麼難且多的戲，負責連演三個晚上一氣呵成的戲碼，對學的人和教的人來說，都是非常辛苦的事。於是先由舞蹈老師，從他們的體型訓練起，然後再由汪世瑜、張繼青，一邊開始教戲，一邊調整手、眼、身體、站、坐、走……等等基本功夫，其間因為學生「功夫不到，教了就忘」，也是在所難免的事，老師只好一教再教。白先勇並不是不知道這種情況，但既然要以青年演員擔綱，只能進行「魔鬼式」訓練，因為他的目的，正是希望藉這次排戲，讓年輕演員有機會跟最好的老師學戲，既培養年輕演

65　同註60，頁103。

員，也完成傳承。而且，不只是這次排戲，白先勇更希望，這樣的傳承在這齣戲結束後，還能繼續下去，因此在他的勸說和堅持下，安排了2003年11月19日的拜師儀式，由張繼青、蔡正仁、汪世瑜，正式將沈豐英、顧衛英、陶紅珍、俞玖林、屈斌斌、周雪峰等，收為門下弟子，白先勇並要求學生要行目前大陸很少見到的三跪九叩大禮。在梨園行中，磕頭的師父和學戲的師父，其間是略有差別的。大陸雖然久已不行磕頭拜師大禮，但進入師門，矢志終生追隨，不管磕不磕頭，這種師生關係，和轉益多師，單就某戲而學藝者，仍然有別。學戲不管是在學校體系中學習，或私淑其藝，或帶藝投師，甚或某甲老師請某乙老師將乙老師拿手好戲傳授甲老師的門下弟子，只要師生彼此同意，便可進行教學，這在崑曲界是極為平常的事，沒有磕頭拜師，仍是師生關係，仍會彼此盡心教、學。但真正的入門弟子，代表的意義，往往不只是學生要學習老師的專業，更是為人處事、生命態度或生命情調的追隨。白先勇為了崑曲的命脈，如此用心良苦，令人感佩，更希望他能進一步發揮影響力，引導年輕一輩的崑曲演員，真正以師父為典範，學習藝術，也學習生命風格。

　　兩位主角及全劇演員經一年多的嚴格訓練，進步神速，可以穩當妥貼的把三天戲唱下來，雖然演出時猶不免有青澀之感，更遠不能和老師輩演員的水準相比，但青澀原本是青春的表徵，經由他們專注的化身劇中人的表演，讓更多年輕人觸動內心深處對青春和深情的渴求與珍惜。演過一百多場的他們，不知目前的狀況如何，是否已嫻熟的進出角色，而對於已經太過熟稔的表演程式，能否能做到「熟戲生演」，每一次都充滿新鮮真誠的感

動？當然更重要的是，期待他們經由這齣戲的磨練，學別的戲、演出其他劇目時，也能藉助經驗，得心應手。畢竟，原本應該分好些年，依照進程慢慢學會的戲，在一年多硬是吞進去，並表演出來，集中時間密集練習，固然一定有好處，但悠緩學習，慢慢反芻、消化、精熟的成果，可能更實在一些。就好像應該十年長成的樹木，一年中長起來了，狀況是不磁實的，木質也會不夠緻密。曾經聽過看了他們兩位後來再演「青春版」，或學習、演出其他劇目的觀眾提到，狀況似乎並不是非常理想，不免讓人有些擔心，也許還需要更多時間來觀察。離青春版首演，已經過了幾年，重新回顧當年，對年輕演員的期待和要求似乎急了些，也沈重了些。他們的成長和表現，絕對是正面的，絕無疑義，但日後再次碰到有關傳承的問題，或許可以考慮將腳步放慢一些，以及更尊重專業人員的意見，更周詳的斟酌、深思。

3. 音樂、舞蹈、舞臺、燈光、服裝

劇場是極視聽之娛的所在，除了演員的唱念做打，戲曲的音樂、插入的舞蹈，和服裝燈光布景等舞臺藝術元素，都在在牽動一齣戲的成敗。青春版的成功因素之一是音樂。周友良在音樂設計上，戲中伴奏的部分，採用的原則是儘可能依照崑曲的原貌，不做改動，只是配器上有一些細微的變化，如加上編鐘或定音鼓。幕間音樂或舞蹈音樂，則捨棄曲牌，編創新腔，但所謂新腔，旋律還是儘量貼近上本《牡丹亭》〈驚夢〉或〈尋夢〉的調性，讓整個音樂語言風格一致，避免了1980年代張繼青到日本演出時，加上大量國樂演奏，美則美矣，但總覺得是把國樂硬套在崑曲中間，曲式、配器、風格並不相同，在當時演出及後來的錄

音中，國樂配樂的強勢表現，顯得喧賓奪主而且稍嫌突兀。青春版的音樂，一方面讓人耳目一新，一方面又覺得「沒錯，就是崑曲」，其中又特別以【皂羅袍】作為杜麗娘主題曲、【山桃紅】作為柳夢梅主題曲，不斷交互出現。這次音樂沒有甚麼特別的「驚人之舉」，但蘊藉含斂、婉轉美聽，雖然「保守」，卻是這幾年新編、重編戲曲（包括崑曲和其他劇種）的音樂，少數我個人很滿意的一次。大家討論青春版，較少在音樂上著墨，似乎認為崑曲的音樂本來就那麼美，其實側耳傾聽，會發現其中有許多心血，音樂設計、指揮和樂隊，真的是功不可沒。另一個相對成功的，是花神的安排。白先勇製作的三次崑曲，以這次的花神比較理想，這當然歸功於舞蹈設計吳素君。他是臺北藝術大學舞蹈系的老師，華文漪到北藝大任教時，分別在戲劇系、舞蹈系開課，吳素君當時既是舞蹈系老師，也是研究所學生，每堂隨班上課，並另下功夫，學會了〈遊園驚夢〉，也在他的畢業製作中登臺演出，當然也成了崑曲的愛好者。正因為他對崑曲的熟悉，他設計舞蹈時，注意到臺上身體語言的統一，不用舞蹈演員而堅持以崑曲演員來演出花神，身段動作呈現的語言，才能和臺上的戲協調，而不是硬生生搬來一段現代舞插入其中。既然是戲曲中的舞蹈，他強調的是空間的流動，而不是身體的動作。至於他所設計的舞蹈，雖然喜歡與否，觀眾見仁見智，但至少不致太過突兀、扎眼。服裝在這裡也提供了助力，往昔的十二月花神，是手上拿著不同花枝，青春版眾花神手上不拿花，而是在服裝繡上不同花朵，迤邐行步時裙裾輕晃，滿臺自在飛花，姹紫嫣紅，璀璨繽紛。而一般演《牡丹亭》，花神只在〈驚夢〉及〈冥判〉

上場，青春版花神先後在〈驚夢〉、〈離魂〉、〈冥判〉、〈回
生〉、〈圓駕〉中上場，引出柳夢梅、守護杜麗娘，一路護惜他
們的情愛，直到團圓的「但是相思莫相負」，花神不再是外加的
表演段落，而是劇中伴隨情節、渲染主題的重要組成要素。

　　戲一開演，觀眾最早接觸的是舞臺燈光與服裝，青春版舞美
的「最高指導原則」，白先勇是這樣說的：

> 我們一方面儘量保持崑曲抽象寫意，以簡馭繁的美學傳
> 統，但我們也適當利用現代劇場的種種概念，來襯托這
> 項古典劇種，使其適應現代觀眾的視覺要求，同時亦遵
> 從崑曲的古典精神。[66]

王童、林克華都是臺灣最頂尖的藝術工作者，意圖恰如其份的結
合古典與現代，對他們來說，並不陌生，他們也已經在以往的設
計中多次實踐，並取得漂亮的成績。但林克華的專業是一般舞臺
劇或舞蹈的舞臺燈光設計，雖然努力做了許多功課，對崑曲終覺
隔了一層；王童以往的設計則主要集中在電影範疇，對舞臺或戲
曲舞臺的實際操作，並不熟稔。看來，指導原則漏掉非常重要的
一項，就是戲曲是以演員表演為主的「演員劇場」，崑曲當然也
不例外，除崑曲美學和現代劇場技術的結合，更要非常自覺的意
識到，這一切都必須用來配合、支持演員的場上演出，這個部分
的調整磨合，在青春版整排時期一再出現，在公視錄製的製作幕

66　白先勇，〈牡丹亭上三生路──製作「青春版」的來龍去脈〉，《姹
　　紫嫣紅《牡丹亭》──四百年青春之夢》。台北：遠流出版公司，
　　2004年，頁99。

後影片〈尋訪青春夢：青春版《牡丹亭》幕後製作〉[67]更是紀錄了不斷協商討論的場景，如何掌握大原則、盯緊小細節，除了設計的藝術家處處用心，幸而有白先勇、汪世瑜的追求完美，和對某些爭議處的堅持不妥協。

　　燈光是青春版舞美範疇中最精緻精微、也備受讚賞的部分。「整個舞台在主光、側光、背光的立體運用中，光線聚散影灼，使舞台透剔光瑩，泛出極美的意境，營造了人物與環境共同構成的無限情愫和詩意的氛圍」[68]，利用主次光源的調配，烘染劇情；對於夢中、地府、人間等不同的空間，也利用光影的色調強弱做了區分；雖然也採用追光緊跟人物，但只突出人物的表演，而不試圖誇飾。相較於燈光的成功，舞臺布景則略有一二尚待斟酌處。舞臺劇《遊園驚夢》演出時，董陽孜所寫曲文幻燈，擄獲了觀眾的心，這次書法的運用，依舊效果極佳，不論是「牡丹亭」三字的彩屏，或杜麗娘、柳夢梅各自在劇中第一次亮相時，背景屏風上杜甫的詩、柳宗元的文章各自暗示了家世的承繼，董陽孜氣勢磅礡的書法，再度顯示傳統文化的深度與雋雅，而這和崑曲的特質是相得益彰的。舞臺採取的是接近宋代美學的簡約風格，乾淨大方，前舞臺空出廣闊的表演空間，以淡雅的屏風、背幕來烘托劇情，舞臺後側將臺稍稍搭高，作為時空交錯、分割畫面，或花神、軍士等走位時使用，導演和舞臺設計的合作無間，令人賞心悅目，各種小道具，如屏風、捲軸、扇子、桌椅……

67　同註54。

68　倪韻，〈詩意的衍化——賞析青春版《牡丹亭》的舞台視覺美〉，《曲高和眾——青春版《牡丹亭》的文化現象》。台北：天下遠見出版公司，2005年，頁117。

更無不力求雅致。舞臺與燈光的設計同出一手，更是渾然一體，「如〈拾畫〉一折，墨色蒼潤的抽象背景，僅以片葉流枝點綴，夕陽西沈、斷壁殘垣的荒寂，一派淒然衰敗之景躍然而出，雖蘸墨不多，大象無形，卻盡現詩意。」[69]。不過，為了體現江南庭園的粉牆意象，整個舞臺地板被設計成白色，舞臺後側的高臺連結弧形的白色斜坡，直到臺口。白先勇說[70]他看到設計平面圖時「嚇一大跳」，一來白色的舞臺是戲曲中從未嘗試過的，二來斜坡如果造成演員在演出時摔倒，問題就麻煩了。而且斜坡從舞臺後側延伸到臺口，完全擋住戲曲演員慣例出場的通道，即使演員移到翼幕上場，劇場舞臺大，還勉強可以行走，如果臺子小，簡直上不了場，所以蘇崑負責排戲的老師們堅決反對。沒有用過可以「首創」，白先勇尊重設計藝術家的白色地板的構想，但妨礙演出的斜坡，實在讓他相當介意，一直建議「拿掉」，雖然林克華表明「我相當堅持」，後來在蘇崑專業老師強調會影響演出的事實後，斜坡保留，但修改了長度和角度。在臺北國家戲劇院，或上海大劇院演出時，應該沒有問題，卻不知道「送戲到校」，到各校演出時，有沒有發生必須緊急修改的狀況。第二個比較大的問題，是舞臺前側挖了兩個大洞，據說是取園林水塘之意，大概也是從蘇州園林或〈遊園〉戲詞「這是金魚池」得來的靈感。但這兩個大洞在演出時，並沒有發揮任何作用，坐在後排或樓上的觀眾，看戲時一直提心吊膽，擔心有演員會一不小心絆到或摔跤，前排的觀眾則因視野角度的關係，完全沒看到，名副

69　同註68。

70　以下關於白色地板和斜坡的討論，請見註54，製作幕後DVD。

其實的視若無睹，既然如此，他的「必要性」就不妨再省思。最「可怕」的是最後幸而沒出現在舞臺上的一批黃色、長條形、兩三個串在一起的紙燈籠[71]。這批燈籠原本是打算在〈圓駕〉一場時使用，據說原來是紅色（不知和「大紅燈籠高高掛」有沒有關係），但和〈圓駕〉滿場宮中近衛武士的大紅衣服「相撞」，顏色完全被「吃掉」，才改成黃色。不過不管紅色也好、黃色也好，滿臺密密匝匝的難看燈籠，非但沒有富麗堂皇的感覺，反而是整齣戲的氣氛在最後一場被這些燈籠毀掉了的歎息，我後來看到排演的影片時，真的是大驚失色。觀眾能夠沒被這個場面驚嚇，多虧了汪世瑜的堅持，當在國家劇院裝臺，這些燈籠被高高掛起後（因製作過程的曲折，在蘇州彩排時並沒有這些燈籠），汪世瑜臉色都變了，不斷重複的說「太難看了」、「像香腸一樣」、「不是一點點難看耶，一點點難看也就過去了」。由於汪的全力反對，白先勇也不贊成，才在「最後關頭」取消了這些燈籠的懸掛。這些協商透露了一些讓人憂心的訊息，以林克華這麼有經驗、深諳舞臺美學的設計家，面對崑曲演出時，還是會有明顯的失準之處，而這次是因為由白先勇、汪世瑜兩位「超大牌」強勢把關，白、汪的意見才會被尊重，如果傳統戲曲和現代舞臺的合作要成為常態繼續下去，還有相當多要努力、交換意見的空間。至於服裝方面，為了追求戲的質感，布料、顏色，都非常講究，所有繡花都以手工縫繡，全劇一百二十八套戲服，花了五個月才完工。雖然對人物的扮相造型（如引起最多討論的大花神造

71　有關燈籠的影像與討論，請見註54，製作幕後DVD。汪世瑜並於事後幾度提起此事。

型，或眾花神的髮飾）、戲服的樣式（如坎肩的造型和使用），許多觀眾（包括筆者在內）都有各種「遲疑」的看法，但承襲崑曲的習慣，面料以絲綢為主，取其輕軟柔熟，顏色以淡色、間色為主，月白、湖綠、湖藍、粉橘、水灰、煙黛……，在領口、下擺繡上玉蘭、月季、梅花等各色花朵，雅而不豔，將至真至純的愛情與青春，完整的表達，不得不歎服王童的用心。他設計的細微處，除了配合情節、場景，安排服飾，從花神使用的旛的細節，也可見一斑：大花神在戲中手執飄揚的長旛，在〈驚夢〉中以綠旛象徵柳枝，表現純情的男歡女愛；〈離魂〉以白色的旛象徵情殤，表現生命的離逝：〈回生〉則改用紅旛，象徵喜慶，表現回歸人間的喜悅。至於因對戲曲舞臺動作的不熟悉，如衣服的長度，帽子的襯裡……，可能影響演員表演的部分，王童並不會擺出大師的面容，而是和顏悅色聽取演員的說明而進行修改重製。青春版的服裝不只是配合演員的穿著，本身也是典麗的美的呈現，服裝就是藝術，更是經典的示範。不過單從服裝就可看出，如此「重金打造」的一臺戲，是「一生難得看到一次」的，那，將會是成為絕響，還是其他崑劇團也可起而效仿，連平常日子的崑曲也能這樣可演可觀呢？這就牽涉到「常與非常」的問題。

4. 常與非常

「青春版《牡丹亭》」的藝術水準和演出盛況，想必是各崑團「心嚮往之」的的理想。集一時菁英，又有從四處辛苦募來的龐大基金為後盾，以熱愛崑曲的白先勇為首的知識份子主導，掌握美學原則，加上劇團全力配合，花了將近兩年的時間集中排練、宣傳、演出，並巡迴各地，這終究是「非常之舉」，並不是

任何人都能完成的事；沒有白先勇，就不可能出現「青春版《牡丹亭》」，這是各崑劇團主事者心知肚明的。要論演員程度，各崑團都有人才；要論藝術品味的掌握，則要先找到合適的人，有了人還有合作時彼此的關係、信賴度和由誰主導的問題；然後藝術群、製作群的合作、排演，演出前後的宣傳等等，無一不是浩大的工程。從理想層面來說，如果各崑團全力投入，不拘是老戲或新戲，也不是不能做出相同水準的作品，就算兩三年做一齣吧，以後也可慢慢累積。但從實際執行的可能來看，大陸各崑團是職業團體，有長年演出的場數指標必須達成，更有市場的壓力，平常的固定演出要如何脫胎換骨，推出「具體而微」的「青春版《牡丹亭》」一類作品，恐怕是更迫切的目標。「青春版《牡丹亭》」完成了經典的示範，各崑團如何突破，身為觀眾，只能拭目以待。

　　再者，「青春版」的製作，理由之一是針對大陸日益轉為俗惡的崑曲美學，想提出回歸雅趣的方向，但美感判準，需要長期薰陶培養，「青春版」的演出，固然引起許多反省和討論的聲音，然而是否能夠落實，也仍未可知。1999年上崑三十四齣版，臺上閃閃發光、變換奇異的的牡丹花和綠葉不時打斷觀眾看戲，還是被稱為「迎接新世紀的全新大製作」；而「青春版」簡約優雅的舞臺，也有人認為「太過簡陋」[72]，希望做到曲高和「眾」，可能還是一條遙遠的路。

72　費泳，〈《牡丹亭》二度創作賞鑑——談滬、台、美《牡丹亭》演出之比較〉，《曲高和眾——青春版《牡丹亭》的文化現象》。台北：天下遠見出版公司，2005年，頁135。

　　和「常與非常」相關的，還有觀眾，特別是年輕觀眾的問題。臺灣經熱心曲友長期的努力，幾個規模不大的崑團的經常性演出，加上自1992年10月初華文漪版《牡丹亭》、1992年10月底上海崑劇團來臺之後的崑團來臺熱潮，每次演出前的各種演講、座談，近十多年來，已培養了為數眾多的青年觀眾。大陸則在改革開放、再度被西潮席捲後，既渴求世界各種美好的藝術，又想回溯自身文化的此刻，年輕人忽然有機會接觸了「青春版《牡丹亭》」。白先勇採取「送戲到校」的策略，在大陸的演出，除了大城市的劇院，更把重點放在各大學，第一階段包括蘇州大學、浙江大學、北京大學、北京師範大學、南開大學、南京大學、復旦大學、同濟大學[73]等八校巡演，而2008年10月18日本論文宣讀時，已經「送戲」到二十二所大學演出了。滿座的師生、演出前後的座談、演出後的網路留言，證明了年輕觀眾對「青春版」的喜愛。只是這份熱愛，是針對白先勇主導的「青春版《牡丹亭》」一時的非常現象，還是可以延續成為關心崑曲的常態，或進一步深化為對傳統藝術文化的再度肯定，則尚待日後的發展。

　　除了「送戲到校」，學術界是白先勇最熟悉的地方，延續1992年配合華文漪版《牡丹亭》的演出，《聯合文學》舉辦了「湯顯祖與崑曲藝術研討會」，為配合「青春版《牡丹亭》」的演出，臺灣在首演前，於2004年4月27、28日由中央研究院中國文哲研究所、臺灣大學中文系及戲劇系、國立傳統藝術中心、美國加州大學聖塔芭芭拉分校東亞系共同主辦了「湯顯祖與牡丹亭國際學術研討會」；大陸則在八校巡演之後，2005年7月7、8日

73　各校列名次序，依演出先後排定。

由蘇州大學主辦了「青春版《牡丹亭》研討會」。以學術研討，為舞臺演出「背書」，希望啟動大學師生，成為日後崑曲的守護者。

四、餘韻

「青春版《牡丹亭》」是白先勇的圓夢之舉，也是白先勇為再掀崑曲新猷的意志的徹底實踐，這個戲的圓滿演出和熱烈迴響，一方面凸顯了一個人可以如何影響一整個社會文化，一方面也引發一些困惑，如果一個戲的製作過程和相關宣傳、討論，都做到「這個份兒上」了，那接下來會怎麼樣呢？不管人或戲，是將會花繁葉盛？還是後繼乏力？當然，白先勇作為文化的「奇魅」（charisma）現象，仍繼續發酵中。《牡丹亭》之後，繼續推出《玉簪記》，並已完成排練，於2008年11月8日在蘇州首演，並即將開始巡演，是否能再度締造「青春版《牡丹亭》」盛況，是值得密切關注和期待的。但除了崑曲護花使者白先勇的推動，更重要的是崑曲界、甚或整個社會的努力和發展情況如何？

1977年起，大陸崑劇團揮別文革陰影，紛紛復團，三十年來復排老戲與創編新戲雙管齊下。2001年5月18日，聯合國教科文組織首次宣布「人類口述非物質文化遺產」凡十九項，崑曲列名其首，在這之前，裁併京崑劇團之聲四起，拜聯合國此舉之賜，不但幾個崑劇團順利保留，社會大眾和政府當局也重新重視崑曲。在眾多的劇目中，排演最多次的當然是《牡丹亭》，從1982年上崑推出華文漪版至2004年青春版之前，各崑團推出一晚、

兩晚、三晚或全本六個時段的《牡丹亭》，共有十種不同版本[74]
的個別多次演出。臺灣則自1992年華文漪版起算至2004年青春版
之前，不計入曲友演出的話，單是大陸專業演員來台演出《牡丹
亭》就有十四次之多[75]。兩岸《牡丹亭》的演出，到「青春版」
達到高峰，同時也成了一個紀錄障礙，即使江山代有後來人，這
個里程碑，短期內恐怕也很難超越。倒是，「青春版」幾近極致
的製作方式，也提醒大家重新省思，崑曲是否一定要採取這種大
製作的型態在大劇院演出？崑曲本出於畫堂錦筵、小閣水榭，演
員和觀眾可以是非常緊密的交流和互動，演員眼波流轉、輕顰淺
笑，就可以讓觀眾心醉神迷的觀劇經驗，早就成了神話。在大劇
場演出時，演員為配合大劇場大舞臺，動作放大、聲音透過麥克
風傳達，崑曲的婉約駘蕩，已大大打了折扣，而觀賞環境與距
離，以及燈光、音響產生的異變，或者扭曲、或者枉費了演員精
緻細微的演出特質，又如何侈言崑曲的美學。以近鄰日本為例，
其傳統戲曲，不論能劇或狂言，雖然有些演出場所將觀眾席從跪
坐改成西式的座椅，但舞臺和劇場仍然保持原初的小空間，也絕
不使用麥克風，演員和觀眾素樸的相見，每回演出、觀劇，都是
最直接、純粹的感動。

　　2007年起，北京東四條南新倉第十八號倉的皇家糧倉，開始
演出「廳堂版」《牡丹亭》，皇家糧倉只有六十三個座位，和演
員幾乎是面對面的看著，當然也就不用麥克風了。導演為「青春
版」導演汪世瑜，演員則都是十幾歲、或二十出頭的俊男靚女，

74　同註62。

75　同註60。

先在杭州訓練，再到北京駐地演出，最早是演出十二折，後來減為八折，把《牡丹亭》故事一個晚上演完。「糧倉版」（或稱「廳堂版」）票價非常貴，最貴的是1980元（人民幣），最便宜的是580元，也有八個人的包廂，票價是12000元，5月份公佈票價時，全京嘩然，但也就運作起來了。除了散客，也接受公司包場，或國外旅遊團前來觀賞。有一位從來不知崑曲是甚麼的臺灣年輕朋友，因任職的公司尾牙，被招待去看了演出，震撼不已。據汪世瑜說，他曾碰到一位看過「青春版」的大學生，特別花了680元買了張票，去看看「廳堂版」是怎麼回事。崑曲固然適合較小的演出空間，兩三百人的座位應該是最合適的吧，至於糧倉版的演出，票價恐怕不是一般人負擔得起的。

2007年11月1日至7日，大陸中央電視台邀請北京師範大學教授于丹，推出「崑曲之美」講座[76]，以「于丹·遊園驚夢」為名，七個段落從「夢幻」到「風雅」，也在皇家糧倉錄影，講解並配合演出片段，經由電視播出，將崑曲介紹送到每個人家中，影響力更不容小覷。

至於2008年，崑曲界最重要的事，則是日本歌舞伎演員坂東玉三郎與蘇州崑劇院合作演出《牡丹亭》，由〈驚夢〉到〈離魂〉，玉三郎飾杜麗娘，俞玖林飾柳夢梅。先於3月6日至25日在京都歌舞伎專用劇場「南座」連演二十天，復於5月6日至15日在北京湖廣會館連演十天。身段的學習對坂東玉三郎來說，應該不算難事，最難得的是，玉三郎從完全不懂中文，到理解劇本、體

76　內容可參閱于丹，《于丹·遊園驚夢》。北京，中華書局，2007年。同名DVD，北京，中國國際電視公司，2007年。

貼人物,並苦學聲腔,到演出時自如的演唱,所下的苦功真是非
比尋常。而且他並不是用歌舞伎的東西來改造崑曲,而是完全依
照崑曲套路演出,甚至被大陸觀眾認為比「青春版」更接近崑曲
原貌呢。身為極為優秀的乾旦女形,他詮釋的杜麗娘,清麗婉
媚,跌宕風流,只能說令人動容,歎為觀止。

　　臺灣並沒有專業崑劇團[77],但崑曲的啟發,卻在戲曲小劇場
另萌新芽,導演戴君芳、崑曲小生楊汗如、裝置藝術家施工忠昊
的組合(後來正式創團,即「1/2Q劇場」[78]),2004年推出臺灣
第一齣實驗崑劇《柳‧夢‧梅》,其後又持續創作了另外幾部實
驗崑劇,他們的跨界結合與努力,假以時日,相信會有另一番氣
象。

　　總之,種籽播下了,不信青春喚不回。

原發表於「白先勇的文學與藝術國際學術討論會」。臺北:國立
政治大學台灣文學研究所,2008年10月18日。

77　「水磨曲集」、「台北崑劇團」、「蘭亭崑劇團」均由曲友組成,
　　「臺灣崑劇團」則由京戲演員組成,演出崑曲,但他們並不是接受嚴
　　格崑曲訓練的崑曲專業演員,在京、崑表演美學的掌握和分辨上,也
　　有可斟酌處,是否可以稱為專業崑劇團,恐怕還有待商榷。

78　團名「1/2Q」即指該團非全然戲曲或非全然現代劇場的背景組合;英
　　文字母Q則是取崑曲Kunqu英文翻譯之諧音。作品包括:《柳‧夢‧
　　梅》、《情書》、《戀戀南柯》、《小船幻想詩》、《半世英雄‧李
　　陵》。

絳唇珠袖之外
——從幾部新編戲曲思考新典範的可能

一、前言

　　保存、承繼傳統和創新，是任何文化藝術必須面對且實踐的事，戲曲也不例外。戲曲長遠的歷史，完成了包括劇本、表演、舞美等各種元素融合的嚴整劇場體系，而這一如「水晶般完美凝結」[1]的龐大體系，也經由代代嚴謹的訓練、傳承，於每一次演出中，在劇場重生。如何保持傳統，瓜瓞綿延，成為不只是過眼繁華的一時之花，而是歲歲年年舒瓣吐蕊的常開之花，當然是當代戲曲必須努力的課題。同時，為了成就永不凋敝的常花，則源頭活水、跨界跳 tone 的取材、創新、磨合，也是戲曲在時光之流的遷移中，必須時刻在懷的。

　　二十世紀初，引自西方的各種戲劇形式，壓縮了戲曲的劇壇影響力，二十世紀中葉至今，電影電視、影音視訊、電玩、爭奇鬥勝的各種音樂型態，都發展出精彩絕倫的成果，常民的文化娛樂生活繽紛多彩，各擅勝場；閱聽大眾面對多元的選擇，各有所好，劇場只是眾多文娛活動中的小眾，戲曲更是小眾中的小眾。

1　彼得・布魯克（Peter Brook）談到京戲的用語，見布魯克（Peter Brook）著，耿一偉譯，《空的空間》。台北：中正文化中心，2008年，頁26。

於是戲曲界或驚慌失措、或大聲疾呼、或力圖反撲、或嘗試創新。因為心慌意亂，創新過程不免顛躓踉蹌，急就章、過猶不及的情況，所在多有。殊不知創新時一來要有優遊、「有餘裕」的心態，多方嘗試；二來，即使是小眾，也可安於「面對現實」的立場，小眾也自有小眾的做法，也自有一番柳暗花明、風清日朗的新天地。

　　藝術是殘酷的，才華、訓練、經驗、誠懇，缺一不可，哪一個環節有疏失，不到位，即使經過宣傳炒作，或好像一時博得觀眾熱情鼓掌或評論的轟然叫好，但戲的生死立判，了了分明。失敗的嘗試，不問青紅皂白的創新，難免導致閱聽者氣憤填膺、或失望傷心，有些觀眾因此更加遠離戲曲劇場，也不乏出言犀利沈慟的評論。但臺灣當代戲曲，在創新方面，不管哪一個劇種，前輩先進們的確做了相當多的努力，從傳統劇目的修編、新編劇本、表演形式的嘗試、音樂的改動、舞臺燈光服裝的變換、導演的總攬大局……，真是「無一處不尋到」。還包括與國外極為傑出的導演合作，想找到新的可能，如：1995年「當代傳奇」邀請理查‧謝喜納（Richard Schechner）編導的《奧瑞斯提亞》、這兩年「江之翠」與尤金諾‧巴巴（Eugenio Barba）「歐丁劇場」（Odin Teatret）的「Beyond Flow Project」合作計畫，以及正在進行的羅伯‧威爾森（Robert Wilson）與國光劇團魏海敏的合作。經由長期的實驗與實踐，不論成果優劣成敗，確實累積了相當多的經驗，包括可以繼續發展和也許應該避開的，似乎終於走到了面臨「典範」（paradigm）[2]移轉的時刻了。

2　有關「典範」的論述，請參閱孔恩（Thomas S. Kuhn）著，程樹德等

　　典範論述，是孔恩（Thomas S. Kuhn）在1960年代提出，引發科學哲學界的震撼和論辯。在此特別要強調的是，本文借用此詞，的確得自孔恩的啟發，也接受他的某些論述，但本文只是借用其字面最簡單、或說最寬鬆的概念，作為幫助思考的啟發式（heuristic）觀念，並不涉及其論述體系或其論述衍申的種種爭議。

　　孔恩認為當大家接受了某種典範後，就習以為常、理所當然的在這種典範中從事所謂的「常態研究」（normal research）工作，不再尋求概念上和事實上的重大、或新突破。由於一個內容豐富的典範，往往帶來無數的難題（puzzles）需要個別解決，因此他的有效性可以維持一段很長的時間，直到嚴重的危機出現。所謂危機，是指在正常的工作過程中，不斷遇到重大的「變異」（anomaly）現象，也就是所謂的「技術崩潰」（technical breakdown），研究者一開始還能逐步調整以求適應，但變異太大，超越典範的期待不斷出現，原有的典範無法再容納，也不能應付新的情境和問題，那就到了新典範建立的時刻了，而且典範的轉移，並不是枝枝節節的調整，而往往是根本典範的改變。

　　孔恩的理論是針對科學研究，談的是研究方法，戲曲的呈現並不是研究，但孔恩論述中強調方法、觀點，和態度的思維理路是可以借鏡的。中國戲曲從宋元南戲、元雜劇、明傳奇，或京戲及各種地方戲，雖聲腔不同，但從劇本、表演、演唱方法等等來看，倒都是一脈相承，只有隨時代流轉而不斷調整、繼承、重現，也才形成前文所說水晶般完美凝結的嚴整體系。二十世紀初東西方戲劇開始劇烈碰撞，戲曲的表演形式一再成為重新思考的

譯，《科學革命的結構》。台北：遠流出版公司，1994年。

論題，加上此後時代、生活方式、思想和觀念都有近乎翻天覆地的變動，戲曲的內容也引發各種討論和爭議。從表面上看來，歷史是連續的，其實其間有前所未有的斷裂和罅隙，戲曲的內容和演出形式也都到了原有典範無法容納的門檻了。

　　回顧1970、1980年代，由於時代、處境和觀念的不同，臺灣出國留學、學有所成歸國的菁英份子，選擇了不同於五四時期知識份子全面學習西方的態度，而是締造了回望自身文化的風潮[3]。當時風起雲湧的文化活動，包括國人作詞作曲演出的中文歌劇、「雲門舞集」（1973-）以〈白蛇傳〉、〈奇冤報〉或「八家將」等作為素材、「雅音小集」的成立（1979），以及「蘭陵劇坊」發想於京戲《荷珠配》的《荷珠新配》（1980）。當年在各種文化藝術活動中成長的筆者，曾懷著青春熱情，和同樣熱愛戲曲的朋友們，幾度熱烈討論戲曲的未來會是甚麼面貌？以及戲曲元素將會如何的傳承或變化而保留在藝術文化中？當時很素樸的想法中，可能的方向有二。其一，是以傳統戲曲為基礎，吸收各種新的元素而更加豐實，這的確也是在那之後二三十年的戲曲工作者殷殷從事、戮力於途的主要方向。其二，則是從戲曲之外的載體發展出來。由於舞蹈主要是以戲曲的內容或身體為養分，應該會走向不同的路；而舞臺劇以語言為主，能揉合多大程度的戲曲元素還很難說。當時天真的以為，中文歌劇也許會是一個可能，即使發展結果想必會與戲曲有別，但有可能是新典範的產生。不

3　王安祈稱之為「回看中國」，並做了概略而清楚的論述，請參見王安祈，〈一個京劇編劇的自學經歷〉，《為京劇表演體系發聲》。台北：國家出版社，2006年，頁420-421。筆者希望更強調「文化」層面，故稍作更動，且不沿襲其用語。

過，一來其後臺灣中文歌劇的發展後繼無力，而當代音樂家作曲時，也自有他們對音樂的堅持與理想，雖有時取材於戲曲，但不可能（現在想來，也不應該如此期待）負載戲曲的轉型或新生。「當代傳奇」成立時（1986），頓時閃現了新的希望，也承載一代人的熱情期待，但多年下來，在僅是少數人主持與孤獨奮戰的情況下，乍前乍卻，即使多方嘗試，卻因難捨炫新好奇之心，每每勉力拼湊，雖然每次演出都能掀起話題，但從作品本身觀之，總讓人歎惋其方向不清、腳步凌亂。至於之後崛起，較接近百老匯氣息，如綠光、果陀、春禾、大風等劇團製作的音樂劇，發展狀況和戲曲的關聯，仍有待觀察。2004年，不完全從崑曲出發的「1/2Q劇場」[4]倒是提供了新的思考點，審以他們至今四個作品的用心和成果，跨界的結合如何直面戲曲，重賦新意，是值得期待的。

　　本論文將針對「典範中的常態與變異的糾結、磨合」與「跨界實驗」兩個方向的作品進行討論，前者以王安祈《絳唇珠袖兩寂寞》[5]一書所收四本京戲劇作為主，後者則重新檢視「1/2Q劇場」的作品《小船幻想詩——為蒙娜麗莎而作》。[6]

二、女書書女

　　本文藉以試圖觀察典範轉移可能性的五部作品，是五個不

4　團名「1/2Q」，Q是崑曲英譯Kunqu的諧音，崑曲只是二分之一，該團的企圖與理念，不言可喻。

5　王安祈，《絳唇珠袖兩寂寞》。台北：INK印刻出版公司，2008年。

6　本文根據劇本、演出、錄影資料進行討論，謹在此感謝王安祈、陳彬、沈惠如、楊汗如、游庭婷、邢本寧。

同的範型，大致又可分成在大劇場中演出的傳統形式和具有實驗精神的小劇場形式，文中將先討論兩臺大戲，接著再論實驗創作。有關這五部劇作，演出前後，已有相當多的討論和劇評，本文原本就不是為了再寫一次劇評，而是思考作品中示範（shared examples）和可能移轉的部分，以及可能的檢擇依違。討論時，將以各劇為綱目，集中思考劇本和表演，而「劇場是極視聽之娛的所在，除了演員的唱念做打，戲曲的音樂、插入的舞蹈，和服裝燈光布景等舞臺藝術元素，都在在牽動一齣戲的成敗」[7]，文中自不免涉及包括舞美、導演等總體呈現，不過導演與舞美牽涉甚廣，文中無法詳論，只會大略提及。至於《絳唇珠袖兩寂寞》一書附有別題，曰：「京劇・女書」，書中四個劇本，也的確自覺且深刻的省思女性議題；《小船幻想詩》取材於清代女作家吳藻《喬影》一劇，也觸及女性的性別認同議題，雖然本文重點不在女性書寫與書寫女性，但選擇和討論劇本時，則不可避免會觸及相關思考。

（一）《三個人兒兩盞燈》

　　《三個人兒兩盞燈》，是筆者認為近年臺灣新編戲曲中，完成度最高的一部，除了下文會談到，目前還無法圓滿解決的表演問題外，近乎完璧，不論劇本本身或劇場演出，都各自達到一定的高度。《三個人兒兩盞燈》由王安祈、趙雪君共同編劇[8]，劇作

7　陳芳英，〈牡丹亭上三生路──從小說〈遊園驚夢〉到「青春版《牡丹亭》」〉，「白先勇的文學與藝術國際學術研討會」，2008年，頁21。

8　共同編劇緣由和過程，請參閱註5，王安祈，〈我懂得妳的深情〉，《絳唇珠袖兩寂寞》，頁32-36。

家強調劇中要表達的兩個重點是「孤寂」與「深情」[9]，本劇非常
重要的成就，正是從孤寂與深情出發，由女性自覺切入，以煙鎖
重樓的後宮女子為主角，呈現並省思他們的生死愛欲，終於有別
於以往雖是以女性為主角，試圖探索女子內心深處的情思，卻不
免依然包裹在男性論述中的劇本，開拓了戲曲劇本內容的新角度
和新思考。

　　劇中以湘琪（朱勝麗飾）、雙月（陳美蘭飾）、廣芝（王耀
星飾）三人為主，梅妃（以及甚至沒有上場的楊妃）為襯，描述
了女子在後宮，或說女子在傳統社會中的身不由己和生命耗損。
重簷長廊的宮掖，和約束重重的社會，不外是以不同形態呈現的
閉鎖與羈絆而已。身為女子，在當時的環境中是無所作為的，劇
中以湘琪為例，在家中經濟發生困境時，獲選入宮，是一個華麗
的幻想，賣身得銀，可以是盡孝道、幫助家人（特別是兄弟）的
最實際的行動，何況所往之處是充滿夢想的宮庭。除了當宮女，
承應宮中大小雜務，若能偶然得睹天顏，幸蒙寵遇，更是飛上枝
頭做鳳凰。湘琪果然幸運（或不幸）的蒙此「恩遇」，但對皇帝
來說，偶一相值，實如過眼雲煙，早就連湘琪都不記得了，更不
會再來顧盼。深宮寂寂，這短暫的相逢，是湘琪一生最深的情
愛，寵遇後的富貴，也許未必不在意中：

> 等到封了貴妃、做了娘娘〔…〕到時候爹要一件冬天穿
> 了會暖的襪子，娘要一件綢緞做成的衣裳，說不准還能

9　同註5，趙雪君，〈我懂得她的孤寂〉，《絳唇珠袖兩寂寞》，頁26-31；
　　王安祈，〈我懂得妳的深情〉，《絳唇珠袖兩寂寞》，頁32-36。

給弟弟買匹西域的好馬……[10]

編劇刻意凸顯湘琪對晉封貴妃後的封賞，僅有小小的期待，一方面顯見他無法識得真富貴時是啥模樣，一方面也點出湘琪對榮華富貴並不是頂頂在意，他所珍惜的是「那一日、井邊情韻，我與他、十指纏、共度春情」。劇本對湘琪的掌握是相當深刻的，一方面他「徘徊流連、盼一朝、舊夢重溫」，所以多年來不願改變與皇帝相遇時「望仙髻、遠山眉、翠袖碧領」的裝扮，即使有人勸她說這樣的裝扮已經落伍，要他隨時趨新，他當然毫不理會，因為他心中早已有了時間空間都已封存的永恆。另一方面，他心中一直懷著「高人一等」的喜悅與小小的驕傲，因為在眾多宮人中，只有自己是「聖上」稱讚過、愛寵過的啊，即使面對寵眷正隆、倚東風一笑嫣然、獨佔枝頭的梅妃，心中可也毫不退讓：「我好比、素水仙、幽姿早放在他先」，那一夕的枕畔信誓，井邊相約，是湘琪「何需對人言的」的自信，也是他對抗永晝清夜，還樂觀脆勁的活著的理由。所以編劇才會在湘琪死後，以女聲唱出改寫李商隱詩作的「春蠶到死絲難斷，蠟炬成灰淚不乾」，而讓編劇[11]和觀眾都有淚如傾。表演時可能為加強湘琪的一點癡心可憫，「不改舊裝」這一點被強調和放大，至於懷著虛妄的信心、堅持等待、堅持活下去，以及決定自盡的幽微心事，

10　《三個人兒兩盞燈》第4景，頁135。本文引用王安祈劇本，皆出註5，引文若僅隻字片語，不一一標出頁碼，較長引文則標明景、幕及頁碼。

11　見國光劇團《三個人兒兩盞燈》DVD「幕後製作」中的編劇談話。台北：國光劇團，2005年。

卻可惜未能飽滿、有層次的表現出來，使得井邊的最終回顧，反倒成了「抖包袱」、說明前因的唱段，不免讓身為觀眾的筆者，替編劇覺得可惜。

在期盼帝王恩幸的的這一條線上，編劇又加上梅妃為襯，既側寫了湘琪生命的另一種可能，也鋪墊了雙月自我作主的追求。湘琪所得的寵遇，若能持續延伸發展，或許正如梅妃，也有了三千寵愛在一身的風華，但，這又如何？只要出現楊妃，或任何一位女子，一旦專寵，其餘的六宮粉黛，即使曾經攜素手、訴真情，也終將「色未衰，愛已弛」，帝王情愛，本非常民的平等相待、相知相惜。梅妃失寵之後，退回珍珠，悲涼中的決絕令人動容，也一直是戲曲小說喜歡重述的題材，編劇挪用於此，是對帝王情愛的最大諷刺，是對真情無常的省察，更是生命最大的荒寒寂寥。讀劇本和看戲的時候，筆者也曾思量，面對絕非珍珠可以相慰的大寂寥，這一場是如劇本所寫，將珍珠打翻在地，還是沈寂後淡然退回，哪一種更沈慟？不過，無論如何，劇中寫梅妃、寫湘琪與梅妃的交互映照，而不刻意加上編劇者主觀的評論（或聯繫），只是將戲演出來，已呈現給觀眾無限寬廣的思量空間，真正去思考身為女性面對這般命運時的自我醒覺與無奈。如果這其中，含有深度的嘲諷與哀傷，那麼其情切、其致深，和下文將談到的《青塚前的對話》中較為浮面的譏刺和刻意的嘲諷，筆法和視野都高出一頭。

文本的意義，當然與閱讀者投注的角度息息相關，對於梅妃的「棄置毋復道」，「人間情、世間愛、從無一點入心懷」的雙月，感受到的竟是無比羨慕，「被人深愛、又為人拋棄？那是怎

樣的情懷？」，寂寂宮苑中霧鎖塵埋的自己：

> 從不解、何謂兩情相關愛？
> 何謂情冷被拋開？
> 我為何人夢縈懷？
> 我與何人共歡哀？

對他來說，只要愛與被愛，「悲喜歷盡、遍嚐歡哀」，「入夢時、笑靨啼痕相偕來」才是幸福。就像不肯付與斷井頹垣的姹紫嫣紅，他希望積極的尋求可以相互廝守的情緣。進宮十五年，對未曾見過一面的宮中唯一的男性——皇帝，他本已不作癡想，不意在涼亭旁與皇帝相遇，是何等的悲欣交集，結果皇帝連他的名字都沒問，只當作尋常宮女交代事情。沒錯，原自是尋常宮女，但也有女子完整的對情愛的憧憬哪。於是在奉命縫製征衣的時候，暗藏詩稿於衣中，將心意寄託在關山萬里的不知名、此生也不得見的征人身上，「今生已過也，相約來世緣」。描繪宮怨寄情的劇作，以往也有王驥德《題紅記》、齊如山《征衣緣》，也有學者專文論述[12]，此論題不是本文關注重點，不再多談，要強調的是，即使同樣是宮怨寄情，本劇的這段情節強調的是在既深且濃的孤寂中，女性為他對愛情的期盼奮力一搏，「在一生僅有的一次機會，不求回應的送出他所有的愛情。」[13]：

> 只要他得了我的詩稿，知道這煙鎖重樓之內，有一女

12　如李惠綿，〈古典敘事文類與當代戲曲之觀照〉，《戲曲新視野》。台北：國家出版社，2008年，頁415-505。
13　同註9趙雪君，〈我懂得她的孤寂〉，頁27。

> 子願委身於他，偶爾思及，便在心頭猜我幾分、想我幾
> 分，而我，也似那有家歸不得的遊子，身雖漂泊，心有
> 所歸，這也便罷了。[14]

這種情懷，和杜麗娘寫真留詩一樣，都是那個遙遠的年代，許許
多多女子孤注一擲的願望。至於袍衣九千，由誰得到詩稿，不能
說不是特殊的緣分，但終究，得稿之人作為某種「象徵符號」的
意義比「是誰」要大得多，「中有一人得知我心」是必要的，但
那人是誰則未必「非如此不可」，可以是陳評，又何嘗不能是李
文梁，栽種情根後，能夠惜花情重，便是可以一生相守的良人。
劇本從一開始就設定陳評體弱多病，即使得詩稿、定良緣，但病
亟而逝，反是李文梁與雙月死生契闊、攜手同老，當然情節進行
中，劇本已做了充分的暗示，比起習套可能會出現的陳評、雙月
的團圓、圓滿，編劇更深一層的觸碰了生命的種種無奈。

　　本劇另一項以往戲曲中少見（或只是輾轉呈現）、演出後
引起諸多討論的，當然是劇作中觸及的同性情愛，這是作為當代
戲曲才可能討論的論題，也是本劇很重要的成就——成功的開拓
了戲曲題材內涵的新可能，筆者所強調的，不只是劇中談論了同
性情誼，而是因為此次突破，進而可以談論更多方面、更多角度
的問題。至於劇中「女同性戀」或「女同性戀視角」[15]呈現的風

14　《三個人兒兩盞燈》第11景，頁157。

15　李惠綿教授用語。本劇演出後，李惠綿連續兩篇文章，由女同性戀視
　　角論析本劇，見李惠綿，〈情欲流動與性別越界——《三個人兒兩盞
　　燈》與《男王后》之觀照〉，《戲劇學刊》第2期。台北：國立臺北藝
　　術大學戲劇學院，2005年，頁63-84；及註12李惠綿，〈古典敘事文類
　　與當代戲曲之觀照〉，《戲曲新視野》。

貌，在本劇首演後，即有李惠綿兩度為文[16]論及，而因為這是戲曲中首次明顯的思考、呈現「女同」的情欲流動，相信以後也將一再被討論。筆者在此倒是認為，劇中更重要的，並不是（或不只是）在廣芝的「情欲獨特」[17]，而是人與人間的深情，只是廣芝傾注感情的對象是雙月，也就有了由「姊妹情誼」過渡到「同性之愛」的本劇所處理的迷離曖昧空間。

筆者多年前曾在一篇討論《枕中記》、《黃粱夢》的文章[18]談到，人在可進可退、可以選擇的時候，才是真正的自由。廣芝認準了雙月，在「人」上，是他自主的決定，在「性別」上，其實是無可選擇。深宮除了幾乎無由得見的皇帝，和處理各種內外瑣事的「公公」（太監）之外，朝夕相處的都是女伴，其中總有一些特別投緣、足以打動心旌的人兒，相處日久，一腔情思也就漸漸傾注其上，越久越深，經過十五年廝守相伴，廣芝對雙月，正是這樣一番「三千弱水但取一瓢飲」的心境，他鍾情的是雙月此人，雙月是他「衣帶漸寬終不悔、為伊消得人憔悴」的「伊」。雙月寄詩的對象，是承載情感的「符號」，劇中是遠方不知名的某一位征人戍客；廣芝寓情的對象，則是活生生、每天都在眼前的雙月。對廣芝來說，並不是因為雙月是女性才喜歡雙月，而是他喜歡的就是雙月一人，只是雙月正好是女子而已。這樣的幽懷衷情，在第十三景因皇帝賜婚，雙月將隨陳評離開，唱出：

16 　同註15。

17 　註12，頁469。

18 　陳芳英，〈且尋九霄鳴鳳聲——馬致遠劇作解讀〉，《藝術評論》第2期。台北：國立藝術學院，1990年，頁103-112。

分別時、才驚覺、情深似海。

十五年、相依偎、情種早栽。

此刻廣芝得知雙月亦有深情，簡直天地震動，雖然情勢無法改變，但詩稿「相約來世緣」的願望在此重現：「待來生、續前緣、相依相偎共徘徊」。劇終時，唐皇大放宮人，李文梁、雙月夫婦來接廣芝一同回家，廣芝是不是「情境性的同性戀」[19]，「三個人兒兩盞燈」是「一夫二妻」[20]還是「二夫一妻」[21]，或者是一對夫妻與一個獨立的個體？劇本，尤其是演出時，採取了並未明說、保留想像空間的開放結局和開放的未來。編劇和導演有他們的考量，作為閱聽者的筆者，則並不是那麼在意哪個「是」「明確的答案」，可以肯定的是，廣芝對雙月的深情，並不會因時空的更迭而改動，生命即使千瘡百孔，即使有各種荒涼冷寂，也自有小小而不會移易的溫暖。

劇本最出色的地方，當然是人物與情感的掌握。王安祈在回顧自己編劇歷程時[22]，幾度提到他對「情節」的重視，認為傳統戲曲擅長營造「情感高潮」，而不注重「情節高潮」，王安祈所編劇本在情節方面的確注意到環環相扣，且卓有成就。不只王安祈，受西方戲劇影響的眾多戲曲編劇，也無不以情節的完整緊湊為第一要務。過度重視情節的結果，導致戲曲美典向敘事偏移，

19　同註12，頁494。

20　王安祈文中云：「廣芝並未嫁給文梁〔…〕在世俗觀點一夫二妻的保護夾縫中，各自尋求擁有一小塊有情天地。」見註8，頁35。

21　李惠綿論述，見註12，頁494-495。

22　同註3。

忽略「抒情」這一戲曲打動人心的要項，演員成為敘事的媒介，失去表演主體的位置，變成新編戲曲「沒戲」的困境，筆者曾多次為文論及，並強調戲曲中岐出與離題的重要性[23]。王安祈和其他編劇的不同，在於他除了極為在意情節之外，也堅持「情節衝突關鍵應是抒情表演的重點」[24]，肯暫停敘事，花筆墨探索人物內心，劇中人物立體、情感深刻，演員得以在編劇提供的情境下表演，是本劇成功的重要原因，也有點接近以往對戲曲的評論——這是一齣「戲保人」的好戲。

討論表演之前，請容我提及，筆者二十多年前，初讀彼得·布魯克《空的空間》，對其中幾處談到當時（該書出版於1968年，所記演出大約是同時或稍早）到倫敦演出的大陸和臺灣的京劇團的評論，頗是耿耿於懷，今年（2008）該書終於譯為中文出版，重讀仍覺如鯁在喉。其中一段：

> 我還清楚記得，當北京京劇院來倫敦沒多久，另一個來自台灣的競爭對手，中國京劇團也隨即來訪演出。北京劇團的演出依舊脫離不了傳統，但是每晚它都試圖替古老的表演形式注入新的面貌；台灣的劇團也演出相同的劇目，但只是模仿記憶中的演出，然後刪去一些細節，誇大一些噱頭橋段，完全將意義拋到腦後——絲毫沒有一點創新。即使在陌生的異國情調中，生與死之間的差

23　陳芳英，〈試論傳奇敘事架構中的岐出與離題〉，《俞大綱學術討論會論文集》。台北：國立臺北藝術大學，〔出版中〕。

24　同註3，頁417。

別依舊明顯。[25]

筆者在此無意尋查當時是哪些演員演出哪些戲，也不想討論彼得・布魯克對京劇演出可以掌握多少，筆者關心的是，不管面對怎麼樣的觀眾，演出如何避免成為「僵化劇場」[26]，而具有鮮活的生命力。距彼得・布魯克寫下這段話，四十年過去了，臺灣目前的京崑演員，除了少數的幾位（如魏海敏），即使活躍舞臺數十年，也有一定名氣和支持觀眾，但其傳統戲曲功法的訓練和成就，無可諱言，都還不到該有的高度，或甚至還不及「當年」的演員。很長一段時間，看戲時，觀眾已學會忍耐和縱容，有時必須或不斷告訴自己，演員已經很盡力了，但程度不到咩，要多鼓勵；有時看到完全不進入狀況或不敬業的演出，更要提醒自己，保持平心靜氣，千萬要忍耐、不能生氣。被迫懷著這種心情看戲，觀眾還真是情何以堪。劇校在基本功的訓練方面，必須加強，絕對是必須面對的第一要務，而除了基本功，還有沒有其他可以輔佐、更上層樓的呢？

　　這些年，國光劇團排演年度重點新編戲曲，多半可以投入較長時間全力以赴，因此只要劇本精彩，製作群掌握得宜，深入探索劇本意涵，導演、演員、舞美的整體表現，往往可以彌補演員功力的不足，成為成功的演出，《三個人兒兩盞燈》就是最好的例證。本劇製作的成功，導演李小平是非常主要的關鍵，他除

25　同註1，《空的空間》，頁26。

26　彼得・布魯克對此有詳盡討論，參見註1，《空的空間》第1章，頁20-52。

了在劇本寫定修改之際，就參與討論，和編劇有全面溝通[27]，累積多年戲曲、舞臺劇、音樂劇導演的經驗，並與各種思想碰撞之後，也日漸成熟。李小平的主要工作雖是戲曲導演，但他跨界導戲，融合各樣戲劇種類的特色，出手往往讓人耳目一新，但經過一段時間之後，似乎也有「制式」、「習慣性」，或「似曾相識」這類不可避免的問題出現，看著，不免讓人擔心，希望他能趕快突破。《三個人兒兩盞燈》既是傳統戲曲的形式，李小平終於決定放棄過多的走位或「刻意」安排的舞臺畫面，而讓他的功力在戲曲的格範中，自然的呈現，不像前幾齣戲不斷要表現或證明導演能力似的，甚麼都放上去，筆者觀看本劇時，頗有繁豔退隱、芙蓉初發的驚喜，舉凡分割舞臺、時空交錯的使用，在這齣戲裡，也比較是自在且「必要」的，而不再是純為炫技誇新之舉；當然也希望日後李小平再創作時，不論採用甚麼樣的導演手法，都能與「戲」是密合的，而不是突兀、獨立的存在。這齣戲的演員不是最頂級的（事實上，期待每位演員都是最傑出的，當然是不切實際的幻想），但平均水準還算優秀，而且彼此大致在同一等級，反而沒有下文要談的《金鎖記》因為魏海敏的突出而產生落差的違和感。本劇主角配角都很用心，幾位主角的表現都在他們平常的水準之上，這是很不容易的，因為演出達到某一標準，再要提升一點點，就得加倍努力，但就由於每個人這一點點的提高，使戲提升到另一個更高的層次，並有了新的可能。也許因為下了功夫，三位女主角大致把演員自身和劇中人物結合得

27　參見李小平，〈男性導演的女性意識〉，《絳唇珠袖兩寂寞》，頁50-56，及《三個人兒兩盞燈》DVD「幕後製作」中的導演談話。

相當貼近，即使是戲曲程式化的表演方式，也不太有「演」或造作的感覺。而他們深入人物，倒也不是刻意借用西方或任何表演體系，而是從自己真誠的體會出發，再以戲曲的程式呈現出來，這部分，導演在輔助演員時，也發揮了很大的效果。例如[28]陳美蘭飾演的雙月和皇帝意外相逢時，又驚又喜那一剎那，導演要求他先是「靜止」的，然後再開始唱段。朱勝麗飾演的湘琪投井自殺那一段，導演希望他掌握「纏綿」的情懷，於是演員決定鎖定「美」來表演，因此，戲得以在節制含歛中進行，而不至於歇斯底里。也許演員在唱念做打的基本功法仍須持續努力外，對劇本的分析、人物的理解，是可以補足及輔佐演出的。這幾年，臺灣傳統戲曲在這方面已漸漸展現了成績，在共同的程式之外，有每個人物的個別性，如何讓演員「心裡有、身上有」兩方面齊頭並進，戲才不只是戲，而能打動人心。這齣戲的舞臺美術和服裝是本文所論諸劇最成功的。以舞臺來說，可以說做到創新和傳統的不即不離，雖不拘泥於傳統的一桌二椅，但傳達了一桌二椅的精神；空間設計和表演的密合，也可看出整個製作群的充分溝通，其中宮女日日顧盼映照、宛若牢檻的意指鏡子的雕花木框，後來作為大放宮女時，逃出深宮牢籠的宮門，尤見匠心。至於頭飾、服裝，雖未依傳統戲曲服裝的舊制規矩，但只要貼合人物，又不妨礙表演，筆者倒是認為任何創新都是可以樂觀厥成的，設計者刻意在色彩上費心，借顏色凸顯每個人的性格及所處情境，也收到簡約及象意指涉的效果。

28　下舉二例，請參見《三個人兒兩盞燈》DVD「幕後製作」中的導演、演員談話。

（二）《金鎖記》

　　《金鎖記》因是以張愛玲同名小說及《怨女》為粉本寫作的戲曲，演出前就引起相當熱鬧的討論[29]。不過筆者認為，小說與戲曲原是兩種不同的載體，各自可以表現、或動人的元素，可以說完全不同，因此本文避免用改編一詞，也不擬討論戲曲《金鎖記》究竟是取材於小說〈金鎖記〉或《怨女》何者較多，或是這兩部同名的小說與戲曲之間的差異、甚至優劣得失，只針對戲曲《金鎖記》來談；無意回溯小說，更不做比較，涉及劇情與人物的論述，固然不免提及小說原貌，但重心仍只聚焦在戲曲文本上。

　　如果說《三個人兒兩盞燈》是在傳統的形式中，在劇本和演出注入新的意涵，《金鎖記》則是全面思考新典範的可能。雖然《三個人兒兩盞燈》在整體完成度是比較高的，而《金鎖記》尋找新典範的同時，如新出小旦，偶有錯步，有一些可以繼續探討或修改的空間，但整體來說，是近年最讓人精神一振、充滿希望，以及看到新典範曙光的作品。劇中主角曹七巧，並不是傳統旦角家門中青衣、花旦等任何一個行當所能涵括或局限，劇本和演出首先就必須面對這個問題，何況時間點落在民國以後，服裝、表演程式的調整，也是無法避免的。以下不擬討論劇本或演出細節，只從思考新典範的角度，由劇本、導演、表演三個方向切入，提出本劇新猷及某些疑義，就教於方家。

　　劇本方面，首先是劇本寫作進程中，導演的提早參與。《三

29　配合演出刊載的重要文章和座談會，請參閱國光劇團，《金鎖記》首演節目冊。台北：國光劇團，2006年，頁18所列「目錄」。

個人兒兩盞燈》的製作過程，導演在劇本初步完成、修訂的過程中，即已介入工作，和劇作完全定本，導演和編劇家甚至毫無交集，只是導演重新二度詮釋的模式略有不同，這是導演與劇作者同屬一個團體，並彼此借重有關。《金鎖記》更進一步，更是在寫作之初，導演即已參與[30]，因此劇作的結構，一開始就大致完整的滲入了導演的意圖與手法，在臺灣近年的新編戲曲中，這是新的突破，使劇本定稿時，可以說已經是舞臺演出本，除了有明確的舞臺指示，連區位的安排都清楚明白，這在舞臺劇，特別是導演兼編劇的舞臺劇，算是慣見的，但在京戲劇本上，如此密切合作、共同發想構思，是較為罕見的，也提供了一個新的例證和新的「合作方式」。當然這其中還是會有一些問題存在，因為編劇和導演終究是兩種工作，過早的結合和相互影響，是不是合宜，導演意圖過強的出現在劇本中，以及劇本日後由其他導演執導時的創造空間將會有哪些限制等等，也都還可斟酌。但顯然的，戲曲的「主導權」（或主要元素）由演員、編劇逐漸轉向導演，在此更加明確，據此也不妨重新省思戲曲以演員為中心的本質，在當代戲曲發展中的挪移問題及得失優劣，不過限於篇幅，本文不擬深入處理這些論題，有機會再另文進一步討論。單就這次製作來看，這樣的合作是成功的，同時開闢了一種新的合作模式。這種合作方式，尤其對劇場製作，或者是對舞臺劇劇本、製作方式較不嫻熟的編劇家來說，都是新的啟發：「這是我第一次

30　參見《金鎖記》2006年首演節目冊，編劇與導演的文章：王安祈，〈水仙花缸底的黑石子：華麗與蒼涼的劇場設計〉，頁9-10；李小平，〈有別於以往……〉，頁14。

徹底了悟編劇不是案頭的文字筆耕，劇場的意象要由所有部門共同形塑」[31]。筆者並不主張（也不贊成）編劇過程中太早置入導演理念，因為那對劇作家會是另一種限制，但這次的合作過程，相信會對王安祈日後的劇作，開啟新的視野，令人相當期待。

其次，是題材及人物選擇的「突破」。1949年之後的兩岸新編戲曲，莫不以教化、政治為「先驗」思考，臺灣早期的「毋忘在莒」、「臥薪嘗膽」理念的滲透轉化，前幾年本土意識掛帥的「臺灣三部曲」；大陸方面，文革時期的樣板戲自不待言，直至今日，仍是宏言儻論、描寫英雄或箭垛式人物，不是主張甚麼，就是反抗甚麼。《金鎖記》的創作固然是為魏海敏量身打造，為他尋找最能表現的人物，「曹七巧，張愛玲筆下這位由壓抑怨怒至於扭曲，甚至變態之後猶能展現『瘋子的審慎與機制』的徹底人物，必能將成熟的魏海敏更推上頂峰。」[32]；但同時，就像劇作家說的，要捨棄教化意義或崇高命題、宏大論述的創作主流，「此時此地，張愛玲筆下的市井欲望人性脆弱（甚至腐敗頹廢），或許更為貼心。」[33]。張愛玲最擅長的就是庸人俗事的小奸小壞、市井小民對物欲金錢的追求，和深刻且赤裸的愛欲糾纏。本劇選擇了曹七巧，等於選擇了傳統戲曲很少去碰

---

31 同註30王安祈，〈水仙花缸底的黑石子：華麗與蒼涼的劇場設計〉。此文後來以〈水仙花缸底的黑石子〉為題收入王安祈，《絳唇珠袖兩寂寞》一書，及濃縮改寫為《金鎖記》2008年三度重演節目冊，王安祈，〈京劇《金鎖記》的敘事手段〉，頁12-13，都刪去「這是我第一次徹底了悟」句。

32 王安祈，〈京劇《金鎖記》的敘事手段〉，《絳唇珠袖兩寂寞》，頁37。

33 王安祈，〈水仙花缸底的黑石子〉，《絳唇珠袖兩寂寞》，頁38。

觸的題材，更重要的是，劇本中曹七巧就是曹七巧，演的是他的
貪嗔癡愛、愚昧瘋狂、困頓挫折，而不是作為「工具」去控訴禮
教、社會或其他的甚麼，劇中甚至藉著曹大年之口兩度說「這姜
家的花轎也是你姑娘一雙腳兒一步一步踏上去的」，而不是簡單
方便的推給甚麼「壓迫」之類的託詞，這是這個劇本最值得珍惜
的「立場」，也是筆者要強調的戲曲新典範的可能之一。《三個
人兒兩盞燈》回到絳唇珠袖的女性自身，雖然寂寞，卻是自我的
選擇，從某一個角度來看，雖然悲哀，也勉強算得上自我圓足。
《金鎖記》的曹七巧卻是一路跌跌撞撞、千瘡百孔，以金鎖的角
劈殺了自己，也撲擊、傷害他身邊的人，這樣不值得「歌頌」的
人，卻值得寫一齣戲來深思關懷他頹敝荒涼的一生。筆者前文提
到，《三個人兒兩盞燈》「劇作中觸及的同性情愛，這是作為當
代戲曲才可能討論的論題，也是本劇很重要的成就──成功的開
拓了戲曲題材內涵的新可能，筆者所強調的，不只是談論同性情
誼，而是因為此次突破，進而可以談論更多方面、更多角度的問
題。」，在此再次強調，王安祈在新編戲曲的貢獻，不只是寫了
許多令人動容的好戲，更是他不斷探詢、突破，尋找也示範新題
材與人物的可能性，使傳統戲曲傳達及表現，可以真正深扣住每
一代人的情感思維，這也是劇本的「時分之花」[34]。

　　關於《金鎖記》的關目情節、排場結構，因為編劇和導演的
構思、呈現，是密合的，所以本段先將編、導二者放在一起談，

34　語出《風姿花傳》，此處主要取其字面意義，與該書所論稍有不同，
　　見世阿彌著，王冬蘭譯，《風姿花傳》。北京：中國社會科學出版
　　社，1999年，頁26。

之後再轉為針對導演手法的討論。《金鎖記》並不採取戲曲常見的從頭說起，娓娓道來的線性敘事方式，而採「遲著手點」，由七巧嫁到姜家數年，已生下長白、長安，某次哥哥曹大年夫婦來訪前的夢境開始。全劇的敘事手段，以編劇和導演的話說[35]，是以七巧生命中幾個重大事件作為「塊面」，以「意識流與蒙太奇手法」，重疊或並置，「虛實交錯，時空疊映」，「達成『自我詰問』的性格塑造，以及『照花前後鏡』的結構照應。」[36]，這當然再度是跨界的創新與嘗試。同時要把小說中的意識流寫法，和電影的蒙太奇，一起在舞臺上呈現，野心不可謂不大，也的確給人別開生面的印象，但卻也不免出現了許多錯亂混淆的狀況。肇基於不同載體發展出的各自獨特手法，如果可以結合、拼貼，用在不同表現形式上，當然是源頭活水，另闢新境，但當跨界變得非常任意（或隨便）的此刻，某些原則還是不得不謹慎思索的。為什麼要用？是否必須？是否合宜？能否用得貼切？以及功力深淺等等，都是「下手」之前不能逃避，必須全面估量的。

把小說意識流的寫作，試圖呈現在舞臺上，臺灣最早的例子，應該是白先勇舞臺劇《遊園驚夢》，筆者曾為文討論[37]，提到「企圖在舞臺上表現意識在多重情境中的流動，的確是非常困難的事」，當時導演「極盡所能，結合獨白、崑曲、演唱、曲文幻燈、錄音、舞蹈、電影」，以當時臺灣觀眾沒有見過的方式表達，效果有極為精彩和值得再斟酌的落差。而姑不論《金鎖

---

35 同註30，以及李小平，〈挑戰與享受——金鎖的啟與闔〉，2008《金鎖記》三度重演節目冊，頁16。

36 同註33，頁38-39。

37 同註7，頁7-11。

記》呈現的片段，能否稱得上嚴格意義的「意識流」──這大概不是導演和編劇說了，或做了就算的事，而是必須根據做出來是甚麼情況來判定，在演出時呈現的「效果」，才是使用各種手法的主要原因和目的吧。舞臺劇和電影有種種不同，除了影像、真人這些技術層面的差別，最明顯的差異大概有二：一是一次性，無法日後重看或倒帶反芻；一是觀賞環境的不同。即使戲曲錄影播放，和現場演出、觀賞，仍有不同，這且不言，在此特別強調後者。觀賞影片時，坐在前排的觀眾和坐在後排的觀眾，接受的「資訊」差別不大，但在劇場中，特別是社教館城市舞台或國家劇院這麼大的劇場，觀眾所坐的位置，相當明顯的影響接受到的資訊，特別是畫面。一齣戲的演出，除非因要達到某種目的，刻意設計成讓觀眾看不到或看不清楚，否則當然要照顧到所有的觀眾，不然就應該更換演出場所。如果一齣舞臺劇太過於以影像或鏡頭思考，對觀眾來說，每每會是「無效」的，不是看不見，就是名副其實的「視若無睹」。筆者長年與學生討論劇作，常會提醒他們，某些劇作家精心設計的點或小道具，在電影的特寫鏡頭中是沒問題的，但在較大的劇場或較小的劇場，產生的效果將完全不同，或甚至無效。這次重看本文討論諸戲的影帶，感覺和當時在劇場看時，有相當的落差，其中差異最大的是《金鎖記》，有些鏡頭或畫面，在影帶中看來沒問題，或是挺不錯的，但其實在劇場是有問題的；如果製作單位，是靠影帶來反省、檢視作品，可能會持續產生盲點，而成為製作者覺得不錯，但觀眾很困擾的情況。為什麼《金鎖記》影帶和現場的落差最大，恐怕正是《金鎖記》導演和舞美（下文提到舞臺布景時會再提到），較大

程度以鏡頭或畫面思考、設計的緣故。所謂蒙太奇手法等等，即使不是真正的影片拍攝，只是錄影，但因錄影也加入了鏡頭的揀擇刪取，在劇場和錄影間，還是發生了相當不同的效果。筆者素來認為，使用甚麼手法或不用甚麼手法，都不是最重要的，重要的是用了的結果如何，是不是與戲密合，以及讓戲更精彩。

　　在並置方面，兩場婚禮和兩次麻將牌戲，似乎是編劇、導演相當滿意的得意之筆[38]，筆者也同意這兩次重疊與並置，的確別出心裁，手法是高明的。但從閱聽者期待演出更加完美的立場出發，仍有一些意見。第一場婚禮是姜家三爺季澤的婚禮，第二場婚禮是七巧之子長白的婚禮。第二場婚禮設計成七巧採取冷漠不介入的態度，婚禮進行中，夾雜著「一拜天地、二拜高堂……」的話語與表演，七巧卻以彷彿坐在煙榻抽大煙的姿態，唱著「淡粉煙藍霧濛濛」一段【四平調】，展現他對兒子，特別是媳婦的強烈妒忌，他不曾獲得的幸福，也不讓其他人得到，既對比之前三爺婚禮場景，也預示他之後虐待媳婦芝壽或絹兒之必然，是相當精彩的一場戲。但第一場婚禮，則因為「做太多」而造成「紊亂」。在劇本中註明為「非寫實的虛實交錯」，不過這裡要再強調一點，劇作家、導演、甚至演員「熟悉」的舞臺指示，觀眾是無法看到的，必須在舞臺上藉表演讓觀眾「理解」。場上空間分割為A區三爺舉行婚禮的所在，和B區七巧在房中幻想的區位[39]。七巧的幻想同時也是今昔跳躍交錯的，先是想到他出嫁之日的景

38　請參閱註30、註35，《金鎖記》首演及重演節目冊，編劇與導演的自述文章。

39　本文沒有襲用劇本所寫A區七巧房間，B區三爺房間，是因為舉行婚禮拜堂時並不是「三爺房間」，為避免混淆，改為較明確的說明。

象，唱「出嫁日對鏡時淒風一陣」【南梆子】唱段，接著時間
往前跳，回想起嫂子告訴七巧「姜家託人來說媒了」，這時A區
開始進行婚禮，B區的七巧回到「現實」時空，先是對著鏡子唱
「看朱門與小戶重影疊映，波攪深潭心紛紛」，接著拿出紅色手
絹蓋在自己頭上，坐下來接唱「親手兒扶鏡框紅巾蓋定」唱段，
幻想自己是新嫁娘，「這時舞臺上有兩個蓋紅頭巾的新娘」。到
這裡都沒問題，但接著傳來「一拜天地、二拜高堂」的婚禮儐相
聲音，劇本舞臺指示是「三爺夫妻拜堂」、「七巧自己一個人幻
想跟三爺拜堂」，如果是這樣當然沒有問題，也可以達到七巧一
身清素，閉鎖房中顧影自傷，與婚禮的熱鬧華麗參差對比。但分
割畫面顯然無法滿足導演的創新衝動，他讓七巧在唱段最後走進
婚禮區，插入三爺和三奶奶之間，幻想（並做出實際身段）自己
和三爺拜堂。想法是不錯，在電影中也沒問題，但在舞臺上，要
把兩個空間剎時疊合，必須要「處理」，而不是說有光就有光，
說來就來，事後詢問觀眾，連慣看各種小劇場演出的年輕觀眾，
都覺得跳躍得太快，有突兀、扞格難入之感，更不要說一般戲曲
觀眾，的確造成了錯亂和困擾。筆者的想法是，舞臺上做甚麼都
沒關係，但怎麼做，還是要有脈絡可循，不能導演設定這是想
像，不做任何交代，就要觀眾自行想像。導演構思是很好的，七
巧想像自己闖進三爺拜堂的「現場」，舞臺上展現的力量，也絕
對和分割畫面不同，但處理虛實，可以更細膩一些。類似的問題
不只一次，其實戲一開場，七巧的夢境中，小劉和一雙兒女上
場，小劉還替七巧帶來玫瑰香粉，正是一片尋常人家的溫馨氣
氛，然後二爺的隨從龍旺上場，打斷了七巧的夢，接著曹大年夫

婦來探望妹妹七巧，雖然兄妹爭吵中提到「對門中藥鋪的小劉不也託人來提親？」，但從頭到尾沒交代夢中「今兒個藥鋪裡可真忙」的丈夫就是小劉，到底他們「真正」的關係是甚麼？雖然觀眾可以大致猜到，但戲裡必須交代的線索還是要交代，而不能只指望觀眾都讀過小說（而且還不只要讀過〈金鎖記〉，還要讀過《怨女》，因為〈金鎖記〉裡對七巧有意思的是肉舖的朝祿，《怨女》裡銀娣稍稍動過心的才是小劉），戲要在劇場中自身圓滿，不能要觀眾先備有其他本戲之外的知識再來看戲，尤其那一場夢境是戲才開演，很多觀眾都滿頭霧水，誤會一場。雖然作為「序場」，想呈現七巧此生可能的另一種選擇、另一種人生，強調「抉擇」的重要與不可回歸，猶如佛斯特（Robert Frost）〈雪夜林畔駐馬〉[40]的根觸萬端，但戲中這個部分並沒有繼續延伸（即之後小劉一再出場，也並沒有加重這個指向的力量），因此要如何達到劇作家或導演想要營造的效果，可能還是要再調整。

　　至於兩場麻將，第一場從傳統戲曲化出來；第二場演員列成一排虛打，恐怕是借鑑於舞臺劇和小劇場，類似的演出方式在舞臺劇或小劇場中屢見不鮮，已經有點「招式用老」的感覺，但在戲曲中則恐怕是前所未見（或極為少見），因此觀眾們都覺得新奇、精彩，不管取材於甚麼地方，只要可以化用，和演出的戲相得益彰，就可以接受，筆者看時當然沒有多少驚喜之感，但看到觀眾竟然那麼興奮，也覺得這種跨界的化用，並加以創新，既可喜、也可以進一步嘗試，也期待日後更多的自行創新。

40　佛斯特（Robert Frost）"Stopping by Woods on a Snowing Evening" *Robert Frost's Poems*. 台北：書林出版公司，1984年，頁194。

　　兩場麻將牌戲都非常「好看」，得到許多觀眾的喜愛，是必然的事。尤其第一段，很多老觀眾都說這場最「有戲」，在整齣戲都以七巧為重心、氣氛又有點沈重的的情況下，這一場七巧、三爺甚至兩位配角都各有發揮，主次相互映襯，是相當賞心悅目的。演出是很精彩沒錯，但筆者還是有極為個人的忐忑不安。這場戲，除了寫出七巧在姜家的屈辱處境，以及他的逞能要強，桌上牌戲、桌下情欲糾纏，也是這一場的重點。但不管〈金鎖記〉或是《怨女》，三爺與七巧（《怨女》中是銀娣）的調情，都是在兩人私下相處時進行，戲中搬到四個人打麻將的場景，在那樣的家庭裡，再大膽的家庭成員，類似的行徑是不會當著人進行的，即使是「桌下」。大家庭人與人間的尖利和彼此的察言觀色，會把事情的發生逼往更隱蔽或曖昧的空間中，深知大家庭的狀況如曹雪芹和張愛玲（或者白先勇），是不會讓這種事發生在這種情境中的，筆者看時，有一種上演了西門慶、潘金蓮調情戲碼的荒唐突梯感，但即使西門慶和潘金蓮，也是在私密的空間進行。另外則是，相較於「現場」的人（大奶奶和雲妹妹）不會不知情、看不見，觀眾，特別是坐在中後排的觀眾，究竟能不能看到呢。筆者是坐在前排的位子上，有些角度還被演員的身形擋到，後排的觀眾恐怕只能從唱詞中知道他們正在鬼鬼祟祟的調情，細微的動作是看不見的。如果臺上只有兩個人，桌子不圍桌帷，空出視野，或劇場小一些，觀眾都是可以看到的；根據後來的影帶，因為有特寫鏡頭，也沒有問題；但實際演出時，密密圍坐了四個人在打牌，劇場又大，究竟藝術群心中是怎麼想的呢？前面已經提過，劇場的演出必須照顧到整體觀眾，應該是基本認

知吧。而此段的聲腔，也讓筆者嚇了一跳。不論是眾人合唱的
「東西南北條筒萬」唱段，或三爺的「笑你們枉費心思空盤算」
唱段，都卯足了勁翻高腔，到了：

> 一個是牌出如風多果斷，
> 一個是深思熟慮細算盤，
> 他那裡虛晃一招鬥心眼，
> 我這裡以退為進迂迴盤旋。

竟然直接把《沙家浜》的「智鬥」套了上去，連走位調度都依稀
彷彿。「智鬥」一段是汪曾祺和李慕良的精彩詞曲合作，當然
值得保留，傳統戲曲的聲腔經常彼此套用，也沒有甚麼不可以，
但還是要看用在甚麼地方。第一場牌戲固然詭譎多層次，但畢竟
是屬於張愛玲拿手的庸人俗事、小奸小壞的範疇中，怎麼唱得像
國仇家恨、對陣廝殺似的。尤其接下來是調情戲，三爺那一段唱
何妨設計得俏皮慵懶兼一點瀟灑無賴，可以把他的性格風姿表現
出來，為下面的情欲輾轉預做埋伏，結果竟然套用了那麼義正辭
嚴、慷慨激昂的聲腔，固然觀眾依例興奮的鼓掌，筆者心中歎
息，這場演出是「好看」沒錯，卻沒貼近人物劇情，總是覺得
可惜了劇作家。相形之下，「十二月小曲」和「吃魚」唱段的使
用，就精彩許多。

　　劇中有一位從頭到尾出現的人物——小劉，他是七巧回憶和
想像中的存在，以「純真」[41]的身姿，作為自我究詰的內在聲音，

41　同註27，李小平，〈男性導演的女性意識〉，《絳唇珠袖兩寂寞》，
　　頁53。

的確為作品增添另一層的聲部。可惜的是，劇本和演出，都把小劉寫（演）「實」了。正如《牡丹亭‧驚夢》裡的柳夢梅，是杜麗娘夢裡的柳夢梅，演員演出時，必須非常小心的拿捏尺寸，要有絕對完美、如夢似幻的味道，和後來其他各齣的柳夢梅演法是不盡相同的。小劉並不是「真正」的人物，他是七巧心中角落最後一點倚靠，筆者傾向這個人物應該帶著更寬容更溫柔的情懷，但劇中把他處理得有點像「道德良心」，彼此的「對話」也是爭辯較多，口氣帶著火藥味，在長安也抽起大煙後出現，以及要七巧「饒了」芝壽這兩段，話都講得太重，而七巧和小劉（七巧內心的自己）的對話，在戲中並沒有形成甚麼或改變甚麼，反倒像是為了某種效果或手法，而讓這個人物一再上場，上與不上，似乎並沒有具現「非如此不可」的意義，而只是強調七巧不斷的「放棄另一種可能」，全戲最後，小劉對七巧說的話，也是全劇最後一句道白，「打從你一雙腳兒一步一步踏上姜家的花轎，我與你今生今世再無瓜葛。」，或許是要回應全劇最初夢境那原本可以選擇的另一種人生，但話說得太過斬絕，失去了對選擇的省思和淒然或沈慟，句點似乎太過突兀，反倒失去了力量。

　　本劇的舞臺布景，構思顯然傾向寫實，筆者覺得比較接近影片的舞美，而未必是戲曲舞臺的，筆者甚至覺得有些人認為本劇走的是「話劇加唱」的路線（下文討論表演時再談），恐怕多少也受了舞臺布景偏向寫實造型有關。其中筆者比較有「意見」，而且與導演手法有關的是鴉片煙榻。筆者並不清楚，因為要這樣導，所以要求舞美設計一張鴉片煙榻，還是先有了設計構想，才決定執行這樣的導演手法。在高出觀眾視線的臺上，置放一張

床，在其上的表演，對觀賞者基本上是極不舒服的，在影片或小劇場較無問題（的確，在影帶中看，因為是特寫，不和諧的成分減低了許多），可是這終究是舞臺表演，不只觀賞者，演出者也極為彆扭，既要歪著身子，又擔心觀眾看不到。煙榻上的演出，除了纏足一段，演員因是坐著，而且演出極具張力，是成功的之外，其餘在煙榻上的演出，不論躺著、歪著，都相當不流暢，而因此設計的表演，如七巧、長白母子之間的怪異關係，或七巧把腳放在長白臉上肩上的寫實表演，都只留下怪異，而沒有怪異的美感。當然，這也僅是筆者一己的看法，但戲曲舞臺布景的創新，如何才能找到恰如其份的典範，同樣是必須在顛躓中前進的。

對劇本還有一個也許過度奢求的想望。戲演出後，筆者聽到不少人在各種場合引用：「這姜家的花轎也是你姑娘一雙腳兒一步一步踏上去的」這句詞，筆者看戲或讀劇本時，都在想這句話出於曹大年之口，固然多少有當頭棒喝的意味，但如果當初這句話移轉成七巧的發言，是不是有另一種深度。當然如果是這樣，劇本有許多地方是會有一些轉折改動的，筆者的意思，當然不是妄然建議修改，而是本劇作家近年從不同角度思索女性自身，《金鎖記》作為一部回歸曹七巧自身的作品，直面一名女性、整體觀察，容受他的情欲物欲、頹廢瘋狂，同情他「一滴清淚冷如冰」，那麼，上述話語由哥哥口中講出，一方面是哥哥有諉過的意圖，一方面是對七巧的「指責」，「是『你』自己選擇的啊」，但若是由七巧回觀自己的內心深處，「是『我』自己的選擇」，我自己的選擇，自己承擔，結果是悍然無悔也好，是慨歎失落的樂園也好，瘋狂同時的警醒察覺，主體終究回到「我自身」。不

知這樣的想法，是不是可以提供、寄望於未來劇作的發想。

最後談到表演，本劇既然是為魏海敏量身打造，於是留出了大幅的表演空間讓他發揮，即使編劇和導演相當強勢，魏海敏的演出仍是本劇最閃亮的部分，甚至可以說，如果不是魏海敏，這齣戲根本達不到如今的高度。魏海敏的表演更是筆者這次思考「新典範的可能」的直接啟動點，因此有關本劇的表演，只提出幾個原則性的點，向這位傑出的演員表達敬意，不擬涉及表演實例的細節分析。筆者初看魏海敏演戲，是他在小海光的時候，當時他就矯矯出群，之後他參加眾家長一輩名角匯演的《四郎探母》，飾演四夫人，濯濯如春月柳，標幟著他是年輕一輩中最被寄以厚望的閃亮新星。其後在海光挑大樑，果然成為新一代的旦角魁首，除了傳統戲方面的各種努力，帶藝投師，精益求精，他又有比其他人更多的機會接觸新的表演方式、實驗與嘗試，包括長期參與「當代傳奇」的演出，挑戰各種角色，如馬克白夫人、樓蘭女等，近期則是「進行中」紀蔚然編劇的「纏綿」，預計一人分飾楊貴妃與埃及豔后；並迭與國外重要導演合作，如理查‧謝喜納執導的《奧瑞斯提亞》、即將演出的羅伯‧威爾森執導的《歐蘭朵》。這些排練與演出的過程，拓展了他的演技跨度，對人物性格的把握也遠比其他演員深刻。《金鎖記》是他演藝生涯中的又一個高峰，看著他的演出，覺得戲中各種枝枝節節的問題，似乎完全不重要了，他飽滿的掌握、詮釋了曹七巧，而且是以全新的方式，真正看到戲曲演員由人物出發，而不只是行當或程式掛帥。本劇七巧的唱腔和念白，份量都非常重，對任何演員來說都負荷滿載，而劇作家在唱詞句式方面做了各種安排，不是

傳統七字句或十字句的排列，音樂的編腔也隨之變化，演員排練及演出時，難度和所費的時間心力自然也是遠超過排演傳統戲的時候。戲的後半場，唱腔減少，道白大幅增加，這對戲曲演員是更大的考驗。本劇演出時道白選擇了「京白」的形式，但又不是傳統花旦小丑的京白，而是介於傳統京白和國語之間，既明白曉暢，又經過加工美化，出乎口而入乎耳，大量的道白、豐富（甚至沈重）的內容，在魏海敏鏗鏘爽脆的白口中，即使衝著張愛玲來到劇場、對戲曲並不熟稔的年輕觀眾，無不聽得了了分明，當下魏海敏可以說「在星群裡也放光」[42]，以演出「宣告」他不只是當代臺灣京戲演員最優異的一位，也是各種形式的舞臺上的閃亮明星。散戲之後，很多觀眾紛紛說「原來傳統戲曲的演員這麼會演戲」，他們所謂「演」，是魏海敏成功的運用唱念做表功夫，深入情感，呈現人物。如果說他在這齣戲的表演有甚麼讓人「不安」的，是由於劇本集中在他身上，他的表演又一枝獨秀，除了出場不多、飾演三爺的唐文華，在第一次牌戲及調情時，可以與他抗衡外，其他演員與魏海敏間的表演水準有相當落差，整體感是不夠的。前文也提過，《三個人兒兩盞燈》演員水準相近，演出的效果也較為整齊均衡，《金鎖記》則因為其他演員無法企及魏海敏的層次，常常在演出水準落差很大的對手戲中，讓人產生違和感。這當然不是魏海敏的問題，只能期待其他演員也能急起直追，可以拉近彼此之間的距離。

　　因為全劇道白相當多，演出時採取京白的方式表演，加上時

42　張愛玲，〈談音樂〉，《流言》。台北：皇冠出版社，1979年，頁200。

代、服裝的關係，戲曲程式的表演也大幅降低，以致引發「話劇加唱」的看法[43]。筆者並不贊成這種說法，因為這樣「歸類」，未免太輕易了。首先，筆者並不認為演出當代題材的戲曲，就會成為「話劇加唱」的形式，以《紅燈記》為例，仍然是「貨真價實」的戲曲，以西方演出當代題材的歌劇或音樂劇看，音樂及歌唱成份的比重，也不致質變成「話劇」加唱。那麼包括《金鎖記》在內，許多新編戲曲為什麼會引發這樣的質疑。首先是劇本想承載及表達的情感和意念過多。演唱所需的時間，當然比道白多，而中國戲曲的抒情特質，使戲曲演出時的許多段落，時空是凝止的，戲劇動作也隨之暫停，如果要納入較多的唱段和悅聽的聲腔，必然壓縮「敘事」[44]的進行，《金鎖記》的唱段安排及抒情聲腔，份量已經很多，但在內容意義密度過高的情況下，下半齣幾乎是念白為主，感覺在「音樂的饗宴」上，是遠遠不足的。而且就像前文提過的，時間點落在民國，服裝又採取接近清裝的形式，當代人物如何根據戲曲程式來表演，是數十年來「現代戲」（演當代題材的戲曲）還在摸索試驗的課題；大異於傳統戲曲服裝的衣著，又如何運用根據傳統戲曲服裝的基礎所創造的表演程式，則是另一個課題。《金鎖記》看來似乎把關注焦點擺在語言的實驗上，「沒有」去處理身段程式的問題，可以用上程式的時候就用，無法使用的時候，就從人物和情感出發，因此出現

43　有些觀眾和學者，提出類似的看法，如謝柏梁，〈層層枷鎖重沈沈：《金鎖記》從小說到京劇的嬗變〉，《戲劇學刊》第6期。台北：國立臺北藝術大學戲劇學院，2007年，頁257-267。

44　有關抒情與敘事之間的擺盪，筆者已有多篇文章論及，在此不再重述。

不少向寫實表演傾斜的呈現，如纏足、鴉片煙榻等等，但筆者不認為演出藝術群當時考慮以話劇加唱的方式展現，也不認為可以如此輕易的加上這樣的斷語。因為所有演員們對人物的分析體認，和他們的演出，仍然是以「戲曲」作為主要標的，和話劇的要求和理想，仍然是相當不同的。就像女形或乾旦扮演女子時，並不是模仿女性，而是演出男性扮演的女性，追求的是另一種範疇的美感。戲曲借用、吸收舞臺劇的表演特色，並不是想演出像舞臺劇（或說「話劇」）的戲曲，而是更豐富飽滿的戲曲。行路迢迢，一時間還沒達到目標，還是要給他們更多的時間去嘗試錯誤和磨合、淬煉，才能再度完成像「水晶般完美凝結」的表演體系，而且必定將超越傳統、再造新境。筆者雖然對《金鎖記》提出某些近乎嚴苛的意見，但正因為這齣戲示現了新典範的可能，不夠完美的地方也代表著勇於實驗的凜凜生氣，無論如何，這是近年最令人動容的新編戲曲。

（三）《王有道休妻》與《青塚前的對話》

在王安祈的戲曲集《絳唇珠袖兩寂寞》中，把《王有道休妻》、《青塚前的對話》兩劇定位為「京劇小劇場」，同時寫了〈「京劇小劇場」的嘗試〉[45]、〈昭君與文姬的心靈私語〉[46]、〈「戲曲小劇場」的獨特性——從創作與觀賞經驗談起〉[47]等至

45　王安祈，〈「京劇小劇場」的嘗試〉，《絳唇珠袖兩寂寞》，頁23-25。

46　王安祈，〈昭君與文姬的心靈私語〉，《絳唇珠袖兩寂寞》，頁45-49。

47　王安祈，〈「戲曲小劇場」的獨特性——從創作與觀賞經驗談起〉，《戲劇學刊》第9期。台北：國立臺北藝術大學戲劇學院，2009年，頁103-124。

少三篇論文論及這兩齣戲。當代劇作家（包括戲劇及戲曲）都有很強的論述能力，對自己的作品也有諸多剖析和論述，王安祈對「戲曲小劇場」的看法是，「提出『小劇場』，其實是一種策略」[48]，一方面「挑戰嚴謹的戲曲程式」，指出「小劇場的解構精神，〔…〕與其說是因應社會變遷的手段，不如視之為是對於傳統本身的自省」[49]，一方面提出「今之視昔」的觀看傳統的審視策略。下文就來探討這兩齣戲。

劇作家提過他之所以動念改編《王有道休妻》，是因為在課堂上講授《御碑亭》，不意學生竟把這齣梅蘭芳常演的正工青衣戲視為爆笑喜劇，讓他感覺到傳統經典的尷尬，「傳統經典的唱做唸表是後人模擬學習的典範，可是它的劇情卻和時代觀念有這麼嚴重的隔閡」[50]，於是以「嘲弄」和「重探」改寫這個劇本。嘲弄是加強寫因猜疑、誤會而休妻的王有道的迂腐，改編本中幾乎把他「小丑化」，出門赴考時，神經兮兮的把家中「門底需記塞棉墊，麻繩雙絞門栓嚴……」[51]。重探則是讓女主角孟月華分裂成兩個角色，由青衣、花旦「同臺同時共飾」孟月華。青衣扮演的是溫婉的妻子，探親歸來，和陌生的青年書生同在御碑亭避雨一夜，要求自己「眼觀鼻、鼻觀心、正心誠意，無動於衷」，

48　同註45，頁25。

49　同註47，頁123。

50　同註47，頁107-108。

51　本文引用《王有道休妻》及《青塚前的對話》曲、白、動作指示，均出王安祈劇本集，《王有道休妻》，《絳唇珠袖兩寂寞》，頁61-109；《青塚前的對話》，《絳唇珠袖兩寂寞》，頁279-300；引文不再一一標舉頁數。

發現有人偷窺，也只是「竟只有七分驚恐，兩分窘迫，唉呀呀，另一分怎是這嬌怯怯」，丈夫考試回來得知此事，將她休棄，後來知道弄錯了，前往孟家迎回，她全都逆來順受。花旦扮演的孟氏，則在避雨時，除了有青衣的相同反應，還加上「羞答答，還有一丁點兒的喜孜孜、情意纏綿，說不出的滋味在心間」，被休之後，反覆思索，覺得丈夫「依我看膽小怯懦愚昧魯莽、可笑可鄙復可憐」。王有道到孟家道歉時，青衣原諒丈夫，花旦則嘲諷的唱出「這收場怎入了窠臼大團圓」。另外，在表演上不斷加入當場說破的手法。如妹妹向哥哥敘述嫂嫂避雨、偶遇書生之事，第一次用傳統戲慣例的【急三槍】曲牌，不開口只做身段，通常這樣就代表已經完整重述，劇中人已經懂了，但改編本故意讓王有道表示不懂，妹妹向哥哥說明這是戲曲慣例，以及所代表的意義、內容，說完王有道問臺下觀眾：「諸位，你們都明白嗎？」，觀眾回答「明白」，王有道表示他還是不懂，於是妹妹說「文武場老師們，再來一遍」，於是更細膩的再做一遍身段。另外則是將亭子「擬人化」，由小丑扮演亭子，以「先知」、「全知」的口氣不斷發言、說明、解釋及指導戲劇進行。

　　改編後的《王有道休妻》，演出大獲好評，在對《御碑亭》進行顛覆這一點，的確是成功之作。王安祈認為「對京劇而言，這些都是非常另類的。這番另類的構想，使我想到可以使用『京劇小劇場』為名」[52]，筆者也都完全同意。不過，在此要提出幾點看法。其一，預定的觀眾是誰。所謂顛覆，必須先有被顛覆者的存在。對於看過傳統《御碑亭》的觀眾再看改編的《王有

52　同註47，頁109。

道休妻》，固然會覺得會心一笑。但如果因為《御碑亭》的內容
面對當代價值是「尷尬」的，因此《王有道休妻》預設的是一批
新的、沒看過《御碑亭》的觀眾，那顛覆本身就不存在，而是和
這個劇本、這個故事的素面相逢。那麼，可能有一些可以進一步
思考的點。原本的王有道休妻，正是因為他是傳統社會中典型、
「正常」的迂腐讀書人，所以孟月華的遭遇，才會引發情何以堪
的思索和悵惘。當把王有道塑造成舉止過當、行徑異常的小丑性
格，戲一開始就被置放進突梯的境遇中，此後發生的事都是在
「非常態」中進行，是很難引發帶有普同性的共感的。而避雨書
生柳生春是因為自幼尊奉「太上感應篇」，在御碑亭中避雨時，
與婦人「雖共一宵，並未交言」，積下陰功德行，讓考官看卷
時，雖幾度黜落，卻被風一再吹回桌上，考官覺得此人必有陰
德，於是取為榜尾。最後王有道夫婦團圓時，王有道依戲曲常例
把妹妹嫁給柳生春。單就這幾項，還是會讓年輕觀眾照樣覺得這
是「爆笑喜劇」。除非每次先演一次《御碑亭》，再演《王有道
休妻》，否則單純面對《王有道休妻》，還是有不少問題存在。
其二，加上的【急三槍】一段，算是一種小趣味，雖然筆者個人
並不覺得好玩（大概看到太多類似的處理了），不過整體還算有
趣，所以個人並無太大意見，作為「看戲知識教育」[53]也未嘗不
好，但作為「顛覆」、「挑戰」表演程式，或成為「京劇小劇
場」特質，恐怕還是輕重有別。其三，亭子的擬人化，筆者認為

53　劇作者在註47，頁120提及這段設計「和劇情發展、和王有道心理反
　　應、和王有道性格塑造都有必然有機的關係」，筆者覺得未免「言重
　　了」。

是很好的點子，亭子和柳生、孟氏的對話也極有新意，偶然在表演中插入幾句俏皮話或「說明」場上狀況，也都有尖新倩意，甚至可以進一步說成有疏離、後設的意圖，但可惜用得太過度了。丑角的表演，一不小心稍微失控，原本就很容易變成油腔滑調，大概編劇和導演都太喜歡這個發想，捨不得放下，於是讓亭子持續喋喋不休，難免讓人覺得會不會太自以為有趣，或甚至可能有點低估了觀眾，幾乎接近劇場惡趣，多少讓觀眾開始不耐起來。場上不管唱或做甚麼，他都要插話，比如「連續」的「雷伯伯、電叔叔，來得可真是時候啊」、「四目相對，看個正著」、「背對背可就瞧不見啦」、「嘿，貼到一塊兒啦」、「今兒晚上，可真熱鬧啊」……，諸如此類，不一而足。更糟糕的是把觀眾可能有的反應都說了出來，如：「我以為是小生戲，原來旦角兒的戲份重」、「沒想到，摘下鬍子，竟是這般多情模樣。歲月如梭、年輪磨人哪」……，開始時還算逗趣，到後來，觀眾恐怕都很想請他閉嘴到一旁當亭子就好。非常期待劇作者和導演在下次演出前，把亭子的話語和表演，刪減得清爽些。好的點子，用到恰如其份，或再少一點，才有餘韻無窮的感覺，用到滿溢出來，不但收不到效果，反而徒然令人生厭。下一齣要談的《青塚前的對話》裡的漁婦，也是「話太多」，不過比起亭子，總算好一些。

其三，實際演出中，雷神電神等在亭子中的各項走位，和桌椅位置變換繁複。這也許是導演的得意之作，因為可以看出花了一些功夫設計、排演，位置變化複雜，幾近炫技。通常不論是鍾馗或判官出場，小鬼們的表演都是令人喝采的，那時暫停戲劇動作，做抒情、誇張、精彩的炫技演出，烘托鍾馗或判官的威勢與嫵

媚，是所有觀眾喜聞樂見的場面。不過此時穿插這一段表演在戲裡，似乎只是純粹為了表演，佔的時間又多，是不是完全合適，似乎可再斟酌。這個亭子裡還真是擁擠，有書生，有青衣、花旦分飾的孟月華，有喋喋不休破壞劇場氣氛的亭子，再加上天兵天將，場面熱鬧且混亂，不是不能表演，加入角觝雜伎本是中國戲曲的本質，這些表演的確讓戲熱鬧好看，但如何適當的使用各項元素，而不是把甚麼都堆上去，就名之曰「京劇小劇場」，那樣的話，可能偏離了對戲曲傳統本身自省的初衷。其四，由青衣、花旦「同臺同時共飾」一個人物，在戲曲的表演中，當然也是「新」的想法，偶一為之、一新耳目，的確可以引起觀眾讚歎。不過這種用法，在戲劇小劇場還算常見，而且變化多端，下文將討論的「1/2Q劇場」的《小船幻想詩》也採取了這種方式。就像筆者以前談到過的，戲曲現代化，不能只往包括舞臺、燈光、服裝的舞美設計發展，導演更不能執迷於走位調度，因為這些部分，其他演出形式的成就遠遠勝過戲曲，一場演唱會，如視覺系搖滾樂團X Janpan的演出，其導演及舞美讓人歎為觀止的展現，就足以讓觀眾不再輕易被微型或粗糙的設計感動。戲曲就是要發展戲曲最獨特的動人處，「戲曲小劇場」未來的發展，不能跟在「戲劇小劇場」後面，因為「戲劇小劇場」歷史較久，發展較全面，吸收養分的來源又廣，如果走類似的路，終究只是「複象」而已，更無法以「戲劇小劇場」慣見的手法吸引年輕觀眾的關心和注目，無論如何，必須拓展另外一些戲曲獨有的特質。至於分成兩人的對話，不知為甚麼，近年忽然成為戲曲潛藏的流行，從孟月華到青塚前的昭君、文姬，《小船幻想詩》謝絮才和影子、

進行中《纏綿》的楊貴妃和埃及豔后，甚至即將演出的《歐蘭朵》，他的名字也隱藏「or／and」的一身二體。其實，每個人內心和性格都有各種層面，裂分為二，反而限制了多樣性，簡化為「白小姐、黑小姐」、「善、惡」、「溫婉順從、活潑自我」，反而消解了諸般矛盾同時存在某一個體中交互拉扯，及其游移、瑣碎的可能；寫一個人或演一個人，讓他同時呈現多面性，也許更是創作者和演出者的挑戰與理想。

　　《青塚前的對話》的寫作，接近明代短劇藉劇說理或表達個人情志的型態，可以說是「理念先行」的作品，王昭君與蔡文姬跨越時空的對話，「藉由『女性議題』卻對『文學的創造力與矯飾性』做一番辯證，進而究詰歷史／人生的虛實真幻。」[54]，這的確是本劇意旨所在。有關女性意識與文人傳統的辯證，在王安祈[55]、汪詩珮[56]的論述中，已深入辯析，本文無意再重複這個論題，只從本劇創新處著墨。

　　內容上，最重要的是質疑歷代文人對王昭君、蔡文姬的描繪形塑，及評論比較。關於描繪，以文姬自有彩筆寫自身，昭君身世情感全遭文人播弄，作為對比書寫，進而探索兩位女性對自己情感和生命歷程的想法——當然是劇作者預設的的想法，出塞和歸漢，又各自懷著甚麼心情？如果說以往是男性文人以詩文一廂情願的形塑他們想像中的這兩位女子，本劇則是女性劇作家試圖

54　同註46，頁46。

55　參見註46。

56　汪詩珮，〈文人傳統與女性意識的對話：《青塚前的對話》中的兩種聲音〉，《民俗曲藝》159期。台北：施合鄭民俗文化基金會，2008年，頁205-247。

以女性角度探索他們的心靈。本劇兩人各自的抒情唱腔，或彼此對話，都鎖定這個論點，劇本的文采、聲腔音樂的設計、演員的演唱、身段，都發揮得淋漓盡致，可以說劇作家在質疑的同時，也省思了兩位女子千古寂寥的悠悠心事。但關於「歷代文人對兩人評論比較」的質疑，不太明白劇作家創作時是基於甚麼理由，也許希望戲有頓挫，於是不只是抒情或彼此傾心或同情，決定選擇「與其由後人將二女相互較量，不如安排文姬昭君之對罵以為全劇終局」，於是筆鋒一轉，兩人忽然像潑婦一般叫罵起來，而對罵的內容，則是完全的「男性沙文主義父權心態」：

> 文姬：餐飯之間顯性情，飲食品味見文化，你這沒文化
> 　　　的失節不倫！
> 昭君：與其冷宮孤單一世，不如胡地兩度春風！甚麼失
> 　　　節不倫？
> 文姬：你嫁的是父子兩代，這叫父死子續。前仆後繼！
> 昭君：你歸漢後再嫁董家，這叫穿梭兩地，胡漢通吃！
> 文姬：我入胡之前原有丈夫，歸漢之後再嫁一夫，前後
> 　　　三屆，但就數量來論，你就要瞠乎其後！
> 昭君：前後兩屆不關我事，我兩任丈夫俱是匈奴單于，
> 　　　專管你中間一任的左賢王！單就官位來論，妳就
> 　　　得甘拜下風！

這一段爭吵後，漁婦醒來，說一段並未涉及兩人爭吵內容的話作結，戲就結束。真的是讓閱聽者目瞪口呆，不是愕然就可形容的。這樣的爭論，何須昭君、文姬來吵，又何必自許由女性意識

出發的劇本來寫，即使不能惺惺相惜、相濡以沫，對對方有同情的理解，即使要故意嘲諷男性作家對「文姬不能像昭君般全節」，也不宜是這種表現方式吧。其實類似的問題在戲一開始就出現了，挪用了李開先《園林午夢》的四女舌戰，崔鶯鶯、李亞仙、紅娘、銀箏四個人吵著吵著，就扯到「買良為賤」、「先姦後娶」、「娼婦」、「賊妻」，這是以往某部分男性的看法和標準，如今由女性角度重新思考，應該會有不同的見解吧，要設計成爭辯的場面，應該也有更多的論題或更寬廣的思考方式，遂使筆者對這齣戲真正的立場一直迷惑不解。至於戲中漁婦角色的設定，則似乎還有考慮、刪修的可能。雖然說漁婦不必有固定制式的印象，既然可以有飽讀詩書歸隱的漁人，那麼類似蘇荷（SOHO）族的漁婦也自沒有甚麼不可以，劇作家很高興的安排了一位以讀書吟詠為樂的江上漁婦，舟中書籍可信手拈來，既有崔鶯鶯、李亞仙二傳，沒事也讀讀蔡文姬詩作。在形式上，因為要讓漁婦有戲，所以不斷讓他插入昭君和文姬的對話中。為漁婦設計的唱腔身段，甚至他出現時的燈光都處理得相當好，他的不斷上場，依劇作家的意圖是想讓他與昭君、文姬形成三種聲音，但處理時經常是讓他硬生生插入昭君與文姬之間，或獨自在一旁抒情或發表意見，「作用」有點像《王有道休妻》的亭子，也一樣造成某種程度的干擾，而沒能達到三個聲部的對話或交錯。戲中尤其干擾的是，由扮演崔鶯鶯、李亞仙、紅娘、銀箏的四個演員演出文心、彩筆、詩韻、琴音，既是歌隊，也是舞者，又象徵悲歡離合等等情緒，穿插出現在整個戲的進行中，甚至刻意造成場上氣氛的斷裂疏離；構想是相當新穎出色的，不過

處理時可能還要更小心，否則過度使用，會讓觀眾有時很想將他們暫時Delete 抹去呢。如果導演可以更從觀眾的角度去思考，而不只是身為導演，只想到「要把甚麼擱到舞臺上」，或「想表現甚麼」，就任意為之，必須有縝密出色的構想才能完成精彩的效果。

　　本劇最精彩的，應該是舞臺與燈光吧。既標誌為「京劇小劇場」，又是在國家劇院實驗劇場演出，對西方舞臺設計相當熟悉的傅寯，可以完全放開他素來設計戲曲舞台的小心翼翼，瀟灑的大展長才。這齣戲的舞臺，是近年相當突出且成功的作品，為本劇提供了無限創新可能的空間，甚至可以說是這齣戲演出時最優異的部分，也是最接近「小劇場」精神的部分。每個裝置都沒有特殊指涉，卻又可變化萬千來使用，既新穎又全面掌握戲曲簡約象意的特質。白色的斜坡，是青塚，也是出塞、歸漢，錯身而過的迢迢長路，更可以是一葉扁舟行過的清澈流水，琉璃屏是墓碑也是鏡台，金屬地面也可以是映出水中月的方塘，清冷的滴漏、纖弱的蘆花，是深宮與荒塚的的象徵，也是生命長流中的漂泊身世……，配合燈光的色澤、深淺層次的變化，委實令人讚歎。

（四）《小船幻想詩》

　　在討論了王安祈與國光劇團大規模與緊密合作的四個製作後，特別提出身分未明的「1/2Q 劇場」的《小船幻想詩——為蒙娜麗莎而作》（本文概稱《小船幻想詩》），作為論述的句點，是筆者對新典範的期待與信心。既然名為「1/2Q」，在創作中，「Q」所指稱的崑曲（Kunqu），自然只是內容和思維基礎的一

半而已，有別於前面四部劇作是從戲曲內部探尋新典範的可能，「1/2Q」則選取了包括崑曲在內的各項藝術元素，碰撞、尋找究竟可以完成的「甚麼」。筆者並不認為他們的嘗試或實驗，會對崑曲帶來甚麼樣的變化或啟發，筆者關注的是，在混沌茫昧中逐漸探尋微曦的表演藝術中，崑曲可以提供甚麼樣的力量，以及這些努力經一段時間後，會在崑曲（或戲曲）的發展中，撞擊出甚麼樣的可能。「1/2Q劇場」與崑曲有關的創作有好幾個[57]，《小船幻想詩》是到目前為止最成功的一部，而之所以選擇它作為討論的對象，原因有三：1. 該團其他幾個創作選取的崑曲段落，都是以目前尚在舞臺上演出的折子進行修編，劇本和唱腔身段都有固定規範，本劇則取材於從清道光五年（1825）秋天首演以來未曾再演出過的劇本《喬影》，由本次參與的成員修改、重新設計唱腔身段，和本劇其他因素都是全新的創作。2. 該團其他作品的崑曲演出部分，除楊汗如和陳美蘭，都是由現代劇場演員臨時學習、上場搬演，雖然已極為認真努力，但戲曲藝術水準顯然不足，和主要演員間又有極大落差，戲曲演技功法生澀，不但使戲無法達到基本水準，更遑論以此為基礎而衍申的不同藝術元素碰撞後的光彩或火花。本劇崑曲部分只有主角謝絮才一人，演員楊汗如可以在自己的節奏和造詣中，自如的表演。配合「影子」一角的身體表演，傳統與現代的相互試探，極有意味。3. 本劇的內容探索女性的自我期許和擬男的願望，和本文「女書書女」的主旨是相合的。《小船幻想詩》遂以崑曲、舞蹈、劇場、裝置藝術

57　截至2008年末，作品包括：《柳・夢・梅》、《情書》、《戀戀南柯》、《小船幻想詩》、《半世英雄・李陵》。

四者並行的姿態演出。

　　本劇是「2006誠品戲劇節」的演出作品，這次戲劇節的主題是「繪畫」，導演戴君芳以達文西「蒙娜麗莎的微笑」為發想之端。在後世的討論中，「蒙娜麗莎的微笑」一直被認為置入了達文西自身的形象，而達文西的性別傾向也一直有各種撲朔迷離的傳說，戴君芳選擇以清代女作家吳藻的崑曲作品《喬影》作為平行對話的座標。吳藻生當清世，身為女子無法得伸理想，於是在劇作中讓女主角謝絮才扮為男裝，讀詩飲酒，並畫出男裝自畫像「飲酒讀騷圖」，同樣有性別移易和繪畫的元素。

　　《喬影》的謝絮才是一女子，因被性別所限，懷才不遇，一時興起，偶然扮為男裝，在戲曲慣例中，本應由旦角主演，但吳藻劇本卻指定由「生」扮演；《小船幻想詩》由坤生楊汗如擔綱演出，專門扮演男性角色的女子，演出女扮男裝的人物，當然更具深義。《喬影》一齣共十支曲牌，為南北合套方式，北曲高亢昂揚，南曲清柔婉折，素來同一齣戲中，南北曲會由不同角色行當演唱，本劇則突破慣例，由謝絮才一人獨唱，開南北曲均由一人主唱特例，也再度寓意主角雌雄同體、兼備男女雙性。《小船幻想詩》劇本由沈惠如執筆，將原本的十支曲牌縮減為六支，並對曲詞進行改寫，同時加入了「水鬼‧影子」（由舞者蘇安利扮演）的角色，並穿插檢場的隨時進出，及說書人的詩歌（〈離騷〉、李白詩、現代詩）吟念等旁白。在裝置上，劇場舞臺地板是達文西的畫作「維特魯維斯人」（人體比例圖），十公尺見方、藍底白線條的巨幅人體圖，形構了故事中的湖面，演出過程中，舞臺四周也投射該圖的投影。設計者施工忠昊為讓觀眾有更

多的參與感，觀眾入場時會收到一張圖稿，並在開演之初，被告知所有觀眾手上的圖稿拼起來正是「維特魯維斯人」，而全戲結束後，觀眾可以使用演出單位提供的彩筆著色，將地板線畫完成為彩色畫面。舞臺背景除了「維特魯維斯人」，還有達文西的「蒙娜麗莎的微笑」、「施洗者約翰」，演出中配合劇情，這三幅畫作的投影不斷變化，同時也出現〈離騷〉文句書法、各種香草，及劇中謝絮才所畫的「飲酒讀騷圖」。場上最重要的道具，是「雙喜臨門龍鳳車」及「哭笑不得三位一體馬、船、車」，都具有一身二體、三體的繁複曖昧特質。演出開始時，「主持人」還刻意仔細介紹這兩項道具，戴君芳對檢場人的插入戲中一向非常「沈迷」[58]，這齣戲可以說更是欲罷不能，但也使用得更熟稔，不但像元雜劇初始時，「外」的開呵、按呵、收呵，收放自如，劇中的穿插也漸漸恰到好處，成為戲的必要元素了。場上演員也充分利用「雙喜臨門」和「哭笑不得」進行表演，讓人覺得他們不僅僅是道具，也成了另類的演員。至於戲中其他小道具，除了由檢場人安置，也多次利用懸吊系統，像希臘劇中「機器降神」似的從天而降。表演方面，楊汗如的崑曲表演，和蘇安利的舞蹈，如兩組旋律主題交互映襯、交纏，或各自表現，或彼此對話，或相互干擾，謝絮才是女身男裝，扮演「水鬼‧影子」的女舞者除了服裝的變換，也利用面具來突出指涉，或男或女。而除了檢場人的穿插進出，場邊一角坐著畫家裝扮的角色，持續作畫，彷彿達文西這位性向曖昧的西方男子，伴隨劇場中他畫作的

58　傅裕惠，〈怎得換個「水乳交融」？！〉，《眾聲喧嘩之後：台灣現代戲劇論集》。台北：書林出版公司，2008年，頁153-155。

複象，凝視性向曖昧的東方女子在劇場搬演描繪自身的戲曲及畫作。音樂方面，除了崑曲固定的鑼鼓板笛等樂器，及經常使用的琵琶、大提琴，這次更加重了豎琴的份量，增添湖泛綠波、水光潋灩的氣氛。在此筆者避免使用近來被隨意挪用、甚至誤用的「拼貼」、「複調」等語詞，素樸的檢視《小船幻想詩》的演出，希望可以回歸該劇藝術群的用心和呈現面貌。相較於「1/2Q劇場」此戲前後幾部作品在異質元素中掙扎的困境，《小船幻想詩》顯然經過長期「磨合的煎熬和痛苦」[59]後，取得了某種和諧，雖然還有許多困難和問題等在前面，雖然連戴君芳都自嘲「應該對崑曲不會有甚麼幫助」[60]，但由於迷上、愛上崑曲這項古老的戲曲藝術，也由於想為「傳統戲曲尋找前衛性的可能」[61]，幾個人（嚴格說是戴君芳、楊汗如、施工忠昊三個人）在幾乎沒有資源支援的情況下，持續的肆放想像，尋找新的可能，雖然離新典範還有很長一段距離，但他們實驗的過程和成果，都會隨時像一把鑰匙，開啟新的空間，新的視野，也需要大家的肯定與支持，就如筆者某一篇文章的結語，「總之，種籽播下了，不信青春喚不回。」[62]。

三、結語

　　這幾年，臺灣戲曲劇壇忽然呈現生氣蓬勃的現象，每個劇種，每年都各自有數個新編戲曲的製作。有的只是新編一齣傳統

59　同註58，頁143。
60　同註59。
61　同註58，頁160。
62　同註7，頁27。

戲，內容和形式都無新意，有的則執行部分、小跨步的嘗試，有的以開新炫奇為標的，難免有粗糙粗暴的狀況出現，也有的緩步前行累積經驗，終至於擺脫習套、振鬣獨步，渴求新的天地與新的矩度。剎時間，頗有百花齊放、百家爭鳴的態勢，裂變之際，似乎也終於面臨思考及轉移新典範的時刻了。但新典範的形成是否有其可能？本文選擇五部與女性自覺有關的劇作，從劇本、表演、導演、舞美等切入思考。綜合前文的分析，簡要整理如下：

　　《三個人兒兩盞燈》，是近年臺灣新編戲曲中，完成度最高的一部，從孤寂與深情出發，由女性自覺切入，以煙鎖重樓的後宮女子為主角，呈現並省思他們的生死愛欲，有別於以往雖是以女性為主角，試圖探索女子內心深處的情思，卻不免依然包裹在男性論述中的劇本，終於開拓了戲曲劇本內容的新角度和新思考。演出時，主配角都很用心，尤其幾位主角從自己真誠的體會出發，再以戲曲的程式呈現出來，把演員自身和劇中人物結合得相當貼近，表現都在他們平常的水準之上，使戲提升到更高的層次，而導演李小平在輔助演員時，也發揮了很大的效果。李小平執導這齣戲時，放棄他近年來過多的走位或刻意安排的舞臺畫面，而讓他的功力在戲曲的格範中，自然的呈現，觀看本劇時，令人頗有繁豔退隱、芙蓉初發的驚喜。舞臺做到了創新和傳統的不即不離，雖不拘泥於傳統的一桌二椅，但傳達了一桌二椅的精神，並注意到空間設計和表演的密合。至於頭飾服裝，設計者刻意在色彩上費心，借顏色凸顯每個人的性格及所處情境，也收到簡約及象意指涉的效果。

　　《金鎖記》在劇本寫作之初，導演即已參與，因此，劇作

的結構，一開始就大致完整的滲入了導演的意圖與手法，劇本定稿時，已經是舞臺演出本，除了有明確的舞臺指示，連區位的安排都清楚明白，提供了一個新的例證和新的「合作方式」。劇本放棄了宏言儻論或教化意義，選擇了書寫市井女子曹七巧，他的生命一路跌跌撞撞、千瘡百孔，以金鎖的角劈殺了自己，也撲擊、傷害他身邊的人，《金鎖記》演的就是他的貪嗔癡愛、愚昧瘋狂、困頓挫折，而不是作為「工具」去控訴禮教、社會或其他的甚麼。全劇的敘事手段，是以七巧生命中幾個重大事件作為塊面，以意識流與蒙太奇手法，重疊或並置，虛實交錯，時空疊映，這當然再度是跨界的創新與嘗試。因為本劇時間點落在二十世紀，服裝又採取接近清裝的形式，因此必須處理當代人物如何根據戲曲程式來表演的問題。戲的重心集中在扮演七巧的魏海敏的身上，魏海敏以他精湛的演技「宣告」他不只是當代臺灣京戲演員最優異的一位，也是各種形式的舞臺上的閃亮明星，可以說「在星群裡也放光」。

　　《王有道休妻》、《青塚前的對話》兩劇的定位是「京劇小劇場」。《王有道休妻》是以「嘲弄」和「重探」改寫《御碑亭》，嘲弄是加強寫因猜疑、誤會而休妻的王有道的迂腐，重探則是讓女主角孟月華分裂成兩個角色，由青衣、花旦「同臺同時共飾」，分別呈現一名女子內心的兩個極端。另外，在表演上加入當場說破的手法，並將亭子「擬人化」，由小丑扮演亭子，以「先知」、「全知」的口氣在演出進行中插入發言、說明、解釋及指導戲劇進行。《青塚前的對話》則接近明代短劇藉劇說理或表達個人情志的型態，可以說是「理念先行」的作品，王昭君與

蔡文姬跨越時空的對話，藉由「女性議題」對「文學的創造力與矯飾性」做一番辯證，進而究詰歷史／人生的虛實真幻。本戲的舞臺與燈光尤其精彩，因是在國家劇院實驗劇場演出，對西方舞臺設計相當熟悉的傅寯，可以瀟灑的大展長才，為本劇提供了無限創新可能的空間。每個裝置都沒有特殊指涉，卻又可變化萬千來使用，既新穎又全面掌握戲曲簡約象意的特質。白色的斜坡，是青塚，也是出塞、歸漢，錯身而過的迢迢長路，更可以是一葉扁舟行過的清澈流水，琉璃屏是墓碑也是鏡臺，金屬地面也可以是映出水中月的方塘，清冷的滴漏、纖弱的蘆花，是深宮與荒塚的的象徵，也是生命長流中的漂泊身世……，配合燈光的色澤、深淺層次的變化，委實令人讚歎。

　　《小船幻想詩》是「1/2Q 劇場」為配合「2006誠品戲劇節」「繪畫」主題，改編自清代吳藻的《喬影》的作品。導演戴君芳以達文西「蒙娜麗莎的微笑」為發想之端。在後世的討論中，「蒙娜麗莎的微笑」一直被認為置入了達文西自身的形象，而達文西的性別傾向也一直有各種撲朔迷離的傳說，導演戴君芳選擇以清代女作家吳藻的崑曲作品《喬影》作為平行對話的座標。吳藻生當清世，身為女子無法得伸理想，於是在劇作中讓女主角謝絮才扮為男裝，讀詩飲酒，並畫出男裝自畫像「飲酒讀騷圖」，同樣有性別移易和繪畫的元素。全劇以崑曲、舞蹈、劇場、裝置藝術四者並行的姿態演出，繼續為傳統戲曲尋找前衛性的可能。

　　除了上述論述，戲曲中極為重要，但如果要創新，卻比其他藝術元素都「困難」的是音樂，本文論述中，筆者幾乎沒有（或

說極少）觸及音樂的部分，因為這幾齣戲，在戲曲音樂基本結構
的創新並不多。《小船幻想詩》崑曲部分完全襲用崑曲曲牌，王
安祈與國光劇團的四齣戲由李超編曲，的確功力深厚，也達到烘
托人物、推展劇情的效果，不過編曲與新創曲式板式不同，不是
「根本上」的革命或創新。當然，《金鎖記》納入了小調，《三
個人兒兩盞燈》設計了【西皮中板】、挪用了地方戲聲腔、還在
樂器上作了更動，但都算是在傳統的範疇中變化，而且音樂部分
是極為專門的範疇，最好是以譜例來直接呈現，才能加以論述，
這恐怕不是本文及筆者所能完成的。戲曲音樂的創編，根據學者
蔡振家的綜論，必須包括傳統音樂素材的發展、非戲曲音樂素材
的吸收、主導動機的運用、音樂情感的表現四者[63]，真是談何容
易，除非才華橫溢、腹笥甚寬的音樂家才能做到，不禁慨歎，
「當世已無于會泳」。筆者認為（恐怕也是關心戲曲音樂的人公
認的吧）戲曲音樂的創新成就最高的當推于會泳，他對樣板戲音
樂的設計創新，的確是真正提供了功效卓著的新典範。可惜他在
文革期間涉入政治太深，1976年文革結束時，先被免去一切職
務，隔離檢查，其後在1977年自殺身亡，享年才五十二歲。他過
世之後，大陸戲曲音樂的創發可以說進入停滯的狀況，和他有關
的研究也成了禁忌，匆匆三十年過去，大陸當局終於同意把他的
人和藝術成就分開，開始在上海音樂學院組成專案小組，對他在
音樂理論和戲曲音樂的成就進行研究[64]。既然出現過于會泳這樣

63　蔡振家，〈從政治宣傳到戲劇妝點——1958-1976年京劇現代戲的詠嘆
　　與歧出〉，頁18。〔出版中〕。

64　專案計畫仍在進行中，相關論文將會陸續發表，目前已發表的，有戴
　　嘉枋，〈論于會泳的中國傳統音樂理論研究〉，《音樂藝術》2008年

的天縱英才，只能等待更多藝術上的于會泳，不只對戲曲音樂，也針對整體的戲曲藝術提供新的範式，也才能真的做到為戲曲再創新局。

　　當代文化的產製與接收場域，已不再局限於某一特定的時空環境之內；而保持文化不斷前進的涵化（acculturation）能力，又必須透過模仿、實踐與試驗來習得和完成。戲曲的發展也不例外。面對當代各種戲劇或藝術形式，不斷創發、萌生、成長，並從世界各個角落洶洶然席捲而來的時候，當代戲曲不可避免的，必須承繼自身系譜的諸般元素，挪用其他戲劇或藝術形式相異或衝突的特質，經由融合、斷裂，及逾越（transgression），重新將各種符號在時間與空間中排序，產生出新的典範。

原發表於「探索新景觀：2008劇場學術研討會」。臺北：國立臺灣大學戲劇學系，2008年11月2日。

第1期。上海：上海音樂學院，2008年，頁77-97。

市井文化與抒情傳統的新結合
——古典戲劇

楔子

　　畫堂錦筵，檀板輕敲，紅氍毹上搬演的英雄行逕、兒女柔情，似乎總跳宕著恆久的風華。廟前草臺陡然拋起的絃音，高高地竄入雲霄，卻又遠兜遠轉，回到人間，隨著鑼鼓徐徐緩緩的節拍，一波一波的漫向天涯。在我國古典戲曲的舞臺上，曾重現過多少盛世豪傑的徘徊，多少絕代佳麗的顧盼？雖然，他們的尊貴和美豔，都隨著幕落而黯淡，可是在那些昇平的、荒旱的年歲裡，情節、歌舞、服飾所旋起的繽紛光環，在虔誠的感恩和謙卑的祈求中，觸動了人們樸拙的心靈深處，彷彿在尋常的日子裡，也有梅花的消息。

　　我國的古典戲曲容或應該稱之為「詩劇」，因為，它是那樣的明確的屬於詩的系統。

　　詩可分為抒情詩和敘事詩兩大類。一般來說，敘事詩用於展現情節，鋪敘過去；抒情詩則直指當下，必須在想像中創造一種人生經驗，具有自我與現在的交會點，也就是藉情境合一來作自我的延續，以物喻我，完成自我的轉位。我國詩歌，尤其是文人的作品，百分之九十屬於抒情傳統，以「抒情寫志」為主要目的。而

敘事詩則多半出現於民間——或者說非知識階層中，如樂府〈陌上桑〉、〈孔雀東南飛〉等，就是典型的例子。此外又有流傳市井的說唱文學：變文、寶卷、大鼓書、彈詞、南音、木魚書等。

　　古典戲曲最初是從說唱、民間歌舞、伎藝等民間形式的基礎上，逐漸發展形成的，到了宋元南戲、元雜劇，更直接繼承了唐詩、宋詞、元散曲的詩歌傳統，完成了我國戲曲的形式。它不僅是一種以歌舞表演為中心的藝術形式，更重要的是這種形式必須是以故事情節為血脈，為了舞臺形象的塑造而存在的。同時，戲劇本是「表演的」，而非「敘述的」，但我國戲曲演員在舞臺上，自報所扮人物之姓名、經歷，並說出所作所為，完全採取獨白的形式，觀眾和劇作家對人物的掌握，極為自在方便，因此，姚一葦先生將之比為布雷希特（Bertolt Brecht）的敘事詩劇場（epic theatre）[1]。戲劇中的事件（亦即故事），和演出的基本型態，既建立在敘事詩的基礎上，遂具有戲曲的客觀性；但因為戲曲裡所刻畫的形形色色的人物，都吐露著自己的主觀情感，所以又有戲曲的主觀性，於是戲曲成為主觀兼客觀的詩，而且是由整體的抒情詩所造成的敘事詩。換句話說，它所呈現的形式是敘事詩，精神卻是抒情詩。

　　繼承了詩的文學傳統，正是我國大部分戲曲以「團圓」收場的原因之一。誠如律詩的外在形式已包括了一種想像的自足，詩的創作本身，成了完成自足的方法。戲曲在面對悲劇環境所造成的莫可奈何，同樣也堅持「諧和」，尋求圓滿自足的解釋。那麼，戲曲的特徵，正在於「把過去作為現在，而展開在我們眼

1　姚一葦，〈從平劇的特質看新繡襦記〉，《戲劇論集》。台北：台灣開明書店，1969年，頁226。

前」，借用市井文學的架構，灌注了詩歌抒情傳統「當下即悟」的精神，呈現了鮮活豐麗的嶄新風貌。

　　同時，在教育尚未普及之時，劇場是另一種形式的學校。俚俗之言本易入耳，配合聲腔動作，搬演悲歡離合，尤能感人。「田畯工女，聞之而趯然喜，悚然懼」，伶人就在演戲的過程中，無意間教忠、教孝，負起傳播民族歷史文化的重任。風教、風化，也成了評斷戲劇優劣的重點之一。所謂「不關風化體，縱好也徒然」[2]，戲劇的娛樂作用，似乎遠不及教化意義。這種「寓教於諧」的觀點，揭示了藝術的功能價值，正是《詩》〈大序〉以降的「風化」之旨。當然，更重要的是忠孝節義之外，戲曲呈露了中國人面對挫折時，所表現的恆久忍耐的韌力，以及企盼完美的願望。

　　我們常說，要在內心建立起不假外求的喜樂，因為外在的理想世界，是沒有把握、無法預期的，而內在的理想世界，是可以控制、圓滿自足的。

　　歷史上的人物，從《史記》的〈項羽本紀〉、〈李將軍列傳〉以後，除了諸葛亮以外，可以說再也沒有一位狂飆式的悲劇英雄了。人們不再奮不顧身的投入不可測知的外在世界，而開始為自己建立比較有把握的理想世界——山水、田園、遊仙、借物詠懷……，直到戲曲。戲曲原本就反映著市井小民對人生殷殷的期盼，「善惡到頭終有報」，雖僅是凡俗的念頭，進一步思索反省，又何嘗不是人們使「福樂隨德行以俱往」的大願深情。《寶

2　高明，《琵琶記・副末開場》，毛晉編，《六十種曲》第1冊。台北：台灣開明書店，1970年。

娥冤》一劇，六月天降大雪、乾旱三年、鬼神伸冤，在某些人的眼光裡，也許是削減悲劇氣氛的補償作用，殊不知那正是我們民族生命中要求「理想自足」的渴望。《趙氏孤兒》一劇程嬰犧牲兒子，冒著貪財背恩的罪名，只為了一個對舊主人的「義」字。當他被魏絳責打之時，他心中激盪著如何的情感！當然戲的結局是趙氏孤兒大報冤。《九更天》一劇，馬義為救護少主，通過滾釘板的淒厲考驗，天為之九更不明。《南天門》一劇，曹福仗義奔行雪山，死後成仙。這些借用神鬼達成的完滿結局，姑不論其優劣，但至少可以說明為什麼我國戲曲會產生這種大團圓式、一快人心的結果。因為這是深埋於所有中國人內心深處的一個意願。現實環境中的缺憾，在文學藝術的表現上，總冀望獲得提昇，這是背負重重災難的民族，從深沈的悲慟中所發出的一聲輕歎，一縷縹緲的祈求。

一、從市井到文人——戲曲的發展與體制

我國戲曲在藝術結構和演出形式方面，都有獨特的重點和特殊的規律。它和西洋歌劇、話劇、舞劇等主要戲劇形式的顯著區別在於：它不僅是一般的綜合了音樂、舞蹈、美術、文學等因素的戲劇形式，更是一種把歌唱、舞蹈、唸白、音樂伴奏以及人物造型（如扮相、穿著等）、砌末道具等緊密的、巧妙的綜合在一起的特殊戲劇形式。由於這種綜合性的特點主要是通過演員體現出來的，因而在我國戲曲舞臺藝術中，以演員為中心的特點就更加突出。

戲曲中角色的動作，要靠音樂的節奏和旋律來配合，許多表

演場面需要音樂來製造氣氛，劇中人物的思想感情，也常要通過「唱」來表達。相對的，無論演員的唱腔或樂隊的音樂，均依戲劇內容和表演形式的要求，而作適當的安排，並且為了適應表演形式，逐漸發展出獨特的式樣。同樣的，戲曲劇本的文學結構，要與表演和音樂的特點相配合，而一定的劇本文學結構，又決定了整齣戲的音樂布局和音樂可能起的作用。此外，舞臺美術工作，如化妝、服飾，也是根據一定的戲劇情節、人物身分、性格等創造的。由於劇本、表演、音樂以及舞臺美術等方面的密切、統一的結合，我們說戲曲是綜合性的藝術，但必須明確的指出所謂「綜合」，並不是上述這些藝術因素的拼湊。戲曲藝術的綜合性是這些藝術因素相互關聯，揉合成為一個整體，並通過表演來體現的。構成戲曲的任何一種因素薄弱無力，或與其他因素不相調和，就必然不能達到一個完整的藝術表現。

（一）淵源發展

宋代的南戲，是我國戲曲形式的開端，最初以音樂、舞蹈、語言、服飾等藝術手法，在戲劇衝突中，通過對人物的刻畫，創造舞臺藝術形象，反映生活、表現思想內涵，並以此形象來吸引觀眾、感染觀眾。當然，南戲不是突然興起的，也不是一下子就輝煌起來的，在直接的血緣上，它沿襲了說唱、歌舞百戲、唐戲弄、宋雜劇、金院本等漫長的演進傳統逐漸醞釀凝結而成。

1. 說唱

沿著漢代歌舞百戲發展的路線，到了宋代，雖然也有簡單的性格描寫，但畢竟受著偏重歌舞伎藝表演的局限。而唐代以來，

變文、說話、鼓子詞、諸宮調等說唱藝術，由於必須具備感動觀
眾的力量，因而故事情節的生動，和人物描繪的個性鮮明，反而
有較快的發展，並達到了一定的程度。宋代雜劇和歌舞的表演藝
術，向戲曲轉化時，就因為吸收了說唱藝術，而疾速進步。講史
或話本中所創造的人物形象、典型性格，有時候甚至被戲曲全部
吸收過來，變為舞臺上的藝術形象出現。在這種情況下，戲曲從
說唱藝術中吸收的，顯然就不僅僅是一個單純的故事了。因為若
只從話本中拿過一個故事來，仍舊不能突破原先偏重歌舞伎藝表
演的局限。從形式看，戲曲以歌舞表演為中心來綜合其他藝術手
法，顯然必須以戲劇內容為綱領，否則就無法在舞臺上表現這個
人物形象了。所以說書與戲曲的關係，絕不能看成一個提供故
事，一個提供形式那麼簡單。

　　說唱藝術的某些手法，對戲曲藝術的形成，也產生了很大影
響。如說唱藝術表現人物性格的多樣化，表現人物細膩感情的各
種手法，有頭有尾的結構情節，開場的敘述、中場的按喝、結尾
的斷言，運用聯套的方式演唱，以及描寫人物時，不受嚴格的時
間、空間等限制，由於比較適合戲曲以歌舞表演為中心的特性，
遂被吸收以表現戲劇情節和戲劇人物。

2. 唐戲弄

　　唐戲弄是指除純粹的歌舞、雜伎之外，在唐代頗為流行的
一種戲劇性表演。如「參軍戲」、《踏謠娘》、《蘭陵王》、
《鉢頭》、《蘇中郎》、《西涼伎》、《弄孔子》、《樊噲排君
難》、《麥秀兩歧》[3]和其他專以科白為主的戲弄，圍繞著簡單的

3　諸戲弄內容、表演形式，均見任半塘，《唐戲弄》。台北：漢京文化事

情節，通過音樂、舞蹈、演唱和科白來表達出劇中人物的感情和意志。西安出土的唐開元十一年鮮于庭誨墓，有兩個頭戴軟巾、身穿圓領窄袖綠色長衣、腰繫帶、足穿長筒靴的戲弄俑，以生動的表情，具體地展現唐戲弄的表演形式[4]。而西安西棗園唐墓[5]、插秧村唐墓[6]、十里鋪唐墓的戲弄俑[7]，和南京出土的南唐李昇陵的十件戲弄俑[8]，更由人物的姿態、排列，提示了唐戲弄可能的演出情形。

　　但是，唐戲弄和宋以後的戲劇，仍有相當的差異。因為：第一，故事情節能否作為戲劇情節，還要看它在演出中，是否作為人物與人物的關連，表明某些個性生長與形成的關係而存在的。第二，那些藝術手段是否已構成戲劇形式，也還要看它們是否已綜合在一起，統一地用來表現故事情節和描寫性格。當然，這也並不等於說完全否定了戲曲形成之前，在歌舞藝術中所帶有的戲劇因素。譬如《踏謠娘》、《胡飲酒》等，也常有表現性格或表現人物內心活動的描寫，使它走向近於戲曲的道路。然而不能否認，在形成戲曲藝術之前，這種藝術描寫畢竟只是一些比較簡單的描寫，與戲曲能刻畫複雜、深刻的典型性格比起來，還有很大的

業公司，1985年。

4　馬得志、張正齡，〈西安郊區三個唐墓的發掘簡報〉。《考古通訊》，1958年第1期。

5　陝西省文物管理委員會編，《陝西省出土唐俑選集》。北京：文物出版社，1958年。

6　同註5。

7　同註5。

8　南京博物館編著，《南唐二陵發掘報告》。北京：文物出版社，1957年。

距離。何況他們用以吸引觀眾的，著重的仍舊是歌舞技巧和伎藝。

　　由於我國戲曲是以歌、舞、語言等手段綜合表現的，所以觀眾很容易為這些現象所迷惑，而忽視戲劇藝術的基本特徵。這些現象都只是表象而已，關鍵則應由他們內在的聯繫去探索。有歌、舞、白等藝術手法，又有故事，不見得就足以證明它已經是戲曲藝術了。《跑旱船》中扮飾青蛇、白蛇、許仙，有一定程度的故事性，也有歌舞白，卻並不等於戲劇中的《白蛇傳》。而《漁翁戲海蚌》的民俗表演，也不等於《廉錦楓》一劇中的探海取蚌。同理，漢代的裝魚、蝦、獅子不能稱為演員，戲劇中扮鹿、羊、水怪的角色則可稱為演員。因為戲劇舞臺上的虎形、羊形、鹿形等，已經不是作為一個獨立的節目存在，它必須配合戲劇內容的需要，有助於人物形象的描寫，因而成為戲曲綜合藝術的一部分。我們並不否認獸形與百戲的淵源關係，但在承認它與百戲關係的同時，更重要的是必須看到它被戲曲藝術吸收以後，在性質上所發生的變化。否則，漢代的《東海黃公》，和目前皮黃戲的《孫悟空鬧龍宮》，又如何作性質上的區別呢？

3. 宋雜劇

　　從莊綽《雞肋篇》的戲劇賽演資料[9]，「清明上河圖」卷[10]所

9　莊綽，《雞肋篇》卷上有云：成都自上元至四月十八日，游賞幾無虛辰。使宅後圃，名西園，春時縱人行樂。初開園日，酒坊兩戶各求優人之善者，較藝於府會。以骰子置於盒中撼之，視數多者得先，謂之「撼雷」。自旦至暮，唯雜戲一色。坐於閱武場，環庭接府官宅看棚。棚外始作高凳，庶民男左女右，立於其上如山。每諢，一笑須筵中哄堂，眾庶皆噱者，始以青紅小旗，各插於墊上為記。至晚，較旗多者為勝。若上下不同笑者，不以為數也。

10　清明上河圖，故宮博物院藏有七種不同本子，以清院本最獲好評，祖本

畫的戲臺演劇情形及觀眾席形象,《東京夢華錄》中連演七天的《目連救母雜劇》[11],顯示宋雜劇絕不是十分簡單的戲劇形式。

宋代歷時凡三百一十九年(960年至1279年),在這段漫長的時間裡,戲劇的發展漸趨成熟,由北宋時期的「戲劇伎藝」,經宋代「散樂」的聯結,跨入南宋時期的戲曲。

宋代雜劇百卉俱陳,主要為「科白戲」和「歌舞戲」。科白戲以詼諧滑稽見長,亦即吳自牧《夢粱錄》所謂的「務在滑稽」,或呂本中《童蒙訓》所云:「作雜劇者,打猛諢入,卻打猛諢出」。它通過角色的裝扮、說白,表達一定的思想,針對某個目的進行諷刺。其動作和說白,基本上也都是根據諷刺嘲笑的目的來安排的,而不是通過人物性格的刻畫來進行。這種類似相聲式的借喻的表演方法,儘管也捏合故事,卻只能算是一種獨特的藝術形式,畢竟和戲曲藝術不同。

宋雜劇演出的情形,可由灌園耐得翁《都城紀勝‧瓦舍眾伎》一窺端倪:

> 雜劇先做尋常熟事一段,名曰「豔段」,次做「正雜劇」,通名為兩段。……「雜扮」或「雜旺」,又名「鈕元子」,又名「技和」乃雜劇之「散段」。

豔段又稱焰段,可稱「等客戲」,散段可稱「送客戲」,最重要

乃宋人張擇端長卷。詳見那志良,《清明上河圖研究》。台北:國立故宮博物院,1977年。

11 「构肆樂人自過七夕便搬目連救母雜劇,直至十五日止,觀者增倍」,見孟元老,《東京夢華錄‧中元節》卷8。台北:世界書局,1973年,頁218。

的還是正雜劇兩段。豔段與正雜劇兩段與散段，形成一完整的結構，然四者本身各為小戲，無連貫之故事情節，結構鬆散。雜劇的上演，亦往往夾在隊舞演出的間隙中。宋時的隊舞，宮廷間分成小兒隊及女童隊兩種，惟其小兒及女童不過為清歌妙舞而設，與正雜劇之以滑稽諷戒者異趣，所以把雜劇夾入隊舞之中演出，可避免單調。

　　宋代歌舞在藝術形式上已有相當的完整性，從歌舞藝術的特徵上，可以明顯的看出它與戲曲的密切關係。不同於戲曲的，是尚未以塑造人物形象為目的，而仍以表演歌舞技巧為核心。不過在歌舞的表演上，已逐漸開始形成了運用程式的舞蹈動作。如《漁父舞》的打魚，《劍器舞》的舞劍器。同時，這些動作都是經由裝扮一定的人物來進行，並結合著音樂伴奏，和有韻律的歌唱詩詞，角色本身甚至也唱出一點自己的心情，表現一定的故事情節。在整個演出形式上，已採用了上下場的形式。另外，在某些歌舞中，如《獻仙桃》，還有儀仗出隊的程式。這些，對戲曲藝術都有直接的影響。

　　當然，歌舞戲和務在滑稽的科白戲，某些程度上已經有所結合，宋代散樂即其融合後的新面貌。隋唐所謂散樂，原指樂、舞、百戲（伎藝）三部分的民間演出，包括鼓樂樂器、歌舞戲、尋橦、跳丸等伎藝。而根據《東京夢華錄》的〈瓦舍眾伎〉條，北宋末期的散樂已獨列為一門，它和筋骨、上索、雜手伎、毬杖踢弄等伎藝已各自獨立，也就是說北宋時的散樂，已和百戲分家，而且成為不入勾闌的路歧表演，在繁華寬濶之處作場，如《都城紀勝》云：

> 今街市有樂人，三五為隊，專趨春場、看潮、賞芙蓉及
> 酒座祗應，與錢亦不多。

到了南宋，散樂和雜扮、雜劇的關係更密切，遂成為優伶的代稱。如宋代南戲《宦門子弟錯立身》：

> 老身幼習伶倫，生居「散樂」，曲按宮商知格調，詞通
> 大道入禪機。老身趙茜梅，如今年紀老大，只靠一女王
> 金榜，作場為活，本是東平府人氏，如今將孩兒到河南
> 府作場多日，今日挂了招子，不免叫出孩兒來商量明日
> 雜劇。

在《錯立身》南戲中，「散樂」王金榜一家能演唱的，有北曲雜劇、傳奇（南戲）、院本及清唱應場。而元代泰定年間山西洪趙縣廣勝寺明應王殿壁畫所繪「大行散樂忠都秀在此作場」，更有盛大的演出狀況。

我們可以清楚的看到，盡管在戲曲形成之前，宋雜劇、歌舞等也存在著各種藝術表現的手法，甚至在某種程度上也有了一定的結合，但它們主要是依仗表演技術的驚人、伎藝舞姿的可觀、歌喉的動聽來取勝的，穿插故事主要並不是為了表現生活、描寫人物，而是借故事表現技術或伎藝，使它的伎藝表演增加一些吸引力而已。直到大曲、法曲、諸宮調、詞調被宋金雜劇院本所採納，說唱藝術興盛，表現和塑造人物形象的手法也被引進，真正的戲曲藝術就形成了，此一以歌舞表演為中心的綜合藝術形式，基於戲劇內容的要求，日漸趨向完整和諧。

　　有了戲曲表演的一套程式，就有富於韻律節奏的念白、戲曲
唱腔的套數或板別、劇本結構的特殊表現方法，以及服裝扮相的
規制等等。這些程式、規制與戲曲所要表現的內容，存在著既矛
盾又統一的關係。沒有無內容的形式，而戲曲所要表現的內容，
又必須依著這種形式而存在。從表面上看起來，內容似乎受到這
種表現形式的約束，但是當它能做到完滿表現內容的時候，卻又
會豐富內容，達到藝術化、典型化的要求，這就是以歌舞表演為
中心的戲曲藝術形式的產生，及它能充分發展的原因。

（二）體制結構

1. 南戲

　　南戲的形式出現於南宋初葉，又稱戲文、溫州雜劇或永嘉雜
劇。最初原是溫州一地的民間戲曲，逐漸流傳至杭州等地。南渡
前後，落拓的文人參與書會，編撰劇本，遂以宋詞和里巷歌謠相
配合，慢慢變成較繁複的戲劇形式。而宋室倉卒南遷，內廷供奉
的樂曲喪失殆盡，南戲一變而為貴族的寵物，在民間與官場雙方
面的贊賞宣揚下，於焉大盛。

　　（1）出數。一場戲稱為一出[12]，在《景德傳燈錄》中，可以
看到唐人已有這種說法[13]。但流傳至今的宋金元劇本都沒有分折

12　戲的段落，或用「齣」字，謂自「齣」字衍成；或用「出」字，謂腳
　　色一出一進為一段落。按戲曲本起自民間，優伶識字不多，謂其自繁
　　複的牛反芻之齣訛為齣，於理未當，近代學者均以「出」為本字。

13　《景德傳燈錄》卷14：藥山乃又問：「聞汝解弄獅子，是否？」師
　　（雲巖）曰：「是」，曰：「弄得幾出？」師曰：「弄得六出」，
　　曰：「我亦弄得」，師曰：「和尚弄得幾出？」曰：「我弄得一
　　出。」

或分出，而是一出接一出的牽連下去。沒有寫明折出，並不就是沒有折出，折出還是有的，只是沒有分寫的習慣而已。南戲出數長短非常自由，並沒有嚴格的限制，傳世的三本南戲全本中《張協狀元》四十出，《錯立身》十出，《小孫屠》二十出。

（2）題目正名。南戲開頭即有題目四句，如「衢州撞府粧旦色，走南投北俏郎君。戾家行院學踏爨，宦門子弟錯立身」（《錯立身》）。宋金時，各種伎藝的演出，必先張貼「招子」，使觀眾知道表演內容的概況，一如現在的宣傳海報。戲劇的招子可見於《太平樂府》卷九金杜仁傑〈莊家不識勾闌〉套【耍孩兒】：「正打街頭過，見吊個花碌碌紙榜」，《古今雜劇》錄無名氏《藍采和》一折白：「昨日貼出花招兒去」，南戲《錯立身》第四出：「今早挂了招子」。到了明改本的戲文中，既分出又加出目，題目遂失去效用，轉化為第一出副末的下場詩，明改本《琵琶記》可為證例。

（3）家門。為劇本開演以前，作者對劇情的簡單介紹，有時也把作者自己的觀念、抱負介紹出來，是說唱藝術的遺跡。有的劇本列為第一出，有的則標明家門大意。所用的皆是詞牌，如《小孫屠》，末唸兩闋【滿庭芳】，第一闋虛籠大意，一般多為發抒作者抱負或牢騷，第二闋則櫽括劇情。

（4）曲文賓白。所有曲類不論是曲牌或流行小曲，均以南曲為主，元初作品如《琵琶記》、《白兔記》，則偶而用北曲隻曲。沒有嚴整的宮調，各曲的相聯，僅以聲調諧和為準則，用韻也沒有限制，取其順口可歌而已。各門角色均可唱，有獨唱、輪唱、分唱、同唱、接唱、合唱等多種方式。韻白以詩、詞為主，

散白則兼用駢文、散文。

2. 雜劇

雜劇之名，在宋指「務在滑稽」的科白戲，在元指以北曲構成的戲劇形式，到了明代傳奇盛行之後，則專指短劇而言。本節所介紹的，是我國戲劇史上最動人心魄的元雜劇。正如南戲是由宋雜劇演化的，元雜劇則是金院本的嫡派。

（1）折。演出一段落、一場戲或一段歌舞，均稱為折。元刊本在一段話或一段歌舞之後，均謂「一折了」或「一折歌舞了」。目前劇本標出「第某折」的情形，不但是元刊本所無，甚至在明嘉靖時編的《雜劇十段錦》中，也尚未分折；分折的觀念，及分折列印，可能產生在嘉靖中葉以後。

元雜劇每本必為四折，四折不足以申其意時，則加一楔子。倘若一折勉強相當於西洋戲劇的一幕，則一本四幕，倒與歐洲近代名劇作家易卜生的觀點暗合。同時，交響樂的結構也以四個樂章為常例，大概是四段的結構比較緊湊，時間也較為經濟。元雜劇一本四折，當然是受了宋官本雜劇的影響，雖將內容連貫，但第一折情節平淡，僅為引頭，二三折為高潮，第四折通常很短，且草草終篇，為強弩之末，在每折演完後暫停，插入雜伎表演，可以說都是官本雜劇段數留下的痕跡。

楔子放在劇首，有作為發端提頭的引場作用，用在折與折間，則有過場的性質。所用的曲子只是單曲，不成套數，多為【仙呂賞花時】，或【仙呂端正好】[14]。

（2）題目正名。元劇題目正名的作用和南戲相同，便於張

14　【端正好】入仙呂，與入正宮不同，專作楔子用曲。

貼宣傳「招子」，但在劇本上則移至全劇之末，由眾人分唸或合唸，類似說唱藝術的散場時，由敘說者將故事大綱再點明一番的「打散」。

（3）曲文賓白。元雜劇每折採用同一個宮調的一套曲子，曲牌與曲牌的聯結有固定的次序，不可顛倒。一套曲只押一個韻腳，不能換韻或轉韻。由主角一人獨唱，末唱的稱為「末本」，旦唱的稱為「旦本」，其餘角色只能以賓白問答，這種方式，恐怕是受了大曲和諸宮調的影響，造成主角的過分勞累，並使其他角色的表現機會大幅減少。所有韻白為詩，散白為散文，負起推動「關目」（情節）的功能，形成「曲白相生」的特色。

元劇的結構，明顯的影響了劇本的內容和劇情的安排，其中最特殊的一點，當然是一人主唱的規律。所謂一人主唱是指在同一劇本中演唱者或為正旦、或為正末，不過正旦或正末在一劇中，可扮飾不同的人物。如《薛仁貴》為末本，正末在楔子、第二折、第四折扮飾孛老薛父，第一折扮飾杜如晦，第三折扮飾伴哥。劇中人物可以不同，擔任這些人物的演員正末，必須以不同面貌出現，主唱全劇。在這種情形下，居元劇大宗的「公案劇」，安排角色時受到掣肘，關目情節不得不作適度的調節，如正末往往在前一、二折扮演被冤屈的苦主，到第三、四折，則扮演替苦主申冤的清官或好人。例：

《盆兒鬼》：正末（一）楊國用，（二）窰神，（三）（四）張懺古。

《神奴兒》：正末（一）李德仁，（楔）（二）（三）院公，（四）包待制。

《勘頭巾》：正末（一）（楔）劉平，（二）（三）（四）張鼎。

《魔合羅》：正末（楔）（一）（二）李德昌，（三）（四）張鼎。

全劇的前半，若不將劇力集中在苦主身上，則造成的冤獄勢必無法動人；而清官的戲份如果不夠重，又無法有效的呈現平反冤情的曲折過程，只好由正末分飾兩個或三個人物。但當正末去扮演仗義的好人或清官時，苦主既不再由正末擔任，又不能以其他演員扮演（一個演員可以扮演幾個人物，一個人物卻沒有以兩個演員相繼扮飾的例子），換句話說，苦主無法再度出現在舞臺上，只好安排他在劇中前半場被殺害的情節。

再以《竇娥冤》為例，竇娥在第四折以「魂旦」的方式出現，訴冤平反，不論認定這是削弱劇力的補償作用，或是人心渴望的圓滿，都應該考慮這種結局，其實是受結構限制的必然結果。正旦扮演的竇娥在第三折法場被殺後，全劇找不出另一個可以由正旦扮飾的角色，第四折又必須唱完，只好讓竇娥以鬼魂的姿態，充當第四折的主角。如果考慮到這一點，就可了解劇本的結局作如此安排，也是不得不然的。

在此，我們不妨重新審視《漢宮秋》、《梧桐雨》兩劇。王昭君和楊貴妃在劇情發展中必須身亡，而這兩個故事裡，又沒有地位相當的女子，可以在他們死後權充主角；讓他們化為鬼魂出現，在劇情上又太過牽強，因此劇作家只好放棄以正旦為主角的構想，改作末本。雖使王、楊二人形同木偶，聊充點綴，卻可藉漢元帝、唐明皇貫穿全劇，待第三折王、楊身死之後，正末於第四折毫無劇情的情況下，仍能經由歌唱，詠歎內心的淒寂，和兩

位帝王對刻骨銘心的深情，那一種無可奈何的依戀和執著。就場面而言，或許略嫌冷清，可是借雁、借雨抒情，正是作者極力鋪寫的得意之筆。而且這兩折的聲腔音調，想必婉約動聽，觀眾到劇場去，恐怕正為欣賞演員的歌唱技巧，這種情形，由今日皮黃戲的《捉放曹》、《文昭關》、《白蛇傳・祭塔》、《孫尚香祭江》等戲，尚可窺見一斑。在劇情結束後，安排大段的唱腔，既是作者的抒情之筆，對觀眾而言，更是最高的聽覺享受，絕不是單看劇本所顯示的冗長拖沓。

此外，像雄姿英發的呂布、粗獷豪邁的李逵，由於一人主唱規律的限制，都由戴著三絡黑髯的正末扮演，不得不增添些許穩健、儒雅的器度，這或許是熟悉目前的呂布、李逵造型的人們，所難以想像的吧。

從戲曲藝術的原則來看，不可否認元雜劇仍存在著不少缺陷，特別是以歌舞表演為中心的綜合性上，有相當大的缺點。元雜劇一人主唱，在主唱與說白中，還保留很多劇中人以第三人稱的地位來介紹、描繪人物的形式。而僅靠歌唱來表現人物，也有不足之處；同時，從劇本的編寫方法上看，它偏重的只是歌唱，往往忽略賓白的妙用；此外，動作表演與歌唱也未能達到相輔相成的功效。因此，戲曲藝術形式在走向更加完整的過程中，元雜劇也就日趨沒落了。

北雜劇是北曲戲劇，南戲則為南曲戲劇，兩者交流之後，仍以南戲為主的即是傳奇；介於傳奇與北雜劇之間的，則為南雜劇。

南雜劇篇幅長短近於北雜劇，搬演規律與舞臺藝術，則近

於傳奇。明萬曆年間，王驥德在《曲律》一書中提到他自己的作品，多為四折，且為南曲，其友呂天成認為這就是南雜劇的發端。

南雜劇若純用北曲，均在四折以下，多半為一、二折，因較北雜劇的四折短，又稱「短劇」。若純用南曲，或南北曲混用，則均不超過十一折。明祁彪佳《遠山堂劇品》就將十二折以上的作品，歸入傳奇。

短劇的產生，一來是為了應付酒筵歌席的清酌小唱。明代以後，戲劇流入文人手中，內容趨向典雅，離開了庶民舞臺，成為陶寫性靈、寄託懷抱之作，演出場地多為華堂盛筵之前。而中國戲劇篇幅太長，並非出出可觀，故或摘取一段搬演，或另覓新途，創作場面小、文字典雅、曲文繁多的短劇，以欣賞音樂舞蹈之美。二來則是文人藉短劇抒情詠懷，把戲曲當作論述的載體，甚或寫志、補恨，徐渭《四聲猿》就是最明顯的例子。

3. 傳奇

明傳奇為宋元南戲的嫡派，體制結構、表演藝術，均與南戲相似，雖然不免接受北雜劇的影響，如參用北曲、南北合套，採取北劇排場等，不過，整個戲劇形式是南戲系統的。當然，兩者之間也略有差異：

（1）分出。南戲原不分出，也沒有出目，至傳奇則分出標目，出目除《東郭記》摘用《孟子》語句，字數不一外，其餘則或四字或兩字，為一出內容綱領。

（2）題目正名。傳奇將題目正名略去，轉為第一出〈家門〉副末（或末）之下場詩。傳奇慣例，每出最後綴以下場詩，或新

創、或集句，偶然也有省略的情形出現，並不是每出都有。

（3）家門。由末或副末主持開場，和南戲一樣以兩支曲子虛籠大意、抒發懷抱，而唸完下場詩後，則照例與場面（伴奏人員）或幕後演員「問答」：「請問後房子弟，今日搬演那本傳奇」，答曰：「某某記」，末或副末接云；「話猶未了，看某某（劇中男主角）已遠遠來了」。

真正開場為第二出，第一個出場的必是正生，以正生沖場（第一位出場）的規律，除了李笠翁曾以丑沖場特意創新外，一直被遵循著。

（4）曲文賓白。雖說「生旦有生旦之曲，淨丑有淨丑之腔」，但傳奇經文人鋪敘，典雅華麗，連院公丫頭，出口亦為駢四儷六之文，失去南戲起於民間，樸實自然的特色。傳奇唱法與南戲相同，所唱之曲，長套、細曲、集曲增多，用韻亦較謹嚴。

由於唱腔流麗悠遠、清柔婉折，每劇又必須以一生一旦為主角，題材遂被局限在才子佳人的深情密意中。即使要寫興亡悲感之事，也只能以生旦為主綱，而將歷史事蹟強為鋪敘。以《浣紗記》、《長生殿》、《桃花扇》三劇為例，寫的是吳越爭霸、唐朝興衰、明室覆亡的大事，卻不得不以范蠡西施、唐明皇楊貴妃、侯朝宗李香君之間的「情」，作為主題所在。一般劇論家都解釋為梁辰魚等三位作者，著眼處與眾不同，超越流俗。話雖不錯，事實上，又何嘗不是受到角色安排的限制，不得不爾的結果。假如劇作家不甘受此限制，而想由其他角度來觀照全劇的話，則往往產生頭緒紛繁，主配角輕重失次的現象。如《浣紗記》就因伍子胥的份量過重，導致全劇枝節過多，而備受批評。

此外，像《千金記》、《金印記》、《寶劍記》，不得不為韓信、蘇秦、林冲的妻子安排較多劇幅，也是受傳奇必須以一生一旦擔綱的限制。

二、戲曲表演藝術

我國戲曲藝術的基本表演形式是歌舞，亦即綜合了各種藝術因素，通過歌、舞來刻畫人物，表達人物的思想。所謂歌，包括唱腔和說白。舞則包括演員的全部肢體動作，通常稱為「做」，由於我國戲曲演員的表演，即使是一個細微的、接近生活的動作，也多是經過誇張、富有節奏感的舞蹈化動作，因而也可統稱為舞。構成歌舞，必須配合情節和時、空的條件。不具有一定的情感內容，是唱不起來、舞不起來的；同時，唱和舞也需要一定的時、空才能表演和發揮。因此，戲裡就將要表現的重點放在歌舞的表演上，使之盡量發揮。而那些次要的部分就力求簡潔，以便歌舞的表演能凸顯出來，這就使得戲曲藝術在結構上需要高度的集中。

人在情緒激動的時候、最高興或最痛苦、最憤怒的時候，說話的聲音就會增大，動作也較強烈，說話和動作的節奏，自然也更加鮮明，而歌和舞正是在這種基礎上產生，經過提煉、誇張而形成。因此歌舞所表現的感情，是更加精煉、集中、激動的感情，而不是一般平靜無事，不喜亦不悲的感情，所以說歌、舞應當是詩的感情，而不是散文的感情。

歌和舞的本身，既是從生活中經過高度的提煉、加工而形成的，因而他們必然和生活中自然形態的聲音、形象有一定的距

離。既然是歌，就不可能和日常的說話一樣；既然是舞，也不可能和日常的動作一樣。它們既要表現人們的激動感情，表現人們的精神面貌，就需要賦予一定的旋律、聲韻、節奏、塑形之美，而且需要有一定的格律、規範而不能像生活中的語音、動作那般自由。同時，這種經過提煉、集中和誇張而形成的歌和舞，較之生活中自然形態的語言、動作，需要占用更多的時間和空間。因而，它一方面要求舞臺時空的最少限制，另一方面則要求所表現的人物集中、線索分明、情節精煉、矛盾尖銳。要求在最尖銳的矛盾中，在人物思想感情最激動的時候，去表現人物和生活，而不適於表現那些過分煩瑣的生活細節，和繁冗反復的說理。

（一）歌唱

　　戲曲的唱腔，從表演的形式來說，最主要的、應用得最多的是演員的獨唱，獨唱又可因其表達的性質，分為獨白形式和旁白形式兩類。此外還有對唱、齊唱，和襯托演員的齊唱幫腔。

　　由於戲曲中常以獨唱來刻畫人物、表現主題，所以一出戲裡角色大段的獨唱，往往就成為戲中最感人的精華或高潮部分。當一個人將自己思想深處的東西毫無顧忌的傾吐出來，就能更自由的訴說自己的衷情，深刻而直接的表露內心的世界、人間的糾葛。而這種自我表白的特殊手法，和虛擬的動作表演、舞臺的分場形式、時間、空間的自由處理相結合，遂能在戲劇的佈局上，將重要的戲劇衝突場面，在舞臺上直接表現出來。

　　各種戲曲唱腔，由於旋律和節奏的不同，形成了各種不同的表現方法。有些唱腔，我們稱它為「抒情體」唱腔，腔多字少，

節奏較嚴謹，音樂要素強於語言要素，多半用在角色自思自嘆、觸景生情時，以抒發人物內心深刻的情感。兩人對唱，通常不用抒情體的唱腔，但有時對話並非敘述一般事物，而是情感的交流時，也用抒情體的唱腔，偶而也將民歌借用為抒情體唱腔。另一些唱腔，我們稱它「敘事體」唱腔，字多腔少，突出語言因素，旋律和節奏比較靈活自由，配合著唱詞的自然音調，並根據唱詞和情緒作種種變化，多半用於角色個人或彼此之間敘述事物之時。

不過，應用抒情體唱腔或敘事體唱腔，並不是以獨唱或對唱來分別，而是以內容為依據。有時長段的獨唱，由於前後表達的內容不一樣，有的地方用敘事體，有的地方用抒情體。尤其我國各劇種都是以一些固定的腔調，來表現各種不同的戲劇情節，和不同的人物情感，由於需求各異，唱腔的變化很大。除了少數唱腔只固定的表現一種情感內容外，大部分的唱腔，既用來抒發情感，又用來敘事。傳統戲曲的歌唱多屬抒情，敘事的成分較少。當演員作抒情演唱時，事實上也掌握了抒情傳統的特色，時間和空間在某一定點凝結，劇情的發展完全停頓，演唱者從時間之流裡跳出，明顯的打破時間的界限，造成空間性的藝術。劇中人物只抓住當下的一瞬，將之變成永恆，因此往往不易理解。如湯顯祖《牡丹亭》〈驚夢〉一出，當杜麗娘唱出很抒情的【皂羅袍】：「原來姹紫嫣紅開遍，似這般都付與斷井頹垣。良辰美景奈何天。賞心樂事誰家院……」，以至【尾聲】：「……倒不如興盡回家閒過遣」，觀眾實在無法明白，他的哀怨之情究竟從何而起，直到他唱出：

沒亂裏春情難遣，蠢地裏懷人幽怨。則為俺生小嬋娟，揀名門一例一例裏神仙眷。甚良緣，把青春拋的遠！俺的睡情誰見？則索因循靦腆。想幽夢誰邊？和春光暗流轉。遷延，這衷懷那處言！淹煎，潑殘生除問天。

（【山坡羊】）

這支曲子，才說出他藏在內心最深處的傷感。

戲曲的唱腔，是語言與音樂的結合。作為唱腔的唱詞，已不是普通的語言，也不是散文，而已提昇到「詩」的層次。所謂詩，不僅只是有韻的文字，不僅在內容和形式上要集中簡鍊，而且還應該表達深邃的情感內容。音樂也一樣，平凡瑣碎的東西，是不能激發音樂的感情的；硬要把沒有深刻感情的普通對話，改成有韻腳的文字來唱，也是唱不出感情來的。這也就是戲曲表演中，有些地方唱，有些地方說白的主要原因。

唱多半用於表現人物內心充滿激情之時，或者用來渲染動人的情景，是故事情節中感情的關鍵，而不是作為普通事物的交代。所以戲曲要適當的發揮、運用唱，並不是多唱就算好，而是要根據表達感情的需要來安排。

（二）說白

戲曲的表演既以歌舞為主，為了要突出歌和舞的部分，為了要達到更完美的音樂佈局，在戲劇結構上，便根據情節運用了唱與說白相間的處理方式。有些地方唱，有些地方說白，而那些說白就和唱形成了對比，使唱的場面能集中地、完整地發揮效用。

當然，韻白和散白（或稱本白、便白）都要符合集中簡鍊的原則，過於冗長的對話，往往會破壞整出戲音樂結構的完整。

說白和唱，不但表達的情感深度不一樣，節奏也不同。有時在歌唱中間出現夾白，這些夾白每每比唱腔還突出，這種突出的效果，正是由於唱、白語言節奏不同的對比所產生的。說白比較接近日常語言，運用起來也比較自由，格律不像唱詞那麼嚴格，更便於表達各種深邃的思想和複雜的事物。因而它更適於論辯、說理、交代細微的情節和思想。當戲劇衝突處於尖銳的場面，或人物情緒十分激動的時候，往往棄唱不用，反而以有力的說白來表現。

說白的語言比較自由，句子可長可短，字數可多可少，甚至在某種特定的情境下，角色只用一兩個字，或「哼」、「唉」一聲，就可以表現當時的心情，並影響其他角色，引起其他角色的反應。因而唸白便於通過細緻的情節，以簡短的對話，迅速表現角色思想感情變化，及角色與角色間思想的交流。

歌唱唱詞本身，格律較嚴，且須有樂隊伴奏，而急速發展著的思想變化，往往未能形成集中的、較穩定的感情，不適於用歌唱來表現，所以戲曲中的對話問答，交代情節，多半採用說白表達。

（三）舞蹈

我國戲曲的表演藝術，是在「空」的舞臺上發展形成的，借重於觀眾想像力的配合，把舞蹈發展成不只是抒發情感、表現性格，而且還表現人在各種不同地勢、氣候、室內環境、交通工具上的特殊動作，經由這些動作呈現劇中人物的心情、性格、思

想，完成舞臺形象的塑造。這種表演方式經過長久的發展，已經形成一套豐富而完整的表演藝術體系。

舞蹈的基本動作源自生活，卻不僅只從生活來創造，還大量的繼承了古代民間和宮廷舞蹈的表演傳統。譬如戲服的水袖，似乎是沒有多少生活根據的，但從漢唐舞俑形象中，可以看出所有的舞者，都必定是長袖的。以馬鞭代馬來自「竹馬」，以槳代船來自「跑旱船」，蚌形來自民間歌舞「漁翁戲海蚌」，《小放牛》、《打花鼓》等戲，更接收了全套的民間舞蹈。傳統舞蹈被用來塑造人物的外部形象後，原為獨立藝術的歌舞表演技術，遂逐漸戲劇化了。此外，戲劇表演也從武術雜技中吸收把子、毯子功和一些特殊技術，或直接採用生活中的動作，加工改造，如開門關門、上樓下樓等。

舞蹈是造形藝術，除了長於表現激動的情感外，還適於表現行進著、操作著、活動著的人物，而比較不適於表現靜止在一個固定環境的人物。皮黃戲《蕭何月下追韓信》和《徐策跑城》，都有大段舞蹈，一個是急於追趕已經逃走的良才賢士，一個是聽說忠臣有後、報仇有望，而急於上朝面君，都是情緒激動，又是處於急速的行路中。如果把這兩齣戲中「追」和「跑」的情節去掉，舞蹈就無能為力，也無法突出而深刻地表現出角色當時的情緒。再如崑曲〈林冲夜奔〉，林冲在全劇中都是且歌且舞的，上場即唱【點絳唇】，然後念詩。在行路時曾唱【新水令】、【駐馬聽】、【折桂令】、【雁兒落】、【得勝令】、【沽美酒】、【太平令】、【收江南】、【煞尾】等曲牌。這些曲牌都是在匆忙趕路時所唱，每一字每一句都有身段，而這些歌唱和舞蹈，正是表現林冲被逼，奔赴梁山時的滿腔憤怒，和思念父母妻兒的複

雜心情的。

　　至於戲曲中的武打戲，由於戰爭本身就是劇烈的衝突，人的情緒處於最緊張的狀態，加上你一槍我一刀的連續動作，正適合以舞蹈表現。這種舞蹈多是從古代戰爭的實際形象及民間武術、技藝的基礎上，提煉加工而成的。

　　當然，舞蹈也並不只是用在行路或作戰中，就算是室內固定環境裡，只要人物思想、感情處在劇烈的衝突中，不論進行著什麼操作，或未進行操作，都可以手舞足蹈起來。同時，將更多的日常生活的動作經過提煉、誇張，使之成為舞蹈化的戲劇動作，以提高其表現力，並和那些抒情的舞蹈動作相結合，不僅可以表現人們做激動的情緒和行進（如騎馬、乘船、步行）、操作（如砍柴、備馬）等活動，而且可以表現人們較平常的心情，和較細微的生活情節。如出門進門、上馬下馬、上轎下轎、跪、拜、飲酒、喝茶、看信、看書等等，都能加以舞蹈化。特別是角色一些連續的操作、活動，和那些容易由外在形象傳達的心理活動，都可以用舞蹈化的動作加以表現，甚至可以提煉成整套的舞蹈動作。

（四）伴奏

　　我國戲曲中的樂隊，負有特殊的任務，它可以根據劇情的發展，創造戲劇氣氛，也可以運用音樂使全劇的情緒貫串下去，特別在演員歌唱、說白和動作的伴奏上，發揮的作用更大。

　　我國戲曲舞臺藝術各部分的結合，是以演員為核心而形成的；也只有演員，才能把視覺藝術和聽覺藝術綜合在一起。西洋歌劇中，指揮和樂隊人員都看著固定的曲譜演奏，演員也依一定

的曲譜歌唱。我國戲曲演出時，鼓師（俗稱打鼓佬）卻必須時刻注意演員，以控制伴奏樂曲的節奏。雖然大家也都有固定的路子，但演員的機動性較大，他歌唱和動作的快慢，有相當的伸縮性，根據演出的需要和演員當時的具體條件，隨時可能有細微的變動，鼓師必須跟著他走。有時候演員嗓子不好，可以少唱兩句；甚至在什麼地方開什麼板，在什麼地方打住，有時也由演員決定，這種自由，實際上也形成了規矩。

各種樂器的聲音不同，性能也不同，各有其適用的範圍。不同角色不同情緒，需要不同的樂器、不同的曲牌，如旦角多用小鑼伴奏，武生花臉多用大鑼。戲曲中管絃樂，節奏非常鮮明，常和打擊樂結合使用，共同為演員的表演伴奏。打擊樂沒有旋律，但音響效果強烈，節奏性很強，因而和演員富有節奏感的舞蹈化動作，很容易結合。演員的一舉一動都和樂隊有密切關聯，這種音樂和形象的結合，最能突出人物的情緒，通過人們的視覺聽覺，同時影響觀眾，給人強烈、統一的感染。如一名武將在比較緊急的情況下出場，如果不用【急急風】或【快長錘】，而改打小鑼，角色就無法顯示其英雄氣概和緊張情緒。同樣的，天真活潑的小姑娘愉快的上場，若以【亂錘】伴奏，她也就沒法表演了。再如《拾玉鐲》一戲，孫玉姣做針線時，絃樂伴奏【海青歌】來烘托當時悠閒、輕鬆的心情；等她用手搓線時，音樂轉成【花梆子】，音樂的節奏和演員的動作緊密結合，特別是孫玉姣以牙齒咬線，胡琴發出「嘣、嘣」的聲音來配合，孫玉姣以手接線，又配上「嗞嗞」的聲音。本來演員手中並沒有拿線，而樂隊的適當音效，卻給了觀眾真實感。《霸王別姬》的舞劍，也是藉

著胡琴和堂鼓的合奏，達到視聽俱佳之妙境。管絃樂和打擊樂的結合使用，是樂隊伴奏性能的提高與發展。

（五）樂制

戲曲的文辭和實際歌唱，可分為詩讚（攢）系和詞曲系兩大類。詩讚系一類源出唐代俗講的偈讚詞，在講唱文學中應用較廣。以七言或十言的整齊句式攢聚而成，故又稱「詩攢」。起於民間的地方小戲，多採詩讚系唱法，兩句為一組，逐句押韻，上句仄韻，下句平韻。如皮黃戲〈坐宮〉：「楊延輝坐宮院自思自嘆，想起了當年事好不慘然」，《珠簾寨》：「一見珠寶帳前擺，不由克用笑顏開。上有蟒袍和玉帶，鳳冠頭上插金釵」。

詞曲系則由一連串樂曲聯貫而成，每首樂曲有不同樂調，句式由樂調（曲牌）決定，通常是長短句。詞曲系一類是我國古典戲曲音樂的主流。最早的源頭應該是樂府詩，分為：

1. 豔：華麗而短暫。
2. 解：若干段。
3. 趨（亂）。

其次則為唐宋大曲，乃首尾完備而變化繁複的舞曲。計分：

1. 散序：散板，可至六段。
2. 排遍：開始有拍。又分：
（1）歌頭（引歌）：慢板。
（2）中序：可反覆多遍。一至八遍，音樂互不銜接，各自獨立，為編排式，又稱拍序或疊遍。其形式為一個音樂主題在曲調和節奏方面，作不同的變化，也就是我國古代

所產生的「主題與變奏曲」形式。第九遍又稱延遍、帶花遍，音樂有大幅度的變化。第十遍又稱攧遍、花十八遍，由名稱就可了解其變化之多樣性。

3. 入破：此時舞者入場，節奏由慢板轉中板、快板。分為：（1）入破第一。（2）虛催。（3）前袞（袞遍）。（4）實催（催拍）。（5）中袞（袞遍）。（6）歇拍。（7）煞袞（徹）。

套曲則採用大曲「歌頭」「中序」「入破」三部分，形成：

1. 首曲。

2. 正曲：多寡不定。

3. 尾曲：一至九支。

曲子的聯接，採取「聯綴式」，每一套曲押同一韻部，且屬同一宮調。

宮調是十二律呂和七音，以「旋宮」之法配合而成。十二律呂為：

六律：黃鍾、太簇、姑洗、蕤賓、夷則、無射。

六呂：林鍾、南呂、應鍾、大呂、夾鍾、中呂。

七音為：

宮、商、角、變徵、徵、羽、變宮。

旋宮之後，共得八十四宮調，淘汰散佚，至唐存二十八宮調，元雜劇僅用十九宮調，南曲復減為十七宮調，而實際常用的，不過九宮而已。每一宮調亦各有其「聲情」。目前所存，討論宮調聲情的最早資料，為元代芝庵《唱論》，其中所論各調聲情如下：

仙呂宮：清新綿邈。

南呂宮：感歎悲傷。

中呂宮：高下閃賺。

黃鍾宮：富貴纏綿。

正　宮：惆悵雄壯。

道　宮：飄逸清幽。

大石調：風流蘊藉。

小石調：旖旎嫵媚。

高平調：條暢滉漾。

般涉調：拾掇坑塹。

歇指調：急併虛歇。

商角調：悲傷婉轉。

雙　調：健捷激裊。

商　調：悽愴怨慕。

角　調：嗚咽悠揚。

宮　調：典雅沈重。

越　調：陶寫冷笑。

在戲曲音樂的運用上，最重要的原則，是「聲情」與「辭情」相配合，避免以悲痛哀傷之曲，寫瀟灑玩樂之詞。若能運用得宜，緊密配合，曲調自然產生烘托劇情、渲染氣氛的效果。

三、劇場與服飾

（一）劇場

我國戲曲源自歌舞百戲，最早的表演場所，即百戲之場，以表演者為中心，演出場所居中，四周設置觀眾座位，如張衡〈西

京賦〉所謂：

> 臨迴望之廣場，程角觝之妙戲。

而由《隋書・柳彧傳》所載煬帝大業二年盛陳百戲之場面：

> 於端門外，建國門內，綿亙八里，列為戲場。百官起棚夾路，從昏至旦以縱觀，至晦而罷。

及隋薛道衡〈戲場轉韻詩〉：

> ……萬方皆集會，百戲盡來前；臨衢車不絕，夾道閣相連……佳麗儼成行，相攜入戲場……。

可以推知當時劇場的規制已逐漸成形。

　　唐代歌舞，故事情節較明顯，崔令欽《教坊記》論《踏搖娘》有「徐步入場」句，劇場或已粗具規模。宋、元則已有固定演出場所，或稱「勾欄」，或稱「瓦肆」，或稱「行院」，觀眾須出錢買座，逐漸形成正式的劇場。將表演的場子設於一面，觀眾的座位與場子相對而設。

　　戲劇本起於祀神儀式，所以神廟可以說是最普遍劇場了。神廟的建築，照例會在正殿的對面設有一座戲臺，戲臺與正殿之間，必有一大片容納看戲觀眾的廣場。此外尚有私人建造以備家宴，或內廷專造的舞臺，形制都和神廟舞臺相同。

　　神廟舞臺就是我國劇場形式的典型，共分為舞臺、客座、戲房（今稱後臺）。舞臺為方形，前、左、右三面面對觀眾，後方以牆壁或帷幕（梨園行稱此帷幕為「守舊」），與後臺分開，

舞臺左右兩側各留一門，作為劇中腳色出入的門戶，稱為上下場門，上場門又稱出將，或白虎，下場門又稱入相，或青龍。舞臺形式約可分為以下四種：

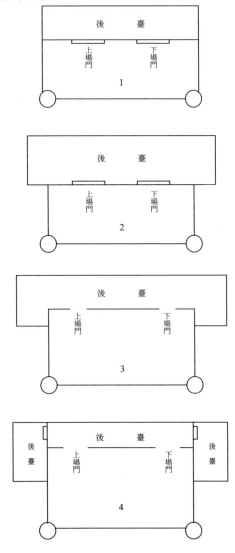

　　一般人最熟悉的古代舞臺，是宋人張擇端在〈清明上河圖〉所繪臨時搭建的戲棚。事實上，就目前所知還有許多古代戲臺遺址，茲按時代先後，摘述如下：

　　1. 目前所知最早的一個戲臺，是山西萬泉橋上村后土廟的戲臺遺址。有些學者認為該廟山門過漏處，就是遺址所在。從該廟獻殿大宋天禧（真宗）四年五月十五日所立碑陰第三層刻有「修舞亭都維那頭李廷訓」等字樣來看，至遲在1020年，我國已有常設戲臺了。

　　2. 陝西東部朝邑縣西原東嶽廟，有座古老戲臺。若與該廟同時建立的話，則是徽宗政和年間，也就是1117年。徽宗政和五年（1115）金國稱號，至徽宗宣和七年（1125）遼國滅亡之間，遼金時代的戲臺，在北平琉璃渠附近也發現過一個，這兩座戲臺的圖，均見於北平國劇陳列館。

　　3. 山西《洪洞縣志》提到該縣伊壁村東嶽廟，有「金大定八年（1168）重修露臺碑」。露臺即上無頂蓋的露天臺子，既可演戲，也可表演任何雜伎。

　　4. 山西平陽（臨汾）東亢村聖母祠，有金代戲臺。碑陰有「大金興定二年（1218）……」字樣，元至治二年（1322）曾重修過一次。

　　5. 《中州金石目》上，載「昭濟侯獻殿舞亭記」，有至元二年（1265）題記，至大三年（1310）曾重修。

　　6. 山西萬泉太趙村后土廟，有「至元八年」（1271）舞臺一座。

　　以上所談的，是元朝建號（即至元八年忽必烈宣布大元建國）以前的戲臺。已經發現的元代戲臺，當然也很多。若以這

些戲臺遺址為基礎，再參照在山西侯馬市西郊發現的金衛紹王大安二年（1210）董氏兄弟墓葬中，磚砌舞臺及五件泥塑彩繪戲俑[15]；和山西洪趙縣廣勝寺明應王殿，元代泰定元年（1324）「大行散樂忠都秀在此作場」的戲劇壁畫，可以看出戲曲舞臺藝術在十三世紀初葉已經完備，並已深入民間，廣泛流傳了。

（二）服飾

　　戲曲演出時，觀眾通過角色的裝扮，來認識劇中人物，因此人物形象的塑造，不僅表明劇中人物的身分、性別和年齡，而且有助於人物性格的刻畫，冠服的穿戴，遂有其一定規制。

　　我國戲曲是在歌舞伎藝的基礎上發展形成的，在戲劇正式形成之前，有一段漫長的歌舞百戲時期，這段期間扮演者的服飾化妝，可以從信陽長臺關戰國大墓出土的錦瑟漆畫古代歌舞人形、洛陽金村韓墓出土的戰國長袖曲裾衣舞女玉雕，及漢代石刻壁畫、銅鏡、漢墓牙玉舞俑，找到具體的形象。而「長袖善舞」正是當時歌舞服裝的特點。

　　隨著歌舞百戲的發展，倡優穿上日常服裝，扮演人物故事。隋代四方散樂，大集東都：

> 伎人皆衣錦繡繒綵，其歌舞者多為婦人服，鳴環珮，飾以花毦者殆三萬人。《隋書‧音樂志》

15　見劉念茲，〈中國戲曲舞台藝術在十三世紀初葉已經形成──金代侯馬董墓舞台調查報告〉。《戲劇研究》，1959年第2期。北京：中國戲曲研究院，1959年。

唐代的歌舞中，《蘭陵王》的裝扮是戴面具、衣紫、腰金、執鞭。《撥頭》是被髮、素衣、面作啼。《蘇郎中》是著緋、戴帽、面正赤（以上見《樂府雜錄》）。《秦王破陣樂》是銀甲、執戟（《唐書‧禮樂志》）。而女優扮假官穿綠衣、秉簡（《因話錄》）。優人李可及演滑稽戲時，是儒服險巾、褒衣博帶（《唐闕史》）。此外，從敦煌壁畫「張義潮出行圖」，可以看出舞者衣服顏色不一，頭上纏錦帶、袖筒窄長，褲子或白或花。「宋國夫人出行圖」中，女性舞者挽高髻，穿著各種顏色的長袖窄衣，繫錦裙，肩上披著彩綢。這些人物的妝扮，模倣當時的日常服飾，並配合表演的需要，加以美化。

　　另外還有一些不屬於日常生活服飾的，如《光聖舞》，舞者八十人，戴鳥冠，著五采畫衣。《景雲舞》，舞者八人，戴綠雲冠，花錦為袍，五綾為袴，著黑皮鞾（《文獻通考》）。《柘枝舞》，舞者穿紅羅衣，戴花帽，繫長裙（王建〈宮詞〉）。《霓裳羽衣舞》，舞者穿戴著虹裳，霞帔、步搖冠，裝飾著鈿瓔、玉珮（白居易〈霓裳羽衣舞歌〉）。這些裝扮與舞蹈動作結合，形象和姿態極其綺麗動人。

　　宋代歌舞雜戲的服裝，更是絢麗多采。《柘枝舞》、《采蓮舞》、《花舞》、《劍舞》、《漁父舞》，及小兒隊舞、女童隊舞等，都繼承了唐代大曲的裝扮，並且在式樣、色彩、花紋上極力翻新。如王珪〈宮詞〉：

內庫從頭賜舞衣，一番時樣一番宜。才人特地新妝束，五彩春衫畫折枝。

> 翠鈿帖壓輕如笑，玉鳳雕釵裊欲飛，拂曉賀春皇帝閣，
> 綵衣金勝近龍衣。

宋徽宗〈宮詞〉：

> 對御分排紫錦班，內家新樣挽雲鬟，中官宣試霓裳舞，
> 紅袖翩翩飛燕般。

都是具體的描寫。而當時的隊舞服裝，在《宋史・樂志》中，也
有詳細的記載，如：

> 隊舞之制……一曰柘枝隊，衣五色繡羅寬袍，戴胡帽，
> 繫銀帶……五曰諢臣萬歲樂隊，衣紫緋綠羅寬衫，諢
> 裹，簇花帽頭……

目前流傳韓國的《樂學軌範》和《進饌儀軌》中，收有《劍器
舞》、《佳人剪牡丹》、《菩薩獻香花》、《拋毬樂》等圖像，
提供了研究唐宋時代歌舞表演、音樂、服裝、砌末的珍貴形象資
料。

至於宋代民間歌舞小戲的服裝，像《撲蝴蝶》、男女《竹
馬》、《跑旱船》等，雖無圖像可查，但從《武林舊事》所載：
「首飾衣服，相矜侈靡，珠翠錦綺，眩耀華麗」的描述，也可
想見其一斑。而百戲雜擾，裝神扮鬼，頗多奇異服飾，如假面
被髮、著青、帖金花、短後之衣、帖金皂袴、跣足，謂之「抱
鑼」。面塗青碌、戴面具金睛，飾以豹皮、錦繡看帶之類，謂之
「硬鬼」（《東京夢華錄》）。這些化裝，自應直接影響到雜劇

十二科中的「神頭鬼面」一類。

　　此外，〈鄆峯真隱大曲〉劍舞一曲，扮演兩個不同朝代的故事：前一段表演鴻門赴宴，有兩人漢裝出場；後段表演公孫大娘舞劍器，有兩人唐裝出場。古代歌舞劇扮演歷史故事，其服裝是否都配合朝代，因史料不足，難以稽考，但院本雜劇扮演前朝人物，自必穿著前朝衣冠，這是可以想像的。同時，當時的諸雜劇大小院本，很多是屬於民間的生活小戲，服裝穿戴也必模仿當時的服色。不過勾闌作場，在服裝化妝上，必須加以誇張和美化，以別於日常生活的服飾。宋代畫家蘇漢臣〈五瑞圖〉中五個角色的衣裝服飾，都具有相當的誇張意味，而宋人〈演劇圖〉中兩個角色的裝扮，衣裝服飾的誇張意味，更是明顯。

　　元雜劇繼承了宋金雜劇院本的成就，角色的冠服穿戴，也經過不斷的補充。什麼樣的人物該穿什麼戴什麼，已有詳細的規定。明王驥德《曲律》云：

> 嘗見元劇本，有于卷前列所用部色名目，並署其冠服器械曰：某人冠某服、服某衣、執某器最詳。然其所謂冠服器械各色，今皆不可復識矣。

附有「穿關」（腳色扎扮）的元雜劇演出本，目前僅存《也是園古今雜劇》（脈望館抄校本），由其中記載的穿關，和元劇曲白所描寫的人物穿戴相印證，可以略窺四、五百年以前戲曲角色的衣冠服飾。此外，從元代樂舞的扎扮，也可以尋得元劇角色扎扮的線索。金董墓戲臺，和元代明應王殿元劇壁畫的發現，更讓我們可以具體看到金元戲曲的演出面貌。

　　戲曲服裝是在歷代演出劇目不斷的豐富的情況下，累積起來的。其中有些屬於古代的歌舞服裝（如舞衣、采蓮衣、采蓮裙等），但絕大部分是根據歷代服裝仿製，不斷的加以誇張和美化。明代戲曲服裝有了更完備的規律，據《孤本元明雜劇》（商務排印脈望館抄校本及藏本）八十種穿關中，人物扎扮已不是依每朝每代的服裝穿戴的，而是綜合唐宋元明的服飾，依人物身分，加以類型化的裝扮。如一般高級官員，不論秦漢唐宋，一律

　　兔兒角幞頭，補子圓領。

高級將領一律

　　氈簷帽，蟒衣曳撒。

年輕婦女則是

　　花箍襖兒，裙兒。

而且由於扮演角色的不同，末外和淨的裝扮也有分別，末外所扮武將是「鳳翅盔，膝襴曳撒」，淨扮武將則多戴皮盔，穿貼裏衣，掩心甲。

　　從明末至清，隨著表演藝術的要求，戲曲服裝不僅從人物的身上區別穿戴，更進一步趨向人物品行的刻畫，如李漁《閒情偶寄》論戲衣穿戴：

　　方巾與有帶飄巾，同為儒者之服，飄巾儒雅風流，方巾老成持重。

　　……凡遇秀才赴考及謁見當途貴人，……凡以正生小生及外末腳色而為君子者，照舊衣青圓領，惟以淨丑腳色而為小人者，則著藍衫。……

清代衣箱可分衣、靠、盔、雜（包括各式砌末、把子）四大類。
一般民間劇團則用五蟒、五靠、五開氅，較大的戲班或增為十
套，內廷則達數百，甚或千餘。

　　古典戲曲服裝經歷宋元明清四代，隨著戲曲藝術的不斷發
展，幾經演變，才形成今日的規制。戲曲服裝雖由歷代服飾而
來，但並不是依照每一歷史時期穿戴，而是根據劇中人物的身
分、年齡、品格，予以類型化的裝扮。因此，在古典戲曲不斷創
造、不斷發展的過程中，演員所扮演的劇中人物，逐漸被觀眾所
熟知。什麼樣的人物應該如何穿戴、如何化裝，演員與觀眾均有
共同的認識。

戲劇衣箱的構成：

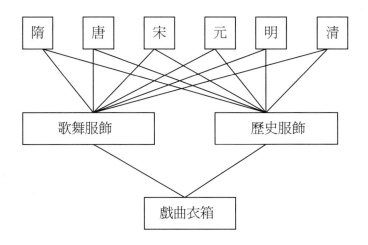

古代戲曲服裝轉變圖示：

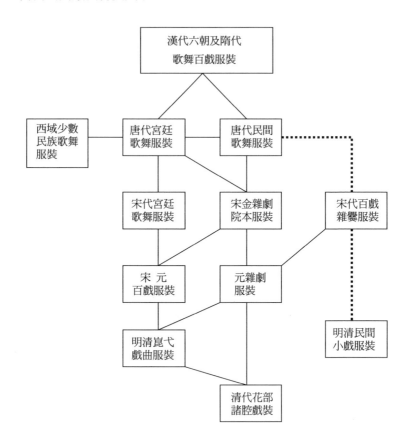

尾聲：永恆的生命情境

　　演員，恰似雪地的雕塑家，當他們演出好戲時，就像天上一夜好月，案前一盞好茶，只可供一刻享用，其實珍惜不盡，雖然瞬間彈指，一座舞臺便是無邊的宇宙，掌握了美的驚悸，這一剎那便是永恆。因此，以演員為主的我國戲曲演出，正如晴朗夜

空，群星燦爛；春天園林，繁花明滅，風行於社會的各個層面，從廣大的民間，到士大夫的府邸，乃至皇室宮廷，成為文化生活中重要的環節。當然，也貫串了宋金以後的每一階段，甚或在風雨飄搖的年代，面臨著深重的民族危難，也還是管絃不輟，歌舞方酣，一再締造了戲曲發展的巔峰。

「劇場只在演員面對觀眾表演的時刻才真正存在」[16]；戲劇的生命，原是這般短暫，一如倥傯的人生！可是，正由於它搬演著人生的悲歡離合，讓觀眾深刻的品味人間的富貴、憂傷、溫婉和敦厚的情意，在震撼之餘，往往是情難以堪，低廻不已。更由於文人藉戲曲發抒理想，討論生命價值，在瞬間即逝的演出裡，揭示的卻是永恆的生命情境。

原發表於《意象的流變》，《中國文化新論》文學篇二。臺北：聯經出版事業公司，1982年。

16　布羅凱特（Oscar Gross Brockett）著，胡耀恆譯，《世界戲劇藝術欣賞》。臺北：志文出版社，1974年，頁25。

絕世聰明絕世癡
——《笑傲江湖》中的藝術與人物

一

情之所鍾，正在我輩，所以哀樂過人，不同流俗。

宗白華論晉人藝術特質時，特別拈出「一往有深情」一語，所謂：

> 深於情者，不僅對宇宙人生體會到至深的無名哀感，擴而之，可以成為耶穌釋迦的悲天憫人；就是快樂的體驗也是深入肺腑，驚心動魄；淺俗薄情的人，不僅不能深哀，且不知所謂真樂。[1]

金庸筆下人物，每多深情不悔者，情之所至，或投注於人，或投注於事，或投注於物，貪瞋癡愛，恩怨情仇，輾轉萬方而不可解，終至怪詭驚狂、粉身碎骨，也在所不惜，真箇是「人生自是有情癡，此恨不關風與月」。

《笑傲江湖》論及藝術的篇幅，較金庸其他作品為多，藝術在此，不只是深情所寄，也是死生以之的對象。衡山派掌門「瀟

1　宗白華，〈論世說新語和晉人的美〉，《美學的散步》。台北：洪範書店，1981年，頁59-84。

湘夜雨」莫大先生胡琴隨身，「琴中藏劍，劍發琴音」。梅莊四
友黃鍾公、黑白子、禿筆翁、丹青生對琴棋書畫酒的癡迷執著，
大概用得上「無與倫比」四字考語，相形之下，綠竹翁、祖千
秋對酒和酒器的斤斤講求，只能算是具體而微了。小說男女主角
令狐冲、任盈盈相識，相知相惜，也肇因於琴，終於結下死生契
闊、白首偕老的姻緣。最驚心動魄的，當然是魔教長老曲洋，和
衡山派劉正風，琴簫訂交，卻引來所謂「名門正派」圍殺，為了
珍重面對音樂時，光風霽月的磊落胸懷，琴簫相諧無可取代的情
誼，既不見容於無知濁世，兩人選擇了「雙手相握，齊聲長笑，
內力運處，迸斷內息主脈，閉目而逝。」[2]。而金庸筆下最令我動
容的人物，當推風清揚。他自我放逐數十年，不與人事，還是一
念不忍，出洞授了令狐冲獨孤九劍，淡淡一句「只是盼望獨孤前
輩的絕世武功不遭滅絕而已。」[3]，令人但覺宇宙荒寒，根觸無
邊。明知小說人物不過虛構，動情處卻遠勝世間真實人物，我有
古琴二張，一張即命名曰：「風清揚」，月朗風清之際，拂絃彈
奏《普庵咒》，常不免懷想華山頂上，飄飄下崖的瘦削身影。

　　令狐冲、任盈盈雖因琴曲結緣，在生命的重大時刻，他們
在乎的是兩心如一，便是天長地久；即使當下天崩地裂，也毫
不介懷，更不要說價值連城的綠綺古琴或琴譜了。倒是幾位人
入中年，已屆初老，或年事已高的豪傑俠士，對藝術一事割捨不
下，這卻也不能僅以「執著」一詞論斷之。江湖風波險惡，在歷

2　金庸，《笑傲江湖》第1冊。台北：遠景出版事業公司，1982年，頁
　　276。
3　同註2，第1冊，頁415。

經了各種打殺、機心之後，早已勘透禮法規矩的空虛和頑固，他們要從自己的真性情真血性裡發掘人生的真意義真道德，藝術的純美潔淨，遂成為「唯一」。人到中年，才能深切體會到人生的意義、責任，並反省人生的究竟，哀樂之感也才得以深沈。走過得失榮辱之後，劉正風想金盆洗手，江南四友自求隱居西湖，風清揚早已遯跡華山之顛。經過掙扎反省才擁有心的大解放大自由，更以深沈的哀樂之情，執著守候唯一放不下，卻也是讓此心能有所掛搭的某種光明晶瑩的愛戀。在這樣的精神解放自由中，「人心裡面的美與醜，高貴與殘忍，聖潔與惡魔，同樣發揮了極致。」[4]，因此，曲洋為尋得《廣陵散》舊譜，連掘二十九座魏晉前古墓；江南四友為《廣陵散》、二十局棋譜、張旭〈率意帖〉、范寬〈谿山行旅〉，甘犯東方不敗禁令，安排令狐冲與任我行比劍。當然，美之極，亦即雄強之極，對藝術的執著既無法放棄，則曲洋與劉正風的攜手赴死，宛若殉道，從容而美麗，其真血性噴薄而出的凜然生氣，夭矯雄健，震心徹骨。

二

　　令狐冲雖得風清揚傳授獨孤九劍，但因身受重傷，內力全失，盈盈既不知去向，自己又被師父岳不群逐出華山門牆。固然方證、方生兩位大師慈悲，願授易筋經助其療傷，但令狐冲年少氣盛，不肯改投別派，拜別兩位大師，萬念俱灰的步出少林。生既無懽，死亦何懼，莫名其妙的打抱不平，結識魔教右使向問天，與黑白兩道混戰一場。之後，又懵懵懂懂的隨向問天到西湖

4　同註1。

梅莊，向問天是籌畫周全，利用令狐冲救任我行，令狐冲卻一無所知，無可無不可的與眾人比劍。《笑傲江湖》第十九回〈打賭〉、第二十回〈入獄〉，比試過程極是凶險，讀來則煞是好看。金庸在此，極盡炫學之能事，對琴棋書畫稍有涉獵的讀者，更是莞爾失笑，頷首擊節，讀之再三。

　　且說令狐冲與向問天來到西湖，穿過孤山老幹橫斜、枝葉茂密的梅林，莊院大門先有虞允文題「梅莊」二字，預告了莊院主人的儒雅風流。進入大廳，一幅墨意淋漓，繪著仙人背影的中堂，題款是「丹青生大醉後潑墨」，令狐冲歎賞「這字中畫中，更似乎蘊藏著一套極高明的劍術」，順利引出好畫嗜酒的丹青生。二人談酒論交，則之前令狐冲流連洛陽東城小巷竹舍，聽綠竹翁暢談酒道，得識天下美酒來歷，黃河岸旁柳樹之下與祖千秋論杯，都成了此一關目的伏筆了。而為了暢飲冰鎮吐魯番葡萄酒，丹青生自然不得不將練過「玄天指」的二哥黑白子請了出來。此時向問天出示北宋范寬〈谿山行旅〉、唐張旭〈率意帖〉、圍棋名局、晉嵇康《廣陵散》，逼江南四友與令狐冲比劍，琴棋書畫至寶當前，四友既沈迷日久，豈能禁得起撩撥？身家性命一概不要，十二年閒居清福也就在他們答應比試的同時，化為煙塵了。論述這四樣藝術奇珍時，以及比試之際藝術、武功合一的描寫，金庸委實發揮炫學的功力，令人歎賞。

　　炫學之作，自古有之。其一，如希臘曼尼匹安式諷刺詩文（Menippean Satire）：

　　　　這類文字不以情節曲折取勝，而專事以百科全書式的

文采知識，盡情逆轉嘲諷時人時事中的缺憾。荒誕不經
的冒險，千奇百怪的人物列傳，似是而非的「學術」論
爭，皆是其引人入勝處。至於對宗師大儒、典章經籍的
揶揄，則更為精華所在。[5]

當然這類作品的作者，本人需有極高的才情學識，方足以玩弄各
家人物學說於股掌之上；中國近代作家，唯錢鍾書近於此類。其
二，則是在作品中大量闌用各種知識，以示博學，及加強說服
力，傳統詩詞歌賦引經據典，即此類也。近代捷克作家米蘭・昆
德拉（Milan Kundera）亦此中高手，並往往旁出側枝，故意造成
「離題」（digression）的效果。臺灣當代作家朱天文《荒人手
記》、〈世紀末的華麗〉，也都達到一定成效。其三，則純屬虛
構，卻因不斷堆疊各種符碼，造成似真的效果。王德威論李永平
《吉陵春秋》，謂「它是原鄉傳統流傳數十年後，一項最吊詭的
特技表演。」，「形式本身的玩耍試驗，才是該書最大的成就。
它顯示有心人可以閑熟的擺弄原鄉作品中的各種修辭符號，而不
必汲汲追尋鄉土的本質或根源問題。」[6]。最傑出的「表演者」，
可以說是當代的記號學大師、義大利的安伯托・艾可（Umberto
Eco），他的三部小說《玫瑰的名字》、《傅科擺》、《昨日之
島》，無一不是充塞各種符號，及似是而非的歷史考證。張大春
討論《昨日之島》的〈不登岸便不登岸〉「探索被禁制的知識」
一節中云：

<hr>

5　王德威，《眾聲喧嘩》。台北：遠流出版公司，1988年，頁145-146。
6　王德威，《小說中國》。台北：麥田出版公司，1993年，頁272。

> 這個在東西方不約而同出現的書寫傳統所著意者，訴諸
> 以敘述體處理、開拓、擴充，甚至不惜杜撰、虛擬、捏
> 造所謂的「知識」。不論「知識」被宗教或政治打壓、
> 縮減、剝削或利用到如何荒謬貧弱的地步，這個書寫傳
> 統都能夠保存或製造出種種超越於禁制之外的智慧。[7]

基於同樣的自覺，張大春以近作《本事》宣示它對大師艾可不遑多讓的姿態。

金庸的炫學，是屬於第二類的，而且已經到了「隨心所欲而不踰矩」的境界。每部小說的附圖、圖片說明、後記，在在都顯示他縝密的考證工夫；《大漠英雄傳》的附錄和後記，尤其具現了史學家的意圖。他無意以假亂真，更無意杜撰、虛擬、捏造史實和知識，即使是作為小說必要的「虛構」，雖不必對號入座，卻也不免暗示「此中有人，呼之欲出」。當然，就像金庸夫子自道[8]，寫《笑傲江湖》時，自然而然反映了文化大革命的狀況，但用意不在影射，而是想藉由書中人物，刻畫人性和政治生活中的普遍現象。至於諸書論列事物的博學多聞，正是讀者閱讀金庸小說的一大樂趣。

讀《天龍八部》，無法忽略貫穿全書、對茶花的討論，彷彿看完該書，人人都不由自主的成了茶花的癡愛者。《笑傲江湖》中，令狐冲和綠竹翁、祖千秋、丹青生三次談酒論杯，雖不必如金聖嘆評點六才子書，大聲疾呼一論如何、再論如何、三論

7　張大春，〈不登岸便不登岸〉，安伯托‧艾可《昨日之島》導讀。台北：皇冠文化出版公司，1998年，頁9-23。

8　同註2，第4冊，金庸，《笑傲江湖‧後記》，頁1689-1692。

又如何，卻也是值得拍案驚奇的場景。飲梨花酒用翡翠杯、葡萄酒用夜光杯，本不足為奇，及至飲高粱用青銅酒爵、百草酒用古藤杯，則別開生面，使不識酒者雖未必一飲為快，卻因而覺得酒中自有無窮滋味，至於識酒者讀至四蒸四釀的吐魯番美酒陳中有新、新中有陳，恐怕忍不住要舉觥浮白了。

　　梅莊比劍一場，是炫學離題之作，金庸寫得神采飛動，堪稱絕唱。四友各有所嗜，其癡愛對象不同，性格也因之有別，比武鬥劍時，更呈現了不同的特質和局限。丹青生自稱酒第一，畫第二，劍第三。好酒而爽朗不拘小節，作畫使劍每多破綻，由畫意衍生的「潑墨披麻劍法」敗在令狐沖手下，也不過瀟灑豁達的說聲：「咱們再喝酒。」。禿筆翁是四友中最「癡」的吧，善使判官筆，又將書法名家的筆意化入武功之中，正如任我行所說：

> 臨敵過招，那是生死繫於一線的大事，全力相搏，尚恐
> 不勝，那裡還有閒情逸致，講究什麼鍾王碑帖？[9]

偏生遇著識字無多的令狐沖，什麼〈裴將軍碑〉、〈八濛山銘〉、〈懷素自敘帖〉，一概不知，既無文字障，就不受筆劃拘束，遂而從中攪和，禿筆翁筆路窒滯，內力改道，鬱怒之餘索性不打了，大筆醮酒，在牆上寫就殷紅如血的詩句，倒也天真浪漫。黑白子是善奕之人，算計日久，性格也變得陰沉狡詐，和令狐沖、向問天的應對也好，比試也好，都因「機關算盡太聰明」而左支右絀，更何況早就心存歹念，暗中求任我行傳授吸星大法，反於日後被令狐沖無意中吸盡功力，骨骼斷絕，只剩皮囊。

9　同註2，第2冊，頁844。

黃鍾公朝夕與琴曲相伴，沈穩雅穆，「七絃無形劍」未能動搖令狐冲分毫，自是神態蕭索，得知令狐冲實因內力盡失，對琴音無所感應，大喜過望之餘，也生惜才之念，想推薦「殺人名醫平一指」，或少林方證「易筋經」，並將師父遺物療傷丸藥相贈。及至任我行以「三尸腦神丹」相逼，自盡身亡，不失豪傑襟度。「人在江湖，身不由己」，想遠離是非，隱居孤山而不可得，只有以身相殉了。

正如黃鍾公臨終之語：

> 我四兄弟身入日月神教，本意是在江湖上行俠仗義，好好做一番事業。但任教主性子暴躁，威福自用，我四兄弟早萌退志。東方教主接任之後，寵信奸佞，鋤除教中老兄弟。我四人更是心灰意懶，討此差使，一來得以遠離黑木崖，不必與人勾心鬥角，二來閒居西湖，琴書遣懷。[10]

任盈盈在任我行失蹤之後，為求自保，也為了遠離黑木崖東方不敗創下的歌功頌德行徑，與綠竹翁避居洛陽東城小巷，撫琴遣懷。因緣際會，替令狐冲證明〈笑傲江湖之曲〉實為琴簫之譜，不是劍譜，洗去令狐冲偷盜《辟邪劍譜》的嫌疑，並授《清心普善咒》（即《普庵咒》）助其療傷。《普庵咒》和《笑傲江湖》遂成二人日後相守之際，重要的溝通媒介，書中更以《碧宵吟》、《有所思》點出二人情懷，當令狐冲告別綠竹小舍時，盈盈彈《有所思》相送，纏綿之致，不言可喻。

10　同註2，第3冊，頁903。

　　書中對「瀟湘夜雨」莫大先生著墨不多，首度出場時，是劉正風金盆洗手大典之前，在茶館中露了一手「迴風落雁劍」，一劍削斷七只茶杯。再次出現，則是劉正風被大嵩陽手費彬追殺，莫大先生以「百變千幻衡山雲霧十三式」殺死費彬。莫大先生劍招變幻，猶如鬼魅，來去亦無跡可尋，只有幽幽胡琴聲相隨。其後告知令狐冲，盈盈囚居少林之事，並代為護送恆山弟子。及至嵩山比武奪帥，因容讓岳靈珊，反被靈珊以圓石擊斷肋骨，吐血遠避。群豪齊聚華山思過崖後洞觀看石壁劍招，中了埋伏，莫大先生幸而全身而退。令狐冲、盈盈成親之日，莫大先生特別往奏《鳳求凰》，以申賀意。胡琴之聲，本自淒清，莫大先生奏來更覺悲涼，劉正風曾對曲洋表示，和莫大不睦，只是性子不投，

> 師哥奏琴往而不復，曲調又是儘量往哀傷的路上走。好詩好詞講究樂而不淫，哀而不傷，好曲子何嘗不是如此？我一聽到他的胡琴，就避而遠之。[11]

莫大先生骨瘦如柴，雙肩拱起，像一個時時刻刻便會倒斃的癆病鬼，武功怪詭，喜歡胡琴這種樂器，倒也相稱。

　　劉正風自許當今之世，按孔吹簫，不作第二人想，而撫琴奏樂，曲洋當屬第一，二人琴簫相和，傾蓋相交。雖然一在魔教，一在衡山，聯床夜話多次，彼此仰慕敬重，原以為退出江湖，便可以遠離門派是非，豈知天不從人願，金盆傾倒，洗手之舉已不可為。當嵩山陸柏問及魔教曲洋，劉正風當著滿堂英雄豪傑，回道：「不錯，曲洋曲大哥，我不但識得，而且是我生平唯一知

11　同註2，第1冊，頁274。

已，最要好的朋友。」。這是何等的胸襟氣魄！知己必能肝膽相照，同生共死，天下既無容身之處，二人將共同創製的《笑傲江湖》琴譜簫譜託付令狐冲，自絕身亡，雖說不無遺憾，卻是悍然無悔的。藝術的自由、莫逆於心的友誼，以鮮血塗染，自是悲壯，但在紛紛擾擾的人世，也終究是無瑕的「完成」。

　　華山一派，原分氣、劍兩宗，各自爭勝，終於導致兄弟鬩牆，自相殘殺。玉女峰上的一場惡鬥，雙方折損高手二十餘位，劍宗大敗，幸而未在比鬥中身亡者，有的橫劍自盡，有的退居山林，華山自此由氣宗接掌，大堂「劍氣冲霄」的匾額，也改成了「正氣堂」。比劍之前，氣宗畏懼劍宗高手風清揚，於是捏造消息，將他騙往江南，待得風清揚回到華山，已是骨肉相殘，舊友零落之後了。風清揚自此心灰意冷，飄然遠引。江湖中人雖知其名、聞其藝，卻不知他是生是死，人在何方。令狐冲被師父岳不群罰在玉女峰思過崖山洞中面壁一年，坐在洞中大石上，見石壁左側刻有「風清揚」三字，揣度是本門前輩，卻何以不曾聽師父提起？岳靈珊上崖探望，令狐冲陪靈珊演練「玉女十九式」，一時大意將靈珊碧水劍彈墮深谷。月光之下，悔恨良久，風清揚身著一襲青袍，初現俠蹤，將「玉女劍」演示一回，這是令狐冲初次見識華山派劍招精妙之處。其後田伯光欲擒令狐冲下崖，風清揚終於現身，白鬚青袍，神氣抑鬱，臉如金紙。自此十餘日，風清揚傳授劍招和劍道，使獨孤九劍不致失傳，也成就了令狐冲日後修為。

　　獨孤九劍是獨孤求敗一生武學精華，自總訣式、破劍式、破刀式，乃至破槍式、破鞭式、破索式、破掌式、破箭式，破氣

式，只攻不守，有進無退，當他仗劍天涯，欲求一敗，甚或求一對手逼他迴守一招而不可得，自是無敵於天下，卻也有無盡的寂寞吧。

　　風清揚傳授令狐沖的，當然不只獨孤九劍，而是劍「道」，也是藝術與生命之道。風清揚可以自我放逐數十年，當然是個性中有極其強韌的一面，他性格跳脫，年紀已大而英氣猶在，月旦天下人物，褒貶華山門下，言詞犀利而字字鞭辟入裡。他所強調的「人使劍法，不是劍法使人」，講「悟」，講「忘」，以及最精采的「無招勝有招」，無非追求個性、劍術、藝術的大自由，下文當再論述。令狐沖在孤山梅莊對丹青生的「制敵機先」，對黑白子的「只攻不守」，固然已窺獨孤求敗、風清揚劍法堂奧；對禿筆翁時因識字無多，遂不受拘制，對黃鍾公因內力盡失，於琴音中蘊藏的內力不生感應，可以說是誤打誤撞，卻正是「無招勝有招」的神髓所在，風清揚云：

> 等到通曉了這九劍的劍意，則無所施而不可，便是將全部變化盡數忘記，也不相干，臨敵之際，更是忘記得越乾淨越徹底，越不受原來劍法的拘束。[12]

三

　　如果說，在江湖凶險的刀劍生涯中，追慕光明鮮潔的藝術，是屬於出世的渴望；則現世最難割捨的貪愛愚癡，便是名位與權勢。以武論高下的世界，練就獨一無二的絕世神功，是取得名位權勢的不二法門。家傳、本門的武功要練到登峰造極，自不待

12　同註2，第1冊，頁415。

言，天下難求的武功秘笈，也無不意圖盡收己手，方能稱霸武
林，貴為盟主，號令群雄。既有稱霸之心、權位之念，秘笈是只
有自己可得，不是用來切磋的，若有他人妄想爭勝，將之導入歧
途，或趕盡殺絕，都成了必要之惡。《笑傲江湖》正具現著秘笈
的搶奪和權位的追逐，誼屬同源的《辟邪劍譜》和《葵花寶典》
則為其間的關鍵。

　　青城派掌門、松風觀觀主余滄海首先發動攻勢，帶著青城弟
子一舉挑了「福威鏢局」福州總局和各省分局，除林平之外，林
家慘遭滅門，不外是為了《辟邪劍譜》口訣。華山派掌門君子劍
岳不群螳螂捕蟬，黃雀在後，先派弟子勞德諾、女兒岳靈珊隔岸
觀火，偵察青城派行止，之後收錄林平之入門，並納為女婿，用
心與余滄海同出一轍。塞北明駝木高峰想乘機獲利，不過是「插
花」而已。令狐冲在石洞中觀習各派劍招，又得風清揚傳授獨孤
九劍，劍法大進，以致蒙受偷盜《辟邪劍譜》的嫌疑，當岳不群
取得劍譜後，索性將罪名坐實到令狐冲身上了。岳不群練成辟邪
劍法，刺瞎左冷禪，當上五嶽劍派盟主；東方不敗習得《葵花寶
典》，位居日月神教教主，為了擁有「正教」與「魔教」至高無
上的尊貴之位，自宮習劍，二人深夜捫心自問，是否真的悍然無
悔呢？

　　左冷禪／岳不群、任我行／東方不敗，是兩組權力鬥爭的
主角。嵩山派掌門左冷禪在泰山、恆山、衡山實力稍弱，華山派
又因內鬨，元氣大傷的情況下，輕而易舉成為五嶽劍派盟主。五
派同氣連枝，聯手結盟，與少林、武當鼎足而三，本可維持武林
一定程度的平衡與安定。但權勢的滋味，使人的野心不斷膨漲擴

張，左冷禪想進一步將五派合一，自任掌門，封禪台比武奪帥，籌之已久，勢在必行。在此一目的下，擋我者死。先以結交魔教曲洋為藉口，逼死衡山劉正風；之後鼓動華山劍宗封不平、叢不棄、成不憂與岳不群爭奪掌門位置；殺死恆山定閒、定逸；挑撥泰山玉璣子奪下天門道人掌門鐵劍；如此處心積慮，原以為成功在望，豈知真小人終不及偽君子，還是由岳不群笑吟吟贏得五嶽掌門。

任我行本是魔教教主，練習「吸星大法」時真氣逆行，東方不敗趁機奪取大權，將任我行囚禁西湖之下一十二年。任我行明知《葵花寶典》之病，故意送給東方不敗，造成東方不敗的性別錯亂。任我行脫困後，重登黑木崖，合眾人之力擊潰東方不敗，再掌魔教。如果東方不敗是造反派，任我行便可謂復辟成功。

所有的權勢機制當然是靠象徵符號和儀式行為來完成的[13]。「象徵符號可以是物品、動作、關係、甚至是語句」[14]，前文提及泰山派以鐵鑄短劍為掌門「符號」，鐵劍一旦易手，天門道人也失卻了掌門身分。左冷禪更以令旗為個人地位代表，五色錦旗上綴滿了珍珠寶石，揮動時發出燦爛寶光，持旗者也躊躇滿志，顧盼自得，具有政治策略的人（political man），同時也就是運用象徵辦法的人（symbolist man）。

日月神教表明了欲屠恆山一派的意圖後，少林方證、武當冲虛率領兩派弟子上山馳救。因任我行武功太高，須奈他不得，武

13　請參見亞伯納・柯恩（Abner Cohen）著，宋光宇譯，《權力結構與符號象徵》。台北：金楓出版社，1987年，本書對此有深刻討論。

14　同註13。

當弟子安排太師椅一張，設計要引爆火藥，將任我行炸死：

> 但見那椅套以淡黃錦緞製成，金黃絲線繡了九條金龍，
> 捧著中間一個剛從大海中升起的太陽，左邊八個字是
> 「中興聖教，澤被蒼生」，右邊八個字是「千秋萬載，
> 一統江湖」。那九條金龍張牙舞爪，神采如生，這十六
> 個字更是銀鉤鐵劃，令人瞧著說不出的舒服。在十六個
> 字的周圍，綴了不少明珠、鑽石，和諸般翡翠寶石。簡
> 陋的小小庵堂之中，突然間滿室盡是珠光寶氣。[15]

沖虛又特別說明：

> 這機簧的好處，在於有人隨便一坐，並無事故，一定要
> 坐到一炷香時分，藥引這才引發。那任我行為人多疑，
> 又極精細，突見恆山見性峰上有這樣一張椅子，一定不
> 會立即就坐，定是派手下人先坐上試試。這椅套上既有
> 金龍捧日，又有什麼「千秋萬載，一統江湖」的字樣，
> 魔教中的頭目自然誰也不敢久坐，而任我行一坐上去之
> 後，又一定捨不得下來。[16]

要引第一魔頭入彀，也只有投其所好，備上象徵地位與威勢的坐
椅，虛位以待了。

　　「正教」各派欲誅任我行而後快，原因之一，是不忍天下
英雄盡皆折腰跪拜，口頌諛詞，高呼「聖教主千秋萬載，一統江

15　同註2，第4冊，頁1662。
16　同註2，第4冊，頁1662-1663。

湖」，殊不知凡此儀式，正是任我行、東方不敗宣示其權勢時不可或缺的象徵行為與儀式。

　　任我行、向問天、令狐冲和任盈盈在上官雲引領之下，登上黑木崖，一路重重高山，層層絞盤，好不容易到得崖頂，漢白玉巨大牌樓橫在眼前，在陽光下發出閃閃金光，任性飛揚慣了的令狐冲，都不免肅然起敬，其排場架勢，嵩山、少林均不能望其項背，遑論其餘。進了牌樓，經一條筆直的石板大路才到大門，先到後廳見過總管楊蓮亭，經上官雲幾番懇求，獲准入覲教主。穿過執戟武士交叉平舉亮晃晃的長刀，眾人從刀陣下弓腰低頭而行，再經八桿槍疾刺而至的威嚇，終於進入大殿。尚未見到教主，已受如此折辱，教主與教眾的權力關係，已明明白白擺著，眾人也只能敢怒而不敢言。殿堂闊不過三十來尺，縱深卻有三百來尺，長殿彼端高設一座，顯然是教主座席，殿內無窗，殿口點著明晃晃的蠟燭，教主座席卻只有兩盞油燈，火焰忽明忽滅，教主面目模糊，天威自是難測。金庸因文化大革命而生感慨，寫東方不敗時，往往有毛澤東身影，導演徐克直接將毛澤東〈沁園春〉指為東方不敗之作，在影片中大吟大唱，刻意牽合，令人失笑。金庸此處由天安門一路寫進中南海，以空間的廣袤深邃，營造東方不敗的威嚴神秘，不要說毛澤東，古今帝王都沒有這個排場，金庸之筆又塑造了璀璨和陰森交錯的典型。至於紅衛兵以「忠」字自許，胡亂喊些「主席萬壽無疆」的無知言詞，經金庸稍作點染，作為權力法則（power order）的襯托符號，實有萬鈞之力。

　　魔教中人，言必稱「教主文成武德，仁義英明，中興聖教，

澤被蒼生，千秋萬載，一統江湖」，本是噁心肉麻之極，唸誦日久，已被制約，竟至自然而然的順口說出，流暢已極。觀見教主一律跪拜，頌聲大作，任我行取代東方不敗，重登教主之位，初時還不適應，滿心煩惡，很快就居之不疑，遍體通泰，日後更變本加厲，「教主」之上再加一「聖」字，表示出自己遠遠超過東方不敗。令狐冲感歎道：

> 我當初只道這些無聊的玩意兒，只是東方不敗與楊蓮亭
> 所想出來折磨人的手段，但瞧這情形，任教主聽著這些
> 諛詞，竟也欣然自得，絲毫不覺得肉麻！[17]

任我行後來在朝陽峰上，聽著屬下諛詞如湧，雖覺言語未免荒誕不經，但「聽在耳中，著實受用」，一時之間，也覺得諸葛亮、關雲長、孔夫子都不能與自己相提並論，

> 教眾見他站起，一齊拜伏在地，霎時之間，朝陽峰上一
> 片寂靜，便無半點聲息。陽光照射在任我行臉上、身
> 上，這日月神教教主威風凜凜，宛若天神。[18]

任我行就在此刻，「但願千秋萬載，永如今日」的自我祈願中，口吐鮮血，從仙人掌上摔了下來，氣絕而亡。任我行的聰明才情，也算一代梟雄，他所追尋的，也是至高無上、獨一無二的──只不過不是光明鮮潔、回歸內心的藝術境界，而是現世的權勢名位，但，哪有什麼是千秋萬載的呢？也是癡絕吧。

17　同註2，第4冊，頁1296。
18　同註2，第4冊，頁1650。

四

　　《莊子‧養生主》庖丁解牛一節[19]，曾是古今以來許多初讀《莊子》的人目眩神迷、難以忘懷的篇章，也是思考中國藝術精神的重要依據[20]。當文惠君贊賞解牛之技時，庖丁回答：「臣之所好者道也，進乎技矣。」。然而庖丁所謂「道」，是在「技」中完成的，經過十九年的學習體悟，由技巧的解放得到自由，「臣以神遇而不以目視，官知止而神欲行」，然後「恢恢乎其於遊刃必有餘地矣」，解牛成為無所繫縛的精神遊戲。風清揚傳授令狐冲的劍道，正可由此細細體會。

　　授完獨孤九劍後，風清揚特別提醒令狐冲，同一劍法，同是一招，不同人使出，威力強弱大不相同。獨孤求敗仗劍天涯，欲求一敗而不可得，是因他已將這套劍法使得出神入化，令狐冲雖也學會，使劍時若不熟練，畢竟還是敵不了當世高手，若再苦練

19　《莊子‧養生主》：庖丁為文惠君解牛，手之所觸，肩之所倚，足之所履，膝之所踦，砉然嚮然，奏刀騞然，莫不中音。合於桑林之舞，乃中經首之會。文惠君曰：「譆，善哉！技蓋至此乎？」。庖丁釋刀對曰：「臣之所好者道也，進乎技矣。始臣之解牛之時，所見無非牛者。三年之後，未嘗見全牛也。方今之時，臣以神遇而不以目視，官知止而神欲行。依乎天理，批大郤，導大窾，因其固然，技經肯綮之未嘗，而況大軱乎！良庖歲更刀，割也；族庖月更刀，折也。今臣之刀十九年矣，所解數千牛矣，而刀刃若新發於硎。……雖然，每至於族，吾見其難為，怵然為戒，視為止，行為遲。動刀甚微，謋然已解，如土委地。提刀而立，為之四顧，為之躊躇滿志，善刀而藏之。」見郭慶藩，《莊子集釋》。台北：河洛圖書出版社，1974年，頁117-119。

20　請參見徐復觀，《中國藝術精神》。台北：台灣學生書局，1974年。本書論莊子與道，即由庖丁解牛切入。

二十年，便可和天下英雄一較短長了。藝術的創作，是由技巧、技術中完成的。熟練之後，方能去掉斧鑿痕跡，也才能「悟」、才能「忘」。「悟」與「忘」是學習到創作之間，極為重要的途徑。徐復觀《中國藝術精神》曾舉《莊子・大宗師》南伯子葵問乎女偊，及《莊子・達生》梓慶削木為鐻兩則[21]，說明學道工夫，與藝術家創作的工夫，全無二致，必須經過「外（忘）天下」、「外物」、「外生」、「忘吾有四肢形骸」的次第，學劍而能將變化盡數忘記，才能無所施而不可，而忘得越乾淨徹底，才越不受原來劍法約束。

令狐冲被田伯光殺得十分狼狽時，風清揚隨口念了三十招華山劍式，要令狐冲試演一遍，因腳步方位全不相干，使出第一招「白虹貫日」，第二招「有鳳來儀」就出不了手。風清揚傳劍第一式就是「行雲流水，任意所之」，風清揚又進一步說明「學招時要活學，使招時要活使」，不但要各招渾成，更要出手無招。劍招再渾成，只要有跡可尋，敵人便有機可乘，如果根本並無招式，敵人又如何來破你的招式？這「根本無招，如何可破」替令狐冲開啟了生平從所未見，連做夢也想不到的新天地，這種自由解放的精神，正是最高藝術的體現。

超越了劍招的拘泥，得到心的大自在，才有可能將「無招勝有招」發揮到淋漓盡致。日本禪僧澤庵和尚，曾教誨他的武士弟子柳生但馬守，「要把心永遠保持流動狀態」[22]。當武士站在他

21　同註20引書，頁54-56。

22　鈴木大拙、弗洛姆著，孟祥森譯，《禪與心理分析》。台北：志文出版社，1972年，頁45。

絕世聰明絕世癡——《笑傲江湖》中的藝術與人物　405

對手前面，他並不想到他的對手，也不想到他自己，更不想到對方劍的動作。他只是站在那裡，持著他的劍，忘卻了所有技巧，讓心像一面鏡子，對方心裡的每一個動靜都在其中反映出來，而自己立刻知道如何攻擊對方。風清揚傳劍時曾說：

> 「料敵機先」這四個字，正是這劍法的精要所在，任何人一招之出，必定有若干朕兆，他下一刀要砍向你的右臂，眼光定會瞧向你左臂，如果這時他的單刀正在右下方，自然會提起刀來，畫個半圓，自上而下的斜向下砍。[23]

> 唯一的法子便是比他先出招，你料到他要出什麼招，卻搶在他頭裡。敵人手還沒提起，你長劍已指向他的要害，他再快也沒你快。[24]

「料敵機先」加上「根本無招」，令狐冲在孤山梅莊小試身手，攻得黑白子四十餘招未能還手，連任我行也不肯相信：「豈有此理？風清揚雖是華山派劍宗出類拔萃的人才，但華山劍宗的劍法有其極限。我絕不信華山派中，有那一人能連攻黑白子四十餘招，逼得他無法還上一招。」[25]。令狐冲領會了劍道奧妙，總算不辱獨孤九劍、風清揚傳人之名，在劍法上得到自由和解放，生命中，是否也能自由自在的笑傲江湖呢？

　　金庸《笑傲江湖‧後記》云：「在中國的傳統藝術中，……

23　同註2，第1冊，頁404-405。
24　同註2，第1冊，頁404。
25　同註2，第2冊，頁846。

追求個性解放向來是最突出的主題。時代越混亂，人民生活越痛苦，這主題越是突出。」[26]。沈浸在藝術中，確實有其精神上的自由、安頓，一旦與危慄萬變的世界相接，便又震撼動搖，剎那崩毀。江南四友、劉正風、曲洋、東方不敗、令狐冲、風清揚，於所愛戀之事，死生相殉，終究是癡。

　　一切有為法，如夢幻泡影；
　　如露亦如電，應作如是觀。

原發表於《金庸小說國際學術討論會論文集》。臺北：遠流出版公司，1999年。

26　同註8，頁1691。

引用書目

中文書目

丁　敏，〈方外的世界——佛教的宗教與社會活動〉，《中國文化新論宗教禮俗——敬天與親人》。台北：聯經出版事業公司，1982年，頁123-181。

小　青，《小青焚餘》，《小青娘風流院》，林侑蒔主編，《全明傳奇》本。台北：天一出版社影印，未註出版年。

么書儀，〈元代雜劇中的神仙道化戲〉，《文學遺產》1980年第3期。北京：中國社會科學院文學研究所，1980年，頁64-88。

方　靜，《梅蘭芳之死及其他》。台北：黎明文化事業公司，1976年。

王天麟，〈桃園縣楊梅鎮顯瑞壇拔度齋儀中的目連戲「打血盆」〉，《民俗曲藝》84期。台北：施合鄭民俗文化基金會，1994年，頁51-70。

王安祈，《明代戲曲五論》。台北：大安出版社，1990年。

———，〈從折子戲到全本戲〉，《傳統戲曲的現代表現》。台北：里仁書局，1996年，頁1-57。

———，〈如何檢測崑劇全本復原的意義〉，《湯顯祖與牡丹亭》。台北：中央研究院中國文哲研究所，2005年，頁887-920。

———，〈一個京劇編劇的自學經歷〉，《為京劇表演體系發聲》。台北：國家出版社，2006年，頁413-441。

———，《絳唇珠袖兩寂寞》。台北：INK印刻出版公司，2008年。

———，〈「戲曲小劇場」的獨特性——從創作與觀賞經驗談起〉，《戲劇學刊》第9期。台北：國立臺北藝術大學戲劇學院，2009年，頁103-124。

王明珂，〈慎終追遠——歷代的喪禮〉，《中國文化新論宗教禮俗——敬天與親人》。台北：聯經出版事業公司，1982年，頁307-357。

王國維，《戲曲考原》，《論曲五種》。台北：藝文印書館，1971年，頁59-91。

———，〈紅樓夢評論〉，《紅樓夢藝術論》。台北：里仁書局，1984年，頁1-29。

王德威，《眾聲喧嘩》。台北：遠流出版公司，1988年。

———，《小說中國》。台北：麥田出版公司，1993年。

———，〈遊園驚夢，古典愛情——現代中國文學的兩度「還魂」〉，《湯顯祖與牡丹亭》。台北：中央研究院中國文哲研究所，2005年，頁671-697。

王驥德，《曲律》，《中國古典戲曲論著集成》冊4。北京：中國戲劇出版社，1982年。

水磨曲集劇團，《姹紫嫣紅開遍：水磨曲集》。台北：水磨曲集，2000年。

孔尚任，《孔尚任詩文集》。北京：中華書局，1962年。

——— 撰，王季思等注，《桃花扇》。台北：漢京文化事業公司，1984年。

毛效同編，《湯顯祖研究資料彙編》。上海：上海古籍出版社，1986年。

毛澤東，〈新民主主義〉，《毛澤東選集》第2冊。北京：人民出版社，1952年，頁655-700。

———，〈在延安文藝座談會上的講話〉，《中國新文學大系，1937—1949》第1集文學理論卷1。上海：上海文藝出版社，1990年，頁8-31。

白先勇，〈遊園驚夢〉，《臺北人》。台北：晨鐘出版社，1971年，頁167-196。

———，《遊園驚夢》。台北：遠景出版事業公司，1982年。

———，《白先勇說崑曲》。台北：聯經出版事業公司，2004年。

—— 主編，《姹紫嫣紅《牡丹亭》——四百年青春之夢》。台北：遠流出版公司，2004年。

—— 編著，《牡丹還魂》。台北：時報文化出版公司，2004年。

—— 總策劃，《驚夢、尋夢、圓夢——圖說青春版《牡丹亭》》。台北：天下遠見出版公司，2005年。

—— 總策劃，《曲高和眾——青春版《牡丹亭》的文化現象》。台北：天下遠見出版公司，2005年。

—— 主編，《白先勇與青春版《牡丹亭》》。廣州：花城出版社，2006年。

田　漢，《田漢文集》1-16冊。北京：中國戲劇出版社，1983年-1987年。

朱京藩，《小青娘風流院》，林侑蒔主編，《全明傳奇》本。台北：天一出版社影印，未註出版年。

———，〈小青傳〉，《小青娘風流院》，林侑蒔主編，《全明傳奇》本。台北：天一出版社影印，未註出版年。

任半塘，《唐戲弄》。台北：漢京文化事業公司，1985年。

呂正惠，《抒情傳統與政治現實》。台北：大安出版社，1989年。

呂薇芬，〈馬致遠的神仙道化劇和它產生的歷史根源〉，《文學評論叢刊》第7輯。北京：中國社會科學院中國文學研究所，1980年。

宋濂等編，《元史》。台北：藝文印書館，1972年。

那志良，《清明上河圖研究》。台北：國立故宮博物院，1977年。

李世偉，《中共與民間文化，1935—1948》。台北：知書房，1996年。

李惠綿，《戲曲批評概念史考論》。台北：里仁書局，2002年。

———，〈情欲流動與性別越界——《三個人兒兩盞燈》與《男王后》之觀照〉，《戲劇學刊》第2期。台北：國立臺北藝術大學戲劇學院，2005年，頁63-84。

———，〈古典敘事文類與當代戲曲之觀照〉，《戲曲新視野》。台北：國家出版社，2008年，頁415-505。

李　漁，《閒情偶寄》，《中國古典戲曲論著集成》冊7。北京：中國戲劇出版社，1982年。

———，《李漁全集》第4卷。浙江：浙江古籍出版社，1991年。

李　曉，《比較研究：古劇結構原理》。北京：中國戲劇出版社，1986年。

沈　堯，〈戲曲結構的美學特徵〉，《戲曲美學論文集》。台北：丹青圖書有限公司，1986年，頁1-23。

沈惠如，《喬影》。〔未出版〕，（作者提供）。

余英時，《紅樓夢的兩個世界》。台北：聯經出版事業公司，1978年。

吳　炳，《療妒羹記》，林侑蒔主編，《全明傳奇》本。台北：天一出版社影印，未註出版年。

吳　梅，《霜厓曲跋》卷2，《新曲苑》冊3。台北：台灣中華書局，1970年。

———，〈風流院跋〉，已未七月，林侑蒔主編，《全明傳奇》本。台北：天一出版社影印，未註出版年。

———，〈風流院再跋〉，已未十月，林侑蒔主編，《全明傳奇》本。台北：天一出版社影印，未註出版年。

吳曉鈴等編校，《關漢卿戲曲集》。台北：宏業書局，1973年。

何時希，〈梨園舊聞〉，《京劇談往錄三編》。北京：北京出版社，1990年。

汪經昌，《南北曲小令譜》。台北：台灣中華書局，1965年。

孟元老，《東京夢華錄》。台北：世界書局，1973年。

周作人，〈談《目連戲》〉，《目連資料編目概略》。台北：施合鄭民俗文化基金會，1993年，頁202-204。

周令飛，《夢幻狂想奏鳴曲：中國大陸表演藝術1949～1989》。台北：時報文化出版公司，1992年。

周傳瑛口述，洛地整理，《崑劇生涯六十年》。上海：上海文藝出版社，1988年。

宗白華，〈論世說新語和晉人的美〉，《美學的散步》。台北：洪範書店，1981年，頁59-84。

金　庸，《笑傲江湖》第1-4冊。台北：遠景出版事業公司，1982年。

林毓生，《思想與人物》。台北：聯經出版事業公司，1983年。

林鶴宜，《規律與變異──明清戲曲學辨疑》。台北：里仁書局，2003年。

姚一葦，《戲劇論集》。台北：台灣開明書店，1969年。

───，〈論白先勇的「遊園驚夢」〉，《文學論集》。台北：書評書目出版社，1974年，頁159-173。

───，《美的範疇論》。台北：台灣開明書店，1978年。

侯光復，〈談元代神仙道化劇與全真教聯繫的問題〉，《中華戲曲》第1輯。太原：山西人民出版社，1986年，頁109-127。

南京博物館編著，《南唐二陵發掘報告》。北京：文物出版社，1957年。

洪　昇，《長生殿》。台北：西南書局，1975年。

陝西省文物管理委員會編，《陝西省出土唐俑選集》。北京：文物出版社，1958年。

浦江清，〈八仙考〉，《清華學報》第11卷第1期。北京：清華大學，1936年1月。

夏志清，〈湯顯祖筆下的時間與人生〉，《愛情、社會、小說》。台北：純文學出版社，1970年，頁163-200。

高友工著，張輝譯，〈中國抒情美學〉，《北美中國古典文學研究名家十年文選》。南京：江蘇人民文學出版社，1996年，頁1-62。

───，《中國美典與文學研究論集》。台北：臺灣大學出版中心，

2004年。

高　明，《琵琶記》，《六十種曲》冊1。台北：台灣開明書店，1970年。

———，《琵琶記》。台北：西南書局，1976年。

袁世碩，《孔尚任年譜》。濟南：山東人民出版社，1962年。

徐扶明編著，《牡丹亭研究資料考釋》。上海：上海古籍出版社，1987年。

徐　翽，《春波影》，《盛明雜劇》本。台北：文光出版社，1963年。

徐復觀，《中國藝術精神》。台北：台灣學生書局，1974年。

馬得志、張正齡，〈西安郊區三個唐墓的發掘簡報〉，《考古通訊》
　　1958年第1期。北京：北京科學出版社，1958年。

孫康宜著，鍾振振譯，《抒情與描寫——六朝詩歌概論》。台北：允晨
　　出版社，2001年。

郝譽翔，《民間目連戲中庶民文化之探討》。台北：文史哲出版社，
　　1998年。

張大春，〈不登岸便不登岸〉，安伯托·艾可《昨日之島》導讀。台
　　北：皇冠文化出版公司，1998年，頁9-23。

張宇初等編，《正統道藏》。台北：新文豐出版公司，1988年。

張廷玉編，《明史》。台北：藝文印書館，1972年。

張　庚，〈正確地理解傳統戲曲劇目的思想意義〉，《文藝報》半月刊
　　第13號。北京：文藝報社，1956年。

張淑香，〈西廂記的喜劇成分〉，《元雜劇中的愛情與社會》。台北：
　　長安出版社，1980年，頁169-217。

———，《抒情傳統的省思與探索》。台北：大安出版社，1992年。

張　敬，《明清傳奇導論》。台北：華正書局，1986年。

———，〈吳炳粲花五種傳奇研究〉，《中國古典文學論文精選叢刊戲
　　劇類二》。台北：幼獅文化事業公司，1986年，頁431-463。

張愛玲，〈金鎖記〉，《張愛玲短篇小說集》。台北：皇冠出版社，
　　1976年，頁150-202。

———，《怨女》。台北：皇冠出版社，1976年。

———，〈談音樂〉，《流言》。台北：皇冠出版社，1979年，頁194-204。

張樸夫，《洛陽牡丹馬金鳳》。北京：中國戲劇出版社，1988年。

國光劇團，《金鎖記》首演節目冊。台北：國光劇團，2006年。

———，《金鎖記》三度重演節目冊。台北：國光劇團，2008年。

陳平原，《中國小說敘事模式的轉變》。台北：久大文化公司，1990年。

———，《中國散文小說史》。台北：二魚文化事業公司，2005年。

陳世驤，〈中國的抒情傳統〉，《陳世驤文存》。台北：志文出版社，
　　1972年，頁31-37。

陳芳英，〈市井文化與抒情傳統的新結合——古典戲劇〉，《中國文化
　　新論文學篇二——意象的流變》。台北：聯經出版事業公司，1982
　　年，頁529-586。

———，《目連救母故事之演進及其有關文學之研究》。台北：臺灣大
　　學出版委員會，1983年。

———，〈《邯鄲記》的喜劇情調〉，《中外文學》第13卷第1期。台
　　北：臺灣大學中外文學出版社，1984年，頁48-69。

———，〈且尋九霄鳴鳳聲——馬致遠劇作解讀〉，《藝術評論》第2
　　期。台北：國立藝術學院，1990年，頁103-122。

———，〈游移在葬花與戒征之間〉，當代103期。台北：當代雜誌社，
　　1994年11月，頁56-67。

———，〈〈題曲〉四帖〉，《紀念徐炎之先生百歲冥誕文集》。台
　　北：水磨曲集，1998年，頁160-179。

———，〈「水磨情緣」演出評鑑報告〉，《姹紫嫣紅開遍：水磨曲
　　集》。台北：水磨曲集，2000年，頁7-10。

———，〈遙望——從孔尚任《桃花扇》書寫策略的幾點思考談起〉，《2004兩岸戲曲編劇學術研討會論文集》。台北：臺灣大學戲劇學系，2004年，頁107-147。

———，〈牡丹亭上三生路——從小說〈遊園驚夢〉到「青春版《牡丹亭》」〉。「白先勇的文學與藝術國際學術研討會」，2008年。

———，〈從《療妒羹》看〈題曲〉——試論折子戲與抒情美典的關係〉。《世界崑曲‧台灣角色論文集》。中壢：中央大學，〔出版中〕，頁589-626。

———，〈試論傳奇敘事架構中的岐出與離題〉，《俞大綱學術討論會論文集》。台北：國立臺北藝術大學。〔出版中〕

陳秀芳，〈元雜劇夢裡的非現實腳色〉，《中華文化復興月刊》第10卷第1期。台北：中華文化復興委員會，1977年。

陳玲玲，〈八仙在元明雜劇和台灣扮仙戲中的狀況〉。台北：文化大學藝術研究所碩士論文，1978年。

陳萬鼐，《孔尚任研究》。台北：臺灣商務印書館，1971年。

———，《孔東塘先生年譜》。台北：臺灣商務印書館，1973年。

黃仁宇，《萬曆十五年》。台北：食貨出版社，1985年。

黃克武，〈不褻不笑：明清諧謔世界中的身體與情欲〉，《情欲明清——遂欲篇》。台北：麥田出版公司，2004年，頁23-64。

梁辰魚，《浣紗記》，《六十種曲》冊1。台北：台灣開明書店，1970年。

梁廷枏，《曲話》，《中國古典戲曲論著集成》第8冊。北京：中國戲劇出版社，1982年。

梁啟超，〈桃花扇叢話〉，《中國歷代劇論選註》。長沙：湖南文藝出版社，1987年，頁394-398。

郭英德，《明清文人傳奇研究》。台北：文津出版社，1991年。

———，《明清傳奇戲曲文體研究》。北京：商務印書館，2004年。

郭慶藩，《莊子集釋》。台北：河洛圖書出版社，1974年。

曹雪芹、高鶚原著，啟功等校注，《彩畫本紅樓夢校注》。台北：里仁
　　書局，1983年。

陸萼庭，《崑劇演出史稿》修訂本。台北：國家出版社，2002年。

梅蘭芳，《梅蘭芳文集》。北京：中國戲劇出版社，1962年。

─── 述，《舞台生涯》。台北：里仁書局，1979年。

─── 述，許姬傳記，《舞台生活四十年》。北京：中國戲劇出版社，
　　1981年。

曾永義，《明雜劇概論》。台北：嘉新水泥公司文化基金會，1978年。

───，〈馬致遠雜劇的四種類型〉，《詩歌與戲曲》。台北：聯經出
　　版事業公司，1988年，頁237-277。

畢明星，〈選擇與自由：關漢卿文化品格的哲學闡釋〉，《關漢卿研究
　　新論》。石家莊：花山文藝出版社，1989年，頁197-203。

傅裕惠，〈怎得換個「水乳交融」？！：記戴君芳、楊汗如與施工忠昊
　　劇場作品《柳・夢・梅》、《情書》、《小船幻想詩》等系列合
　　作〉，《眾聲喧嘩之後：台灣現代戲劇論集》。台北：書林出版公
　　司，2008年，頁141-164。

華　瑋，〈《才子牡丹亭》之情色論述及其文化意涵〉，《禮教與情
　　欲：前近代中國文化中的後/現代性》。台北：中央研究院近代史研
　　究所，1999年，頁213-249。

───，《明清婦女之戲曲創作與批評》。台北：中央研究院中國文哲
　　研究所，2003年。

─── 主編，《湯顯祖與牡丹亭》。台北：中央研究院中國文哲研究
　　所，2005年。

琴隱翁編，《審音鑑古錄》，王秋桂主編，《善本戲曲叢刊》第5輯。台
　　北：台灣學生書局，1987年。

湯顯祖，《湯顯祖集》1-4冊。台北：洪氏出版社，1975年。

———，《牡丹亭》。台北：華正書局，1979年。

萬　素，〈播灑火種在人間——李紫貴憶田漢〉，《戲曲研究》第45
　　輯。北京：文化藝術出版社，1993年。

葉維廉，〈出位之思：媒體及超媒體的美學〉，《比較詩學》。台北：
　　東大圖書公司，1983年，頁195-234。

廖玉蕙，《細說桃花扇——思想與情愛》。台北：三民書局，1997年。

廖炳惠，〈新歷史主義與後殖民論述〉，《中外文學》第20卷第12期。
　　台北：臺灣大學中外文學出版社，1992年5月，頁27。

臧晉叔，《元曲選》。台北：正文書局，1970年。

趙　聰，《中國大陸的戲曲改革：1942—1967》。香港：香港中文大
　　學，1969年。

潘江東，《白蛇故事研究》上中下。台北：台灣學生書局，1981年。

蔡英俊，〈抒情精神與抒情傳統〉，《中國文化新論文學篇一——抒情
　　的境界》。台北：聯經出版事業公司，1982年，頁67-110。

蔡振家，〈從政治宣傳到戲劇妝點——1958—1976年京劇現代戲的詠嘆
　　與歧出〉。〔出版中〕。

鄭之珍，《目連救母勸善戲文》上下，林侑蒔主編，《全明傳奇》本。
　　台北：天一出版社影印，未註出版年。

鄭宗義，〈性情與情性：論明末泰州學派的情欲觀〉，《情欲明清——
　　達情篇》。台北：麥田出版公司，2004年，頁23-80。

鄭振鐸，《中國研究新編》。台北：粹文堂，1975年。

鄭　騫，〈從元曲四弊說到張養浩的雲莊樂府〉，《景午叢編》。台
　　北：台灣中華書局，1972年，頁173-182。

劉　岱，《中國文化新論序論篇——不廢江河萬古流》。台北：聯經出
　　版事業公司，1982年。

劉念茲，〈中國戲曲舞台藝術在十三世紀初葉已經形成——金代侯馬董

墓舞台調查報告〉。《戲劇研究》1959年第2期。北京：中國戲曲研究院，1959年。

劉　俊，《情與美：白先勇傳》。台北：時報文化出版公司，2007年。

劉蔭柏，〈馬致遠生平作品推考〉，《廈門大學學報》1982年第1期。廈門：廈門大學，1982年。

歐陽子，〈「遊園驚夢」的寫作技巧和引伸含義〉，《王謝堂前的燕子——「臺北人」的研析與索隱》。台北：爾雅出版社，1976年，頁231-274。

盧　前，《明清戲曲史》。台北：臺灣商務印書館，1974年。

蔣　勳，《美的沉思》。台北：雄獅圖書公司，1986年。

樂蘅軍，〈從荒謬到超越〉，《古典小說散論》。台北：純文學出版社，1976年。

───，〈唐傳奇的意志世界〉，《臺靜農先生八十壽慶論文集》。台北：聯經出版事業公司，1984年，頁843-894。

魏子晨，〈《白蛇傳》與《天鵝湖》〉。《戲曲研究》第45輯。北京：文化藝術出版社，1993年。

應平書主編，《紀念徐炎之先生百歲冥誕文集》。台北：水磨曲集，1998年。

謝柏梁，〈層層枷鎖重沈沈：《金鎖記》從小說到京劇的嬗變〉，《戲劇學刊》第6期。台北：國立臺北藝術大學戲劇學院，2007年，頁257-267。

謝麗淑，〈桃花扇研究〉。台北：東吳大學中文研究所碩士論文，1985年。

蕭　馳，《中國抒情傳統》。台北：允晨出版社，1999年。

戴嘉枋，〈論于會泳的中國傳統音樂理論研究〉，《音樂藝術》2008年第1期。上海：上海音樂學院，2008年，頁77-97。

顏天佑，《元雜劇所反映之元代社會》。台北：華正書局，1984年。

譚帆、陸煒，《中國古典戲劇理論史》。北京：中國社會科學出版社，
　　1993年。

羅斯寧，《吳炳和他的劇作》，《研究生論文選集・中國古代文學分冊
　　（一）》。南京：江蘇人民出版社，1983年。

嚴　明，《中國名妓藝術史》。台北：文津出版社，1992年。

Bakhtin, M.M.（巴赫金）著，白春仁、顧亞鈴等譯，《詩學與訪談》。
　　石家莊：河北教育出版社，1998年。

———（巴赫金）著，李兆琳、夏忠憲等譯，《拉伯雷研究》。石家
　　莊：河北教育出版社，1998年。

Barthes, Roland（巴特）著，孫乃修譯，《符號禪意東洋風》。台北：臺
　　灣商務印書館，1994年。

Benjamin, Walter（班雅明）著，林志明譯，〈普魯斯特的形象〉，《說
　　故事的人》。台北：台灣攝影工作室，1998年，頁142-165。

Brockett, Oscar Gross（布羅凱特）著，胡耀恆譯，《世界戲劇藝術欣
　　賞》。台北：志文出版社，1974年。

Brook, Peter（布魯克）著，耿一偉譯，《空的空間》。台北：中正文化
　　中心，2008年。

Cohen, Abner（柯恩）著，宋光宇譯，《權力結構與符號象徵》。台
　　北：金楓出版社，1987年。

Durkheim, Emile（涂爾幹）著，芮傳明、趙學元譯，《宗教生活的基本
　　形式》。台北：桂冠圖書公司，1992年。

Eagleton, Terry（伊格頓）著，鍾嘉文譯，〈精神分析學〉，《當代文學
　　理論》。台北：南方出版社，1988年，頁224。

Eco, Umberto,（艾柯）著，黃寤蘭譯，《悠遊小說林》。台北，時報文
　　化出版公司，2000年。

Graff, Gerald著,賴守正譯,〈收編(co-optation)〉,《中外文學》第20卷第12期。台北:臺灣大學中外文學出版社,1992年5月。

Hauser, Arnold(豪澤爾)著,居延安譯,《藝術社會學》。台北:雅典出版社,1988年。

Jall, James(約爾)著,石智青校閱,《葛蘭西》。台北:桂冠圖書公司,1992年。

Kuhn, Thomas S.(孔恩)著,程樹德等譯,《科學革命的結構》。台北:遠流出版公司,1994年。

Kundera, Milan(昆德拉)著,孟湄譯,《被背叛的遺囑》。香港:牛津大學出版社,1992年。

Merchant, Moelwyn(麥金特)著,高天恩譯,《論喜劇》,《西洋文學術語叢刊》下冊。台北:黎明文化事業公司,1973年。

Myerhoff, Barbara(梅厄霍夫)著,方永德譯,〈過渡儀式:過程與矛盾〉,《慶典》。上海:上海文藝出版社,1993年,頁138-174。

Turner, Victor & Turner, Edith(特納)著,曉陽譯,〈宗教慶典儀式〉,《慶典》。上海:上海文藝出版社,1993年,頁254-285。

Weber, Max(韋伯)著,劉援、王于文譯,《宗教社會學》。台北:桂冠圖書公司,1993年。

世阿彌著,王冬蘭譯,《風姿花傳》。北京:中國社會科學出版社,1999年。

青木正兒著,王吉盧譯,《中國近世戲曲史》。台北:臺灣商務印書館,1976年。

波多野太郎,〈《白蛇傳》餘話〉,《戲曲研究》第9輯。北京:文化藝術出版社,1983年。

鈴木大拙、Fromm, Erich(弗洛姆)著,孟祥森譯,《禪與心理分析》。台北:志文出版社,1972年。

外文書目

Bristol, Michael D. *Carnival and Theater*. Routledge, Chapman & Hall Inc., 1989.

Bakhtin, M. M. *Rabelais and His World*. Cambridge: MIT Press, 1968.

Holquist, Michael ed., Emerson, Caryl & Holquist. Michael trans. The *Dialogic Imagination*. Austin: University of Texas Press, 1981. pp.45-329.

Eagleton, Terry *Literary Theory: An Introduction*. Minnesota: University of Minnesota Press, 1983.

Gennep, Arnold van *The Rites of Passage*, trans. by Monika B. Wizidom and Gabrelle Caffeei. Chicago: Chicago University Press, 1969.

Kao, Yu-Kung "Chinese Lyric Aesthetics" in Alfreda Murck & Wen C. Fong, ed., *Words and Images*. Princeton: Princeton University Press, 1991. pp.47-90.

Kristeva, Julia *Semiotike: Recherches pour Une Semanalyse*. Paris: Seuil, 1969.

Trilling, Lionel *Beyond Culture: Essays on Literature and Learning*. New York: Viking Press, 1968.

Schechner, Richard *Performance Theory*. New York: Routledge, 1982.

Turner, Victor *The Ritual Process: Structure and Anti-Structure*. Ithaca: Cornell University Press, 1969.

Turner, Victor *From Ritual to Theatre: The Human Seriousness*. New York: Performing Arts Journal Publication, 1982.

網路資料

「目擊者」blog，〈神奇的一夜，與白先勇老師共進晚餐〉，

http://www.wretch.cc/blog/eyewitness/2422486，2005年12月6日，瀏覽日
　　期：2008年7月。

影音資料

1/2Q劇場，《小船幻想詩——為蒙娜麗莎而作》。2006年，〔未出
　　版〕，（演出者提供）。

公共電視，〈尋訪青春夢：青春版《牡丹亭》幕後製作〉，《青春版牡
　　丹亭》DVD4。台北：公共電視，2004年。

國光劇團，《王有道休妻》。台北：國光劇團，2004年。

———，《三個人兒兩盞燈》。台北：國光劇團，2005年。

———，《金鎖記》。台北：國光劇團，2006年。

———，《青塚前的對話》。台北：國光劇團，2006年。

國家圖書館出版品預行編目資料

戲曲論集：抒情與敘事的對話＝A Collection of Essays on
　Xi Qu: Dialogues Between Lyric and Narrative / 陳芳英著.
　-- 臺北市：臺北藝術大學, 2009. 05
　422面；15 x 21 公分；參考書目：407－422面
　IBSN 978-986-01-8730-4（精裝）
　1. 戲曲　2. 戲曲美學　3. 文集

824.07　　　　　　　　　　　　　　　　　98009529

戲曲論集：抒情與敘事的對話

A Collection of Essays on Xi Qu : Dialogues Between Lyric and Narrative

作　　者：陳芳英

編輯校對：陳芳英、陳彬、陳珮真

出版單位：國立臺北藝術大學

發 行 人：朱宗慶

地　　址：台北市北投區學園路1號

電　　話：02-2896-1000（代表號）

網　　址：http://www2.tnua.edu.tw/tnua/

出版日期：2009年5月 初版一刷

定　　價：新台幣 350 元

ISBN-13：978-986-01-8730-4（精裝）

GPN： 1009801409